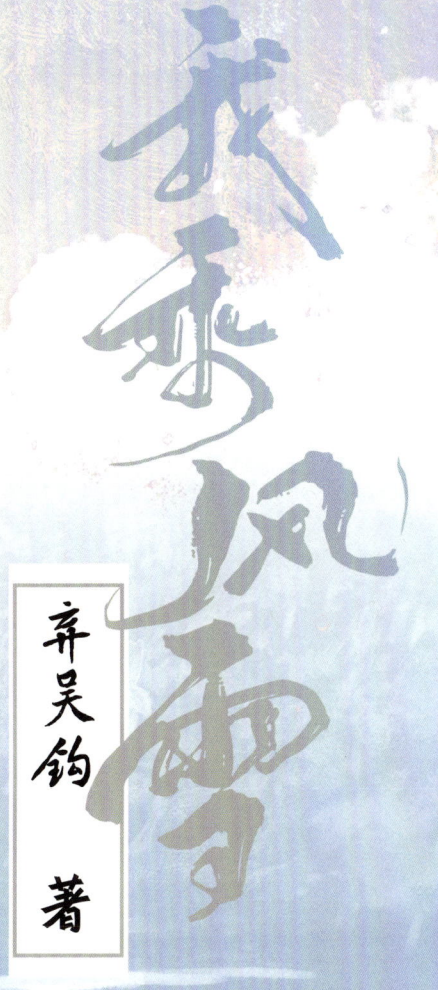

我乘风雪

辛吴钧 著

贵州出版集团
贵州人民出版社

第十篇章　非云也	159
第十一篇章　斗芳菲	175
第十二篇章　假鸳鸯	185
第十三篇章　玉笛引	199
第十四篇章　故人心	205
第十五篇章　烧金玉	223
第十六篇章　猎天骄	239
第十七篇章　云飞扬	267
番外篇章　卧麒麟	291

目录

章节	标题	页码
第一篇章	芙蓉楼	001
第二篇章	群英宴	007
第三篇章	侠少年	029
第四篇章	撼花铃	053
第五篇章	碎铁衣	059
第六篇章	风波恶	079
第七篇章	刃色寒	099
第八篇章	连夜雨	119
第九篇章	孤鹤鸣	143

待京都下过第一场雪
朔风吹过梅梢时,
我就来寻你了。

此地无人，
只有天和地，
少了规矩的拘束，
才是真正的逍遥自在。

枕戈饮血是正事，
风花雪月也是正事。

京都有雪，有梅，没有信守承诺的谢从隽。

第一篇章
芙蓉楼

长淮的目光全然不在他身上。

京城入深冬，下了一夜的鹅毛大雪，至天亮时初霁，白雪堆积，沉沉地压在灰青色的松枝上。

芙蓉楼的清晨没有入夜时那般热闹，四处鸦雀无声，因怕惊扰着贵客休息，连早起忙活的小厮都放轻了步伐。外面静，房中更静，兽炉中香烟袅袅。

赵昀睡得不深，一早就醒了，上半身倚在床头，正望着在窗边打盹儿的人出神。那人一头乌发，看似如小兽的绒毛一样柔软；生得一副好面孔，玉雕似的五官，绝俊雅，绝秀美，丝缎外衣疏散地拢在他身上。

赵昀对他不算熟悉，却也不算陌生。

那人看着顶清瘦的一个人，透过外衣能看出纤瘦的骨架，不想力量不似寻常人。赵昀还看到那人手指上有层薄茧，是个会用剑的。

昨夜扬州总商的管事在芙蓉楼设宴，请赵昀来喝酒听曲，酒是一壶碧，曲是《阳春雪》，皆属上品。

赵昀一时兴起，喝得酩酊大醉，总商管事就吩咐两名仆人扶他下去，到雅间里醒酒休息。走到二楼时，赵昀忽地听见堂下唱起《金擂鼓》，抹了油彩的武生登台一亮嗓，就震得满堂喝彩。他也爱听这一出，便遣走仆人，独抱一壶酒，倚着栏杆，在楼廊里边饮酒边听曲。一曲下来，赵昀醉得更深，最后经芙蓉楼里的人扶着，才回到雅间睡下。

他这一觉睡到月上中天才醒，夜里燥出一身热汗，起来喝了口茶水，回身时才发觉有人站在床边瞧着他。赵昀不由分说，起身擒住来人，开口欲质问。那人被困，下意识地挣了挣，开口时便恼了："做什么？放手。"

赵昀听他这口气，几乎都要以为他是在发号施令了。

"你这小刺客，怎么比我还横？"

赵昀也没有生气，从前见惯了别人在他面前一副谄媚做低的作态，忽然冒出来这么一个胆大的，倒觉唐突得有些有趣。他虽算不得什么温柔的人，但近来春风得意，心情极好，便舍出三分耐心给了这刺客，没继续动手。对方能清晰地感受到赵昀目光不善，闭了闭眼，显然有些惊慌。

赵昀笑了笑问："谁让你来的？"

刺客浑身一僵，转过头来，定定地看了赵昀一会儿。赵昀心想这人的眼睛生得好漂亮，漆黑雪亮，在黑暗中也流转着波光。他低头问："小狐狸眼，瞧我作甚？"

刺客道："你叫我长淮。"

言语里的骄矜浑似天成，不是刺客该有的，也没有哪个刺客会说这种话。但无论对方是什么身份，赵昀最不喜之事便是听人吩咐，问道："我房里半夜进了个祖宗吗？你要我如何，我就如何？"

他说话还是一团和气的，给外人听着，或许以为他们是在拌嘴，可这赵昀骨子里就不是什么善物，一贯喜怒无常。方才他还觉得长淮有趣，三言两语下来，又觉得长淮太过放肆，须得经人教训的那种放肆。

赵昀旋即翻身，将长淮押在窗边。长淮动弹不得，一时恼得不行，连叫了两声"赵昀"，要他放手。赵昀听他直呼自己的名字，眼睛瞥了瞥，道："既认得你昀大将军，还敢对我呼来喝去。"

"你误会了。"

长淮似要反抗，推搡着赵昀的胸膛，赵昀一下将他不安分的手脚牢牢制住，力道不算重，却擒拿得正好，有四两拨千斤之效。

"哪里误会？"赵昀似笑非笑，"长淮？"

他声音低沉许多，将"长淮"二字唤得深沉，随即审视着对方的面孔，两人四目相抵，离得很近，赵昀瞧他似在注视着自己，可又感觉长淮的目光全然不在他身上。赵昀心里隐隐有些不快，敛了逗弄他的心，扳过长淮的肩膀将他押跪在地上。长淮以前没有被人用这种屈辱的姿势对待过，挣扎着要回过身，轻怒道:"赵昀,你敢!没人敢这样待我!"

"巧了,别人不敢做的事,我最喜欢做。说,你为何半夜出现在我的房间?"赵昀一只手按住他的头,将他侧脸狠狠地按在墙上,冷声道,"劝你趁早开口,否则要你吃尽苦头。"

长淮银牙紧咬,不肯出声。问不出话来,赵昀便将长淮捆在窗边,自行睡了。

赵昀醒来后,回想起昨夜,不禁看向窗边。

他初到京城,皇帝御赐前朝校尉的旧府给他做宅邸,府上修葺一新,金碧显赫。赵昀常年在刀口上舔血,却在这里吃了亏,昨夜到现在一句话也没问出,不免不愿就这么把人放走了——只不过一个刺客,即便如他所说,自己误会了他的身份,那多半也不过是芙蓉楼哪个不懂规矩的仆从小厮,他赵昀还带得走。

赵昀见他还不醒,俯身看他,正要将他叫醒,门外则传来随从卫风临的声音:"爷,您醒了吗?"

赵昀一蹙眉,他知卫风临是个寡言少语的人,如非要事,绝不开口,便掀开帷帐,问道:"何事?"

卫风临道:"太师请您过府一叙。"

赵昀手指在膝上敲了敲,沉吟片刻,回道:"好。"

赵昀只得先撂下被捆得结实的长淮,经人服侍着,去香室沐浴更衣。

芙蓉楼里的小厮在一侧侍奉,谨慎地给赵昀穿上一件黑蟒武袍——腰束银带,头发高束于白翎冠中,齐眉勒着一条殷红擂金抹额,些许碎发散下,更添了三分俊俏。赵昀相貌本就生得丰神俊朗,又极年轻,眉眼间尽是风流,如今一穿上这武袍,显得格外意气风发,乍一看,定要以为这是哪个世家出身的凤雏麟子。他那双眼瞳却漆黑深沉,细细看进去,里头尽冒着寒气,仿佛谁敢惹了他的不快,眨一眨眼,就得见着血才能罢休。

服侍的小厮讨好道:"爷头一回来芙蓉楼,小的们若有伺候不周之处,还请多担待。"

"这里的确是个好地方,怪不得京城有头有脸的人物都愿意来这里寻欢作乐。"

小厮道:"爷刚到京城不久,这里的物事顶热闹好玩,只待您玩得开了,才知天宫不在天上，天宫就在人间。"

赵昀听他能说会道，疏懒一笑："我是个俗人，怕在天宫里留不住。"

小厮"哎哟"赔笑道："将军当是天神下凡，怎会留不住呢？您是老太师的学生，太师独具慧眼，定不会看错了人。这回将军前去西部平叛流寇，屡建奇功，便可见一斑。如今在京城中，万万找不到第二个比您更炙手可热的人物。"一通溜须拍马，连当朝太师也一并吹嘘进去。

"你倒是长了一张乖嘴蜜舌。"赵昀这话听着似对他的奉承很受用，却也多有讥诮。瞧着这小厮，赵昀又想起房中那个没长乖嘴的货来。待穿戴整齐，赵昀盼咐道："跟你们管事的说，房里那人我要带走，劳烦他找人给我送到府上去。"

他从腰间解下一枚白玉麒麟佩，丢给这小厮，当作凭证，续道："银两，尽到我府上取。"

也不问多少，便是无论多少，他都要得。

小厮忙不迭地接下，以为赵昀是看上了芙蓉楼的谁，笑得眼都眯成一条缝儿："不知是谁能得将军青眼，简直是三生修来的好福分。"语毕，小厮见赵昀一摆手，立即噤声退出阁子。

卫风临大步迈进来，双手奉上一柄长剑。赵昀瞧了一眼，理着衣领说道："去太师府上，还佩什么剑？"

卫风临低头往后退了两步："是。"

待出了芙蓉楼，街上积雪已清扫过，露出青石铺成的街面，随从牵马而立，在门口等候多时。赵昀锦衣玉带，跃马扬鞭，驰往太师府的方向。

这厢芙蓉楼里的小厮去到赵昀宿下的暖阁中，预备瞧瞧是谁如此好运，攀上赵昀这等高枝儿，推门进去一瞧，见暖阁中空空如也。他又忙去请示芙蓉楼的管事，管事查问了一番。有两个粉面的站出来，回答道，他们昨晚听扬州商会总管的盼咐，前去侍奉赵昀，刚扶他上二楼，赵昀说要听会子曲儿再歇下，把他们统统遣走了，再之后便不知道了。管事点过芙蓉楼中的人，依次问了一遍，也没寻着。管事琢磨着，兴许是哪个昨夜得罪了赵昀，不愿到他府上去，便迟迟不出来承认。找不出人，办砸了事，芙蓉楼的管事只好亲去将军府赔罪，约莫入夜时分，才等到赵昀回府。

赵昀下马，府上老仆人拎着灯笼在前方，提醒他："将军小心台阶。"

管事在中庭候着，见到赵昀，热脸迎上去，先是寒暄一通，又支支吾吾地将事情原委说了，问道："将军可记得那人叫什么名字，或者什么样貌？不是小人夸口，芙蓉楼里每一个人我都记得，是那厮忒不懂规矩，回头收拾乖顺了，再给您送到府上，必教将军满意。"

"我的人，用不着你教。"

赵昀甩着手里的马鞭："叫长淮。昨儿半夜突然出现在我的屋内，我开始还以为进了个刺客，后来寻思应是你楼里的人。你去将人找来，绑也绑得，别弄死了他就是。"

那管事的一听，疑了疑，半晌不语，回想半天才试探性地问道："您没记错？"

赵昀："怎么？"

管事见赵昀脸色不悦，将头伏得更低："将军恕罪。这无论是哪个'长'字，还是哪个'淮'字，都万万不可能是芙蓉楼的人。"

赵昀问道："何解？"

"芙蓉楼专做京城达官显宦的生意，因此楼里的人贱名从不能犯着贵人的名讳。这世家大族里有头有脸的人物，小人不敢说全认得，却也十有八九。'长淮'正犯名讳，绝无可能是芙蓉楼里的人。"

赵昀听明白了，再问道："犯了谁的名讳？"

管事的面容严肃起来，似乎仅仅是提到那人的名字都要抱有万分恭敬。

他道："正则侯，裴昱。"

第二篇章
群英宴

长淮,你在看谁?你在看谁?

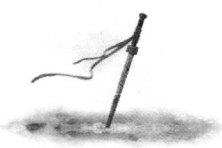

裴昱，裴长淮。

既来京城做官，赵昀对京中身份显赫的人物多多少少知道一些，特别是正则侯裴昱，声名如雷贯耳。不过名声大的不是裴昱，而是整个裴家。六年前走马川一战，老侯爷裴承景的嫡子裴文、次子裴行血洒疆场，有去无回。

战火从走马川往南下蔓延，直要烧进中原腹地。

痛失二子的老侯爷决定亲自挂帅，率兵征讨。虽然最终战事平定，但裴承景不慎中了一记弩箭，当胸贯穿的伤口，医救无方，老侯爷与他的两个儿子一样，为大梁国战死在走马川上。父亲、兄长战死以后，侯府中就剩下一个排行第三的裴昱，承袭正则侯的爵位，统领北营武陵军，人称"小侯爷"。

裴家满门忠烈，小侯爷裴昱又深得圣眷，就连这芙蓉楼的管事，在人前提及裴昱的名字时，都抱有十二分恭敬。不过，赵昀只知道正则侯名叫"裴昱"，不知他表字叫"长淮"；赵昀又是刚刚迁升入京，正则侯一直对外称病，深居简出，两人便不曾见过一面。

思及此，赵昀眉心蹙起，无意识地把玩着手中马鞭。

见他半天不应，芙蓉楼的管事再低了低头，等他示下："将军？"

马鞭尾落在赵昀左掌中，被他牢牢握住。他似是想定了什么，随口道："我记错了，或是叫什么三什么四的。罢了，又不是要事，值得我费心思？你回去吧。"

芙蓉楼的管事见赵昀没发罪，忙躬身谢恩："谢将军开恩。"

下人将管事送出府。

赵昀入书房，歇息前他通常会练上半个时辰的字。卫风临在旁替他研墨，迟疑半天，卫风临才开口问道："太师今日请爷过去，可有大事？"

赵昀临摹一幅字帖，没有抬眼，漫不经心地答："谈不上什么大事，让我处理了陈文正。"

今日赵昀去太师府，太师什么都没说，只扔给他一道折子，让他看了以后，自己斟酌。奏折是当朝监察御史陈文正写的，洋洋洒洒三百余字，也没有什么好看的，无非就是说他赵昀出身低微，战功平平，统兵手段颇具绿林之风，净是歪门邪道，此等庸人居于高位——总而言之，便是看不惯他赵昀风光得意，才有了这道弹劾的奏章。

卫风临问："爷打算怎么办？"

赵昀手中毛笔一横，轻描淡写道："不怎么办，杀了就是。"

卫风临握住腰间的刀柄："属下这就去办。"

"你给我站住。"赵昀道，"蠢材，以为这还是在战场上，陈文正是什么人，你说杀就杀？"

卫风临面无表情，道："属下只会杀人。"

赵昀瞧着他，露出一丝忍俊不禁的神色，道："放心，我自有办法。"

赵昀面是风流面，眼是多情眼，这般一笑，更是俊极。

卫风临垂首，低低道："爷总有办法。"

赵昀低头继续练字，没过多久，就把笔搁下了。练字最讲究心静，心不静，练不成好字。至于他的心为何不静……

"我记得，这个陈文正以前做过正则侯的书法先生？"赵昀仰在座椅上，兀自一笑，手扯了扯发紧的领口，道，"有意思。"

正当此时，管家在外请示，给赵昀送来一张请帖。请帖是太师府递来的，邀请赵昀去群英大宴。往年京城入冬后，下过第一场雪，都会举办这么一场宴会，遍邀京城望族，品美酒佳肴，庆瑞雪兆丰。今年主办群英大宴的人是太师府的小公子徐世昌。不过说是群英大宴，往年来来回回都是那些熟面孔，能有什么新鲜？今年最新鲜的还要数赵昀这个人——出身贫贱，因得老太师赏识，举荐为将，率兵平定流寇，立下头等奇功，如今官拜大将军，正是圣上跟前的大红人。此等新贵，犹如神兵天降一般落在这朝堂上，不少人想与之一交。

管家代为转述道："徐公子请老奴叮嘱将军，务必赏脸一去。"

请帖后还附有一张参宴人员的名册，赵昀阅过一遍，旋即合上，手指在名册上敲了两下。

卫风临跟在赵昀身边的时间不长不短，却也知道，每当赵昀做出这个动作时，定是在心里已有了什么坏主意。

赵昀唇弯了弯，道："好，我一定会到。"

无他，只为名册上"正则侯裴昱"一行字。

群英宴设在临江边的飞霞阁中，如今天寒地坼，临江水面结了一层厚厚的寒冰，这日又飘起了雪，银雪覆江，放眼望过去，天地一白。

赵昀赴宴时已晚，飞霞阁中早就热闹起来。徐世昌一听仆人通传赵昀来了，三步并作两步，亲自去门口相迎。赵昀翻身下马，将马鞭丢给下人，掸去黑裘衣上的雪片，刚一抬头，就见徐世昌满脸笑容地迎了上来。

"昀大将军，等你好久，可算盼来你啦。"

赵昀如今是太师最得意的门生，徐世昌又是太师最宠爱的小儿子，两人一见即亲近，徐世昌拉住赵昀的手，亲自带他入宴。这一宴席没有那么多规矩，见着身份尊贵的，或拱手作揖，或点头致意，也就算见了礼。不过对赵昀，他们都格外殷勤些，嘴里不住地贺他步步高升、祝他前途无量云云。一路下来，赵昀已见过名册上的不少人。

前院设下投壶，正有两位公子在比试，众人围观，乐工在一旁奏乐助兴。

一箭入壶，满堂喝彩。

徐世昌有意让赵昀在宴会上出出风头，给他们太师府赢个脸面，挥手就要撵开那两位正比试的公子。

其中一个公子不满道："好你个徐锦麟，连我都敢撵，你越来越不将哥哥放在眼里了。"

徐世昌一脚踹在他屁股上，不重，跟打闹似的，笑道："笑话，我何时将你放在眼里过？这是我设的宴，再来下我面子，当心我把你揍成猪头！"

那公子被踹了也不生气，越发笑得开了："小太岁，你尽管猖狂吧。一会儿长淮来了，难道你也慢待他？"

徐世昌抬起眼皮，轻慢地看着那人，道："长淮才算我的好哥哥，我必不会慢待了他，他也是最疼我的。至于你，又是什么东西？滚去，滚去，讨厌人。"

徐世昌推开他，从下人手中拿来一枚箭矢，回头递给赵昀，笑道："昀大将军，要不要玩玩儿？"

赵昀道："我不太会。"

徐世昌可不信他这一套谦辞，早就在爹爹那里听说，赵昀箭法百步穿杨，非寻常人能及。他道："无妨，玩玩而已。有我在，这里无人敢嘲笑你。"

赵昀见拒绝不了，接过箭，对着青壶一投，箭镞擦过壶口的边儿，没中，再投一箭，也是不中。有些人大为可惜地叹了一声，徐世昌瞪了瞪眼，没想到他会投不中。想来是赵昀出身不高，自小没玩过这种娱戏，一上手果然生疏。他忙道："就差一点儿。行啦，也没什么好玩的。昀大将军，随我进飞霞阁，我从江南特地买来一班弹琵琶的小娇娘，你是淮水人，她们弹奏的曲子，定然合你的意。"

有他给赵昀台阶下，众人也不会说什么，有人附和着也要听，想随他们一同前去。不知是谁说了一句："我当有多厉害，竟得太师和圣上如此抬举？原来是个登不上台面的。"

说话的人声音尖细，极其扎耳，因此人人都能听得一清二楚。众人面面相觑，有的得意偷笑，有的神情复杂。徐世昌心里不爽，率先发起难来，瞪向说话的那个锦衣公子，喝道："刘安，你说什么呢？！"

刘安一笑："随口说说嘛，生什么气？我又没有指名道姓。"

徐世昌喝道："我去你的！"

徐世昌人称"小太岁"，仗着亲爹是当朝太师，一贯嚣张跋扈，真真是个说发威就发威的主儿，这厢见刘安敢出言讥讽赵昀，不把他们太师府放在眼里，便一挽袖口，当即就要扑过去揍他。

赵昀伸手将他拦下，道："锦麟。"

一旁下人收到赵昀眼神，忙将羽箭捧过来，赵昀拿起一支，道："等下再去听曲，我再玩一回。"

徐世昌刚想说不要勉强，就见赵昀漆黑的眼稍有厉色，看也不看青壶方向，抬手一掷——"当啷"一声，箭已投入壶中。

众人皆是一愣，反应片刻，才有人叫彩："好，将军好准头！"

盘中共计二十四支羽箭，箭箭全中。

徐世昌看得眼都直了，嘴里不住叫好，要知道京中善投壶者众多，但如赵昀这般厉害的少之又少，他认识的，也仅仅一人尔。可惜这人故去多年，不提也罢。

转眼只剩下最后一支箭，赵昀握住箭身，迟迟未发，以指腹试了试箭镞的锋利，刹那间，利箭赫然脱手，流星一般，朝刘安的面门呼啸而去！甚至都来不及闪躲，刘安只感到耳边穿过一阵阴森森的冷风，惊得他浑身一抖，转眼耳垂处就淌下一痕血来。刘安忙捂住耳朵，抹了抹痒痛处，才见手上鲜血。众人也是反应了一阵才明白发生了什么，噤着声，谁也没说话，唯独赵昀开口道："你看，锦麟，我都说了，我不太会的。"

徐世昌差点儿笑出声，想这赵昀虽是贫贱出身，这不屈人下的秉性倒是与他们世家子弟的脾性相投。

那边，刘安吓得胯下涌出一股热流，顿时湿了裤子，忙捂住裆部。

徐世昌是个得理不饶人的，这厢看刘安面色如灰，禁不住大笑道："哎，好大一股骚味，谁尿了裤子？"

刘安挂不住脸面，当即奔向门外，匆忙间一下撞在那名奏乐助兴的乐工身上。那乐工人高马大，刘安身板儿瘦小，一头撞上去，自己倒跌了回来。原本众人都忍着笑，现在见他摔跤，再也憋不住，"扑哧"笑出声来。刘安气急败坏，爬起来一脚踹在那乐工的肚子上，乐工跌了个跟头，倒在地上。刘安尤不满意，随手端起一旁做摆设的盆景，朝乐工头上狠狠砸去！乐工抱起头，却也没防住，额头登时被砸出血来。

这刘安对他又是一通拳打脚踢："你个下流货色，不长眼吗，连小爷都撞！"

徐世昌见他在拿这乐工出气，道："刘安，你别太过分。"

刘安眼红了，脸也红了，骂道："怎么？我来赴宴，你做东家的，难道纵容一个下流货色欺辱到我头上！是谁太过分？！"

徐世昌听他分明指桑骂槐，嘴里骂的"下流货色"是乐工，实则是指赵昀。这是徐世昌第一次承办群英大宴，刘安再不济，也是有身份的人，真要铁了心地闹出乱子，搞砸他的宴会，回头他爹爹一定赏他一顿板子。徐世昌最怕他爹，心下暗道：算了，就让他打去，出掉这口气也好。

徐世昌不拦，众人也不作声，见刘安下手之毒，方才对他的嘲笑，现在也变得五味杂陈。乐工不敢还手，一个劲儿地痛呼求饶。刘安始终发泄不够，一只手捉来那投壶用的箭矢，横了横心，朝着乐工眼睛狠狠扎去！

赵昀冷道："你敢。"

还不待他出手阻拦，门外传来仆人一声响亮的通传："正则侯到——"

刘安听着他的名字，浑身哆嗦一下，如同被人兜头泼了一桶雪水，握箭的手僵在半空中。

徐世昌一喜："长淮哥哥来了。"

只见前方拥攘的人群自觉静默，回避到一侧，让出一条道来。在众人目光之中，一行人走入飞霞阁前的庭院，走在最前方的那人就是正则侯。他未束起长发，仅用一条紫缨带绑着发尾，形态随意，却最最文俊秀雅。纵然外头罩了一件厚重的雪白狐裘，也能看出他身形潇洒挺拔。裴长淮风姿过人，正如皑皑白雪，清贵至极，行近时，周遭旁人莫不低头侧身，当真是只可远观不可亵玩的神仙人物。只不过他脸色有些憔悴，略带病容，眼瞳也没多大精神，似在看人，又似不在看人。

徐世昌第一个迎上去，关心道："好哥哥，身体可好些了？今日天寒，怎么也不让奴才们给你备个手炉暖着？"

他捧住裴长淮的右手。这分明是一只经年拿剑的手，掌中还有薄薄的茧，可徐世昌握着，竟觉是冰肌玉肤，柔软得很。

徐世昌对着他的手心呵了两口热气，笑道："我给你暖一暖。"

赵昀瞧着，暗地里一笑，果真是他。这些天盘桓在他心头的种种疑云都有了答案。

裴长淮眼睛扫过飞霞阁前的一众人。有那么一刻，赵昀与他视线交接，刚要开口，裴长淮就似乎不认识他一般，不紧不慢地挪开了视线。

他看向眼前的刘安。

刘安对上裴长淮的眼,浑身忍不住一颤,立刻放下羽箭,爬到裴长淮的面前,叩首请罪:"长……小侯爷……"

裴长淮淡淡道:"好热闹。"

徐世昌见遮掩不过去,大略将此事说了一遍。越说刘安脸色就越难看。在谁面前出丑都好,他就是不愿在裴长淮面前出丑,不愿让裴长淮看到自己这副样子。现下闹成这样……刘安闭了闭眼睛,心道还不如死了的好。

众人见刘安满身脏污,脸上凶戾气未消,看上去分外狰狞。裴长淮站在他身前,长眉秀目,谪仙一般,两人似有云泥之别。可裴长淮竟将自己的狐裘解下,披到刘安肩上,为他遮掩住狼狈,又伸出左手,将刘安从地上扶了起来。刘安要跪着,可抗拒不了裴长淮的任何旨意,慢慢直起身来,含泪望向裴长淮。离得这样近,赵昀不怀疑裴长淮能闻见刘安身上的尿骚味和血腥气,可他面不改色,甚至连眉头都未皱一下。

裴长淮伸手抹了一下刘安受伤的耳垂,擦掉血迹,温声道:"你是武陵军刘副将的孩子,输就是输,别让自己更难堪。"

刘安流出泪来,脸颊贴在裴长淮的手中,颤声道:"小侯爷,我、我错了,我知罪。"

"下去领罚。"

"是……"刘安叩头再拜,低着头,默默走出院外。

裴长淮招手唤来两名随从,吩咐道:"将这人抬回侯府,用我的马车,再请太医过来好好医治。"

随从领命,两人合力将乐工抬出门去,送上马车。

徐世昌也向几个侍奉的奴才挥手喝道:"你们几个愣着干什么?快把这里收拾干净!"

善后妥当以后,徐世昌又满脸不好意思地朝裴长淮道:"长淮哥哥,都是些小事,你别往心里去。今儿请你过来是为了引你见见我认识的新朋友,也是我爹的门生……"他拉着裴长淮的手,引他走到赵昀面前,道,"大将军赵昀,淮水人氏，你当也听说过了。"

裴长淮点头，仿佛初见一般，道："将军。"

赵昀略一挑眉，怎么，这是装不认识他？

徐世昌兀自说道："大将军、大将军，叫着生疏，以后咱们就是兄弟，我在同辈中年龄最小……"他装模作样地朝赵昀一作揖，"揽明兄。"

徐世昌是个见着喜欢的人就不住嘴的话匣子，一边显摆自己为这群英大宴添了多少新鲜好玩的娱戏，一边领着裴长淮和赵昀入席。

飞霞阁下烧着地龙，里面温暖如春。

长宴上有举杯畅饮的，有吟诗作对的，也有三五聚作一团，阔谈风花雪月、家国大事的……

裴长淮一入席，众人皆停下，朝他作揖行礼："小侯爷。"

裴长淮道："免。"

迎着众人的目光，裴长淮入座，与赵昀的席位相对。裴长淮似乎还在病中，眼里没什么神采，对视线不曾离开他身上一寸、目光灼灼的赵昀，权当看不见。

与裴长淮同辈的几个人都凑到他身边去，一口一个"长淮""三郎"，有问病了那么些时日，身子可好的；也有问开春要不要一起去踏青的，去年正则侯就斗得一手好风筝，他们还等着看呢。

徐世昌挤开这些人，亲自给裴长淮斟满酒，道："哥哥，酒是一壶碧，你最喜欢。刚才你来得晚了些，没见着揽明兄大显神威，二十四箭全中。看到他，我一下就记起从隽当年也是这样厉害，但凡他出席的大宴，投壶比试，只会是他拔得头筹，旁人都……"

"喀，喀喀喀——"

旁边人立时咳嗽起来，拿手肘击了一下徐世昌，眼皮子狂眨，示意他莫要再提。

徐世昌被肘击到，浑然不自知，反口骂道："撞我作甚？我跟哥哥说会子话，可把你们眼红坏了，一边儿待着去。去！去！"

那人压低声音，急道："你个小太岁！"

他努努下巴，让徐世昌快去看看裴长淮的脸色。徐世昌见裴长淮已似失魂

015

落魄，一张好面孔全然发白，仰头将那杯一壶碧灌入口中，始终没回答他的话。他一时记起了，这一壶碧不是裴长淮爱喝的酒，是"那人"最喜欢的。眼下刚刚过了"那人"的忌日，裴长淮这回抱病多日，大抵也是为"那人"伤心……

徐世昌看裴长淮如此，心里好不是滋味。他们从前都是朋友，"那人"故去多年，难道就因着裴长淮伤心，连提这个名字都成禁忌了吗？这小太岁不是个城府深的人，心中对裴长淮有怨言，也不会藏着掖着。

徐世昌孩子气似的搁下酒壶，说道："你与他是知己，并称'卧龙凤雏'，从前也人人道我是小太岁，他是小魔主，他的知己可不止你一个。"

旁人拉住他的袖子，气道："你这是说的什么话？锦麟，你喝醉了不成？"

徐世昌不耐烦地拂开这人的手："去，我清醒着呢！"

裴长淮勉强笑了笑，对徐世昌道："我知道。"

他态度着实不轻不淡，像是回了他的话，又似没回。徐世昌一拳打在棉花上，心道没趣极了，转身离开裴长淮，去到外头迎客。

旁边的人怕局面僵住，起哄拉着裴长淮继续喝酒。他也不拒，别人请，他就喝——一杯接着一杯，一刻不停。

裴长淮话不多，多在微笑，倾听旁人说话。别人都尊他小侯爷，他却是没什么架子，笑容如春风般温柔，与谁都很合得来，除了赵昀。谈笑间，有人提及赵昀，裴长淮对他的态度不亲热，一提准要转开话锋，两三回下来，他们都心中雪亮，正则侯不大喜欢这位从淮水来的乡野之徒。正则侯的心意便是他们的心意，众人于是渐渐冷落了赵昀。赵昀也不生气，只道好玩极了，起身，随手荡着腰间的麒麟佩，信步走出去。

裴长淮抬头，望见赵昀把玩着那枚麒麟佩，先绕缠上指尖，又反着荡开来，一时出神。

旁人唤他："长淮，你在看谁？"

裴长淮一醒神，回过脸来，顿时眼有些发晕，想是醉过头。

他怕在人前失仪，低声道："我去换件衣裳。"

庭院里投壶还在继续，已有人设了赌局，徐世昌拿出他一块水头极好的翡翠，加在筹码中，比试越发激烈，喝彩声一浪高过一浪。可徐世昌跟裴长淮闹不愉快，自己瘫在椅子上，闷闷不乐。赵昀走出来，摸了摸徐世昌的额头。徐世昌仰头见是他，眼睛一亮："揽明兄？怎么出来了？可是招待不周？"

赵昀道："周到得很。我来跟你打听一件事。"

徐世昌道："你说。"

赵昀道："正则侯家中可还有什么兄弟，与他面貌相仿？"

"怎么会有？"徐世昌先是笑他这话问得荒唐，说罢，又很快收敛了笑容，叹道，"我这个哥哥，家中父兄全都在走马川阵亡了，如今侯府里就他一个。还好揽明兄先问过我，你若是亲自问他，可又要惹他难过啦。"

赵昀眼睛一眯，余光扫见一抹俊秀的身影，意味深长地说道："我不敢惹他。"

裴长淮真是喝得有些醉了，经两个小厮搀扶着，去到后院用以休息的小暖阁中。酒意催得他腹中难受，更不愿意见人，他执意遣走伺候的小厮，一人在此醒酒。小厮不敢违逆正则侯的意思，低头退下。

阁子里烧着雪炭，炭盆里毕剥作响，越发衬得此处安静。

醉得越深，梦得也越深。

他自六年前走马川一役后就爱做梦，有时是噩梦，有时是好梦。

梦里不似冬夜里这样寒冷，鹅毛一样的大雪渐渐化作春日里的飞絮，日头透过梨花树的枝叶，洒了一地的碎光。

裴长淮看着梨花簌簌，忽然间，有一赤袍金冠的少年郎从树上跳下来。他似是干惯了这翻墙越户之事，身影一定，稳稳地落在地上。瞧见裴长淮，少年眼睛笑弯，晃荡着腰间的玉佩，笑嘻嘻道："长淮，今日你是想去斗风筝，还是想练剑？尽管道来，我都能教你。"

裴长淮当时年岁比他还要小，生得明眸皓齿，玉雪可爱，见着这赤袍少年，含笑唤道："从隽。"

从隽。谢从隽。

裴长淮少时在鸣鼎书院念书，先生们都爱他天生俊才，于是格外关照他的功课,时不时便给他开小灶。

长淮也乖巧听教,旁的学生回家,他还要在学堂里听先生考问经文,因此也很少有空出去玩儿。除非——谢从隽来。

不等学堂旬休,谢从隽时不时就会翻过书院的高墙,带他偷偷溜出去,到市井中,见一见侯府里没有的新鲜东西。起先裴长淮怕惹书院先生的恼,不肯同他逃课。谢从隽也不强迫他,只从怀里掏出一个表演灯影戏用的纸板彩人儿,一面唱了句走板的荒腔,一面摆弄着彩人儿,再问道:"今天西市搭台,讲的是《赤霞客》,功课你日日都能温习,这故事再想听可得等明年了,你去也不去?"

裴长淮看那彩人儿看得眼花,越纠结,脸就越红,终是小声问道:"倘若只去一个时辰,就回来,可也不算逃课吧?"

谢从隽哈哈一笑:"不算,不算。"

这有了头一回,便有第二回、第三回……次数多了,总能给书院里的先生逮住个现行。

这日谢从隽刚让裴长淮踩着自己的肩膀翻出墙去,掌教先生看见,登时扬起戒尺,大骂谢从隽:"你这天杀的小泼才!"

谢从隽回头,也不怕,给先生鞠躬回礼:"多谢先生赏名,小泼才这厢有礼啦!"

那一双眉眼里尽是飞扬的神采,说罢就攀上树,跃墙而去,独留下半空中簌簌飘落的梨花。

那日谢从隽拉着他在闹市里撒欢儿。街道两侧,各色的店面旗帜飘飘扬扬;街面上,人群熙熙攘攘。耳边喧哗如沸,裴长淮看得眼花缭乱,谢从隽本一直拉着他的手腕,不知被谁撞了一下,两人便走散了。裴长淮出门都是坐侯府的马车,不大认识路,在闹市里晕头转向地寻找,却怎么也看不见谢从隽。长淮少时又极爱哭,父亲常斥他没有将门之子该有的血性,遇上难事时,总是会先掉下眼泪。正当心焦如焚之时,他的手被谁握住,一回头就撞进谢从隽的眼睛里。

谢从隽见裴长淮眼眶湿润,心中一惊,方才知道他害怕了,面带笑容道:"哭什么?找到你了,长淮。"

难得一场好梦,又很快被乱七八糟的思绪扯得粉碎。梦境里混沌一片,一时又变成走马川上的夕阳,亲吻着苍色的山峦。裴长淮在战场上艰难地挪着步子,脚下堆积着千百人的尸体,尸体的腐臭、蚊蝇的嗡鸣……血流殷地,真似人间炼狱一般。

他心口微微发窒,前方袭来一阵寒冷的风,抬眼望过去,见那高高的旗杆上,悬荡着一具穿麒麟明光铠的尸体……那阵寒风彻骨,钻入他袍袖之中,裴长淮浑身打了个寒战,身体往前一倒——醒了。

小暖阁,炭盆中,赤色的炭火经风一吹,颜色亮了一亮,烧得更旺。

裴长淮感受到的那一阵寒风,不知是谁推开了暖阁的门。他眼前发昏,透过珠帘,隐隐瞧见一个挺拔却模糊的身影。麒麟佩在那人手上荡来荡去,发出鸣玉一般的轻响。裴长淮怔然片刻,一时间恍惚以为自己还在梦中:"从隽?"

对方掀开珠帘,现出极英俊的一张脸,声音清朗,道:"终于找到你了,长淮。"

裴长淮一愣。

那人再走近些,伸手捉住裴长淮的袖子,目光几乎是逼视着他,巡了两番,才问道:"或者,你还是更愿意听我敬你一声'正则侯'?"

裴长淮这下彻底清醒了:"赵昀。"

赵昀握着他袖子的手越发收紧:"哦,我当正则侯不认识我呢。"

裴长淮腕上吃痛,蹙眉道:"放手。"还是那一副命令的口吻。

那夜赵昀还道他实在不是个寻常的刺客,如今得知他原来是正则侯,才明白这一身的骄矜从何养来——裴家,长戟高门,京中显赫。这在侯府里长大的三公子,当今的小侯爷,被他那般无礼对待,能没有脾气吗?

不过,他赵昀从不惧于这一点,并没有放手。

赵昀笑吟吟道:"偏不,你又能奈我何?"

裴长淮苍白的脸色顿时浮了一层红,剧烈咳嗽起来。

他的病还未痊愈,又喝那么些酒,给赵昀一气,此时咳起来跟要命一般,只恐咳出血来。

赵昀见他竟恼成这样,也不敢逼急了他,忙道:"好好好,我放手。"

他很快放手，转身去到裴长淮旁边坐下。

裴长淮腰身直挺，板板正正地坐着，赵昀则是随意一歪，手撑着脑袋。中间仅有一桌之隔。

片刻无言，赵昀决定先发制人，道："小侯爷，你在芙蓉楼趁我酒醉入我房里，这如何抵赖？"

裴长淮起身就要走。

赵昀也不急，优哉游哉地道："就这么走啦？小侯爷今日来飞霞阁，难道不是为了见我吗？"

裴长淮脚步一顿，却没有回身，用冷淡的声音问："何出此言？"

赵昀笑了笑，就知自己猜得不错："你老师陈文正最近遇到了不小的麻烦，素闻正则侯重情重义，想必不会坐视不理。"

在群英大宴之前，裴长淮收到一则秘密消息——皇城司的人奉命前去陈文正的故乡，刺探陈家往事。如果没有明确的线索和证据，皇城司不会轻易出动，去着手调查一个前朝官员。裴长淮疑心老师陈文正给别人拿住了什么把柄，立刻请陈文正到府上，问他从前在故乡时可行过什么差错。陈文正知道裴长淮既来问，就非同小可，斟酌片刻，同裴长淮如实交代，自己入京赶考之前，曾在扬州老家纳过一位妾室。

裴长淮听着原以为不是什么大罪，可下一句话，就让他皱紧眉头，意识到事态不妙。那女人名唤曼娘，本是陈文正的父亲养在房中的，陈文正自少年时就对之爱慕难舍，待父亲过世以后，便将她偷偷纳为妾室。直到他入京赶考，另娶贤妻，才与曼娘断了情分——与家中父亲的妾室通奸，此等有违人伦、帷薄不修的丑事，一旦败露，就能立刻折断陈文正的官途和声誉。

陈家一开始是打算杀了曼娘，永绝后患，可陈文正始终觉得对不起她，不肯答应，陈家奈何不了，便只能将这妾室一直安养在陈府的别苑中。好在曼娘念着往日与陈文正的旧情，一直安安分分，不曾闹过什么乱子，所以，多年来也都相安无事。

说罢此事，陈文正背脊上一层热汗，皆因惭愧和羞报，不想自己一世清名，终将因这曼娘晚节不保。

裴长淮没有对他的行为做任何评价,只问:"倘若本侯愿意替老师出面,送那曼娘一程,彻底了结此事,老师可否答应?"

陈文正跪在裴长淮面前,以袖抹泪,道:"曼娘膝下没有一子半女,在老宅孤苦伶仃,一个人度过这春秋数十载,其中困苦可想而知。她这辈子不曾让老臣难堪过,老臣也非忘恩负义之辈。宦海沉浮,皆是命数,小侯爷,还请手下留情。"

裴长淮微微一笑:"很好,如此事情就还有转圜余地。"

裴长淮想,那皇城司十有八九便是奔着这曼娘去的,他马上派了自己的一队亲信出城,到扬州接曼娘到京,不料还是晚了一步。这队亲信回京复命,在京城近郊的驿站落脚时,正好碰上皇城司办差的官爷。亲信从谈话间偶然听到,他们一直将曼娘软禁在驿站中,迟迟未带入京城。亲信立刻回侯府,将此事禀报给裴长淮。

裴长淮一听,心中雪亮,这是幕后之人将刀架在陈文正的脖子上,等着谈筹码呢。那么这幕后之人又是谁?除了陈文正近来参奏最多的赵昀,不作他想。

裴长淮甚至猜测,亲信从皇城司口中听说曼娘被羁留在驿站一事也并非偶然,而是赵昀有意为之。没有透露给任何人,偏偏透露给侯府的人,那么就意味着,赵昀想要谈筹码的对象不是陈文正,而是他正则侯。

裴长淮转过身,看向赵昀。

赵昀以肘撑着上半身,仰在榻上,将腰间的麒麟玉佩摆过来弄过去,笑嘻嘻地再问:"小侯爷,你走是不走了?"

裴长淮抿着嘴唇,一言不发,半晌后,重新坐回榻上。

他冷声问道:"你到底想怎么样?"

赵昀靠到那榻中间的小炕桌上,用手托着下巴,眼眸清亮,道:"我来京之后,曾给正则侯府递过三次拜帖,小侯爷都一直称病,不肯相见。我总要想想办法,令侯爷非见我不可。"

"只是想见我?"

"对,就是想见你,而且还是你主动来拜见我才好,因我赵揽明最不喜吃闭

021

门羹。"

裴长淮听出赵昀似乎对自己不被侯府迎为座上宾一事耿耿于怀,因着这件事,赵昀早就将他记恨在心,这才又借陈文正的事发难。

裴长淮道:"如今你见到了,可以放人了吗?"

赵昀道:"我要见的人是正则侯。"

裴长淮皱起眉,问:"何意?我就是正则侯。"

赵昀看着他被酒意熏红的耳尖,笑了笑:"你是正则侯,还是长淮?"

裴长淮手指骤然一紧。

赵昀问道:"连拜帖都不收的正则侯,芙蓉楼那一晚为什么入我房里?长淮,你明知道我是谁,别跟我扯什么认错人的话。"

裴长淮实在不解,赵昀为何拿着陈文正的天大把柄不谈,反而跟他清算芙蓉楼的账,只能再道:"本侯无心害你,否则你今日不会好端端地坐在这里。"

"无心害我吗?"

赵昀拂开那隔在二人中间的小炕桌,身体逼近裴长淮。

突如其来的压迫感令裴长淮一下向后仰去,在他撞到凭几之前,赵昀抬手护住他的头,也令他退无可退。

他道:"趁夜入我房里的不是正则侯?"

他的动作存了些善意,可视线锋利,没有任何温柔意,裴长淮甚至在他神情中看出一丝丝的怨恨与憎恶。

赵昀质问道:"为何接近我?"

赵昀步步算计别人,如今还要疑心别人步步算计他?简直可笑。当他裴长淮是什么人,正则侯想对付一个人,难道还要用这种下三滥的法子不成?他抬手揪住赵昀的领口,道:"你当自己是什么东西?"

赵昀冷笑道:"不知道,所以正要问一问小侯爷。"

他低头掐住裴长淮的脖子。

裴长淮推开他,握拳就朝赵昀的脸上打去。赵昀头一偏,口中立即弥漫起腥味。

裴长淮这一拳到底留有余地,没有下狠手。他咬牙切齿道:"赵昀,你找死！"

赵昀以指腹抹了抹嘴角，果真见血，一见血，更有种怪异的兴奋，笑眯眯道："谁先死，还不好说呀。"

裴长淮抬手一掌，击向赵昀肩头。若换作平常，这一掌定有凌厉无匹的力道，可他病体未愈，今夜又喝了许多酒，出手不够快，也不够狠。赵昀将他连续的反抗与抵御皆用巧劲儿化解，牢牢压制住裴长淮。

"赵昀，赵昀！你滚！"

裴长淮挣扎不得。

一壶碧的酒气在空气中弥漫，裴长淮心道，自己真是醉得不轻，才会三番五次从赵昀身上看到谢从隽的影子。两人除了声音相仿，还有一些不经意做出的小动作，或者从某些角度看上去，除了相貌有三四分相似以外，本就是天差地别的两个人——从隽温柔，赵昀恶劣；一个光风霁月，一个城府深沉。哪里像？

裴长淮始终不肯卸下力道，赵昀很快失去耐性，心一狠，反拧裴长淮的手腕。腕骨处乍起剧烈的疼痛，令裴长淮浑身一抖，这厮脾气真偏，如此竟没叫出声。赵昀看他脸都白了，额头被汗水打湿，浸得一双秀美的瞳仁越发漆黑。或许不该如此形容统领武陵军的正则侯，但赵昀在芙蓉楼里见着他时，就知裴昱是个美人。

赵昀心软了几分，唤了一声："长淮。"

裴长淮眼瞳紧了紧，再次怔住。

"知道疼了？"赵昀轻快道，"看你还敢不敢惹我。"

裴长淮指尖都发了麻："你……"

他一定是给魇住了，就因为赵昀与谢从隽三四分相似，便任由着他胡作非为。赵昀的目光如利刃般危险，裴长淮能清晰地感受到他的侵略性。

赵昀低声道："长淮，还不愿意好好说话？"

方才在飞霞阁中，如同众星拱月似的，人人都敬着裴长淮一人，裴长淮越是高高在上，越是不容冒犯，此刻赵昀压制住他的想法就越强烈。

小暖阁外有两三个公子经过，几人谈笑的声音传入阁中，裴长淮怕有人进来，惹恼赵昀，谈崩了陈文正的事情，紧咬住牙关，不敢再发出任何声音。

赵昀却不怕，把他的手拧至身后，牢牢按住。

"现在能好好说话了吗？"

两人扭打在一处，裴长淮真切地感受到赵昀身体鲜活、滚烫，不像谢从隽。他最后一次摸到谢从隽的手时，跟冰一样，寒冷僵硬。

裴长淮眼角淌出泪来，闭上眼。

就在此时，门外传来一阵敲门声，是徐世昌的声音："长淮哥哥，你在里面吗？"

夜里下起雪，徐世昌从仆人口中听说正则侯醉酒，正在暖阁中小憩，没撑伞就赶了过来。若是从前，他肯定直接推门而入，可这刚刚在宴上与裴长淮闹了不愉快，徐世昌认定长淮不愿意见他，便没有贸然进去。没听人回应，徐世昌叹道："好哥哥，我知道你在里面，不愿意搭理我，是因还在生我的气。"

赵昀笑起来看他，长淮眼里光色锋利，带着怨怒。

赵昀低头轻声道："好哥哥。"

徐世昌称他"哥哥"，全为情义，给赵昀学了去，一叫，尽是难言的讥诮。

徐世昌对暖阁里的事全然不知，垂头丧气地道："方才我说话是难听了些，我同你认错。如今从隽是不在了，可他活着的时候，造出多少新鲜好玩的事，便说这群英大宴吧，也是他的主意。难道旁人不提，你就能忘了吗？"

从隽，从隽。

他方才在宴上就听到过这人的名字，徐世昌一提到从隽，裴长淮就变了脸色。

赵昀来京之前，曾仔细摸查过京城世家名门的底细，对"从隽"一名依稀有几分印象，只是现下给裴长淮缠住，想不起更多。不过听徐世昌这意思，这人当是裴长淮的旧友，大约是死了，令裴长淮心中郁结难解。

赵昀瞧他因徐世昌的话分心，眼睛都失了神，一时不痛快，松手将人推得趔趄。

久久听不到回应，徐世昌怕他醉得深，没听见自己这番话，问道："长淮哥哥，你听见了吗？"

他尝试敲了敲门。

裴长淮回答徐世昌:"我睡下了,刚才不曾生你的气。"

徐世昌一听,心花怒放:"真的?那我进来了。"

"别!"裴长淮只得想法子快快将徐世昌打发,道,"锦麟,我有些累了,让我单独歇一会儿。"

徐世昌听他声音有气无力,想是为谢从隽郁郁寡欢,不愿见到旁人。

徐世昌在京中惯是横着走的,就算大内皇宫也是说去就去,可在裴长淮面前一向乖巧,他不愿意见,徐世昌强迫不来。

"你不怪我就行,长淮哥哥,你好好歇息,等宴席散了,我安排马车送你回侯府。"徐世昌说罢,又嘀咕了两句,"这会子也寻不见揽明兄,可别是醉在雪地里,我也要去找找。"

他脚步声渐行渐远。

待阁外安静下来,赵昀扳过裴长淮的肩膀,让他正对自己,居高临下地看着他,问:"从隽、从隽的,我有些好奇,到底是什么人物能值得小侯爷如此挂念?"

裴长淮轻怒道:"不关你的事。"

"是吗?"他原不把这事放在心上,不再纠缠,只是命令道,"看着我。现在没人了,你求我。"

裴长淮一声不吭。

赵昀道:"你求我,我就放过陈文正,怎么样?"

他将别人的生死与这样的琐事挂钩,裴长淮一时捉摸不透,在赵昀眼中,是陈文正的生死太无关紧要了些,还是这件琐事太过重要了些……

可无论如何,都让裴长淮极为难堪。赵昀成心要跟他对着干,定定地瞧着他,似在等他开口。裴长淮终于没了耐性,抬手打了赵昀一巴掌,"啪"的一声,说不上轻也说不上重。赵昀此生还没有被谁打过耳光,顿时眯了眯眼,道:"来求我办事,你就赏我这个?"

裴长淮自小儒雅周正,没学过市井里骂人的话,憋了半晌,才呵斥出一句:"畜生!"

赵昀看他生起气来，一双狐狸眼尤为雪亮，可比在众人面前那一副高不可攀的模样俊多了，一时笑道："我是畜生，那求畜生办事的又算什么？"

他恨赵昀，更恨自己好没骨气。

裴长淮恢复那副冷淡模样，对赵昀道："滚出去。"

赵昀坐在榻边，回头看裴长淮紧紧闭着眼睛，心头软了软，声音低下几分，道："小侯爷放心，我会将曼娘送到陈文正手中。"

裴长淮已听不进他的好话，道："你费了这么大的功夫，到底有什么目的？"

到了此刻，赵昀也不妨直说道："授官时，圣上想派我去统领西营，我跟他说'素闻裴家军威名，即便只是做末流的小兵卒也好，还请圣上将我放到北营历练历练'。"

北营武陵军，这是一支由老侯爷裴承景亲手创建的精锐之师，军中要职皆由裴家的亲信与心腹担任，因此也有"裴家军"一名。可这"裴家军"一名，就似一把利刃悬在侯府的头上，万万称呼不得。

裴长淮道："北营只有隶属于皇上的武陵军，没有什么裴家军。"

赵昀摆弄着腰间的麒麟佩，漫不经心地说道："哦，是吗？我竟称呼错了，可圣上貌似并没有纠正我。他还说要问一问小侯爷你，看军营中还有没有合适的位置。看来武陵军还是正则侯在当家做主嘛。"

他这一言就是在提醒裴长淮。倘若皇上完全信任正则侯府，信任裴家，皇上便会当场责罚赵昀失言之罪，更不会打算派赵昀来北营分掌裴长淮的军权。皇上并没有这样做，那便是对裴长淮存了三分疑心。可迄今为止，皇上都没有派赵昀到北营，也从未跟裴长淮提起过此事，一直就这么拖着……无非只有一个理由——皇上是打算将此事留给赵昀处理，由他自己想办法说服裴长淮，准他进武陵军。倘若成了，赵昀入武陵军，制衡裴长淮；倘若不成，也是赵昀行事不当，错只在他一人，不至于伤了裴家与天家的颜面。但若结果真成了后者，只怕日后皇上会对裴家更加忌惮。难怪赵昀拜官以后，率先对正则侯府发难，他要想在京中站稳脚跟，必得先过了裴长淮这一关。

裴长淮将此事背后的算计想清楚以后，第一反应不是觉得君心难测，而是疲惫不堪。他裴家已为大梁江山付出了三条性命，到头来却还遭如此猜忌，派了个赵昀来试探他的忠心……

裴长淮半睁着沉重的眼皮，问："你想来北营？"

赵昀道："求之不得。"

裴长淮道："为什么？"

赵昀一笑："我不是说了吗？久仰武陵军威名。"

搪塞之言，裴长淮不会相信，不过赵昀既不想说真话，他也不再追问。

裴长淮再度闭上眼睛，道："快滚吧。"

"小侯爷让我滚了两回，可见是真心讨厌我呀。"赵昀见他是答应了，心情大好，笑容越发深，"来日去到武陵军，还请小侯爷多多关照。"

眼见裴长淮又要打他耳光，赵昀先行一步站起身。

他道："长淮，回头见。"

赵昀得偿所愿，步伐轻快，出了小暖阁。

徐世昌寻了赵昀半天，不见人影，这会子见他从后院的方向走出来，一时好奇："揽明兄，你去哪儿了？方才一直找你不见。"

赵昀笑道："见到一个美人儿，便多说了两句话。"

徐世昌乃是纨绔中的纨绔，听到"美人"二字就嘿嘿笑了两声，不再追问下去，只道："这群英宴，你可喜欢吗？"

赵昀眨了眨眼睛，道："喜欢。"

徐世昌高兴极了，又拉着他喝了一场酒。很快，宴会渐入尾声，赵昀辞了宴，独自离开飞霞阁。卫风临一直守在阁外，见赵昀出来，立即撑开伞，替他遮住夜里的飞雪。

赵昀拂去臂弯上的雪痕，道："明日让皇城司的人将曼娘秘密送去陈文正府上。"

卫风临心思一定，问："成了？"

赵昀笑道："你昀大将军出师，无往不利。"

卫风临还有些忧虑道："怕正则侯出尔反尔。"

"不会。"

裴长淮对那刘安说的一句话，"输就是输"，可见气节。

027

"正则侯是一个自持骄矜之人，不齿于失信之事。"赵昀抿了下嘴唇，微笑道，"我很喜欢。"

赵昀没有上马，而是沿着长街信步行走，卫风临伴他左右。他随手把弄着玉佩，忽然摸到腰际还掖着一条黛紫色的长缨带，是裴长淮束发用的，应是方才两人厮打之时不慎掉落的。赵昀沉吟片刻，将这物收拢于掌中，负手在后。卫风临一直在门外守着，什么人进出，记得一清二楚，很快认出这是属于正则侯的，却不敢多问，兀自沉默着。待四下无人时，他才颔首道："恭喜爷，离复仇大业又近一步。"

行走在风雪中，赵昀一时闭起了眼，细细感受着风刀霜剑扑面而来，耳边听着雪打在伞面上发出的沙沙声音。

京城的长夜难得因这一场雪寂静许多。

片刻后，他睁开眼睛，眼底映着白刃一样冷冷的光，沉声道："不急，不急。"

第三篇章
侠少年

从隽爱剑，
赵昀好枪，
终究还是不同的。

入夜以后，赵昀回到将军府，先是去沐浴一番，再照常去书房练字。夜间，管家卫福临领着一个面容白净的小厮到书房来。一开始，他们只站在门外，卫福临袖手垂首，安静地候着。小厮本低头跟在卫福临身后，见他迟迟不开口，好奇地抬起头，越过管家，看向书房外的卫风临。

大约等了一刻钟，赵昀搁下笔，卫风临才侧身避开，准管家入内禀告。卫福临进书房，见赵昀穿着玄色单衣，领口微微敞开，头发用缨带随意绑起，瞧着极为潇洒疏狂。他已从风临处听说赵昀即将入武陵军一事，脸上笑眯眯的，道："扬州总商的人来问候爷讨赏了。"

赵昀没抬眼，继续对着书帖瞧自己的字，悠悠然喝了一口茶水，道："来得真及时，你代我回个话去，多谢他当日在芙蓉楼的款待，扬州河道总督不日就会去跟他商谈疏浚工事。他千方百计地想揽下这么个肥差，可别办砸了，丢了本将军和太师的脸面。"

陈文正的老家就在扬州，曼娘这个把柄最先是给扬州总商的管事拿住的。他本意是想以此要挟陈文正，拿到疏浚河道这一项肥差，可陈文正此人性情太过刚硬，素有清名，到最后说不好宁肯断了自己的官途，也绝不受他人摆布。陈文正不好找了，扬州总商脑筋转了转，立刻找上陈文正近来弹劾最多的赵昀。这人乃朝中新贵，又是太师的得意门生，谁都想赶着烧一烧这口热灶，当日在芙蓉楼设宴，便是为了与他商谈此事。

不过赵昀当时对他的条件兴致缺缺，没领他的情，过了两三天，也不知怎么回事，竟一口答应了下来。总商管事猜测是那陈文正欺人太甚，把赵昀惹毛了，但不论如何，这笔交易总算做成。

卫福临上前将一个锦盒搁在赵昀的书案上。

赵昀问:"这是什么?"

卫福临回答道:"扬州总商为了疏通上下,打点给老奴的钱财。"

赵昀道:"既是打点你的,你就收着吧。"

卫福临垂眉低眼,道:"老奴在田庄子上务农务了半辈子,是个老实的本分人,不敢收。"

赵昀笑起来:"本分?别人家的豪仆顶多百两银子就能打发,你生生坑了他们一斛珠,真够本分的。行啦,收进库房,以后这种小事儿就不必告诉我了。"

卫福临见赵昀笑着,想来心情极好,便退出了门外。

这夜雪霁时,曼娘被送往陈文正府上,见着她,陈文正泪水沾襟,顿足痛悔良久。

裴长淮从群英宴回来以后,就不大爱见人,其间写了一封奏折,以改革军制、需要人手为由,请皇上将赵昀放到北营中,任都统一职,位置仅次于裴长淮之下。皇上欣然答应。陈文正心知肚明,这大概就是裴长淮为了保住他的官途与性命所做的牺牲。

"老臣有罪,愧对老侯爷,更愧对小侯爷。"

陈文正跪在裴长淮面前,连声请罪。

"人非圣贤,孰能无过?"裴长淮放下书卷,认真地看向陈文正,道,"从前老师在侯府教我书法,讲'字如其人,君子当清正',从隽生前十分钦佩老师为官清廉正直,也最欣赏您的书法。"

提起谢从隽,陈文正心中更不是滋味,道:"老臣惭愧。爵爷的行书青出于蓝,潇洒不羁,其风骨远胜老臣数倍,若非他英年早逝,想必在书法上也可自成一派。"

裴长淮微笑道:"当日我问老师,愿不愿意用曼娘的命换自己的前程,您没有辜负从隽的敬意,也不曾令本侯失望。安置好曼娘,此事就算了了。起身吧。"

"谢侯爷。"

陈文正用袖子抹了抹眼角的泪水,颤颤巍巍地从地上站起来。

仆人将陈文正送出府去，紧接着军营里的士兵来报，北营武陵军一切准备妥当，只待侯爷明日去点兵。裴长淮闭上眼，想到届时又会见到赵昀，真的头痛不已。这时，一个小毛头晃荡着手里的玉铃铛，叮叮当当地响了一路，蹦蹦跳跳地进到书房中。

奶娘在后紧跟着，忙揽住他的腰，低声劝道："我的小祖宗，侯爷正忙公务，咱们去别处玩，好不好？"

士兵一回身，见那小孩儿穿浅碧色貂袄，头顶锦皮小帽，粉雕玉琢，当真可爱极了，正是侯府二公子裴行的遗腹子——裴元劭。

裴长淮见了他，眼里淌出温柔意，道："无妨。元劭，过来。"

元劭喊着："三叔。"

裴长淮让一干人等退下，抱起元劭，搁在自己的腿上。

元劭让裴长淮看他的玉铃铛，晃出清脆的响声，又搂着他的颈子，说："三叔，送……嗯……送给你，挂、挂在身上……嗯……我就能听见，三叔，回家。"

像他这么大的孩子，已经可以诵诗认字了，但元劭说话还磕磕巴巴的，口齿不清。不过裴长淮很耐心地听他一字一句说完，然后点头道："好。"

大梁直属皇帝的军营分东、南、西、北四营，其中以北营武陵军为首，兵力最盛，单单一个营就有两万人，将士们又配备铁甲利兵、良驹战车，战斗力彪悍威猛，素有"虎狼雄师"的美誉。

当年老侯爷裴承景陪先皇从潜邸杀将出来，护着先皇荣登大宝，全凭这支百战百胜的武陵军。

这天，天刚蒙蒙亮，北营中三千精兵皆列阵在校场，一片明光铠甲如满地银雪，静时如巍峨的山，动时如奔腾的风。

旌旗猎猎，气势汹汹。

裴长淮身穿银白轻甲，肩披火焰披风，未戴头盔，鬓角编着辫，将稍短的头发一丝不苟地塞入红翎冠中，一贯清俊的面容多了几分霜雪凛冽般的锐利。

他骑着骏马走过万军丛中,将士们皆握拳按在心脏处,垂首致敬。

火头营的士兵本与此事沾不上边儿,不过有两个在厨房做事的杂役早就想瞻仰瞻仰正则侯的神威,忙里偷闲,就跑到校场放兵器的架子后方,遥遥望了一眼。尽管隔得太远,看不太真切,但杂役也能瞧出正则侯气质临风玉树,不禁叹道:"果真是神仙人物,可哪日真到了战场上,长这个样子,怕不是要给敌人看轻。"

"岂不更好?战场上最忌轻敌。"另一个杂役哼笑道,"你知道吗?六年前在走马川上,老侯爷以及两位少将军相继战死,裴家上下就剩了一个裴三郎承袭爵位。他不想父兄在武陵军的大权落到别人手上,就去请示圣上,想要接掌武陵军……"

那杂役回道:"武陵军本就是老侯爷所创,交给小侯爷,名正言顺。"

另一个杂役继续道:"名正言顺?你以为军中那些个老将是好惹的吗?从前老侯爷在时,他们还有三分忌惮,待他去世以后,谁都想争夺主帅一位。"

"唉,这倒是。谁也不想一辈子待在别人手下做事。特别是小侯爷,还这么年轻,那些老将军肯定不愿意被他压一头。不过,不愿意又有什么用?最后接掌武陵军的还是小侯爷。"

"要么说千万不要轻敌呢。从前人人都说,老侯爷有三个儿子,其中就数三郎最不成器……"

正当此时,从他们后方丢过来两枚红彤彤的火晶柿子,这火头营的杂役也并非泛泛庸才,立刻察觉后方有异样,回头,将柿子接住。两人均看向投掷的方向,慢步走过来一个着黑衣红缨的公子,身段潇洒倜傥。他们忙问:"什么人?"

那人回答:"我刚从火头营出来。"

杂役一听,疑心道:"我们就是火头营的,怎么从没见过你?"

"今日刚到军营。"

他们不怀疑有人会私自潜入北营,没人能,没人敢,便相信了他的话。杂役将那柿子在胸口衣服上抹了两抹,咬下一口,嘴里立刻泛起蜜一样的甜。他们待这人也客气许多,问道:"谢了,你也来看点兵?"

那公子手里还余下一枚火晶柿子,被他丢上丢下地把玩,道:"你们刚才说谁不成器？也同我讲讲。"

杂役续道："对，对，还未讲完。我是说正则侯，他小时曾跟随父兄来军营里历练过半年。可能当时侯爷年岁还小，给他剑他不会砍人，给他只鸡他都不敢杀，总之惹了老侯爷好大的怒，当着一干军士的面大骂他是庸才废物，难成大器。这件事，在军中待久了的前辈都知道。"说着说着，他左右瞅了一眼，见四下无人，才敢窃笑道，"还有，还有，侯爷小时候其实跟个丫头一样爱哭，还总挨训，在军营里跟在他爹爹、哥哥后头，成天都红着眼睛抹泪儿，一哭，老侯爷就拿藤条抽他，抽得那叫一个狠，可把那些个老将军心疼坏了。"

那丢着柿子玩儿的公子一笑："哦？此事当真？"

"我骗你干什么？这都是我大伯父说的，我大伯父在军营待了几十年，不会说假话。"

那公子挑了挑眉，问道："你大伯父也在军营当兵？"

杂役自豪道："那是，我的差事还是他为我谋来的。他可跟了老侯爷好多年啦，没有功劳也有苦劳。"

另一个杂役简直耳朵起茧，可不想再听一遍他吹嘘自家的大伯父了，赶紧将话锋拉回正则侯身上，问："然后呢？然后呢？"

杂役道："然后……然后那些老将军就一直没有把小侯爷放在眼里。他要来接管武陵军，大多数都不同意，哪知道他离开了父兄的庇护，竟那样厉害，玩沙盘、论兵法，没人能比得过；军中第一猛将贺闻贺将军跟他对剑，一招，仅仅一招，小侯爷就把贺将军的剑斩断了……"

那人恍然大悟道："怪不得，贺将军现在唯侯爷马首是瞻，别人的命令他都不听呢。"

两人边说边嘬完了手中的火晶柿子，回头看那公子，问道："对了，还没问你叫什么名字呢？分到哪个营，快跟哥哥说说，看在你这柿子的分儿上，我们以后可以多照顾照顾你。"

那公子说："我叫赵昀，照顾就不用了，多谢好意。"说罢，他径直走向点将台。

两个杂役一开始还没反应过来，嘀嘀咕咕说这人有点儿狂妄，没一阵儿，其中一个杂役膝盖一软,顿时朝赵昀离去的方向跪下。

"你跪下干什么?放心,没人管我们这种小人物。"

"都统……"

"什么?"

"是皇帝亲封的将军,北营将要上任的大都统赵昀。"

在众人的目光下,赵昀堂而皇之地踏上点将台,朝着坐在主位上的裴长淮走去。忽然,一个身穿铁甲的刀疤脸挡在他面前,冷着脸,分明不准他继续靠近。赵昀看他腰间悬着两副剑鞘,军中用双剑的人很少,能伴在裴长淮左右的人更是少之又少,所以赵昀一下就猜出,这位便是以前素有第一猛将之称的贺闻贺将军——"以前",便是败给裴长淮。

贺闻冷道:"你来晚了。"

赵昀道:"来晚了,又怎么样?需要军法处置吗?"

"贺闻。"

裴长淮知道赵昀这厮不太好惹,如今他贵为大都统,真要整治起贺闻来,并非什么难事。他让贺闻避开,淡声道:"请都统上座。"

赵昀揽了一下胸前的发绳,笑吟吟地越过贺闻,坐到裴长淮的右手边,将手中的火晶柿子递给他。裴长淮不知他给自己这个做什么,接得有些茫然。赵昀眼仁儿过于亮了,道:"小侯爷,尝尝,是甜的。"

裴长淮心中蓦地一跳。

他扬着笑意的侧脸,真是像极了谢从隽。

台下指挥列阵,士兵们手持黑旗,旗面上以金线绣着"武陵"二字,旌旗飘扬,从龙蛇阵变化至飞鹰阵。武陵军的将士们皆戴狮首胄,顶红雀翎,衬得身姿英武不凡。

步伐撼地,呼喝动天。

赵昀仰在椅子中,一条腿搭在扶手上,坐得是放浪形骸,看久了,便懒懒地打了一个哈欠,似乎对这场点兵并没有太大的兴致。贺闻见他如此行径不端,跟市井里的地痞流氓有何分别，完全不明白裴长淮为何跟皇上举荐他做都统。要说赵昀平定流寇有功，可就算没有他，武陵军也有本事将那些贼人收拾得服服帖帖。老太师却说，杀鸡焉用牛刀，贸然动用武陵军，倒是给贼人长了脸面，黎民百姓会以为皇上真将那群宵小放在眼里。不如启用一个无名小卒，令天下贼子都看看，天下贤才尽归皇上所用。如此一来，四海莫不震慑，往后也再不敢作乱了。

老太师的一番话说进了皇上心坎中，他又趁势举荐赵昀为主将，如此才给赵昀酿成今日嚣张气焰的机会，不将任何人放在眼中。在赵昀打了第三个哈欠以后，裴长淮终于开口问道："都统觉得没意思？"

他目不斜视，没有看赵昀，依旧看向点将台下的士兵。

赵昀懒洋洋道："小侯爷勤勉，每三个月一小阅，半年一大阅，可看来看去也就这些东西，有何新鲜？况且，摆在明面上的都是旁人想让你看到的，那些不想让你看到的，才算有意思。"

裴长淮这才用正眼看向赵昀，问道："依都统之见，有什么是他们不想让本侯看到的？"

赵昀指尖在扶手上敲了两敲，笑问道："你想知道吗？"

裴长淮微微一蹙眉，见赵昀如此神态，指不定又藏着什么坏腔，便不搭理。

贺闰见况，不冷不淡地道："都统要寻有意思的事，点兵后还有一场武搏会。"

赵昀一听便来了兴致："哦，这个我知道。听说贺将军被誉为武陵军中第一猛将，皆因年年都能在武搏会上夺得头筹。"

贺闰抚剑，挺了挺腰，睥睨道："都统过奖。"

"正好，我一直都想跟贺将军过过招。"赵昀道，"不过，比武单论输赢，也好没意思，可有什么彩头？"

贺闰道："一把金刀，武搏会也称金刀会，就是源于此。其余不外乎金银珠宝、绫罗绸缎。"

"这些？"赵昀撑起下巴，"没意思，我又不缺。"

贺闰笑了笑："比武尚未开始，都统就认定自己能赢吗？武搏会上可只论较量，不论身份，不管你是谁的门生，上了擂台，谁都不会手下留情。"

赵昀听贺闯这弦外之音，似乎对他凭借老太师上位一事甚是不屑。也难怪，凡是在武陵军中位高权重的人，皆是用一刀一剑拼杀出的功名，比赵昀吃过更多的苦，付出过更大的代价。如今见赵昀不过就立下一件横草之功，却能依傍着太师这一阵好风直上青云，官位显赫，贺闯仅仅是不屑，已算好的。诸如陈文正一流，天天上书痛骂他德不配位，成日里不想别的，就等着瞧他倒霉，可比贺闯歹毒多了。

故而，赵昀也没生气，转头笑吟吟地瞧向裴长淮，道："倘若我赢了，来向小侯爷讨个赏。"

裴长淮冷淡道："本侯没什么能赏将军的。"

赵昀笑得越发深："怎么我还没说，小侯爷就似知道我要什么了？难不成小侯爷对我……"

"你说。"裴长淮当即打断他，以免他再胡言乱语。

赵昀这时倒不急着说了，只道："且等我夺了金刀献给小侯爷，再说也不迟。"

持续至午时，点兵入尾声，要待午膳后，武博会才开始。

火头营炊烟袅袅，早就备好饭菜，犒劳操练多日的各营将士。裴长淮与将士们吃食一样，不过是在帅帐中用膳，唯独贺闯伴他左右。

赵昀这会子又不见了踪影，裴长淮问起，贺闯答："末将派人跟着他，回禀的士兵说，赵昀在各处营里乱逛，现在到火头营去了，正请教厨子怎么买面粉，怎么蒸馒头……"

贺闯嗤笑一声，直摇头，低声骂道："乡野村夫。"

裴长淮给贺闯夹了一筷子菜，淡声道："贺闯，我教过你，时刻谨言慎行，不在背后论人是非。你心直口快虽不算错，可入京这么多年，祸从口出的事见得还少吗？"

贺闯一时语塞，小侯爷这话听着像是在提点他，可感觉又像是在护着赵昀。他不敢再多言，低头道："是，末将谨遵侯爷教诲。"

用过膳后，裴长淮倦意上头，打算在武博会前再小憩片刻。贺闯亲自为他铺好床铺，又在暖笼中添了两块炭火，将营帐熏得更暖一些。贺闯退下前，裴长淮将那一枚火晶柿子赏给了他，意在提醒，道："赵昀不简单，你在他面前一定当心。"

贺闰双手捧着火晶柿子，思虑片刻，还是选择遵从裴长淮的话："是，谢侯爷赏。"

贺闰垂首离开帅帐，刚走出一段路，不想迎面碰上赵昀。他刚听过裴长淮的提醒，纵然心里不情愿，表面上对赵昀倒也态度恭敬："都统。"

赵昀一眼就瞧见他送给裴长淮的柿子如今落到了贺闰手中，脸色一沉，连贺闰抱拳行礼也不理，径直朝着帅帐走去。帐外的士兵想要拦住赵昀的去路，没拦住，又不敢擅自动手，跟着他一起进了帅帐。

裴长淮身上轻甲刚解开一半，回身便见赵昀等人闯了进来。

士兵扶了扶歪掉的头盔，这厢撞见裴长淮仪容不整，不敢多看一眼，忙垂首请罪道："小侯爷，都统他要来见您，我们拦不住……"

裴长淮道："无妨，你们先退下吧。"

屏退众人以后，裴长淮褪掉轻甲，仅穿一件单薄的茜色武袍，肩宽腰窄，身量颀秀。他不曾回身，将轻甲端正地挂在架子上，问道："都统何事？"

赵昀直言道："你将我送你的东西赏给别人了？"

裴长淮没想他竟是来问罪这个，道："我不喜欢吃甜的。"

话音刚落，赵昀的手从后方绕过来，一下掐在他最脆弱的咽喉处，动作轻疾如风，连裴长淮都始料未及。

他迫使裴长淮仰了仰头，声音压得很低很低："看出来了，不喜欢吃甜的，喜欢吃苦头。"

裴长淮腰间一麻，反手推开赵昀，指尖划过赵昀的脸，在他右眼下划出一道浅细的伤口，很快渗出血珠。裴长淮捻着咽喉上的痛处，一时只觉痒得厉害。

他低喝道："你做什么！"

赵昀向前跟一步，裴长淮本能往后退一步，结果撞到身后悬挂盔甲的架子，"哗啦"一声，倒在地上。

守在营帐外的士兵听到异响，忙问："小侯爷，发生什么事了？"

赵昀趁机迫身上前，离得近了，裴长淮就无法忽视他右眼下的伤口，既怕再伤到他，又恐给外头的士兵听见什么。裴长淮道："没什么，架子倒了。本侯与都统有要事相商，谁都不准来打扰。"

士兵道："遵命。"

待脚步声一远，赵昀促狭地笑起来，问他："要事？什么要事？"

裴长淮心想再不能容他如此，道："赵昀，再敢放肆，本侯绝不饶你。"

说着，手下制得更狠，或许是力道太没轻重了些，赵昀立刻拉长声音叫道："哎，疼，长淮——"

裴长淮一时怔住。

"你这人……"

真的很像，很像，以前谢从隽也会像赵昀这样耍赖。

教谢从隽剑法的人是大梁第一剑客，可他只用了五年的时间就学通所有招式，且能在十招以内挑飞他师父的剑。如此天赋，令他师父都不免胆寒。这样的谢从隽，在人前却还是少年心性，因不想在大雪天里去习剑，就躲在被窝里不肯起床。

裴长淮来催他，他就在床上撒泼打滚，喊道："不练，不练，冬日正是瞌睡的好时光，怎么能浪费在练剑上？"

裴长淮一本正经地回答："好时光更不应该浪费在瞌睡上，快起来，别让师父久等。"

见自己的话不顶用，谢从隽立刻抱起肚子，佯装叫苦："长淮，其实我是肚子疼，一练剑就肚子疼。"

"真的？"

此话没人当真，唯独能骗到小长淮。谢从隽嚷嚷着这里疼、那里疼，骗他给自己端茶倒水。裴长淮也不疑心，为他做这一切时，神情认认真真，还搓暖了手掌要给他揉肚子。揉肚子就揉肚子，可他侧腰还有痒处，总会给裴长淮碰到，谢从隽经不住招，最终破功大笑。见他笑，长淮才明白这厮根本就是骗人，气得瞪了瞪眼，转身即走。

谢从隽看他不高兴了，忙蹬上一只靴子，蹦蹦跳跳地追上去："别生气，跟你闹着玩儿的，那、那换我侍奉你行不行？长淮，长淮——"

"长淮？"

裴长淮听赵昀唤，心神难定，擒着他的力道一松。

赵昀趁势反攻为主，再次将裴长淮押在一旁。裴长淮双手双脚皆动弹不得，抬头看赵昀，哪里还有一点儿疼的神情？他道："无耻！"

赵昀哼笑道："这叫兵不厌诈。"

他从前吃过很多苦，给人砍上一刀都不曾皱一下眉头，故而不是真疼，就想卖乖。裴长淮此人最大的缺点就是容易心软，难怪老侯爷说此子难成大器，一味心软可不就要由着别人欺负吗？

赵昀蓦地松了手，裴长淮茫然地睁开眼，看向赵昀。

"你……"

"武搏会快开始了，我去换件衣裳。"

那离帅帐有五丈远的守卫士兵都听见里头传来茶盏破碎的声音，紧接着还有几声轻快的笑，没多久，他们那位新上任的大都统就从帅帐中出来了。

士兵见他袍衫上溅了茶水，心道：果然，果然。

皇上派赵昀来分掌武陵军，于正则侯来说，赵昀就好比眼中钉、肉中刺，侯爷怎么可能给他好脸色？这不，赵昀才进去不久，就让一向冷静斯文的小侯爷发了这么大的火，看来日后这两人少不了明争暗斗。

士兵迎上赵昀，谨慎地问："出、出了什么事？"

赵昀笑道："没事，你家侯爷吃到苦头了而已。"

经人引领着，赵昀去营帐里换上武袍，佩戴护腕。除此之外，他还要去甲仗库挑一件顺手的兵器。看守甲仗库的士兵给赵昀奉上一把铁剑。他拿在手中，指腹在刃上抚了抚，随即挽出一个漂亮的剑花，即便是耍着玩的，亦扫出一阵凌厉的剑风。跟在他身后的士兵见他使这一招，就知这赵昀可不是个中看不中用的绣花枕头，难怪得皇上赏识。

不过赵昀很快将铁剑丢了回来，道："剑，我用得不多，取一杆枪来。"

士兵为赵昀取来一杆长枪，赵昀掂掂枪身的分量，点了点头，随后就扔给士兵，让他帮忙扛着枪。

"随来。"

校场已经临时搭建出一个比武擂台，武陵军的旗帜立在四角，三名士兵齐擂鼓，沉重的鼓点一下一下震荡在校场之上。

赵昀从甲仗库出来，还未进校场，就见不远处行来一顶红顶暖轿，四人肩抬，又有十来名侍卫随从，排场甚大。

很快，厚呢轿帘一起，徐世昌从轿中大摇大摆地下来。

武陵军的人大都认识这位爷，见了就抱拳打招呼，笑道："小太岁，又来凑热闹，武搏会还没开始呢。侯爷在帐子里休息，你找他，该去那边儿，跑甲仗库来做什么？"

徐世昌道："去，我来找揽明兄……你们大都统在哪里？"

话音刚落，便听得前方遥遥一声："锦麟。"

徐世昌没想到正撞见赵昀，一喜，忙迎上去道："揽明兄，还没来得及恭喜你！不想皇上竟让你来北营任职，以后你跟长淮哥哥在一处，抬头不见低头见，真让我羡慕。"

赵昀笑了笑："是啊，抬头不见低头见。"

徐世昌没听出他这句话意味深长，自顾自地道："我一进营就听说你也要参加武搏会，这可好，往年都是那个姓贺的刀疤脸赢，我老早就看他不顺眼了。好哥哥，你这次可要替我好好教训教训他！"

贺闾提起太师府时，神情不屑一顾，对这个徐世昌也没有过好脸色，因此徐世昌与他不太对付，只是碍于裴长淮的情面，两人不曾撕破过脸。

赵昀没有应他的话，转而问道："你能来北营，可是太师府清闲下来了？"

徐世昌一听，满是雀跃的脸立刻垮了下来，讪讪道："哪能？眼下你升任武陵军大都统，给我爹爹长了脸面，搞得什么阿猫阿狗的都往太师府凑，比过年还要热闹。珠宝古董、珍玩首饰……他们想用这种东西换我爹的赏识？可笑。小爷我打小拿珍珠当弹珠玩儿，太师府能看得上那些俗物？"徐世昌还不清楚吗，那些送礼的官员名为祝贺，实则攀附。单单一个赵昀，就让许多人看清，老太师要抬举一个人上位是何等容易，识时务的都会上赶着到太师府巴结。太师府得势不假，但也有不少眼睛在暗处盯着，专门来揪徐家的错处。因徐世昌是个骄纵的，在京城惯来横行无忌，老太师怕他在这时候说错话、行错事，给别人抓住把柄，便将徐世昌关在府里，勒令他用功读书，不准出门。徐世昌这小太岁天不怕地不怕，最怕读书，一听那些经文诗书，烦都烦死了，难怪赵昀一提，他就头痛。

说着，校场的号角声响起，意味着正则侯已经入座。徐世昌心系着裴长淮，与赵昀辞别后，飞一样地朝点将台而去。他掀着袍角，噔噔噔，一路小跑到裴长淮身边，喊道："长淮哥哥。"

裴长淮早知他要来，武搏会一年举办一次，时间不定，但凡有，就少不了徐世昌。桌上摆放着点心和茶水，都是徐世昌爱吃的；冬日里到底冷了些，裴长淮又将自己的手炉塞给了他。徐世昌也不同他客气，将手炉揣到怀里，坐到他身边去。

擂台上下正紧锣密鼓地准备，声音喧闹，沸反盈天，反衬得台上有些萧索。其实往常点将台上也不似今日这样冷清，徐世昌环顾着空荡荡的周围，犹记得昔日，这里总会设满座位。

观看武搏会的有老侯爷裴承景，裴文、裴行二位少将军，三郎裴昱，加上徐世昌、谢从隽这些个京城子弟，还有一众裴家麾下的老将，满台子很是热闹。

现在，武搏会还是从前的武搏会，原先在台上的人却大多不在了。

思及此，徐世昌不禁伤怀，叹道："还是以前好啊，以前热闹……长淮哥哥，你还记得吗？从前咱们在这台子上喝过最烈的酒，裴二哥胆大，当着老侯爷的面都敢设赌局，请咱们一起押一押军中哪位豪杰能夺下头筹。"说着说着，徐世昌立即想起了一些以前的快事，笑道，"有一年，军中出了好多名硬手，打得难分高下。老侯爷一高兴，将他珍爱多年的匕首'神秀'拿出来做彩头。从隽知道你钟爱那把匕首，便亲自下场夺了回来，在你生辰那日送给你当礼物……"

还不及他说完，点将台下响起一阵热烈的掌声与喝彩声，原来是贺闻提着剑入场。这人一身利落的黑衣，身材修长挺拔，足有八尺之高，若非脸颊上那道深深的刀疤令他的面目看上去有些狰狞，本也该是个俊人。

"呵，若是从隽还在，哪里还轮得到贺闻当什么第一？"徐世昌满脸不屑，哼道，"你恐怕不知道，贺闻心里头可忌恨从隽了，年年都要打，年年都打不过。为此，贺闻私下里还跑去看从隽练剑，想偷学他的招式，结果被从隽逮了个正着。长淮哥哥，你猜从隽当时怎么说……"

静默了一阵儿，徐世昌才发觉，从头至尾，裴长淮都没回答过他。他立即噤声，暗恨自己怎么好端端又提起谢从隽来？不想裴长淮这次回应得很平和，问道："他怎么说？"

听裴长淮语气从容，徐世昌慢慢松了一口气，继续道："从隽那个坦荡性子，还能说什么？他跟贺闻说，来跟他学剑不必躲，只要虚心求教，他一定倾囊相授。你是没瞧见，贺闻在从隽面前抬不起头的傻样子，哈哈哈——"

裴长淮也淡淡笑了起来。

人一过世，生前种种也会随着时间慢慢消失。裴长淮有时候喝醉酒，回想起谢从隽来，竟有些记不清他的样子了。这让他很害怕，因此，能多知道一些谢从隽以前的事也好。不过近些日，裴长淮记忆里的谢从隽却变得清晰许多，音容笑貌，一言一行，有时候他仿佛能听见从隽就在离他不远的地方说话……

裴长淮心知肚明，这一切都是因为赵昀的出现。

擂台下方，不少士兵簇拥在新任的大都统身边。

看来方才赵昀巡一圈营地，应当收获了不少人的好感，有的士兵甚至鼓起勇气走到他身边，低声为赵昀出谋划策。赵昀听后，还点点头，抬手捏了捏那士兵的肩膀："好，就听你的。倘若赢了，我赏你。"

那士兵受宠若惊："谢大都统！"

一听有赏，这边呼声越发高起来。

赵昀站在众人间，合臂抱着那杆长枪，姿态很不正经，眼中却一直瞧着对面的贺闰。贺闰别开眼睛,不想睬他。裴长淮将这一切尽收眼底,手指轻轻攥了一攥。从隽爱剑,赵昀好枪,终究还是不同的。剑乃兵中君子,所用招式如朗月清风,尽是儒雅之姿,长枪则更霸道强劲了一些,倒是跟赵昀一路的性情。

想着,裴长淮脑海里又浮现出赵昀先前种种,不禁低头呛咳了数声。

徐世昌给他递上茶水:"怎么咳起来了?别是又受了风寒?"

裴长淮用手背抵着唇,掩饰自己的失态:"没事,没事,呛了一下。"

徐世昌笑起来,朝裴长淮搓了搓手指:"咱们也来赌一场吗?我看能占得这武搏会的头名无非就两个人,贺闰、赵昀。长淮哥哥,你押谁赢?我选赵昀。"

裴长淮想也不想,立即道:"贺闰。"

徐世昌哈哈一笑:"长淮哥哥,你盲目偏袒自己的亲信,乃是赌博大忌,这次你可要输啦。你输了,我问你要一样东西。"

裴长淮问:"什么东西?"

徐世昌道:"还没想到,好哥哥,你先应我就是了。"

"好。"

裴长淮往赵昀的方向遥遥看了一眼,赵昀抬头,正撞上他的视线。

赵昀知道裴长淮在看他,一歪头,笑容里尽是邪气。

武搏会乃是计分制,连赢十二场的士兵才有资格进入生死局,与其他佼佼者一起争夺金刀。这就意味着,越往后比,遇到的对手越厉害,因此对士兵的武力和体力都有极高的要求。

有一年武搏会上,最后入生死局的共计八人,也是那一年,老侯爷裴承景将匕首神秀拿出来,作为头名的奖赏,而谢从隽也是连斩八将方才夺回神秀。

这场武搏会一开始就打得甚是精彩,从拳脚相搏到斧钺刀枪,无一不涉猎。士兵不单单在争头筹,最重要的是在正则侯以及诸位将领面前亮亮相,以求出人头地的机会。要说其中打得最凶猛的,还是贺闰。虽然他也用剑,可使的是双剑,一把长,一把短,短的那把剑是一柄残剑,便是当年给裴长淮斩断的。

贺闰败给裴长淮以后,经他指点,开始练习长短剑,不料剑法竟突飞猛进,一改从前笨拙古板,一手双剑精于奇袭,令对手应接不暇。他不仅仅剑法高超,打得也漂亮。武博会讲究点到为止，贺闰却认为，倘若到了真正的战场上，没有任何一个敌人会手下留情，因此他剑招狠辣，咄咄逼人。与他过招的士兵几乎都要受些伤，虽不至于要命，却也会实实在在地疼上十天半个月。因此一旦对上贺闰，谁都会拼尽全力，比试也更有看头，更惊心动魄。

贺闰刚刚又赢下一场，锣鼓一敲，示意他已连胜十二局，乃是第一个进入生死局的人。

一听到锣鼓声，台下观战的士兵瞬间沸腾起来，振臂高呼"贺将军"。

贺闰双手一挽，将带血的剑收回鞘中，回身，仰头望向点将台。裴长淮也在看着贺闰，唇角一弯，笑着拊掌祝贺。贺闰朝裴长淮垂首，一贯冷峻的脸上也多了三分喜色。他无法不欣喜。以前谢从隽在时，他没有崭露头角的机会，文无第一，武无第二，拿不到头筹，军中人人只知道谢从隽，不知他贺闰。现在，他终于可以被人注视着，被裴长淮注视着。

见贺闰如此轻松拿下连胜，徐世昌右拳往左掌心里一砸，又气又恨，道："这个贺闰！……长淮哥哥，你是不是又在私下里教了他好些？不公平，不公平，我不玩了！"他双腿一伸直，身子全瘫在椅子中，一张脸拉得老长，满腹怨气。

裴长淮看他都是要成家立业的人了，还跟个小孩儿似的，笑道："锦麟，耍赖可不行。"

此时，又一声震耳的锣鼓，这回原来是赵昀胜了。

这下徐世昌一个鲤鱼打挺，站直身体，刚才他只想看贺闰出丑，没注意赵昀，这厢见他也胜了，忙鼓掌大笑："好！大都统神威！一会儿给我好好揍他！"

犹不解恨，徐世昌对着空气又踢又打，胡乱比画了两招。正如徐世昌所预料的那般，最后对决的还是贺闰与赵昀。两人一齐登上擂台，赵昀反手持枪，负于身后。方才打过十二场，赵昀束在红缨中的长发有些散乱，风一过，轻扬起他的袍与他的发，越发潇洒。赵昀本想开口说些什么，不料比试开始的锣鼓一敲，贺闰拔剑就朝他劈来。赵昀立刻横枪，架住他的双剑，半笑道："这么着急打败我啊，贺将军？"

"少废话！"

贺闻可不想见到赵昀去跟裴长淮讨什么赏。

贺闻进攻迅猛，赵昀始终避战，仗着以长克短的优势，三番五次躲开贺闻的杀招。赵昀也不反击，只单纯拖着贺闻满擂台地跑，身法轻盈，如同一条鳞身滑溜的鱼，贺闻始终捉他不住。越捉不住，贺闻就越气急败坏，咬着牙，拿长剑挑开长枪，出短剑往赵昀胳膊上一刺。这招奇袭，赵昀险险躲过，只是衣裳给他划烂了一道。

赵昀道："这衣裳可不是我的，贺将军要赔。"

贺闻瞧他还有心思插科打诨，恼火非常："先打赢了再说！"

又是一招刺去，不料这回赵昀却没有躲，而是抬枪，牢牢接住他这招。

赵昀道："你这招方才使过一次，看来是路数用尽了，能变化六十四路，还算不错。不过嘛，你剑法里有两处大破绽，今天本都统好好教教你。"

贺闻只当他是纸上谈兵，根本不信，再变换剑招杀去。赵昀接下，不退半步，长枪在他手中不见半分沉重，轻如鸿雁，疾如风雷，出枪时行云流水，也不减枪法中的霸道。贺闻用长剑削他肩头，赵昀将长枪换到左手，一贯而出，直直刺向贺闻胸口。贺闻收剑已来不及，眼见自己竟似要撞上枪尖，眨眼间，赵昀一拉枪杆，将攻势尽数收回。贺闻翻身落地，惊得背上起了一层冷汗，方知自己被保下一命。

赵昀笑道："这是第一处破绽，再来。"

贺闻不敢再大意，集中精神对付赵昀。两人交招，赵昀持长枪专扫他下盘，贺闻只得一退再退，快掉下擂台时，贺闻纵身一跃，穿行至赵昀身后，正要扬手再攻时，赵昀突然杀了一记回马枪。一道寒风冲向贺闻面门，眨眼间，枪头已抵上他的喉结，再进一寸，就能刺穿他的喉咙。

赵昀翻了翻手臂，将长枪从他咽喉处挪开，懒洋洋地道："第二处。"

贺闻深深呼了两口气，看着赵昀，不禁想起从前败给谢从隽时，也是如此难堪。不，不一样，谢从隽再如何厉害，也万万没有赵昀这样具有压迫感。

贺闻垂下双剑，道："我输了。"

赵昀还没有尽兴，道："这就认输啦？"

不得不说，贺闻的剑法已经足够好，赵昀从前不曾跟使双剑的人对过招，赢得这般快，真心感觉不太尽兴。

贺闰却不知他真实所想，心中愤愤，厉声道："要打要杀，随你，别再羞辱我！"

赵昀笑起来："羞辱你，小侯爷会心疼的，我可舍不得。"

击锣的士兵见贺闰收了剑，赵昀敛了枪，立刻宣布赵昀获胜。

台下呼喝声跟炸开的锅一样，沸反盈天；台上徐世昌也是一蹦三尺高。

他吹了两声口哨，高声叫道："托身白刃里，杀人红尘中①！这个赵昀真不愧是我老爹提拔上来的，打得好！给小爷狠狠出了一口恶气！"

徐世昌回过身，朝裴长淮摊开右手掌，一脸神气模样："长淮哥哥，愿赌服输啊，可别耍赖。"

裴长淮颇为无奈地笑了笑，道："随你就是。"

擂台上，士兵为赵昀奉上金刀和两锭盖着红绸的黄金，赵昀只拿了金刀，抽出来试了试刀刃的锋利。尔后，他将金刀收拢在手中，目光看向台下一名士兵，便是在比试前给他出谋划策的那一位。

赵昀道："你方才说贺将军下盘功夫不够稳，本都统试过，果真如此。能赢下这一场，你功不可没，这两锭黄金就赏你了。"

那士兵一愣，没敢相信："真、真的？"

"本都统言出如山。"赵昀命人将黄金赏给他，随后对着一营的士兵说道，"都愣着干什么？还不向他讨碗酒喝！"

北营的士兵一听还能有酒喝，顿时兴奋起来，十几人上前，将那得了赏的人高高抬起，抛向空中，一时又笑又闹。

贺闰落败，也没脸去见裴长淮，沉郁着离开了校场。

武搏会结束后，北营设宴庆贺。徐世昌还要赶着回太师府，来不及参加这宴会，临走时自掏腰包给将士们添了一干好酒好菜。

赵昀送走徐世昌，少不了被将士们拉着喝酒。大约是赵昀与这武陵军中大

---

① 出自李白《赠从兄襄阳少府皓》。

多数人一样，出身贫寒，又不爱摆架子、耍威风，因此刚来北营第一天，就博得了许多人的喜欢。

烈酒入肠，一股如火的灼烧感蔓延全身，驱走不少寒气。

酒是好酒，赵昀可经不得那么多人灌，提着酒壶，装醉混出宴外，朝帅帐的方向走去。有人喝酒庆祝，也要有人照例巡营当值。一般这种情况下，裴长淮是不参与酒宴的，但也会在北营中睡上一宿再走，以防不测。

帐中暖笼熏得正热，灯罩里的光轻柔，铺陈在书案上。

眼下夜已深，裴长淮疲倦一天，此刻披着披风，伏在案上睡着了。赵昀掀帘而入，携来一阵冷风，裴长淮不由得打了一个寒战，转眼醒来，见是赵昀走进来，皱眉道："你来做什么？"

赵昀哼笑一声，将那把金刀掷到裴长淮面前："来跟侯爷讨赏。"

裴长淮手指一紧，半晌说不出话。赵昀擅自坐到他的身边。刚一靠近，裴长淮就闻见他身上浓郁的酒气，眉头皱得更深。赵昀将酒壶里的最后一口酒饮净了，随手丢到一边。他瞧见书案上有幅字，拿起来好好欣赏了一番，道："这是你的字？真秀气！"

裴长淮将宣纸夺回，冷言冷语道："你想讨什么赏，快说。"

赵昀低声笑了起来。

"我头发散了，请小侯爷替我绑一绑。"

裴长淮道："……什么意思？"

赵昀认真道："讨赏啊。"

说罢，他微微一侧身，闭上了眼睛，等着裴长淮履诺。裴长淮一开始以为他是在说笑，不想赵昀竟真的只想要他绑个头发而已。既答应过赵昀，裴长淮也不好食言，起身取来一把木梳。

灯罩里的光影轻轻摇曳，将两个人的影子照在帐上。

裴长淮解开赵昀束发用的红缨，散下他的长发，挽了一绺在手掌之中。不想赵昀的发质竟出乎意料地柔软，完全不像他这个人的性子。在正则侯府有个小元劭，平时也爱缠着裴长淮给他梳头，裴长淮对此驾轻就熟。他的指尖穿梭

在发丝间，很快绾好发髻，用红缨带重新绑好。

"好了。"裴长淮端正坐好。

赵昀一只手托着脸颊，呼吸悠长安静，似是睡着了，也似醉得深，没有回答，这副模样倒显得有些无邪无害。裴长淮又摇头笑了笑，赵昀可不是表面看上去这般的人物。就拿今日武陵军点兵来说，他身为大都统，第一次来巡营，照理北营的将领都该来拜见，可那些个老将心中不服气，告假的告假，抱病的抱病，竟有大半没有到场。

赵昀有着鹰一样锐利的眼睛，不可能看不出这大大的下马威，却只当看不见，不追责，也不发难，只照例到各营巡视一番。今日他还在武搏会上夺得头筹，既亮出自己的真本事，又用百两黄金收买人心，这等同于向北营所有士兵宣告，但凡愿意为他赵都统效力之人，皆能得到封赏。

老将们不听令又算什么？最重要的是士兵们肯听他的命令。

赵昀每一步棋都走得稳稳当当，连着先前陈文正的事，裴长淮自然不会再小觑了他。他解下自己的风毛氅，披到赵昀肩膀，正要起身，手腕上一紧，又被一股力道拖了回来，回头正撞上赵昀的视线。

赵昀抬眼看他，懒声道："谁让你走了？过来。"

裴长淮不耐烦起来："你既醒着，就早点儿回去吧。"

赵昀将身上的风毛氅扯了扯，笑道："小侯爷的地方暖和，人也体贴，我都有些乐不思蜀了。"

裴长淮本没有想那么多，无非是担心赵昀着凉。他这人行事磊落，换了谁来都是一样，可经赵昀这么一说，反而显得这行径有些难以言喻的讥诮。

裴长淮忍着脸热，冷声道："是你自己出去，还是本侯请你出去？"

赵昀目不转睛地打量着裴长淮，仿佛要将他看透。

裴长淮浑身不自在，道："你听到了吗？"

"侯爷，我刚刚才想明白一件事。"

"何事？"

"你正则侯既能统领北营武陵军，必然不会是一个任人拿捏的窝囊货，但你为什么三番五次对我如此宽待？"

裴长淮不欲与他多做纠缠，喝道："你滚不滚！"

"别气了。"赵昀眼里的笑意渐渐消下去，道，"我明白，无他，侯爷是需要我。"

裴长淮握了握剑柄，沉默下来。

"我今天在北营转了一圈，就看出这武陵军中至少有三大弊病。"赵昀继续道，"第一，北营老臣老将诸多，盘虬卧龙，任你小侯爷有天大的本事，也不得不敬着那些曾为大梁江山抛头颅、洒热血的叔伯。"

裴长淮肃声道："本当如此。"

赵昀道："是当如此，可有他们在，你想在军中做任何事，都施展不开拳脚。"

裴长淮眯了眯眼睛，沉思片刻，道："继续说。"

赵昀道："第二，我去东市为小侯爷买火晶柿子时，顺便问了问米价。回头到火头营一巡查，我发现小侯爷手底下的将士真会做生意，购置米粮时，价格竟比一般的米价还要高出三成。"

高出的这三成，难道会流进商人的口袋吗？不可能，没有哪个奸商敢奸到武陵军头上来，只有一种解释可以说得通——军商勾结。军营有人以高价从商户手中购买米粮，商户再将高出的那三成银钱送还给军爷。如此一来，他们就能把大梁军资军费转化成私产——赤裸裸的贪腐。

赵昀审视着裴长淮的神情，见他并无意外之色，看来裴长淮也对北营这一切了如指掌。

聪明人与聪明人说话，总是格外轻松。

赵昀继续道："第三，将士之间多有裙带勾连，有勾连就有结党，长久下去，必会酿成大祸。所谓'尾大不掉，末大必折'，便是这个道理。"

待他说罢，裴长淮缓缓收回长剑，敛进鞘中。

原以为赵昀不过是在营中瞎逛，四处打听一点儿小道消息罢了，看来他亦是有备而来，不过一日的工夫就瞧出这么多东西。

赵昀摆弄起自己腰间那一枚麒麟佩，晃来荡去，仪态好生闲散。

裴长淮坐回了书案前，身姿端正。

从赵昀的方向看过去，正则侯分明还是那一张文雅俊秀的好面容，或许要赖这灯影太过晃动，忽明忽暗间，裴长淮眉目间竟多了几分冷冰冰的锐气——必得是年少有成，才能养出这样的锐气。

裴长淮淡淡道："赵昀，你很聪明。"

赵昀似笑非笑，道："所以，小侯爷还是算计了我。我想来北营，你立即就将我抬到大都统之位，你打算让我做你手中的一柄刀，好好剜掉长在武陵军身上的烂疮。"

裴长淮侧头，瞥了一眼赵昀，道："是你自己非要来北营，与本侯无关。"

"这么说，还是我自作自受吗？小侯爷拿我作刀，可想过一招不慎，这刀也能伤着你自己吗？"

裴长淮不作一声。

赵昀心中有怒，也有喜——怒是怒裴长淮藏着这么多心机，竟敢算计他；喜也喜在裴长淮算计的是他，总归不是别人。

赵昀认真地看着他的眼睛，道："第一次见，我就瞧你长着一双小狐狸眼，当真一点儿也没看错。"

第四篇章 撼花铃

铃铛随意摇荡，
轻灵灵、
声琅琅。

裴长淮见给他看出端倪，更加愤懑。

自从父、兄过世以后，侯府留下一干孤儿寡母，偌大的基业里里外外都需裴长淮一人支撑，诸多责任压在肩头，他便不敢有一刻松懈。为此，裴长淮素来洁身自好，这些年来没走错过一步路，没行过一件荒唐事，只不过那日一时糊涂，竟招惹上赵昀这么一个难缠的阎王，轻易还料理不得。

"瞧你，"赵昀看他，"跟要杀了我一样，长淮。"

裴长淮凝了凝呼吸，低声道："你来讨赏，本侯赏过了，别得寸进尺。混账东西！"

赵昀一笑："哎呀，原来侯爷还会骂人。看来高高在上、不染俗尘的正则侯跟我等市井出身的小民也没有什么不同。"

裴长淮脸上红了一通："滚。"

"小侯爷若是真恨我冒犯，大可以杀了我，你的剑就在这儿。"他引着裴长淮的手，握住那立在榻边的宝剑，"只要你下得去手。"

裴长淮给他言语一激，拔出剑来就架到他的肩颈上，一翻剑，刃就抵上了他侧颈的肌肤。赵昀摆出一副任君处置的模样，优哉游哉地看着裴长淮，好似断定他不会下手。果然，裴长淮一把掷开长剑："杀你，脏了本侯的营帐。"

赵昀哼笑道："侯爷下不去手，还不知说句好话来听听？你若是肯求一声饶，服一句软，本都统便遂了你的意，这就走了。"

裴长淮一双眼睛跟嵌在雕塑上的黑曜石一般，寻常人见着就觉身上清冷，此刻被赵昀气住，眼底烧起火来，便雪亮亮的。他怒道："谁会跟你求饶！"

"总能有这一天。"

赵昀再度定定地看着他。裴长淮看赵昀，也似在看另外一个人。明知荒唐至极，又忍不住在想，从隽不在了，若自己身边能有这么一个人也好。

这里如此安静，安静到能听见营中酒宴上的喧闹声，裴长淮令近侍都去喝酒了，如今帅帐外只有时不时过来巡逻的士兵。

裴长淮侧过头去，不看赵昀，闭上了眼睛。

赵昀想起那火头营的士兵说，裴长淮幼时是个爱哭的小鬼，那必然是从小被人疼爱着、保护着，从不怕露出软弱之处，才会如此。现在倒学会忍耐了。

赵昀瞟了一眼裴长淮，瞥见他腰间系了个玉铃铛，随口问道："小孩子的玩意儿，从何而来？你随身佩戴着这东西可不吉利。"

铃铛素有招魂之效，邪气得很，不过赵昀从不信鬼神之说，主要是因为裴长淮统掌武陵军，又贵为正则侯，位高权重，暗中忌恨他的人必不会少，随身带着铃铛，行走间有声，极易辨认，他日若遇险事，保不齐这铃铛还能引来祸端。

裴长淮说道："他人送的。"

赵昀眉梢一挑："哦，谁？"

他上前随手甩了一把，铃铛一颤，叮当轻响。

"锦麟？"赵昀问，"还是其他什么哥哥弟弟的？净会送些没用的东西哄着你玩儿。"

他语调沉稳，听着跟闲谈一般，拨弄铃铛的手却没停，铃铛随意摇荡，轻灵灵、声琅琅。

"到底是谁送你的？"赵昀不依不饶。

裴长淮无可奈何，回答："元劭送的。"

赵昀将玉铃铛绕在指间晃荡，问："叫得还挺亲热，这又是哪个？"

裴长淮："我的小侄儿。"

赵昀："……"

翌日清晨，近侍也早早来帐外候命。

按照惯例，裴长淮每日卯时必要起身，进过早膳后，练上一个时辰的剑，再行沐浴。今日也不知怎么回事，直至辰时，他们才听到帅帐中有动静，侯爷还没有让他们入帐服侍，只令他们先下去备好热水，剑也不练了，说一会子就去沐浴。自从袭爵以后，他们这个小侯爷对自己的要求一向严苛，这么懒散还是头一遭见。近侍心中有疑，但想了想，这未尝不是一件好事，毕竟是个人都要喘口气的。他们没多过问，听令退下。

裴长淮今日未早起练剑倒不是因为想要"喘口气"，而是昨夜赵昀非要自个儿求他才肯离开，裴长淮不愿开这个口，不想这厮真没皮没脸地赖在自己屋中宿了一晚。

帐中，裴长淮皱眉望了一会儿门口的方向，直至人都走了，才回过头来，盯住刚睡醒的赵昀，怒道："你到底想要怎样？！"

赵昀清楚，裴长淮不想让别人觉得两人走得近了。

他故意道："好啦，急什么？我在宴上听士兵说，贺闰是侯爷的亲信，常常与你同吃同住。我醉了睡在侯爷的帐中，也没有什么不妥。"

裴长淮驳斥道："你跟贺闰怎么能一样？"

赵昀倦着眉眼，手中捏着裴长淮那枚玉铃铛，扯住柳叶绿的穗子，悬吊起铃铛，笑嘻嘻道："哦，在小侯爷眼里，我跟他哪里不一样？"

此刻，外头来禀，已在暖帐中备好浴桶，请侯爷移步。

裴长淮对赵昀命令道："等没人的时候你再出去。"

撂下这句话，裴长淮起身穿衣，匆匆离开营帐。赵昀还很疲倦，安静地躺了一会儿，才打算走。临走时他看到落下的那枚玉铃铛，便随手挂在了腰间。

裴长淮简单地洗过身体，更衣时，不再穿轻甲，而是换了一身素白锦袍。他低头系腰带时，发现元劭送给他的那一枚玉铃铛不见了，兴许是落在帅帐当中。裴长淮也知道带个有响声的铃铛在身边，太过招摇，可谁教这物件是元劭的心意。这孩子还在他娘亲肚子里时，走马川传来二公子裴行战死沙场的消息，裴行的妻子听闻之后，心底惊悲交加，不慎从台阶上跌落，早产生下了元劭。元劭胎里不足，生下来便有些呆呆傻傻，却是个极可爱、极善良的孩子，因此裴长淮对他格外偏爱。

裴长淮不太想轻易舍弃那枚玉铃铛，差人回帅帐中去寻，等了片刻，帐外突然有人来报："侯爷，侯爷！出大事了！大公子他、他昨夜在金玉赌坊赌钱，输了足足两万两银子，大公子拿不出来，赌坊的人扣住了他，说、说再拿不出银子，就要砍掉他的手！侯爷，求您去救一救大公子，求求您！"

裴长淮脸色一变。

他口中的大公子自然不是指侯府故去的长公子裴文，而是裴文之子——裴元茂，与元劭一样，这裴元茂也该唤裴长淮一声"三叔"。不过，元茂与元劭的性情大相径庭，自幼顽劣不堪，年近十七，既不知读书上进，也不入军营历练，整日里游手好闲，在市井间结交狐朋狗友。可元茂是裴文唯一的儿子，又是侯府的小公子，裴长淮一直希望他能成器些，所以对元茂素来严厉。可再严厉，裴长淮也不能时时刻刻都盯着，甚至不知元茂何时学会了赌博。

不由分说，裴长淮立刻披上大氅，大步往营地外走。他一边走一边听近侍汇报，越汇报，裴长淮的脸色就越难看。纵然从他面上还看不出什么波澜，可近侍已经感觉到他周身的寒气，比冬日里的凛风都要冷。

裴长淮翻身上了马，一扬马鞭，绝尘而去。

赵昀本是来给裴长淮送铃铛的，见他行色匆匆，径直离开北营，似是出了什么大事。望着裴长淮的身影，赵昀轻轻皱起眉头。

一路快马加鞭，裴长淮赶来金玉赌坊，还不待走近，就见有十来个家仆打扮的人，将赌坊里外围得水泄不通。街道上还有不少百姓，正伸长脖颈、踮起脚尖等着看热闹。裴长淮怕此事闹得沸沸扬扬，立刻屏退左右，让他们回侯府待命，只留两名近侍跟在身边。

裴长淮一扯缰绳，掉头去到赌坊的后院。后院小门站着四个仆人，其中两个长得人高马大，挺着腰杆站着；另外两个则被五花大绑起来，战战兢兢地跪在地上。跪着的，正是正则侯府里的奴才。他们一见到裴长淮，眼睛都直了，随即大哭起来，连滚带爬地跪倒在马前，不住地磕头。

"奴才该死！奴才该死！闯下大祸，还请侯爷饶命！是大公子非要来赌钱，奴才们拦不住，奴才们真的拦不住……"

裴长淮没时间发落他们，直接问道："元茂在哪里？"

另外两名仆人也上前行礼，不卑不亢地说："给侯爷请安。"

裴长淮打量这二人，见他们仪容、谈吐皆不俗，非寻常的看家护院。

裴长淮盯着他们，面露威色，却并不言语。随裴长淮一起来的近侍见状，上前代主子问道："尔等何人？"

俩仆人抬头，直视裴长淮："肃王府。"

近侍再问："肃王府的人为何在此？"

肃王府的仆人见正则侯居高临下，态度傲慢，似乎连亲自跟他们说一句话都万分嫌恶，面上到底有些不堪。其中一个仆人抬眼，抱拳道："正则侯应当好好感谢我们家世子才对，若不是他出面作保，令侄早被人砍掉双手双脚了。"

裴长淮不动声色，低声问自己的近侍："他在说什么？"

近侍一疑，马上回答："属下也听不懂，望侯爷恕罪。"

裴长淮淡淡地说道："不怪你，毕竟，谁能听得懂狗吠？"

第五篇章
碎铁衣

待京都下过第一场雪,
朔风吹过梅梢时,
我就来寻你了。

两个肃王府的奴仆一下变了脸色："你！"

"吼什么？"

一道声音自后方传来，行来的是一位穿墨蓝色宽袖大袍的俊俏公子，两臂上还用金丝绣着一团栩栩如生的蛟龙，气宇轩昂，仪采出众。此人正是肃王府的世子爷——谢知钧。谢知钧抬手拔出侍卫腰间的长剑，目光在剑刃上停留，似乎在观其锋。

"正则侯看你们讨厌，你们不开心了？"

"世子爷……"

那奴仆正要辩解，谢知钧突然反手一挥剑！众人只见亮堂堂的剑光一闪，那奴仆一条手臂"噗"地飞落，鲜血猛地喷出，溅到另一个奴仆身上，后者吓得浑身一哆嗦，顿时瞪大了双眼，似乎吓傻了，身体僵着，没敢动。紧接着那奴仆抱着断臂倒在地上，不住地痉挛、狂吼。这一出变故始料未及，别说是侯府的那两个奴才，就连裴长淮的近侍都吓得小退了半步。

裴长淮轻蹙了一下眉头，却并不惊讶，似乎对此事早就见惯不怪。

谢知钧看向地上打滚痛号的奴仆，道："再叫一声，我让你死。"

那人登时咬住牙关，不敢再发出声音，只是喉咙里嘀嘀喘着，可见极为痛苦。

谢知钧好奇地问道："我砍你一条胳膊，你怨不怨？"

那被砍了手臂的奴才爬起来，给谢知钧跪下："奴才不敢，奴才……不敢……"

谢知钧满意地笑了笑，将那剑一丢，抬眼看向马背上的裴长淮。他道："长淮，你看不顺眼的奴才，我替你教训了。不要生我的气，好不好？"

谢知钧凤眼长眉，面容有些女孩子才有的漂亮气，或许是因为太过漂亮，使得他眼中的凶狠与阴戾不那么易于察觉。

裴长淮下马,再问:"元茂在哪里?"

谢知钧道:"他好得很。有我在,金玉赌坊的人不敢动他,否则你的好侄儿可就要跟这个奴才一样了。"

他一垂目,示意裴长淮看看那断了手臂的奴才是何等惨状,想一想如果此人换成裴元茂,他该多么心疼。

裴长淮却不领他的情:"金玉赌坊没有那个熊心豹子胆,为了点银钱,就敢动正则侯府的公子。"

赌坊做的是生意,要一个人的手脚有何用?要是真废了裴元茂,非但拿不到钱,还彻彻底底得罪了侯府。单单一个金玉赌坊,有什么必要与侯府作对?除非——

裴长淮道:"正因为有世子爷在,他们才敢扣押元茂。"

"你怀疑是我授意他们这样做的?长淮,当真冤煞我也。"谢知钧笑着,"我们两个又不曾结过怨,我讨厌的人就只有谢从隽一个。倒是你,似乎还在为我当年推他落水一事,记恨着我。"

裴长淮握紧手中的马鞭,胸中恨意就似火焰一样在他五内燃烧。

他道:"从隽也不曾跟你结过怨。"

谢知钧凤目一弯,道:"怎么没有?只是你不知道而已。"

话止于此,谢知钧抬起手来,示意后方,再道:"区区两万两银子,人,我已经帮你赎了,带回家去好好教养。"

没多久,赌坊里传来一声吼叫,裴元茂被两个奴仆丢出赌坊。裴元茂自小也是被宠惯着长大,锦绣堆里出来的小公子,如今连头发也散了,灰头土脸的,跌倒在谢知钧的脚下。他抬头看见裴长淮来救他,没有一点儿感激之情,反而咬着牙,恨意狰狞地吼道:"谁让你来的!少管我的事!"

裴长淮充耳不闻,吩咐两位近侍道:"将他绑回府中,严加看管。"

近侍点头,沉默着上前将裴元茂拽起来。

裴元茂对他们又踢又打:"我看你们谁敢!谁敢碰我!裴昱!"他眼里全是血丝,恶狠狠地瞪着裴长淮,怒喝道:"你有什么资格管教我?输了钱,我自己赔他们双手双脚就是，哪怕死了，我也不用你管！"

"啪"的一声，裴长淮抬手给了裴元茂一记耳光，打得极重，在场所有人都愣了愣，包括裴元茂自己。裴元茂惊着看向他。

"你打我？"他一下掉出眼泪来，"我爹爹都没有打过我，你凭什么？你凭什么？"

裴长淮面若寒霜，冷道："带走。"

近侍方才不敢下手，这下再看不下去他如此哭闹，赶紧将元茂连拖带拽地押了出去。

后院中安静下来。

谢知钧低低笑出声，道："这孩子怨恨着你呢。也难怪，他爹爹死在战场上，你却苟且偷生，活到了现在。"

裴长淮知道他是有意挑衅，并不放在心上，端正仪容，道："两万两银子，今日会如数送回肃王府。谢知钧，圣上将你幽拘在青云道观十年，让你反省思过，如今你还能回京已是天恩，好好珍惜。"

说罢，裴长淮转身就走。

谢知钧道："十年啊，就因为我推了谢从隽一下，圣上便将我幽禁十年。我当然要好好反省，回京以后，我本来还想见一见从隽，跟他道个歉……"

裴长淮骤然握紧手中的马鞭。

谢知钧看他背脊僵硬，笑得越发开怀："可惜……我回来晚了。"他一步一步走上前，走到裴长淮的身边，道，"听说，当年走马川一战，你兄长相继战死，皇上本来属意你作为我军先锋出战。从隽担心你涉险，向皇上请命，代你出征，没想到竟战死在走马川上……有人告诉我，他的尸体被削成了人棍，挂在敌方的旗杆上示众，此事是不是真的？"

裴长淮脸色一下变得苍白。

"看你这个样子，那就是真的了？"谢知钧颇为遗憾地叹了一口气，道，"如此美景，我居然没能亲眼见到，真乃人生大憾。"

裴长淮将声音压得很低很低，道："你再说一遍。"

言语中浓浓的不悦几乎逼人，在场之人都噤住声，心惊胆战地低下了头，除了谢知钧。察觉到裴长淮的怒意，谢知钧反而有些兴奋，他道："长淮，难道你还要因为一个死人跟我生分吗？明明在谢从隽认识你之前，我们二人最亲近。现在他死了，我当然高兴。"

裴长淮一把揪起谢知钧的领口，照着他的脸，抬手就是一拳。

谢知钧脸偏了偏，嘴里瞬间溢出血沫子。

将军府，书房。

赵昀停住笔，抬头看向卫风临，略有些讶异道："当真？"

卫风临垂首再道："我跟去金玉赌坊，亲眼所见，正则侯打了肃王府的世子。"

赵昀沉吟片刻，不由得笑起来，道："这个蠢东西，中计了。"

卫风临道："属下不明白。"

赵昀一边对照着字帖练字，一边说道："我记得锦麟说过，金玉赌坊背后的当家人乃是肃王府一位如夫人的亲弟弟。他们敢扣押裴元茂，八成是听了肃王府的命令，想抓侯府的小辫子。这下可好，逮住一个小的不够，裴长淮还亲自送上了门……"

卫风临道："肃王府为何要跟正则侯府作对？不曾听说他们有过节。"

"那就要看看，肃王府接下来会怎么做了。"

卫风临不再多言，继续为赵昀研墨。

片刻后，赵昀又觉出不对。裴长淮那厮可不是个蠢货，长着一双狐狸眼，生得一颗玲珑心，连他都能看出的圈套，裴长淮不可能看不出。他正则侯素日里又是个端庄冷静之人，怎好端端的跟肃王世子动起手来？

赵昀问："他为什么打了肃王世子？可是金玉赌坊的人对裴元茂做过什么？"

倘若是为了裴元茂，倒也情有可原。

赵昀早就看出裴长淮是个护犊子的，在群英宴上，对刘安、对锦麟，皆是如此；还有那些世家子弟，向来眼高于顶，唤裴长淮却是一口一个"哥哥""三郎"，说不出有多亲昵，必然是裴长淮平日里对他们很好很好，才会如此。对外人尚且这般，更别说是对自己的亲侄子。

卫风临想了想，如实禀告道："没有，裴元茂完好无损地被放了出来，还是肃王世子亲自赎的人。"

赵昀有些意外："哦？"

卫风临续道："只是后来肃王世子出言讥讽了两句谢从隽，才惹得正则侯发怒。"

赵昀拿笔的手一顿："谢从隽？"

又是谢从隽，他可不是第一次听到这个名字了。

在群英宴上，赵昀就听徐世昌提到过，此人是他们的旧友，尤其与裴长淮情谊最深厚，且这群英大宴便是谢从隽第一个开办的，能宴请到京城的世家名门，必不会是个泛泛之辈；还有在北营的武搏会上，素有"武陵军第一猛将"之称的贺闰就曾是谢从隽的手下败将。即便不论这些，就瞧他冠了一个王姓"谢"，也知是个贵人。

可再贵也好，这人已经死了。死人能作什么数？赵昀没将谢从隽放在心上，对他也知之甚少，只依稀记得好似是什么功臣之后……管他如何，到底在裴长淮的心里分量不轻。思及此，赵昀有些心烦意乱，将毛笔摞下。

卫风临见他不打算练了，放下墨条，唤人进来服侍。没多久，府中的小厮寻春端着一盆热水进到书房，将巾布荡涤得湿烫，递给赵昀净手。寻春是芙蓉楼送给府上的，干活很细致，但赵昀心中有事，擦手也擦得心不在焉，越擦越烦躁，一把将布巾投回盆中。水花溅起，烫了寻春一下。他打了个哆嗦，赶忙跪在地上。

寻春声音细若蚊蚋："将军，奴……"

赵昀挥手道："滚滚滚。"

卫风临看出赵昀情绪不佳，也不想做一条被殃及的池鱼，随着寻春一起出门。

赵昀唤住卫风临："你，回来。"

卫风临脸上没有多余的表情，赵昀却能瞧出他真正的心思，道："又不是让你去办什么苦差，帮我查一查谢从隽。"

卫风临颔首道："是。"

正则侯府，祠堂里烛火如星，荧荧通明。

裴元茂跪在祠堂前已有半个时辰，他娘亲余氏站在廊下，经婢女扶着，也陪着哭了半个时辰，却也不敢唤他起身。

裴长淮一回府，余氏哭着求他："三郎，三郎……元茂还小，耳根子软，都是别人唆使才敢去赌。你大哥只他一个儿子了，三郎，你饶他一回吧。"

裴长淮道："嫂嫂，他不是元劭，已经不小了。若是再这么纵着他胡闹，日后等他闯下弥天大祸，我才当真无颜再去面见大哥。"

裴元茂梗起脖子，冷笑一声，道："如今你就有颜面去见我爹爹吗？连上战场都不敢的窝囊废，占着本该属于我爹爹的爵位，在侯府一干孤儿寡母面前摆架子、耍威风，我呸！"

余氏一听，眼泪掉下来，扑过去狠狠捶了一下裴元茂的背："你个浑小子，你在胡说什么！谁教你说这些大逆不道的话？元茂，快跟你三叔道歉！"

裴元茂道："我没说错，也不道歉。裴昱，你要打便打，我裴元茂要是喊叫一声，从此就不姓裴！"

余氏见元茂不听，忙搂他进怀里，又去求裴长淮："三郎，他不懂事，他无心的……"

"嫂嫂，你放心，我不打他。"裴长淮面不改色，吩咐婢女，"带夫人下去休息。"

"是。"

裴长淮在侯府说一不二，有他发令，余氏再想回护裴元茂，也是有心无力。很快，祠堂中除了奴才，就剩下他们两个人。裴元茂甘心受罚，跪在地上，一动不动。裴长淮望着他挺直的背脊，又越过他，看向祠堂里林立的牌位。那些牌位层层叠叠，如山一样巍峨，却也如山一样沉重。

他沉默半晌，对裴元茂说："随我过来。"

裴元茂见他竟未请用家法，心中疑惑，想看看他到底耍什么花样，便跟着裴长淮离开祠堂，来到后院一处四角方亭中。裴长淮令人备好骰子和骰盅，请裴元茂坐下。

裴元茂警惕道："什么意思？"

裴长淮道:"你喜欢赌,三叔就陪你玩一玩。赌大小,我坐庄,十局为限,倘若你能赢上一局,以后我再不管你;要是输了,以后我说什么,你做什么。"

裴元茂嗤笑道:"你当真的?我全押大,难道还没运气赢你一局?"

裴长淮道:"试试。"

裴长淮将骰子一粒一粒捡进骰盅之中,摇骰子的手法也是生涩,一看就是不经常混迹赌坊的人。

裴元茂哼笑一声。

待摇好之后,裴长淮抬手请道:"来。"

裴元茂抱起胳膊,睥睨一眼,道:"大。"

裴长淮打开骰盅,一二二,点数小。

他道:"你输了。"

裴元茂惊了惊,缓缓放下手臂,仔细去看那三颗骰子,确实是输了。

他当自己运气不好,皱眉道:"再来。"

又来一局,裴元茂继续押大,骰盅一开,却还是小。两局输下来,裴元茂便有些心浮气躁,直言要求继续。他押得快,裴长淮开得也快,不一会儿十局过去,裴长淮扣住骰子,再道:"你输了。"

裴元茂眼睛都急红了,心中不服,喊道:"再来!再来!我就不信了,我能一直这么点儿背!"

裴长淮淡定道:"再来十次,你还是要输。"

他将骰盅翻过来,让裴元茂看着里侧。骰盅顶部盘着一周凸起的点纹,他按了按其中一个凸点,瞬间,一枚铁片从内侧弹出,来回拨弄了两下。

裴元茂瞬间瞪直了眼睛,大喊道:"你作弊!"

裴长淮道:"你以为的赌局,却是别人精心设计好的骗局。倘若我今日不去,你就任他们骗去一双手脚,光耀我裴家的列祖列宗了。"

裴元茂听他讥讽,脸色铁青:"不可能,赌坊不敢动这种心思。一旦被发现,他们就玩完了……"

裴长淮道:"因为见而不知,知而不言。"

裴元茂眼睁睁地看着骰盅,却不知赌坊的人竟能在暗地里做手脚;即便有人看出来其中的门道，却也不敢去拆穿，因着那金玉赌坊背后仰仗着肃王府，一般人开罪不起。

裴长淮将骰子和骰盅收好，站起身，一边理袖口，一边说道："你年纪轻，京城许多事还看不明白，以后不要出门了，就在墨斋好好念书。"

言罢，两个近侍立刻上前，对裴元茂道："公子，请。"

裴元茂眼睛一瞪："你要关着我？我不！你休想！"

裴长淮静静地看着他道："元茂，别再惹我生气了。"

他声音不大，也没有发怒，面如霜雪一般，即便隔着一段距离，裴元茂都能感受到一股无形的压迫力。裴元茂无法不承认，他憎恨这个人，也惧怕这个人。走马川战事爆发之际，裴昱分明有统帅之才，却一味胆小怕事，躲着不肯上战场。裴元茂有时候会想，倘若裴昱当年也在走马川上，或许、或许就不会死这么多人……他垂下头，近侍见状，很快带着他离开了亭子。

在去墨斋的路上，元茂忽然想明白，那骰盅内设有机关不错，可也要知道自己摇出了什么点数，才好拨弄铁片，控制大小。既然都能控制骰子的点数，定然不会是生手。那裴长淮一开始怎么连摇个骰子都显得那么愚笨？

裴元茂一咬牙："可恶，给他骗了！"他回头问那近侍，"我怎么不知道，他裴昱还是个博戏的好手？"

近侍回答："从前谢爵爷在时，教过小侯爷不少。"

"……"

在京城打听谢从隽，没有卫风临想象中那么困难，反而出奇地容易。

京城里有一堆专门买卖消息的泼皮，卫风临去市井当中走了一趟，不过花了些许银子，就将谢从隽的身世问得清清楚楚——谢从隽，表字敏郎。谢从隽本不姓谢，也非出身王族宗室，他的祖上姓宋。

他父亲名唤宋观潮，早在先皇还在潜邸时，宋观潮就是极得先皇宠信的重臣，与裴承景并肩，一文一武，乃是先皇的左膀右臂。宋观潮乃文士出身，平生最大的志向就是辅佐先皇成为一代明君，因此人在英年，就立下终身不娶之志。后来还是由先皇做主，给他指了一桩亲事。对方乃是清流世家孟府教养出的女儿，因是嫡长女，也称孟元娘。这孟元娘长得秀美出众，又颇具才华，先皇有心制造契机，令两人在诗宴见过一面。宋观潮见了这孟元娘的模样，又读过她帕子上的诗句，登时就将自己终身不娶的志向忘却得干干净净，红着脸向孟家提了亲；孟元娘倒是有些看不上宋观潮，说他长得虽是丰神俊朗，奈何竟有些呆头呆脑的。郎有情，妾无意，却让孟家二老棘了手。

宋观潮一心想要求娶佳人，立刻差随从去给孟元娘送了一本自己的诗集。孟元娘从那些诗句中读得出，这位宋公子不仅才华卓绝，还心系家国百姓，拥有满腔的抱负与热血，是一个顶天立地的好男儿，放下他的诗集，自己也隐隐有些动心。只是想这宋观潮也太自傲了些，竟觉得送一本诗集就能打动她。虽然她看过诗句以后，确实对宋观潮多了一些倾慕之情，可孟元娘也不想就这样令他得逞，便故意拖着时日，迟迟不给回复。

不想宋观潮这个书呆子竟也敢做出夜会佳人的出格行径，半夜里翻过孟家的墙头，亲自来向孟元娘表明心意。

他道世上知音难求，此生非她不娶。孟元娘见他如此自傲的一个人，竟也肯这般放低身段，羞涩地垂着眉眼，最终点了头。宋观潮和孟元娘若生在太平之世，这定然会是一段才子配佳人的好姻缘。

可惜当年，先皇经历了一场极为惨烈的夺嫡之争，踏着鲜血染就的艰路，才一步步登上皇位。

当年，四王爷擒了孟元娘，想以她为筹码，逼迫宋观潮背叛先皇，为己所用。孟元娘不愿意见到宋观潮在"忠义"二字之间为难，最终一头撞死在刀刃下。虽然最后四王爷落败，可孟元娘之死也彻底毁了宋观潮。他就此消沉，成日里饮酒，郁郁寡欢。后来还是在裴承景的鼓励之下，他才重新振作起来。

先皇入京的前夕，一场暗杀悄然而至，宋观潮为保护先皇而身中毒箭。那毒性不烈，本也能拨得，只是宋观潮醒来后，声称自己见到元娘正在奈河桥上等他，所以一心求死，只将那刚刚学会走路的小儿敏郎托付给先皇照顾。

宋观潮随着孟元娘去了，先皇大恸，登基以后就追封宋观潮为一等公，谥号"文正"，夫人孟氏追封诰命，小儿敏郎赐名从隽，赐姓谢。

"谢从隽"一名，因此而来。

先皇在位三年，因病而崩，由嫡长子继位，便是当今的圣上崇昭皇帝了。先皇遗诏中还嘱托崇昭皇帝，日后务必善待敏郎。

谢从隽年幼时就由太后亲自教养，因聪敏灵巧，性子活泼，又极得崇昭皇帝的疼爱。等年纪再大一些，谢从隽嫌宫里不自在，跑去告诉崇昭皇帝，他想要出宫玩儿去。崇昭皇帝知道这宫里早晚拘不住这小子，便封他为郡王，准他出宫住在京中的郡王府。

当时谢从隽年仅十二。

出宫以后，他经年混迹于市井当中，三教九流几乎都有他的朋友。且说卫风临见过的这些泼皮，十有八九就曾与谢从隽打过交道。他们对这位小爵爷皆是赞不绝口，称他是"郎艳独绝，天也妒"。卫风临见这些不通文字的泼皮都能学来一两句文绉绉的好话来夸赞谢从隽，此人之好，可见一斑。

谢从隽出宫以后，除了住在自己的郡王府，还经常住在正则侯府。先前说过，这裴承景和宋观潮交情颇深，老侯爷对故人之子必然也是多有照拂。而且侯府的三公子裴昱与谢从隽年纪相仿，二人自幼情谊深厚，等再年长一些，因天资出众，在京中多负俊名，并称为"卧龙凤雏"。

卫风临将谢从隽的出身一五一十地告知赵昀，说到"卧龙凤雏"一名时，赵昀想起先前徐世昌就提及此事。

他冷笑一声，讥道："京城这些世家闹虚文闹得最欢，什么龙啊凤的，骗骗孩子的名头。"

卫风临禀报时，赵昀正在庭中仔细擦拭一杆银枪。庭院中的飞雪如盐粒子，沙沙地下着。赵昀擦亮枪锋以后，解去披风，于细雪中反手杀了一套枪法，又让卫风临提剑过来，要给他喂招。卫风临向来敌不过赵昀霸道的枪法，这次却有幸拆解数十招。

赵昀一枪压在卫风临的剑上，再问道："而后呢？"

卫风临反应了一阵儿，才知他在问谢从隽，回答道："死了，当年谢从隽随着老侯爷出征，跟老侯爷一样战死在走马川。"

赵昀蹙了蹙眉："他随军出征？"

那，裴长淮呢？

069

他在梦里，一场宁静的梦，殷红色的枫叶在虚空中飘落。

裴长淮鲜少能做这么一场宁静的梦，梦里谢从隽的身影逐渐清晰，他立在红鬃烈马旁边，身上泛着银光的明甲灼人眼目。他随手拎着头盔，姿态闲散，仿佛不是要出征，只是要到某处远游一番，不日就会回家。

"长淮，别担心，我会代你保护好你父亲，不让他受一点儿伤。"谢从隽笑了笑，"你要等我回来，到时候我带些新奇的糕点给你。"

裴长淮眼里涌出泪水："不行，不行……"

"区区蛮夷，有何可惧？"他语气沉重了几分，"长淮，不要哭。"

裴长淮抹了一把泪水，沉默片刻，问道："你告诉我，什么时候能回来？"

谢从隽认真地望着他，走过去，轻轻摸了摸他的乌发。

他低声道："待京都下过第一场雪，朔风吹过梅梢时，我就来寻你了。"

他等。

那年裴长淮提着谢从隽最爱喝的一壶碧，站上高高的城楼，凛冽的长风灌入，吹得他袍袖翻飞，眼前是一望无垠的茫茫雪地。

京都有雪，有梅，没有信守承诺的谢从隽。

雪还在下。

裴长淮醒来，梦就忘了大半，躺着呆望了一会儿，因为怕再做太好的梦，不敢继续睡下去，早早起身去庭中练剑。

等天亮了些，裴长淮换上朝服入宫。

近来皇上身体欠安，早朝草草了事，下朝以后，首领太监郑观拦住裴长淮，说皇帝特意宣他去明晖殿觐见。裴长淮略一迟疑，随着郑观去到明晖殿。崇昭帝穿着蒲桃青的常服，袖宽袍长，头发束得懒散，正坐在书案后，专心看奏折。

裴长淮跪下请安："皇上。"

崇昭帝没抬眼，揽起袖口，提笔在一封奏折上写下朱批，道："病刚好，别跪着了，起来吧。"

裴长淮站起来，垂着首，等待崇昭帝示下。

崇昭帝批好折子以后，伸了一个懒腰，才抬头看向裴长淮，道："跟朕说说，这次又是为了什么跟闻沧过不去？"

"闻沧"是谢知钧的表字，看来是肃王府的人将状告到皇上面前了。

裴长淮从容道："不过口角之争，臣一时冲动，请皇上降罪。"

"你是有罪。"崇昭帝道，"一个是朕的亲信，一个是朕的重臣，吵了两句嘴，就在市井中大打出手，让百姓看了天大的笑话，你们不嫌丢脸？"

裴长淮跪下，不卑不亢，没有任何辩解。

皇帝既然来问，大概已经知道其中曲折，他领罚就是。

崇昭帝望着他沉默了一阵儿，叹道："行了，不论什么原因，你都将闻沧打得不轻，朕要是不罚你，没办法跟肃王交代……廷杖二十，回侯府闭门思过半年，北营军务就暂时交给赵昀来管吧。"

裴长淮一下蹙起眉，迟迟没有领旨谢恩。

半晌后，他开口道："臣不明白。"

崇昭帝道："你哪里不明白？"

一来，圣上没有在朝堂上问罪，而是将他召入明晖殿，私下过问，可见圣上当他和谢知钧之间的纠纷只是小事；二来，他进到明晖殿之后，圣上也没有直接降罪，而是询问了他动手打人的缘由，愿意听他分辩，那么就意味着，圣上不曾因此就真恼恨了他。裴长淮想着，自己只不过要受一顿杖责而已。可事实是，崇昭帝还要卸下他在北营的权力，选择重用赵昀。

裴长淮先前已经领教过赵昀的手段，这人表面上看着孟浪，实则想得远、算得深、做得狠，胸中颇具城府。他甚至不怀疑，根本用不了半年，赵昀就能让北营变个天……崇昭帝此举，无异于在架空裴长淮。

裴长淮抿了抿唇，抬首正视崇昭帝，直言道："皇上可是怀疑臣有二心，还是皇上对臣争夺北营军权一事早就心怀不满？"

崇昭帝声音冷了下来："谁给你的狗胆，敢用这种大不敬的态度来质问朕？"

裴长淮愕然，只得叩首再拜。

"你个臭小子，抬起头来。"

他语气一转，这口吻说是斥责，倒不如说是宠溺。裴长淮抬头见崇昭帝眼中含笑，不像是发怒。他如同吃了一颗定心丸，稳下七八分，再道："臣不敢不敬，臣只是太过愚钝，猜不透皇上的心思。猜了，保不齐还会猜错，所以不如直接来问一问皇上，往后您说什么，长淮照办就是。"

崇昭帝笑道："你还愚钝？裴老侯爷和你的两个哥哥，都不及你会打小算盘。你要真是个蠢材，朕当初也不能将武陵军交到你手中。"

听他提到自己的父兄，那便是还念着他们裴家有功。

裴长淮继续道："皇上既然信任臣，那还派一个赵昀来做什么？"

"是朕派去的吗？"崇昭帝一脸无辜，揣着明白装糊涂，反问道，"难道不是你亲自上奏，将他从朕的手里要去北营的？你还嘱咐朕，务必重用贤才，封他做北营大都统。"

"……"

要论打算盘，裴长淮不及座上这位的十分之一。

此时，首领太监郑观端进来一碗冰糖莲子羹，回禀道，此羹乃是皇后娘娘嘱咐送来的。

莲子，怜子。

崇昭帝怔上片刻，喃喃道："朕记得，敏郎小时候最喜欢缠着皇后要这一碗甜羹。"说罢，他眼睛有些红了，不过也是转瞬即逝的情绪，谁都没有察觉。他对郑观说道："正则侯也爱吃甜的，赏给他。"

郑观躬身，将冰糖莲子羹奉给裴长淮。

"吃完了就去领罚。现在想不明白，就回府去想，什么时候想明白了，再来见朕。"崇昭帝的声音带着威严，"郑观，你亲自掌刑。"

郑观体察上意，见皇上赏了又罚，便不是真心要罚。

裴长淮专心吃完那碗莲子羹，便随着郑观出殿，领了二十杖。

行刑的太监打得不轻不重，要他背上"皮开肉绽"，却没有伤筋动骨。

皇上廷杖正则侯一事很快就在京城传开了。

太师府来人将此事告诉了将军府的卫风临，卫风临则立刻报给赵昀。

赵昀歪倒在榻上，正看《奇侠丛话》消遣时间，这厢听说裴长淮受了杖责，立即合上书卷，问道："所为何事？"

卫风临道："就为肃王世子那件事。"

赵昀一听，冷讥道："活该。"

明知肃王世子把裴元茂扣押在赌坊，就是有意挑衅，他倒好，为着一个死人，当众殴打皇亲国戚，岂不活该吃这一顿板子？

赵昀没心思再问了，抖开书卷，继续看书。

卫风临见他似乎没什么要吩咐的，正打算退下，又听赵昀忽地开口问道："谁掌的刑？"

卫风临老实回答道："皇上身边的郑公公。"

赵昀低声道："那就好。"

裴长淮跟肃王世子打架这事可大可小，大了就是死罪，小了就当是臣子间的纠纷，全凭皇上的主意。郑观乃皇上心腹，是他的耳与目，倘若真要将裴长淮往死了打，皇上不必让郑观手上沾血。

卫风临看他脸色，迟疑着问道："爷打算去侯府一趟吗？"

赵昀道："没这个打算。"

卫风临默然片刻，决定还是多说一句："太师那边传话过来，希望爷能把握好时机，趁着正则侯被禁足的这段时间，尽快掌握住武陵军。"

"我知道该怎么做。"赵昀沉吟片刻，道，"待会儿你去兵部尚书府上递个请帖，就说……听闻尚书大人喜好收集兵器，我最近正好得了一把神兵，初九在芙蓉楼设宴，请他一同鉴赏鉴赏。"

卫风临道："是。"

言罢，赵昀不自觉去拨弄起腰间的玉铃铛，那铃铛叮当地响，惹得他心思难在书卷上。

裴长淮受杖责后，经人抬着回到侯府。

他背上血糊糊的，不大能看了，郎中诊验后给他敷上了麻沸散，裴长淮昏睡过去，再醒时，就听见耳边有一阵压抑的哭声，睁开眼，就看见徐世昌坐在床边抹眼泪。裴长淮忍不住发出一声笑，虚声道："锦麟，哭得太丑了，收一收。"

徐世昌听见他说话，一下瞪大眼睛："长淮哥哥，你、你醒了？可还疼吗？唉……我又犯蠢了，被打成这样，怎么可能不疼？皇上这次也太心狠了。"

073

许是麻药的劲儿还没下去，裴长淮疼倒是不太疼了，反而有点儿痒。他道："没事，打得不重。"

徐世昌咬牙切齿，道："我都知道了，是谢知钧那个狗东西先惹了你，这厮打架打不过，回头竟学会了告状！"他唾了一口，"呸，三岁小孩都比他有骨气！长淮哥哥，你等着，回头我去收拾他，给你出了这口恶气。"

裴长淮道："别……"

他想坐起来好好劝说徐世昌，徐世昌忙按住他的腿，不让他乱动："你小心点儿。"

裴长淮一动，痛意猛地袭来，疼得他冷汗淙淙。

他重新趴回去，轻喘着气，说道："……千万别去。我打了他，皇上也杖责了我，此事就算扯平。你再旁生枝节，难道也想被打不成？"

徐世昌气鼓鼓地说道："哼，夜里用麻袋套上头，囫囵一顿揍，谅他也不知道是谁动的手。"

裴长淮笑起来，握住徐世昌的手，道："你能来看我，已经足够了。"

徐世昌听他说这句话，心下戚戚然。裴家只剩下裴长淮一个，为着避嫌，他的两位嫂嫂也是住在别府中，如今他躺在床上起不来身，在旁服侍的只有一干奴才。还因这是皇上罚的他，除了徐世昌，也没别人敢来探伤。

徐世昌道："长淮哥哥，以后我日日都来看你。等你好一些，我就去求我爹，让他去跟皇上说情，解了你的禁足。你别怕，万事都还有我呢。"

裴长淮知道再拒绝他的好意也是不成，笑着点了点头。郎中进来要给裴长淮的伤口换药，裴长淮怕吓着徐世昌，就劝他尽快回去。待徐世昌走后，郎中才动手。因为治伤不能指望麻沸散，再换药时，裴长淮只能忍着疼了。这郎中以前跟老侯爷上过战场，走马川一战后，他辞去军中职务，留在侯府，专心侍奉裴长淮。因是父亲的老部下，裴长淮对他很尊重，私下里敬称一声"安伯"。药粉撒在伤口上，皮肉如同被烈火焚烧一样疼，裴长淮的肩膀一直在发抖，痛极了，他忍不住呻吟出声。安伯见状，拿来一根气味清凉的药棍，让裴长淮咬在嘴里，既能醒脑，也能阻挡他发出喊叫。

安伯沉声道："小侯爷，无论是人前还是人后，都别再让人看出你的软弱。

你是老侯爷唯一还活着的孩子，不要让他失望。"

裴长淮闭上眼睛，紧紧咬住药棍。房中除了些许喘息声，再听不见任何响动。很快就换好了药，安伯背上药箱出去。出门时，他听见一阵仿若铃铛的轻响，循声望去，却并不见一人，他只当自己听错了，转身去到廊下，跟侍疾的奴才交代一些医嘱。

一直到入了夜，裴长淮渴醒。

外间只掌了一盏灯，内间的光线就有些黯淡了。他迷迷糊糊地睁开双眼，透过屏风，看见一个黑黢黢的身影，哑声吩咐道："水。"

他还没彻底清醒，又合了一会儿眼睛。那人取了盏凉透的茶水过来，喂他喝下。

裴长淮很快发觉不对，抬头，正对上一双乌黑的眉与眼，说不尽有多风流俊俏。

他蹙眉问道："怎么是你？"

"是我，让侯爷失望了？"

"你怎么进来的？"裴长淮起身，紧张地望了一眼屏风外，"他们……"

他要站起来，被赵昀按住肩膀，重新坐回床上。"你想问那些近侍？放心，我没对他们如何。你这侯府嘛，只要我想进也没什么进不得的。"

简直狂妄。

裴长淮冷声问："你来做什么？"

赵昀笑道："当然是来看笑话。"

裴长淮忍怒道："都统现在看到了？"

"是啊。"

赵昀一掀袍角，转身坐到他身边，又托起下巴，侧首望着裴长淮。赵昀眼仁漆黑，看人时有种明亮的神采，又因常常悬笑，眼梢里存着好些风流意。

裴长淮被他瞧得有些不自在，扭过脸去，道："那你该走了。"

赵昀懒洋洋地道："不急，还没看够呢。"

裴长淮知道赵昀专喜欢与他作对，越是赶他走，他就越要留。他刚受过杖

075

责，背上疼得厉害，现下已然身心俱疲，实在没精力与赵昀纠缠。

"你要待便待吧。"裴长淮不再理他，倒头躺回床上，翻过身去，背对着赵昀。

赵昀看他脸颊和嘴唇没有一丝血色，后颈处的碎发被汗水打湿，想必是还疼着。

"无论是人前还是人后，都别再让人看出你的软弱。"

老侯爷唯一还活着的孩子吗？

赵昀想，那还真是任重而道远。

赵昀靠过去，往他背上伤处狠狠一戳，裴长淮登时闷哼一声，如同受惊的鱼，一个翻身坐起，缩到床角。他眉头深深皱起，咬着牙，面目多少有些狰狞。

裴长淮道："赵昀！"

"疼吗？"他干出坏事，说话声音却是温柔的，仿佛真在关心他。

裴长淮疼，疼得想呕吐，可却强忍着喉咙里的恶心感，一直没有吭声，额角淌下冷汗。

赵昀俊眼一弯，道："这不是知道疼吗？长淮，疼了就叫出来。"

赵昀将他从床角拉出，故意按住他的伤痕，裴长淮背上如同炙烧一般疼起来，狠着眼，拼尽力气推开赵昀。赵昀不想裴长淮伤到这种地步，近身使出的擒拿术还能保持一贯的狠厉，若非自己亦有武力在身，怕也是制他不住。两人身影纠缠，如同两头恶兽一样在帷帐中厮斗。

裴长淮到底虚弱，一招不慎，赵昀趁机扑过来，他往后跌去，背脊撞上床，猛地牵扯起大片大片的痛处。裴长淮疼得浑身一个激灵，所有的力量都在顷刻间卸去。他单单是咬着牙关都费去不少力气，也再推不开赵昀。赵昀压制住裴长淮，分出左手摸了摸脖颈上的红痕，乃是刚才给裴长淮挠到的，虽没有流血，却也疼着。

他居高临下地瞧着裴长淮一眼："侯爷这惹我生气的本事，还没人能及得上。"

裴长淮喘着："彼此彼此。"

裴长淮偏过头去，脸色已经难看到了极点，因为光线太暗淡，赵昀看不到他的嘴唇在颤抖。

"放手！"他声音嘶哑，含着怒。

赵昀轻挑着眉，刚想说"不放又如何"，摸到一片湿热，收手一看，竟全是鲜血。赵昀眉心一锁，将裴长淮放下，看到他背上绷带已经被血水浸透，想是那些伤口再次迸裂了。

怪他。

方才跟赵昀打上一架，他狼狈到极致却始终不肯低头的样子，还有那双眼睛仿佛烧着烈火般明亮。同他交手让赵昀血热得都快要沸腾了，哪里还顾得上那么多？

赵昀不由得失笑："小侯爷可真是让人佩服。"

裴长淮嚯嚯地喘着气，颈间全是湿滑的汗。赵昀知道他挨得难受，起身去外间取了备用的金创药回来。

赵昀揭开绷带，看到他原本无瑕的背上横着七八道斑驳的伤口，边缘皮肉外翻，鲜血混着旧药膏，模糊得不成样子，实在惨不忍睹。

赵昀握了握手掌，动手上药。他是兵卒出身，对于做这种事情并不陌生。裴长淮半弓起腰，或许已经痛到麻木，一言不发，从头沉默到尾。赵昀上好药，让他重新躺下，扯来薄被盖到裴长淮身上。

赵昀在床边坐了片刻，似在玩笑道："想报仇吗？你求我，我替你除掉肃王世子，怎么样？"

他口吻平淡至极，仿佛在说一件无足轻重的小事。

不识赵昀的人或许会以为他在口出狂言、不自量力，可裴长淮并不怀疑——赵昀这种性情，想要做成什么事，就一定能做到，无论手段。

可他并不想领赵昀的情。

"这是本侯的私事，与你无关。"裴长淮冷声道。

赵昀讥笑一声，腹里全是惹他恼怒的话，然则此刻见裴长淮形色太过可怜，目光软和了下来。

"睡吧。"他说。

裴长淮依旧背对着他，也不知赵昀在作什么怪，就听得他脚步声在房间里踱来踱去，好不安生。没一会儿，外间的灯灭了，床边的铜鹤灯亮起，赵昀坐到他的身侧来，倚靠着软枕看书。裴长淮转眼瞧见，书是他的书，当是赵昀从外头书架上拿的。他醒之前，赵昀就在外间看这本《赤霞客》。

方才折腾了那么久，裴长淮很快昏昏欲睡。

赵昀看到兴浓，见书页中夹带了一张宣纸，用极为清晰明快的线条勾勒出两幅画，乃最后一个章回"赤霞客魂断雁行关，娇奴儿自殒鸳鸯湖"中的故事。

字非裴长淮的字，落款一个"隽"字，下方又铸有"谢敏郎"的红泥印章。

第六篇章
风波恶

怎么会有裴昱这样好欺负的人?

看到这个名字，赵昀险些怄出火，将那本《赤霞客》一扔，恨不能扔到天边去。裴长淮念旧，念旧之人多长情。也不知那谢从隽怎么好，让裴长淮如此念念不忘。赵昀哼了一声，心道，再好，也是个死货。丢掉书以后，他仰头躺下，内里一股子邪火烧得正盛，对于谢从隽和裴长淮的事，越想越不是滋味。

裴长淮睡得昏昏沉沉，半夜发起低烧来，口干舌燥，也就醒了一阵子。睡前他瞧见赵昀在他身旁看书，这时睁开眼，赵昀似乎还在他身边，模糊着看了一会儿，赵昀的样子渐渐变成了谢从隽。谢从隽有珠玉一般的脸，年轻、英俊，柔和的光笼在他的肩膀上。

裴长淮记得小时候他生了病，一个人在房中，只有药石相伴，寂寞无聊之际，谢从隽就会跑来陪他。谢从隽就会像现在这样，倚在床头给他讲故事。有的是他从别处听来的，有的是他自己编的，一有重要的人物死去，裴长淮就会掉眼泪。谢从隽哄他不住，只好凭着三寸不烂之舌，再将死去的那人说活过来，裴长淮才不哭了。

这回，谢从隽讲到《赤霞客》，讲赤霞客如何浪迹江湖、行侠仗义，过了一会儿，谢从隽就不讲了。

"我该走了。"他道。

"你去哪里？"

裴长淮心中莫名害怕，想起身，可四肢都跟灌了铅似的沉，费了好大力气才抬起手，扯住谢从隽的衣角："别走，别走，求你了……求你了……"

他眼睛酸疼，仿佛一下又回到走马川上。他跪倒在地，紧紧抱着谢从隽的尸体，歇斯底里地哭喊。走马川上的凛风割伤了他的喉咙，哭到最后，嘴里全是血腥气。

裴长淮闭着眼，越发稀里糊涂的，神志渐渐沉浸到无止境的深渊当中。

"这么能折腾。"

赵昀说着，手上用力，裴长淮吃痛，一回头，发现掐他的人不是谢从隽，竟是赵昀。裴长淮心里一跳，猛地坐起身，赫然惊醒。浑浑噩噩了好一会儿，他抬头，见窗外日光明亮，床头的铜鹤灯燃尽——已至第二日午时。

房中寂静无声，除了他，空无一人。裴长淮沉沉地舒出一口气，手抵着发疼的额头，有点儿不确定赵昀到底有没有来过。他的手一动，碰到什么东西，泠泠一声，裴长淮低头看去，正是那枚玉铃铛。

看来还真是他。

接下来的一个月，裴长淮就再也没见到赵昀，不过，贺闰一封又一封密信递交到正则侯府，信中全然陈述着赵昀入北营后的行径。起初，就连贺闰都以为，赵昀不过是新官上任三把火，多少要搞点名堂出来，立一立自己的威风。赵昀现在贵为武陵军的大都统，不管有无实权，到底是皇上派来的人，北营的老将们免不了要给他这个面子，于是由着他折腾。

如今，他又跟兵部尚书联手，一同调查各大军营吃空饷的事。

书房中，贺闰面色凝重，垂首对裴长淮说道："这件事很奇怪，那兵部尚书在朝中是个出了名的老油条，不结党，不结仇，为官准则就是'宁可不做也不做错'。这次不知道为什么，竟跟赵昀捅了这么一出……"

裴长淮捧着暖热的手炉，闭着眼，沉思不语。他想，赵昀有他的本事，拉拢兵部尚书也不奇怪。贺闰见裴长淮迟迟没有开口，不得不提醒……

裴长淮问道："赵昀如此行事，皇上可知晓？"

贺闰道："重要的官职变动最终还要圣裁，皇上自然知道。"

裴长淮似笑非笑："皇上既知道，那赵昀行事又岂是胡闹？"

贺闰一顿，像是明白了什么，道："怪不得，怪不得皇上这回要重罚侯爷……这样一来，无论赵昀做什么，侯爷都插不上手了。"他恨得牙根痒痒，低声咒骂道，"难道皇上真打算将武陵军交给他？武陵军可是老侯爷的心血，他赵昀何德何能！"

裴长淮垂眼，指尖摸着手炉上的花纹，想起当日赵昀在北营中与他说的那一番话，不由得笑了一下。这才一个月而已，如此雷厉风行，赵昀这般惊天的做派，想必已经教某些人如坐针毡了吧？

贺闰抬头见裴长淮没有一点儿着急的神色，唇角反而带着淡淡的笑意，闷声问道："小侯爷，您怎么想的？"

"依本侯之见，皇上默许赵昀整肃军纪，他也查出不少烂账，这是利国利民的好事。"他语气有些不易察觉的愉悦。

贺闰急道："侯爷，您糊涂了，什么利国利民？赵昀分明包藏私心，要跟您争权！"

裴长淮淡声回答道："武陵军不是裴家的武陵军，谁来主事，全凭皇上的旨意。只要能使大梁国运昌泰、百姓安居乐业，武陵军换赵昀统领，也未尝不可。"

贺闰没想到裴长淮竟是这副态度，仿佛丢了武陵军也不是什么要紧事，他以为裴长淮糊涂，可多年相处，贺闰心知这小侯爷自有算盘，就算糊涂也不是真糊涂。或许他还有别的考量……贺闰一时半会儿猜不透裴长淮的想法，只能沉默。

裴长淮明白贺闰是信任他的，嘱咐道："这阵风波还没过去，你手底下的人手脚干净吗？"

贺闰道："侯爷放心，我那些兄弟平时虽然有点儿不着调，但绝不敢贪军饷。"

"那就好。回去以后，你也告诉他们，别跟赵昀对着干，他说什么，你们尽力去做。拿不定主意的时候，再来问我。"

"可那赵昀……"

裴长淮打断他的话，道："本侯有些乏了，你先回去吧。"

贺闰不得不将话咽了回去，行过一礼，随即退出书房，离开了正则侯府。贺闰一走，裴长淮立刻吩咐管家，挂上闭门谢客的牌子，无论什么人来，一律不见。赵昀在京城搅得腥风血雨，不过这风和雨都被正则侯府的朱门挡住，怎么也吹不进来。渐渐地，北营里有些老部下沉不住气了，一个接一个地到侯府来，想请裴长淮出面，由他主持大局，共同对付赵昀。

裴长淮一时说自己被杖责的伤还没好,一时说皇上已经不准他碰军务,推三阻四,搪塞了半个多月。他们以为裴长淮到底本性不改,还是像从前一样柔善可欺,简直恨铁不成钢。裴家大郎极善谋略,二郎手段刚硬,无论换哪个来掌管武陵军,都有本事将赵昀这厮收拾得死去活来。天公不作美,偏偏活下一个最没本事的裴昱,给人骑在头上兴风作浪,竟连一点儿反击的手段都没有。

武陵军副将刘项决定带头去侯府,就算跪,也要把裴长淮跪请出山。裴长淮没本事不要紧,要紧的是他头上顶着"正则侯"的名号,这是能使得军营各方齐心协力的关键。谁料刘项膝盖还没弯下来,管家就架住他的胳膊,言说小侯爷病情反复,已经离开京城,去郊外西山养病了。

刘项脸色铁青,一出侯府,就望天暗恨道:"这小子,跑得倒快!"

裴长淮来西山就是图个清净。

西山有处温泉,前朝时,京兆府出资,在此为皇帝修了一座行宫,唤作"澜沧苑",如今已经成了达官贵族专享。

裴长淮来时就听闻,兵部的那位尚书也在,还有礼部两位侍郎,加上一些名门里的子弟,人不多也不少。裴长淮居住得远,没跟他们碰面,待清净以后,才独自去泡温泉。

堂中,飘浮着一层白蒙蒙的雾气,兽炉里焚着某种不知名的香料。

裴长淮走到屏风后解衣裳,刚解到一半,突然,一个人影从屏风的另一侧扑过来。

"三郎。"

裴长淮一惊,回头看见那人的脸:"谢知钧?"

谢知钧像小孩子之间在闹着玩儿,在拿裴长淮暖手。

他笑得冷冰冰的,问道:"身上的伤好了吗?"

裴长淮回身,一把推开他,见谢知钧正笑嘻嘻地看着自己。

"滚。"

裴长淮对眼前这个人没有任何话想讲。

被他骂，谢知钧也不生气，笑着坐到一旁的竹榻上去，仰着头看他，说："骂吧，总比不跟我说话要好。"

裴长淮道："你来做什么？"

"碰上礼部左侍郎，他说正则侯也在澜沧苑，我就来看看，问问你的伤好了不曾。"他左右打量了一眼裴长淮，想来是没什么大碍，说，"我没想到皇上真会责罚你。他是疼你的，以前我在宫中读书时，你做伴读，那时候，皇上就更偏疼你一些。"

裴长淮看他冷白的一张脸，眼珠极黑，狭长的凤眼悬着笑时，总会给人一种极为浓艳的冷意。他是毒蛇一样的人，有着艳丽的花纹和锋利的毒牙，一个不顺心，就要扑过来咬上一口。从小到大，谢知钧就是如此。

裴长淮还记得，少时谢知钧在宫中读书，曾经问一个小宫女要过荷包，又在下雪的冬天，约她来御花园相见。那小宫女以为谢知钧对自己有意，满心欢喜地赴约，在寒冷的雪天里足足等了两个时辰，都没等到谢知钧。直到宫门下钥，两个太监突然现身，一把抓住那宫女的头发，问她在做什么，那宫女疼了，颤抖着如实回答。太监们扯烂了她给谢知钧绣的荷包，笑话她痴心妄想，一个下贱东西也想攀上肃王世子，飞上枝头变凤凰。她被狠狠羞辱了一番，哭得像个泪人儿，等翌日谢知钧再入宫时，便跑来跟他诉苦。谢知钧早就知道此事，因为那两个太监便是他派去的。他摸摸那宫女的脸，笑着反问道："难道他们说得不对吗？下贱东西。"

被自己的心上人这样贬骂，小宫女如遭雷劈，眼珠颤抖地望着谢知钧，惊惧得说不出话来。此事过去没多久，那小宫女就因为受不了宫中的流言蜚语，悬梁自尽。

裴长淮那时也在宫中念书，与他形影不离，对此事多多少少知晓一些，只当谢知钧对那小宫女有情，却没想过会是这样的结果。

那宫女自尽以后，裴长淮久久不能平静，头一回去质问谢知钧——明明不喜欢那姑娘，何必如此戏弄人？

谢知钧没讲出什么特别的理由——只因那小宫女侍奉时，曾不小心打翻茶盏，滚烫的茶水泼了裴长淮一袖子，因还隔着厚厚的冬衣，除了他的手臂被烫得有些发红，其他无甚大碍。不过那小宫女倒是吓得魂飞魄散，想要求饶，却因说不出来话，急得号啕大哭。

裴长淮见那小宫女同自己一般年纪，哭得眼睛通红，竟有些像他在雪地里捡来的小兔子，看着可怜又可爱，便也不怪罪了，温声细语地安慰了她好久，此事才算揭过。

裴长淮转眼就忘了这回事，不想谢知钧却一直记着，还是记恨着。

碍于那小宫女是宫里的人，明目张胆地杀了，回头少不了要听肃王妃唠叨，就想出这么一个法子，轻而易举地摧毁了那姑娘的清誉，要她无颜在宫中立足。

谢知钧想杀一个人，甚至不需要兵器，三言两语就能置人于死地。

裴长淮去质问缘由时，谢知钧就回答他一句："我不喜欢你对她好，所以，她该死。"

裴长淮忘不了他那时的神情，笑容里全是恶意。

裴长淮明白，自己与谢知钧不是一路性情，即便小时候做过他的伴读，与他私交甚笃，可越长大，两人就越疏远。如今裴长淮见这人一眼都嫌多，遑论与这人说话，既然谢知钧不走，他走就是。

裴长淮重新系好衣裳，道："告辞。"

谁料他甫一转身，眼前竟然一黑，双腿跟没了知觉一样，整个人向前扑去。

谢知钧接住他，哼道："就知道你不会乖乖听话，所以我让人在香料里加了些料。"

这堂中的兽形香炉还在静静地焚烧着。

裴长淮狠狠蹙起眉头，早知这人没安好心，可没想到谢知钧竟敢明目张胆地对他下药。

像是某种麻药，药性不烈，只是让他四肢绵软，提不上力气。

裴长淮不甘被人摆布，趁着药性还未完全发作，咬了咬牙，抬手一掌击退谢知钧，又紧接着手成钩形，迅疾如风，扼向他的喉咙！谢知钧似乎早有预料，精准地捉住裴长淮的手腕，紧接着，剧烈的疼痛一下传遍裴长淮全身。谢知钧下手不讲究分寸，拧得他腕骨发出咔嚓一声，仿佛骨头错位。这一下，裴长淮脸都白了，屈膝跪倒在地。

谢知钧没松手，道："你不该用谢从隽教你的招式。"谢知钧轻声说，"长淮，还记得吗？也是在这里，你对我发誓，会永远效忠于我。"

裴长淮眼睛赤红，铁了心不让他如意："早忘了。"

"骗子。"

谢知钧眼神冷冰冰的，伸手掐在他脖子上。他就是想要让裴长淮疼，要让他悔。

裴长淮忍不住低哼一声。

他反抗，谢知钧却仿佛对他的招式烂熟于心，拆招拆得恰到好处。裴长淮力气殆尽，又被谢知钧按在地上。

温泉池上升腾着雾气，蒸得地面也是湿漉漉的。水珠浸着他的衫袍，裴长淮背上很凉。

谢知钧掐得更紧。

方才一番揪扯，谢知钧衣衫也散了。不像养尊处优的世家子弟，谢知钧的身形修俊，肌肉匀称，乃是常年习武、严于律己的结果。可见在青云道观这些年，他不曾懈怠过一日。

裴长淮一眼就看见他心口上有道伤疤，像是剑伤，伤口不长，却能看得出很深。这样致命的地方给剑捅伤，没死就是万幸。裴长淮不知谢知钧何时遭遇过生死一线的险事，若是从前，或许还愿意问一问，可惜，早不是从前了。

发现裴长淮的眼睛盯在自己胸口的剑伤上，谢知钧低头摸了摸那伤痕，笑着问道："想不想知道这是怎么伤的？"

"没兴趣。"

裴长淮听着浴堂外有脚步声，心下更焦急，暗暗运力，却发现四肢越发没了知觉。

谢知钧问："长淮，你真不关心？"

裴长淮心跳得极快，他必须离开这里，尽快离开。裴长淮一心思考着对策，不应谢知钧的问题，也没发现他的变化。他眼神都冷了，显然动了真怒。

正当此时，门外有人请见。

来的两个人应是澜沧苑的护院,身形十分高大,他们进到浴堂当中,立在屏风外,低着头等命令。谢知钧眯起眼睛,点了其中一个人进来。

裴长淮被谢知钧推倒在地。谢知钧对外吩咐道:"有什么手段,给我好好'伺候'他,让我们侯爷长长记性,省得他忘了当初说过什么!"

随即他起身,离开榻边,让那护院走近。

裴长淮骂道:"谢知钧!"

那护院眼见正则侯冷脸,跪地将头埋得低低的,道:"奴、奴不敢。"

谢知钧似笑非笑,从靴中取了一把薄刃匕首来,慢条斯理地抚着刀锋,说道:"不敢,我就杀了你。"

护院浑身打了一个哆嗦,看看谢知钧,又看看倒在榻上的裴长淮。传言正则侯心肠柔善,如果知道他也是被人胁迫的,想必不会太怪罪;肃王世子却不一样了,他们都知这位爷的性情,稍有不慎,就会取人性命。这护院心一横,慢吞吞地从谢知钧手中接过那把薄刃匕首,他能看到裴长淮苍白的嘴唇,还有狠狠皱起的眉头,知道自己在做一件错事。

"对不住了,侯爷。"

护院用指尖擦了擦匕首的刃,谢知钧袖手立在一侧,眼神冷得好似毒蛇一般,湿滑的鳞片从他身体上掠了过去,激得裴长淮浑身颤抖。他没想到谢知钧会做到这种地步,何至于做到这种地步?

裴长淮再如何讨厌谢知钧,到底还念着两人少时的情分。他们曾经是朋友,纵然后来分道扬镳,也是因为各从其志,不曾有过深仇大恨。

谢知钧被幽拘在青云道观十年,裴长淮与他割袍断义,谢知钧对他有怨有恨,所以回京后,就利用裴元茂一事挑衅侯府;今日在澜沧苑,谢知钧也是成心来找他不痛快。

这些,裴长淮都能理解,他以为谢知钧再过分,也就仅此而已,仅此而已……

谢知钧立在屏风旁,似乎在笑,可是眼睛黑得像口深渊,又全然没有笑意。

裴长淮也不知哪里来的力气,一把将护院掀翻在地。

那护院本就心存畏惧,跌了个大跟头,也不敢走,哆哆嗦嗦地跪在地上,等着谢知钧开恩。

裴长淮深深缓了几口气,抬起的眼睛里全是血丝,唇颤了颤,发出的声音却是平静的,连愤怒也没有:"闻沧,你当真要如此?"

谢知钧望着他失望至极的神情,一时失神,没等到回答,堂外忽地传来一道很冷淡的声音,道:"奴才是大都统麾下的侍卫,拜见正则侯。都统听闻侯爷在澜沧苑养病,特来请侯爷移步一叙,都统说,事关北营军务,还望侯爷赴约。"

大都统赵昀?他怎么会在这里?

"本世子正在跟侯爷说话,让赵昀那条狗快滚。"谢知钧朝外吼了一声,而后又往那护院的侧腰狠狠踹了一脚:"还有你,也滚出去!"

卫风临立在堂外,听到谢知钧辱骂赵昀是狗,手不自觉地握紧了剑鞘。

"长淮。"

谢知钧看着他,似乎有些手足无措,就像个犯了错的孩子一样。他喊了裴长淮两声,裴长淮没应,强撑着起身。谢知钧忙走过来,就在这一刹那,裴长淮眼疾手快地夺过他手中匕首,手臂一转,将谢知钧硬生生反压住了。寒亮的光闪了闪,那抹刀锋朝着谢知钧狠狠扎了下去,扎在谢知钧的耳侧,深刺进榻中。谢知钧呼吸停了停,对上的是裴长淮发红的眼。

裴长淮迟疑了很久很久,才颤抖着松开手,道:"你这样的人,又怎么配别人真心相待?谢知钧,别再让本侯看见你!"

裴长淮终究没杀他,就像一阵风飘出了浴堂。出门时,他迎头撞见卫风临,对方抱剑行礼,面不改色道:"侯爷,都统恭候多时。"

"不见。"

裴长淮匆匆瞥了卫风临一眼,一口回绝,而后就往自己的居处走去。

请不到人,卫风临无法复命,只好一直追在裴长淮身后。

裴长淮双腿跟不听使唤一样,走一步都费尽力气,但不能失态,至少不能在众目睽睽之下……大梁的子民、朝臣对裴家还能有一分敬畏,是靠他父兄的命换的。如果他出了一点儿的差错,或者露出一丝一毫的软弱,那这样的敬畏就会在一夜之间化作鄙夷与厌弃。

身后卫风临看他脚步踉跄,行路艰难:"小侯爷?"

裴长淮神态狼狈，眼神却极罕见地狠厉，回头对卫风临喝道："别跟着本侯，听到了没有！"

也不知是否当真吓到他，卫风临一下停住脚步，垂首立在原地。

裴长淮继续向前，忽然左膝一软，整个人向前跌去。他像是撞到了谁，一条强有力的手臂稳稳扶住了他。

很快，头顶上方传来轻佻风流的声音，他道："小侯爷，又见面了。"

裴长淮一抬头，果然是赵昀。

裴长淮飞快地拂开赵昀的手，往后退了一步。

赵昀看他躲自己跟躲洪水猛兽一般，问道："你怎么了？"

"本侯还有事，北营的公务改日再谈。"他匆匆说罢，而后越过赵昀，打算离开。还没走出两步，裴长淮就被他扯了回来。赵昀低头见他面色苍白，心知有异。方才赵昀在西苑与礼部侍郎闲谈，听他说起在澜沧苑里偶遇肃王世子，约莫是来澜沧苑找妓子寻乐的，还说赵大都统若有兴致，也可寻几个妓子一同玩一玩。

赵昀含笑不语。

他没这方面的兴趣，不过之于肃王世子的癖好，倒是很想了解了解。

古人云，无欲则刚。无欲无求的人，不太好拿捏；但凡是有点癖好的，就必然会有弱点。

赵昀即刻派卫风临去打听，问一问澜沧苑中哪个人最得谢知钧欢心，结果却打听出谢知钧跟裴长淮在一处。赵昀猜着谢知钧必定又去挑衅裴长淮了，怕裴长淮沉不住气，再跟谢知钧动起手来，这才让卫风临过去救他一救。不过，从目前的情况来看，谢知钧或许不仅仅是挑衅那么简单。

赵昀道："跟我来。"

不顾裴长淮的反抗，赵昀强制携住他的肩膀将他带到最近的一间浴堂当中。

临关门时，赵昀回头对卫风临吩咐道："你去院外守着，别让任何人靠近。还有，叫澜沧苑的掌事过来回话。"

卫风临沉默着退下。

裴长淮眼前有些模糊，本能地跟着赵昀走。

赵昀沉了沉眉，大步走到屏风后，将裴长淮小心翼翼地扶到榻上。

"谢知钧做的？"赵昀脸色冷，声音也冷。

裴长淮道："不关你的事。"

裴长淮没有否认他的猜测，赵昀神色冷峻起来，道："之前不关我的事，现在就不好说了，你中了什么药？这药怎么能解？"

裴长淮心知自己两次栽在谢知钧手里，何其狼狈，落在赵昀眼中，不知会招来他多少嘲笑，一时备感难堪。他连与赵昀斗嘴的心气都没了，将身体蜷缩成一团，没再回话。

正巧，澜沧苑的管事在外头等回话。

赵昀瞧了他一眼，说："等着。"

裴长淮身上一轻，发觉赵昀已经走了。

堂中安静下来，裴长淮眼中的光渐渐散落，艰难地坐起身。

门外不远处还有赵昀说话的声音，模模糊糊的，更像赵昀在他耳侧低语。

不一会儿，赵昀从门外进来，看到裴长淮乌黑的眼睛湿润透亮，模样可怜极了。

裴长淮带着些许恳求，说道："赵昀，别让我更难堪了。"

赵昀低声道："没什么难堪的。"

赵昀想着这澜沧苑既是给达官贵人寻欢作乐用的，管事的定然清楚苑内有哪些不入流的门道，于是方才找管事的过来，含含糊糊地声称自己要些助兴的东西，管事的见多了这种事，听后笑了笑道："这澜沧苑多年来伺候贵人们，自是不乏此类物事，我手边刚好有种迷药，唤作'忘生散'，十分厉害，人中了之后就如同那提线木偶般任人摆布，刀捅进去都动不了一下，如若没有解药，就得被打得皮开肉绽，被折磨得越狠，药性下得越快，否则没个三五天，这人是动弹不了分毫的，其间想做什么，自可得手。"随后又压低声音，"苑内贵人都知道这忘生散，这不，就在前不久，肃王刚问我要去一副，都统如有需要，亦可一试。"赵昀听后，立时显出颇有兴致的样子，那管事的知道赵昀这些日子颇得圣心，掌着北营军务，自然乐于巴结，不一会儿便将那忘生散和解药双手奉上。

"长淮，"赵昀将解药喂过去，"吃了吧。"

裴长淮眼前全是重影，恍惚着问道："你在喊谁？"

"长淮，长淮。"他低声应道。

"正则侯那些好算计呢？被一个肃王世子欺负成这样，连还手之力都没有了吗，还是侯爷又犯了那心软的毛病？"

想他要是防着谢知钧，大抵也不能落到这般境地。

裴长淮神志不清，已不大能回答赵昀的话了。

赵昀再去看裴长淮，见他眼睫湿润，沾着泪珠，心头震了一震，低声问道："你哭了？"

裴长淮脖颈处几道红痕，尤为刺目显眼，方才赵昀就注意到了，现下看得更清楚。能这样伤正则侯的，在这澜沧苑中，除了谢知钧，赵昀想不出还有第二个人来。

"看来肃王世子跟你的关系不一般啊。"

赵昀话音刚落，脖子上便吃了一记大痛，疼得他当即倒抽一口气。裴长淮闭着眼，正死死掐住他的脖子。疼是疼的，不过赵昀能忍，索性任由他掐着。他也没动怒，问道："这回清醒了？"

裴长淮没有松手，眼角却无声地淌下泪水。

解药吃下去已有一段时间，裴长淮眼神也渐渐清明起来。

他看清眼前人英俊的五官，知道救他的人是赵昀。

他一生都没有这么脆弱难堪过，现如今却统统暴露在赵昀眼前。

裴长淮哑声道："本侯该杀了你。"

"杀我？"赵昀擒住他的手，"小侯爷这样子可杀不了人。"

裴长淮不曾被谁这样挑衅过，蓦地用力扼住赵昀的脖子，冷声道："羞辱本侯，是不是让你很开心？"

赵昀喉咙发紧，却在笑，笑声几乎从胸腔中震出来。

他越笑，裴长淮就掐得越狠，笑声很快化作剧烈的呛咳。见赵昀脸色发红，似大有不适,裴长淮又立刻松了力道。

要说正则侯文艳武俊,既有名声,亦握有权柄,仰仗祖辈累世基业,在京都合该是个呼风唤雨的人物,若想对付赵昀,即便整他不死,也得让他好吃一番苦头,偏偏这厮有个心软的毛病,对谁都下不了狠手。

赵昀笑语道:"侯爷在上,可不是我羞辱你,而是我帮了你。幸好帮你的人是我,不是别人。"

别人吗?

裴长淮的眼前浮现出许多或是讥讽,或是怨毒的面孔,脸色白了白,有那么一瞬间,他想,幸亏是赵昀,而不是别人。从芙蓉楼到北营,赵昀到底不曾对他动过杀心。

无论是有心还是无意,赵昀都救了他这一遭。

没多久,裴长淮似是呓语:"谢谢。"

"什么?"赵昀有些没听清。

再问,也不见裴长淮反应,不知是太过疲倦不愿搭理人,还是已经昏睡了过去。

他笑着道:"大都统守着你,安心睡吧。"

这一觉睡得确实安心,裴长淮连梦也没有做。

直到夕阳收尽最后一抹余晖,这堂中点上明灯,裴长淮一睁开眼,发觉身旁空着,没有任何人。

他头疼欲裂,起身套上那件白色单衣。

忽地,他听见屏风后有轻微水响。

这堂中辟着一方温泉池,白汽氤氲,有些雾蒙蒙的。裴长淮走过去,看到那人半身浸在泉中,背对着他,背上的伤痕看得一清二楚。饶是裴长淮对各式各样的伤痕已是司空见惯,瞧见赵昀这一背的狰狞,不免心惊肉跳——像是烧伤,又夹杂着鞭痕,或者烙烫,抑或其他什么……疤痕重叠交错,连他也分不清到底是什么所致。

裴长淮还是第一次注意到他身上这些疤痕。

似乎察觉到背后有人，赵昀回身，眼仁漆黑，不笑时有种阴沉沉的戾气，但见是裴长淮，眼睛一弯，又恢复那副风流俊俏的模样。

他笑道："醒啦？"

赵昀从温泉池中走出来，从屏风上取了衣袍，一边系带一边对裴长淮说："吓到你了？我自己看不到，卫风临倒说过很难看。"

裴长淮问道："背上……如何伤的？"

"小侯爷是在关心我？"赵昀漫不经心地说，"你老师陈文正上书弹劾本都统战功不够显赫，喏，侯爷瞧着够显赫吗？"

战场上受的伤？

裴长淮半信半疑，不过到底是赵昀的私事，他不想提，裴长淮也不再追问。

赵昀道："别怕，难看是难看些，又没伤着脸，你平日也没机会看我的后背。"

裴长淮道："你能有今日地位是搏杀出来的。"

赵昀以为他在反讥："这话什么意思？"

裴长淮淡声道："既不是靠貌相，都统不必在意难看与否。"

赵昀一愣，半晌才反应过来，裴长淮竟是在宽解他，朗声大笑着道："我怕吓着小侯爷。"

裴长淮道："我不在意。"

"那就好。"

"你怎么样，与本侯无关。"

"好，无关，无关。"

赵昀早摸透裴长淮的脾性，是个嘴硬心软的，也不同他计较，仰躺到一旁的摇椅上去。

这处备着茶水与糕点，加之新鲜的瓜果与酸甜的蜜饯，一侧的兽炉中焚着用以安神的香。

他拈起一枚海棠蜜饯丢进嘴巴里，懒洋洋地说道："有些时候，相貌还是好用的。上次我在芙蓉楼宴请兵部尚书，邀他品鉴两样上好的兵器。他说我像他的一位故人，请他来北营清查吃空饷一事，尚书也痛快地答应了。"

早知如此，他也不必费尽心思找寻那些兵器，搭上兵部尚书这一脉倒是出乎意料地容易。

赵昀随意闲聊着，却不见裴长淮搭话，抬眼望过去，正见他望着自己出神，似在看他，又似不在看他。

"长淮？"

裴长淮很快定了定睛，不再多想，淡声回道："你将此事告诉我，就不怕我参你一本结党营私？"

他转身不去看赵昀的眼，下了温泉池。

赵昀坐起身，托着下巴看向裴长淮，道："我不说，小侯爷就不知道了吗？贺闰天天跟在我后头，北营一有什么风吹草动，他就会传给正则侯府，是也不是？"

裴长淮背对着赵昀，没有否认他的猜测，只为贺闰辩解了一句："贺闰虽性格疏放，却没有多少心计，是个忠义之士，跟在都统身边可当大用。"

"忠义之士？忠的是你小侯爷，不是我。"

"以都统的手段，要想收服贺闰为己所用，不是什么难事。"

"我要他作甚？成天黑着一张脸，看见就头疼。"赵昀懒懒一笑，道，"比起贺闰，我更想收服小侯爷。"

"……"

裴长淮不太想理他，倚靠着池壁，缓缓闭上眼睛，水流中的温暖一点儿一点儿渗进他的体内。多日的病痛与疲倦都随之洗去，先前的药又将他折腾得不轻，裴长淮泡了一会子温泉才觉得舒服些。

赵昀远远瞧着他的肩与背，裴长淮身上那些被杖责的伤口泛着肉粉色，不日就会大好，道："皇上这顿杖责来得真及时，让你能躲到这澜沧苑里偷懒。"

以斗殴打架这等小小罪名，暂时褫夺了裴长淮在北营武陵军的大权，待赵昀大张旗鼓地整顿军纪之时，裴长淮就可以作壁上观。因为北营中的各大派系、阵营多跟裴家有着瓜葛，与老侯爷裴承景有着旧交，一旦出了事，他们定然会找裴长淮出面。届时裴长淮帮也不是，不帮也不是，皇上这一打，倒是让他省去不少麻烦，不必夹在中间左右为难。

那日裴长淮还不明白崇昭皇帝为何要重罚于他，在行刑之前，崇昭皇帝让裴长淮自己想，等想明白了再去宫中面圣。如今想来，或许就是这个缘由了。可难道崇昭皇帝只是不想他为难，才罚他这一遭吗？

不尽然。

崇昭皇帝重用赵昀，默许他在北营武陵军中所做的一切，可见早有整治军营之心，而此行最大的阻力就是来自盘踞在军营多年的老兵老将。这些兵将大多是随着老侯爷裴承景一刀一剑拼杀过来的，在军中素有势力与威望。一直以来，他们尊裴承景为首，裴承景故去后，就算不认为裴长淮有似他父兄那样的才干，也愿意继续尊他为统帅，只因有了裴家做主心骨，才能将武陵军各派凝聚在一起，不至于四分五裂。所以即便裴长淮有变革之心，可在外人看来，他仍是旧臣的魁首。

崇昭皇帝这一顿杖责，不像在保护裴长淮，更像在为赵昀扫清障碍。

与此同时，这也算一桩考验，对裴长淮的考验。

一旦裴长淮出手，暗中阻挠赵昀做事，皇上便可问罪下来，直接卸去裴长淮的兵权，抬赵昀上位，由他执掌武陵军；若是裴长淮不管不顾，无心结党，他日待赵昀肃清军中的顽固，皇上又可将焕然一新的武陵军重新交还到裴长淮手中。

看似是赵昀和裴长淮之间的博弈，但两人不过都是崇昭皇帝手中的一枚棋子，谁去谁留，就要看谁的做法更合皇帝的心意。

思及此，裴长淮往水下潜了一潜，声音有些低了，说道："赵昀，你是徐太师的门生，可知太师在朝中总领百官，一人之下万人之上，握着很大的权柄，只在兵权上有我正则侯府牵制。我父亲与老太师虽为故交，可两人在朝堂上政见相左，一向不太对付。"

赵昀道："我知道。"

裴长淮继续道："太师门下可用的将才唯你一人，如今你入武陵军，他定然会教你用尽手段千方百计地留下来。"

赵昀看不见他的神情，只能看见他乌黑的长发，语气轻快地回答："小侯爷猜得不错。"

"武陵军于我而言很重要，本侯不会轻易放手。"裴长淮说，"你我既各自为营，以后还是少来往好。"

赵昀笑了笑，道："徐世昌还是太师之子呢，我看你与他交往得也不少，他一口一个'长淮哥哥'唤得亲热，怎么换我来就不成了？"

"我与他是自小的情分……"裴长淮蹙眉道，"况且，他是他，他父亲是他父亲，太师从来不让锦麟参与朝堂上的事。"

"我也是我。"

裴长淮闻言一愣，抬眼望向赵昀，赵昀笑吟吟的。

裴长淮忽然想到兵部尚书喜好收藏兵器不错，可鉴赏神兵的口味出奇地刁钻。他不喜欢从尺寸、材质等方面品鉴，更喜欢说一说这兵器历任主人的品行，因此很少有人能跟他谈得来，也就从隽在时，能与他相谈甚欢。连老尚书都说他们有些像，这回他还肯亲自帮助赵昀清查军营……

赵昀对他的心思浑然不觉，只见裴长淮一直瞧着自己。

裴长淮也不知自己在想什么，或者什么也没想。

赵昀对裴长淮道："看来小侯爷还不清楚我是什么样的人。"

他眼神是冷的，动作语气却很温柔，温柔得令人心惊。

"我赵揽明虽出身卑贱，却不是你们这等贵人招之即来、挥之即去的玩意儿，小侯爷高兴了就在芙蓉楼入我房里偷看我，不高兴了就想断绝来往，你把我当成什么？"

裴长淮方才还在恍惚，这时被赵昀的恶劣气清醒了，简直不敢相信他竟三番五次地反咬一口。

"我那日……只是错认……"他急着辩驳，又不知该如何说起，到最后无力地叹了一口气，"本侯并无此意。"

裴长淮恼得脸也红，眼也亮。

赵昀见他如此，不禁大笑起来，笑声朗朗好听。

太好欺负了，他想，怎么会有裴昱这样好欺负的人？

赵昀眼里有藏不住的愉悦，道："整治武陵军不也是你的夙愿吗？你我如今算是殊途同归。日后的事日后再说……小侯爷，倘若真走到针锋相对的地步，你会对我手下留情吗？"

"不会。"

他语气还是那样平淡，可赵昀知道，这话作真。裴长淮虽有心软的毛病，但裴家是他的逆鳞，一旦触碰，他绝不会心慈手软。

赵昀最是欣赏裴长淮这路性情，纵然裴长淮说对他也不会手下留情，他也开心。

赵昀笑道："很好，因为我也不会。"

第七篇章 刃色寒

到时买壶好酒回去，
再大醉一场。
岂不快哉？

澜沧苑是个养病的好地方，所居之处清静，裴长淮难得能在此休沐多日。心一安定，身上的伤也随之大好，连那些疤痕都淡得快要看不见了。大约又过了一月，至十五这日，贺闾来澜沧苑拜见裴长淮，将军营的近况一一呈报。

澜沧苑里有多安静，北营中就有多乱。据说赵昀与兵部合力查出，北营数名将领虚报人数，贪吃空饷。前不久刚查到了副将刘项的头上，人直接下了大狱，此时正在牢中候审。

这位刘副将早年追随老侯爷，在战场上立过不小的功劳，就连当年走马川一战，也有他一份功绩。刘副将的儿子刘安，便是先前在群英宴上挑衅赵昀的那位，与徐世昌、裴长淮等人还有着少时的情谊。此次他父亲被下狱，刘安心急如焚，去侯府找了好多次，甚至跪在府门前，哭着求正则侯出面，救一救他父亲。

刘安一心认为，赵昀明面上要整肃军纪，实则是挟私报复，全怪他当日在群英宴上对赵昀不敬，才为父亲招致灭顶之灾。

对此，贺闾却不怎么认同。

他神色微怒道："你是不知，刘项虚报士兵人数竟多达千人。当年老侯爷一手将他提拔到副将的位置，他不知珍惜，做出这等枉法之事，简直脏了老侯爷的名声！小侯爷，此事你不能管，就全凭赵昀处理吧。"

裴长淮笑道："难得见你跟大都统站在同一条战线，看来你们相处得很好。"

贺闾一听，忙下低头道："我对小侯爷绝无二心！说要将此事交给赵昀，也是为了小侯爷着想。"

裴长淮看他神色慌张，叹了一口气，将手边的蜜饯递给贺闾，道："我就是随口说说，这么紧张作甚？"

贺闰还是紧张，从裴长淮手中接过蜜饯，细嚼慢咽地吃着。

他不太喜欢吃甜的，可只要是裴长淮赏的，也便没什么不喜欢。

"小侯爷随口说的，我不爱听。"贺闰低声道，"我怕侯爷不信任我。"

"怎么会？在武陵军中，你是唯一可以令我全心全意信任的人。"

贺闰很快抿住唇角的笑，顺手给裴长淮添了一盏茶，继续道："我是看不惯赵昀的做派，可这次他将刘项下狱，手中是握有铁证的，绝非公报私仇。刘副将他……这回怕是神仙难救。"

裴长淮沉吟片刻，问："刘安还好吗？"

"刘安为他父亲一事辗转求了很多人，太师府去过了，徐公子没有理他；侯府也来过，在府门外跪了一宿……"

裴长淮沉默良久，觉得手中的暖炉似乎太烫了，无言地搁置在一旁。

贺闰见他如此，也不忍再说下去，只劝道："他们自作孽不可活，小侯爷别再心软。"

"本侯分得清是非。"裴长淮淡道，"回去告诉刘安，让他不必再来，他父亲有无冤情，到时自有审断。另外，近来天寒，你去给刘副将送一床被褥吧，他素来极重颜面，在审讯之前别让人辱没了他。"

"是。"

贺闰在裴长淮这里用过午膳后就下山去了，走后没多久，侯府的奴才急匆匆地跑来澜沧苑找裴长淮。两个人哆嗦着跪在裴长淮面前，脸也白了，大口大口地喘着粗气，道："元劭小公子走丢了！"

裴长淮端着茶盏的手一抖，蹙眉道："何时的事？"

侯府的奴才说，近来元劭快要认字了，就想自己出门去买些笔墨纸砚。

二夫人差了侯府的侍卫陪元劭去一趟墨宝斋。

因元劭天生有些呆傻，侍卫们不敢马虎，当时市井中人来人往，也一直寸步不离地跟着，谁想元劭自己钻进人群中，一眨眼的工夫就跑不见了。侯府的人在城里找了一上午也没找着。眼见天色越来越黑，二夫人急得直掉眼泪，才差了奴才上山，请裴长淮拿个主意。

101

裴长淮稳了稳神,一边穿衣一边吩咐道:"你先回府报个平安,本侯亲自带人去寻元劭,让嫂嫂别急。你去,下山备了马来,本侯要见京兆府尹。"

"遵令。"

京兆府尹见过裴长淮,得知此事以后,立刻派出官兵到大街小巷里去找。裴长淮也带上一队亲卫,在市井中挨家挨户地亲自找寻。府衙官兵出动,闹市里纵马,引起不小的动静,有好事者围观,交头接耳,还以为他们是在抓人。

渐渐地,天黑透了。

裴长淮进到一家墨斋,再次询问无果。

面对一直摇头的掌柜,他沉了沉眉,没停,转身正要离开,谁料眼前一晃,竟不自觉地往后倒退了两步。他伸手扶上柜台,勉强稳住身形。

"小侯爷!"一行人吓得不轻。

裴长淮抬起握着马鞭的手,示意无碍,而后按住自己有些发疼的肋下——实在没有道理。元劭不识路,也没怎么出过门,应该走不太远。天色越来越黑,那么小的孩子又能去到哪儿?除非……有人带走了他。

此值北营多事之秋,他却躲在澜沧苑,完全置身事外,这般"无情",有人对他心生怨恨再正常不过。既拿不住他,就拿住裴家的孩子,以此作要挟,也不是不可能……他早该想到的,怎么竟在这种事上疏忽了?

一种不祥的预感攀上心头,可不及他胡思乱想,外头街道上忽地响起一阵凌乱的马蹄声。侯府侍卫从马背上滚下来,一见到裴长淮,大喜道:"侯爷,找到了!"

通体漆黑的快马踏在石板路上,马蹄声急促而响亮,由远及近,一路朝着梨花巷飞驰而来。裴长淮拉住缰绳,扯得马头一仰,抬眼望去,就见一辆马车停在梨花巷巷口,马车旁立着一个高大的身影,是卫风临。裴长淮轻促地喘了两口气,翻身下马,径直走向马车。

帘子一掀,裴长淮正撞上赵昀的眼睛。赵昀用食指抵唇,示意他动作轻些。一低头,裴长淮就看到小元劭在赵昀怀中窝成一团,睡得正香。他到底还是携进来一身的寒气,吹进马车厢里,元劭迷迷糊糊地就醒了。

元劭瞧见裴长淮的脸,喊道:"三叔,三叔。"

他挣出赵昀的怀抱，扑到裴长淮身上，紧紧抱住了他。

元劭腰间还挂着一枚玉铃铛，一动就叮咚作响。

元劭仰头，结结巴巴地说道："三叔，我、我找你。你，怎么不回家看我？娘说，爹爹走了，不会回来了。我没见过他，不想他，可我想三叔了，不要三叔也走。"

裴长淮怔道："你是去找我了？"

赵昀轻声咳了咳，元劭回头看了他一眼，像是想起什么，又对裴长淮道："对不起，我、我错了，三叔不要生气。"

裴长淮抬头对上赵昀的目光，想着这道歉的话应当是他教的。他沉默下来，将元劭先行抱下马车。侯府人马相继赶到，看见元劭相安无事，所有人都松了一口气。

元劭见裴长淮一直没理自己，小声问："三叔，你生气了吗？"

裴长淮摸了摸元劭凉凉的脸颊，又戴正他头上的小乌帽，温声道："三叔没生气。元劭，三叔只是出门玩两天，这不就回来了吗？"

"那，我也想出去玩。"

"等天气暖和些，三叔就带你去斗风筝，好吗？你在外面跑了一天，你阿娘很担心，先回府去跟阿娘请安，把方才跟三叔说的话再跟你阿娘说一遍，记住了吗？"

元劭乖巧地点点头，道："记住了。"

"好孩子。"

裴长淮将裴元劭交给侯府侍卫，由他们护送回去，再吩咐手下去通知京兆府，人已经找到了，侯府定会记得府尹大人一个人情。

众人各自领命，陆续退去，只留下两个近侍跟着裴长淮。

周遭安静下来，此刻夜已大深。

赵昀负手立在裴长淮身后，解释道："这孩子找了一个人带他去北营，卫风临在营外看见他，还以为是北营士兵的家眷，便带到我帐子里来了。我下午一直在巡营，晚间才回去，卫风临陪他玩了半天，也只知道他要找'三叔'。"说着，赵昀嘴角露出一点儿笑意，"我当是谁家的小孩儿呢，看见他腰间的铃铛，

103

倒是认出来了。"

裴长淮："……"

那玉铃铛跟裴长淮随身佩戴的那枚几乎一模一样。

裴长淮自然也忘不了。

他正了正色,朝赵昀郑重拜道："今日之事,多谢。"

"怎么谢?"

裴长淮一愣,不想赵昀竟问得这样直接,他一时也没想好,便也直问道:"都统想怎么谢?"

赵昀揉着自己有些僵硬的后颈,道："累了一天,小侯爷赏口饭吃就好。"

"想吃些什么?"他再问。

"随你做主。"

此地是梨花巷,好巧不巧,附近正有一个去处,只是裴长淮不曾带人去过。

他迟疑地望向赵昀。方才见到赵昀抱着安睡的元劭,他心头那根紧得几乎崩断的弦蓦然一松,不由得想,还好是他,不是别人。此人虽有城府,做事颇具手段,可襟怀磊落,至少不会对妇孺下手。

其实,倘若他们之间没横着那么多乌七八糟的事,裴长淮倒很想与之一交。

赵昀耐心等他回答,手下晃荡起腰间的麒麟佩。

裴长淮的目光落在那枚麒麟佩上,抿了抿唇,道:"跟我来。"

他要去的地方离梨花巷不远,也是京都里一处小巷子,因紧邻繁华的夜市,不算冷清,也不算热闹。

巷子里支起一个面摊子,来往的食客多是京都里的平头百姓,诸如仆役、轿夫、店铺伙计一流;自然也有邻巷里的小孩儿,跑着闹着过来,用铜板买一包炸得酥脆的绿豆丸子,揣怀里当零嘴儿吃。

赵昀没想到堂堂正则侯竟会来这样的地方。

那面摊的伙计一掀锅盖子,白腾腾的热气打滚似的翻上来,面香很快飘满了整条巷子。

"坐吧。"

裴长淮请他入座。

这时夜近三更，面摊的客人只有他们。

裴长淮的两名近侍随意找了一张桌子坐下，对面摊伙计说"老三样"，那伙计便点了点头，请他们稍等。

看来还是熟客。

其中一名近侍看向卫风临，抬手打了个招呼，道："哎，这位……"

卫风临对上他的目光，只好回答："卫风临。"

那近侍道："卫兄弟，要不要一起过来坐？"

卫风临放不下警惕的心，看了一眼赵昀，等待他的指示。

赵昀看着眼下这场面，着实新鲜有趣，笑了一声，道："吃个面而已，别拘谨，就当认识一下正则侯府的朋友。"

卫风临沉默着点头，走过去与他们坐在一起。

近侍对面摊的伙计喊道："再加一碗。"

"好嘞！"

没多久，那伙计就给那桌端了三碗阳春面上来，还有四碟子下酒菜，两荤两素，外加一小壶酒、三个酒杯，一块儿上齐全。

赵昀回过头，再去看裴长淮。裴长淮没有陪他同坐，而是挽起袖口，走向竹棚下的面锅。他从伙计手里接过长筷与木勺，将刚包好的水晶馄饨下进热汤，而后就站在锅前，静静守着火候。

面摊里忙前忙后的是小伙计，真正的摊主是个老翁，年纪大了，眼神不太好，背也佝偻得很。他本来坐在矮桌边正跟自己下棋，从伙计口中听说正则侯来了，忙起身一瘸一拐地走过来，向他行礼道："小侯爷。"

裴长淮道："不必多礼，我们吃过就走。"

老翁显然高兴，道："侯爷好久没有亲自过来了。"

"诸事缠身。"裴长淮道，"京城又下了两场雪，你的腿还疼吗？"

"多谢侯爷挂怀，已经好多了。"

老翁眯起眼睛，仔细看了看不远处坐着的赵昀，虽看不太清楚，但确定是个生面孔。

他道:"以前您只跟谢爵爷一起来过,这还是第一次见您带了其他朋友……不知这位贵人该如何称呼啊?"

后面这一句声音大了些,则是问向赵昀的。

赵昀笑着走过来。

离得一近,老翁将他英俊的面容看得更清晰,不由得惊了惊心,喃喃道:"谢……"

赵昀道:"赵昀,赵揽明。"

待赵昀在眼前站定,再细看一番,老翁就知道不是一个人了,与记忆中那人的模样仅三四分相似。

老翁回过神来,忙拜道:"原来这位就是赵大都统,久仰大名。"

赵昀一笑,笑容里漾着风流意。这三四分的相似已足够令老翁心生亲近。

老翁笑问道:"大都统会下棋吗?"

赵昀道:"不会,我这个人不大有耐心。"

"倒是可惜了。"老翁颇有些遗憾,"我们小侯爷可是弈棋的好手。"

"哦,是吗?那我真想学一学了。"他的话是在回答老翁,眼却瞧着裴长淮。

听他调笑,裴长淮不动声色。待水晶馄饨翻着肚皮浮上来,他盛了两碗,端到桌上去,请赵昀过来。

赵昀自然随着他。

半寒的夜天,仅有三盏风灯悬在竹棚上,灯影摇摇晃晃,照着裴长淮与赵昀。裴长淮坐姿端正,吃相也斯文。赵昀则坐得更随性些,吞了两口馄饨,笑道:"想不到小侯爷还有这样好的手艺。哪天咱们不在朝堂上办事了,就找条巷子支个小摊儿,我去当街叫卖,侯爷就在后厨下小馄饨,兴许也能赚得碎银几两,到时买壶好酒回去,再大醉一场,岂不快哉?"

裴长淮淡淡道:"以大都统的酒量,只卖两碗馄饨,怕是要入不敷出。"

这下赵昀笑得更深了,左右打量裴长淮,眼神带着揶揄。

裴长淮些许不自在:"你看什么?"

赵昀边忍笑边说:"我正奇怪,你居然没有骂我是无稽之谈,难不成堂堂正则侯真想过跟我去卖馄饨……"

裴长淮眉心一蹙,脸和颈都泛起了红。赵昀抬起手臂防着他,道:"好了,这会子小侯爷又想骂我了。骂什么?畜生,混账,胡言乱语?"

裴长淮给他噎了回去,沉默半晌,才板着脸说出一句:"君子知礼,食不言,寝不语。"

赵昀笑得更开怀:"是,遵命,遵命。"

老翁回头,望着灯下两人同坐的身影,想起多年前,亦在同样的位置,谢从隽与裴长淮便坐在那处,握着两盏薄酒,聊家国大事,谈风花雪月,每逢他们来,这巷子中总有笑声——单单看背影,当真是"似曾相识燕归来",难怪小侯爷与这赵昀投缘。

老翁低叹一声,摇摇头,转身继续下棋去了。

此夜过后,赵昀常常会来此处,有时吃碗汤面就走,有时会跟老翁学一学下棋,一来二去,两人便也熟稔起来。

赵昀得知这老翁姓陆,祖籍在关西。陆老翁年轻时仗着自己有些拳脚功夫,喜好打抱不平,后来惹到当地豪绅头上,被他们打残一条腿,成了废人。关西不能待了,他就随亲戚进京讨生活,一分一厘存了十多年的积蓄,才盘下这么个面摊子。打杂的小伙计就是他的儿子,父子二人相依为命,日子还算过得下去。他这等人本没有什么机会结识侯府的公子,能认识裴长淮,也是因为谢从隽。

谢从隽不爱待在他的郡王府,时常混迹市井当中,那天不过就是来这里吃碗面,正碰上几个地痞欺负一个小孩子。陆老翁看不过去,把那孩子护到自己身后,恳求他们住手,谁料也遭了顿打。眼见那碗大的拳头就要落下来,谢从隽及时出现,用折扇抵住那地痞的手腕,冷声命他们快滚。

几个地痞嚷嚷着骂他多管闲事,转头见少年衣着不俗,尤其手中这把折扇,下头还挂着一枚水头极好的翡翠石,一看就价值不菲。他们起了歹心,合力就要抢他扇子上的翡翠石。谢从隽从怀中掏出一道令牌,在指尖荡了一荡,荡得几个地痞的腿都软了。

他们扑通跪在地上,半晌连话都说不出。

陆老翁怔怔地望着那少年，方才知道，这就是京城里那位顶出挑的郡王爷。

如此他们就算结缘了。

陆老翁感激他出手相救，谢从隽也敬这陆老翁有侠心，对他很钦佩，往后时常来光顾。起初谢从隽总是独身前来，后来又领了一个小公子，衣裳、面容皆干干净净，说话时咬文嚼字，极重礼节，形骨如玉砌雪雕，不似这烟火中人。能与谢从隽形影不离的，自然就是正则侯府的三公子裴昱了。且说那碗水晶馄饨，也是谢从隽手把手教裴长淮煮的。

一听此事，赵昀看着自己眼前的这碗馄饨，撂下瓷勺，有些吃不下了。

赵昀道："自从我入京以来，各路王孙公子还未认全，唯独谢从隽一名如雷贯耳，怎么到哪里都能听得两句此人的风闻逸事？"

陆老翁微微笑道："有些人一旦遇见，这辈子都忘不了。谢爵爷，那可是很好很好的人啊……"

陆老翁端坐着，手拄着拐杖，出神地望向巷子口。他至今还记得，那红袍金冠的少年郎朝他走来的模样。年轻时，陆老翁为了不相干的人惹到不该惹的恶霸，废掉一条腿，毁了一生，许多人都说过他蠢。有时腿疾复发，疼痛难忍，连他自己也会后悔，后悔当初不该出头。他曾经帮助过的人早已不知所踪，为此所受的伤却累害多年。

行侠仗义，却没有好下场，当真值得吗？

唯独谢从隽告诉过他，值得。他有清澈的眼，里头诚挚的敬意是骗不了人的。

想到谢从隽，陆老翁眼睛有些湿润。他平了平情绪，叹道："若爵爷还在的话，说不定能与大都统成为知己。"

赵昀道："绝无可能。"

听到"谢从隽"这三个字，赵昀就很倒胃口了。他烦躁地晃着腰间的麒麟坠，正要问些裴长淮的事，忽然，自他背后袭来一道尖锐的寒意。箭镞泛着冷光，刺破长空，直直刺向赵昀后心！

一直守在赵昀身边的卫风临大惊，喝道："都统！"

赵昀一翻身，又准又快地捉住那射来的黑羽钢箭。箭镞锋利，一下划伤他的手掌，转眼淌出一痕鲜血。原本赵昀独身躲开此箭不成问题，可若他躲了，这箭必定射中与他对坐的陆老翁。卫风临见赵昀受伤，勃然大怒，转头看到巷口立着重重黑影，一咬牙，抽剑便向他们杀去。

赵昀眼里漆黑，盯着巷口的局势，笼统十几名刺客，与卫风临缠斗，难分胜负。他们人多势众，这样下去，卫风临早晚要落得下风。

他对陆老翁说："躲起来，保护好自己。"

"可是你……"

赵昀看向手中黑羽钢箭，来回一捻，很快抬头望向至高处，果真见黑暗中闪烁着箭镞的星芒。

赵昀喊道："小心暗箭！"

"咻——"的一声，暗箭猛地射向卫风临！听见赵昀提醒，卫风临想也不想，抬剑挡下这记暗箭。与他交手的刺客趁机刺向他腹下，卫风临侧身闪躲，可惜他反应再快也慢了一招，对方手中长剑挑破他腰侧的衣裳，皮肉一绽，当即溅出一道鲜血。卫风临大退数步，死死捂住侧腰上的伤口。这剧烈的疼痛令他有些心惊，对方来势汹汹，布控缜密，单凭他一人之力，很可能护不住赵昀。

赵昀的银枪不在身边，但面对这群训练有素的刺客，赤手空拳可占不到便宜。

陆老翁见这架势，忙爬到放面粉的柜子前，从中捧出一把长剑，丢给赵昀："接着！"

赵昀接住，将剑拔出鞘后，刃上锈迹斑斑，叹道："算了，凑合用吧。"

赵昀踏上墙檐，身影如疾风一般呼啸着朝那高处的弓箭手而去。放箭之人自不会坐以待毙，趁赵昀还未靠近，又连放三箭。赵昀拿剑当枪使，接连挡开流箭，纵身跃上楼台，抬剑指向那手握弓箭的刺客。

赵昀神态慵懒，道："说出幕后指使，我让你活。"

那刺客半张脸都在面罩之下，唯露出一双极亮的眼睛，盯着赵昀。忽然间，一抹寒光掠过，刺客抽出腰间弯刀，向赵昀砍去。赵昀早就料到他不会束手就擒，躲开对方威烈的刀法。

赵昀剑法多是从枪法中衍生而来，剑风凌厉，招招重如千钧，与弯刀交接时，火花迸溅，撞如雷鸣。

那刺客善于弓箭却不擅近身搏斗,遇上赵昀这般高手,很快显了颓势。赵昀趁机一剑刺向他的面门,略一偏,剑尖穿过他的耳侧,架在那人的颈子上。

赵昀收放自如,此刻停下攻势,再道:"你还有一次机会。"

生死存亡之际,谁都会怕,即便是经过训练的杀手,当那剑中寒意渗进皮肤时,他还是会忍不住发抖。

就在这迟疑间,自黑暗处飞来一记暗镖,猛地扎进那刺客的后背,不过瞬息,刺客闷头倒在地上,身体抽搐两下,再无了动静。赵昀大惊,过去拨开那刺客的面罩,一副生面孔,他脸上很快浮满青黑色的纹路,应当是那暗镖上淬有剧毒。对敌关头,刺客可分不出精力去杀掉落网的同行,那么杀人灭口的大有可能是雇主。

赵昀提剑追向那暗镖的方向,一望过去,朦胧的月色下,那片黑影几乎无所遁藏,轻盈地跳跃在房顶飞檐之间。赵昀穷追不舍,眼看就要追上,他朝着黑衣人的后背划去一剑。刚烈的剑风一下扫破他的衣裳,那黑衣人脚底踩空,登时从瓦檐上滚了下去!

黑衣人在空中翻身,落地时略一屈膝,稳稳地站定身形。

赵昀跟着落地,随手挽了个剑花,称赞道:"好俊的功夫。"

那人一身利落的夜行衣,身影俊拔,脸上戴着夜叉面具,通体漆黑,唯有两只眼睛明亮又锐利。他缓缓抽出剑来,眼神中充满杀气。赵昀看着他手中的剑,不禁羡慕道:"剑也好得很啊,用来杀人实在可惜。"

四周无人,只头顶上悬着月亮,光芒洒下时如落了一地白霜。黑衣人的剑是冷的,眼神也是冷的。随后,从四面八方跃出多个黑影,有十来个人,一点儿一点儿朝赵昀靠拢。赵昀神色从容淡定,却并不轻敌,他眼观六路、耳听八方,判断着周围刺客的位置。

他笑道:"摆出这么大的阵势,就为杀我吗?这可令在下有些受宠若惊了。"

"青口白舌的东西,很快就教你笑不出来!"他身后一名刺客喝道。

赵昀清楚自己落入了圈套,这群人一开始就打算引他来此,而后合力杀了他。刹那间,背后疾袭而来一阵剑风,赵昀错步一躲,刚避开此招,自某处又刺来一剑。他们人多势众,于赵昀而言,挥来的每一剑都快若密雨,稍有不慎,就会被削掉一块血肉。

赵昀虽使剑不如使枪顺手，但也能应敌，不过这群人皆是刺客中的佼佼者，手中长剑既快也狠，招招都致要害，倘若给他们缠住，可占不了什么上风。

赵昀正在剑风中思索对策，本一直观察着局势的黑衣人趁乱再使一记暗镖！此处地阔、风紧，暗镖随风而来，极不易察觉，赵昀尚且没来得及反应，肩头被谁狠狠一推。他身子一下侧开，暗镖直直扎向他身后的刺客，那人当场毙命。

赵昀回神时，裴长淮已经立在他身前。

衣白赛皓雪，刃寒胜秋霜。

这夜天冰冷，纵然方才那般凶险，赵昀的心也不曾因恐惧多跳一下，然而此时此刻，他见裴长淮似从天而降，孤身挡在他面前，赵昀的血似乎都要翻涌沸腾起来。

他轻快道："小侯爷再不来，我可真要死了。"

裴长淮自陆老翁处听说赵昀遭刺，不由分说立即赶来襄助，此时看他神色从容不迫，裴长淮微微侧眸，问道："你一早料到我会来？"

"不曾料到，这才让我惊喜。"

裴长淮冷声道："还有工夫插科打诨，看来都统并不怕死。"

"方才不怕，现下见着小侯爷，有些怕了。"

赵昀手指一试剑锋，本不太正经的眼神一下收得极冷静，陡然露出凛然的杀意。

裴长淮提剑，对他说道："本侯的人马还未赶到，拖。"

赵昀微微一笑，道："遵命。"

说罢，裴长淮率先一剑挥出，直接杀向那为首的黑衣人。

裴长淮师承大梁第一剑客，剑法神妙，出剑的招式似狂风，也似汹涛，一收一敛之间，剑招与身法都极为潇洒飘逸。黑衣人步步后退，连续防守数回合，但裴长淮出剑即是有杀心的，剑气冲星斗、啸月光，不给对方一丝喘息的时机。至穷途末路，黑衣人被迫还击，裴长淮缠住他的剑，让他连脱身的机会都找不到。赵昀应付其余人更是得心应手，刀光剑影之间，转眼已过数回合。

纷乱的马蹄声渐近，黑衣人意识到刺杀已经失败，再不走必定暴露，立刻沉声下令："撤！"

他说话时声音故意放得很低很哑，根本听不出原本的嗓音。裴长淮见他要逃，长剑啸着鸣玉之声，携着贯日之势，直刺向那黑衣人。这招杀意毕现，霎时间，黑衣人眼色一红，他似是早已看穿裴长淮此招式中的破绽，一挡一挥，寒剑又从极为刁钻的角度斜出，正刺中裴长淮的腰际。裴长淮已及时收势，不想还是给他的剑刃扫出一道浅伤。

来援的近侍赶到，正好看见这一幕，大惊道："小侯爷！"

赵昀闻声回头，见裴长淮受伤，旋即想到这黑衣人喜在兵器上淬毒，脑子里"嗡"的一声，空茫茫间，背后冒起一层冷汗。

"裴昱！"

见那黑衣人欲要再攻，赵昀手腕赫然一翻，冲过去，猛地挑开那袭向裴长淮的霜刃。

这一招得手，杀气自剑中喷薄而出，赵昀纵剑反攻，剑尖于空中划出一道轻盈的光。

这剑的起势宛若从风之鸿羽，轻灵、缥缈，落势却最为猛烈昂扬。

黑衣人根本抵挡不了赵昀的剑势，剑刺入他肋下三寸，剧痛乍起，黑衣人大惊失色，连连后退，胸口鲜血几乎喷溅而出。来不及再思考，黑衣人当即一剑掷向裴长淮，赵昀迅速地转剑一拦，等再回头时，那黑衣人落荒而逃，早已消失在茫茫夜色当中。

赵昀顾不得再追，一定心神，忙去看裴长淮。他一心都系在裴长淮的伤势上，挪开他按住伤口的手，伸手一抚，指腹间是鲜红的血液——看来无毒。赵昀极轻地松了一口气，缓了片刻的神，才压下浑身的冷汗。他低低地笑道："还好，我险些要随小侯爷去了。"

他正信口惹着裴长淮玩儿，蓦然间，裴长淮一下捉住赵昀的手。

赵昀看他脸色惨白，跟鬼一样，皱着眉问："长淮，是还疼吗？"

扼在赵昀腕间的手越收越紧，裴长淮死死盯着他，眼里有疑、有怒，还有恨。

他一字一句地问道："你，到底是谁？"

剑法，各有千秋。

大梁第一剑号"清狂客"，此人剑法的独特之处就在于，他的剑起势华丽而落势浑厚，尤其讲究四两拨千斤之妙。裴长淮师从清狂客，旁人看不出其中门道，他看一眼就能识得出。方才赵昀使的那招名为"云闲龙潜"，便是清狂客独创的剑法。

可赵昀这一招不像清狂客，而是像谢从隽。

此招落势是向前刺出一剑，清狂客刺剑时喜好手腕朝上，便于下一招收剑格挡；但谢从隽学来此式后，刺剑时，改成手腕朝下，他不给自己收剑的余地，要的就是一招致命、落子无悔。谢从隽这一剑中尽是玉石俱焚的锐意，清狂客不太喜欢，骂过他好多回，可他总是不改。

当时裴长淮与谢从隽一起习剑，两人算同门师兄弟，因裴长淮更听话些，清狂客就命令他去盯着谢从隽改过。

裴长淮远远望着谢从隽舞剑的身姿，回答道："师父，弟子蠢笨，学什么都容易被规矩框缚住，敏郎却有求活思变之心，远胜于我。他不甘于做第二个清狂客，他会有他自己的剑法。"

师父听后一笑："我还指望你去劝他一句，你倒好，还替他分辩起来了。"

谢从隽的天赋令他仰慕，他的每一招、每一式都烙在裴长淮记忆深处。方才赵昀刺剑时手腕朝下，身影简直与谢从隽如出一辙——不可能这么像，样貌、神态也就罢了，剑法却绝对骗不了人。

他认识谢从隽，抑或，就是他吗？

裴长淮知道自己问得多么无稽，可这样的猜测就像一点儿星火，让他心底沉寂多年的死灰得以复燃。这火烧得他眼睛雪亮，烧得他浑身血液都在啸叫。他攥住赵昀的手腕，手指几乎在颤抖，再问道："你到底是谁？"

赵昀不明所以，反问道："我还能是谁？"

裴长淮不知该如何回答，继续问道："你的剑法从何处学来？"

赵昀道："家传。"

裴长淮道："你认识清狂客？"

"不认识。"他见裴长淮脸色不好，难得坦诚，随后又戏谑道，"问得这样仔细，小侯爷要不要再问问我的生辰八字，好替我测一测姻缘？"

赵昀有心打趣，可裴长淮却无心再听。

目光在赵昀面容上来回逡巡，迟疑了一阵，裴长淮小心翼翼地问："那你……你认不认识谢从隽？"

听到这个名字，赵昀眉头皱得更深，一口火气蹿到喉咙。他道："自是听说过了。怎么，此时提起你那好哥哥来做什么？"

他语气尖酸刻薄起来，眼里也尽是冷意，自然更不像谢从隽了。

裴长淮在赵昀的注视下逐渐醒过神，心里乱得一塌糊涂。怎么可能呢？他亲眼见过谢从隽的尸体，如今又在妄想什么？

正值此时，一把剑鞘从侧方穿来，挡开裴长淮的手臂。

裴长淮下意识地后退，与赵昀分开两边。

来者是卫风临，他回身挺剑，牢牢挡在赵昀面前。

"你做什么！"

他身上多处负伤，脸与唇皆白，却还沉声质问。

卫风临不知前情，赶到时就见侯府的人马将赵昀团团围住，自然怀疑裴长淮也与刺客有关。

裴长淮的近侍瞧见卫风临竟敢如此大不敬，怒而喝道："你好大的胆！亏得我家小侯爷出手相救，竟如此不知好歹！"说着两方就要拔剑相向。

裴长淮抬起右手，示意他们不要轻举妄动。

赵昀也即刻令道："行刺之事与侯爷无关，退下。"

卫风临才知是误会，抿了抿唇，抱剑向裴长淮施一歉礼："失敬。"

他低头退至赵昀身后。

经卫风临一打断，裴长淮这会子已经彻底冷静下来。周遭众人皆在，实在不是问话的好时机。

他扫视四周，埋伏在此的刺客死了大半，还余下三个活口，已被生擒。

裴长淮命令道："带下去，问出他们的主家是谁。"

"遵令。"

侯府卫兵揭了他们的面罩，正要押送他们回去。三名刺客彼此对视一眼，一咬后槽牙，鲜红的血丝几乎瞬间窜满两颗眼珠，脸也变得青白。

众人还未反应过来，三人相继倒地，已然服毒自尽。

侯府卫兵见他们宁可自杀也不肯出卖雇主，急道："是死士！"

裴长淮蹙起眉，过去察看他们的尸首，探过鼻息，确定是封喉之毒，没有救治的余地。他余光一瞥，其中一名刺客的袖口处露出些雪色，一扯出来，才知是块手帕。帕角处绣着绿柳与小燕，当是女儿家送的。或许这送手帕的女子还在等着此人回去相见，然而，她再也等不到了。

裴长淮轻轻叹了一口气，将手帕搁回那人的怀中，起身说道："找个地方葬了吧。"

赵昀道："且慢。"

裴长淮回身，疑着看向赵昀。

赵昀睥睨着这一地的尸体，问道："小侯爷，你可猜得出是谁要刺杀我？"

裴长淮道："你最近在北营行事太过急于求成，招了不少恨。"

赵昀道："如此说来，小侯爷也认为这是为着查营一事？"

裴长淮道："十有八九。"

赵昀道："这幕后元凶敢派人来刺杀我，想必还不知道我赵昀是什么样的人，怎么着也要让他领教领教。"

裴长淮轻轻蹙起眉，道："你想怎么做？"

昔日为陈文正参他一事，就弄得陈文正险些丢官，赵昀这个人有仇必报，绝不会甘心吃个哑巴亏。正值沉默之际，一阵微凛的风吹来，拂动着裴长淮的袍角。

裴长淮一身素雅的白，只腰间伤处血迹殷殷，洇在雪白之上，尤为刺目。

赵昀沉声道："割下他们的头颅，挂到城楼上，再布告四方，北营大都统赵昀例行调查军营贪腐一案，遭人报复刺杀，现已将刺客就地正法，青霄白日，浩气长存。"

他眼神冷然，句句皆是不仁，只在转向裴长淮时，俊眼一弯，仿佛与生俱来的狠厉遇上这人便撑不大住了，连口吻都是柔软的，道："我才疏学浅，这样写，小侯爷以为如何？"

什么青霄白日、浩气长存，说得好听，不过是要乘机立威罢了，立威于军营，立威于朝廷，也立威于百姓。

待告示一出，指不定有多少人要直呼痛快，暗暗钦佩这位新上任的都统。他这样做无非是求名，不过想他作风一直如此，裴长淮不怎么意外。只是赵昀这路性情，与谢从隽更加判若云泥。

如果是谢从隽，断然不会如此狠心，还想着要割下他们的头颅，挂在城楼上……蓦然间，裴长淮回想起走马川上的惨景，浑身狠狠地一震，想——怎么就不会呢？

裴长淮将剑铮地收回鞘中，对赵昀说道："他们是来刺杀你的，怎么处置，随你。"

赵昀道："多谢侯爷。"

卫兵给裴长淮牵来马匹，裴长淮上马，挽住马缰，居高临下地看了一眼赵昀。赵昀对上他的视线，笑着抱拳道："还有，小侯爷今夜救命之恩，我赵揽明铭记于心，来日必当报答。"

赵昀，赵揽明。这才是他的名字。

裴长淮目光有些茫然，什么也没说，领着卫兵离开了。

回到侯府时，夜已深。

裴长淮遣退所有人，独自坐到窗前。他解开衣衫，露出腰间的伤处，又取来一瓶金创药。白色的药粉往伤处一撒，便泛起一片火辣辣的刺痛。他一声不吭地包扎好伤口，脑海里尽是赵昀使剑的身姿，越想，心里就越浮躁。

"来人！"裴长淮喝道。

转眼间，两名近侍步入房中。

裴长淮取来一枚侯府的令牌，交给其中一人，道："你们即刻启程去一趟淮水，找到淮州知府张宗林，请他帮忙查一查赵昀的来历。此人曾受过我父亲提携之恩，见到令牌，自会答应。"

二人领命："是。"

与此同时，将军府中更不安宁。

赵昀遇刺一事率先惊动了京兆府，府尹大人连夜赶来将军府探问，得知赵昀并未受伤，才松了一口气，承诺即刻去调查刺客的来历。那群人皆是死士，身份一向隐秘，赵昀没想着能在他们身上调查出什么，但见府尹如此热切关怀，也就随他去了。

送走京兆府尹后，赵昀来到卫风临的房中。卫福临正在帮他上药，兄弟二人见着赵昀，都起身行了礼。

"坐吧。"

赵昀看着卫风临身上多处外伤，不禁头疼道："我不是教过你吗？打不过就跑，跟那些亡命之徒拼什么狠？"

卫风临闷声道："没想着打不过。"

赵昀忍俊不禁："你很有自信啊。"

卫福临安静地立在一侧，沉默良久，才终于开口："风临已经将事情告诉我了，您觉得那些刺客会是谁派来的？"

赵昀漫不经心地回答："我一贯招人恨，谁都有可能。"

卫风临道："除了正则侯府。"

他这话里隐隐有怨气，不像是在为正则侯府辩解，更像是在不满赵昀对裴长淮的信任。

赵昀听得出来，顺着他的话锋故意说道："对，除了正则侯府。"

卫风临气结，不再言语。

卫福临则继续说道："爷似乎很相信正则侯。"

赵昀道："他没有要杀我的理由。"

"没有吗？"卫福临声音一沉，"别忘了，爷是为着什么才来京城的。"

第八篇章
连夜雨

他这是有事求我了。

此去淮水，骑马走官路需得七天，两名近侍赶到时已入夜，但淮州知府张宗林早在府衙中恭候多时了。见着侯府派来办事的差使，张宗林先行了礼，礼不是朝他们行的，朝的是他们手中侯府的令牌。

张宗林道："小侯爷近来可否安康？"

"侯爷无恙。"一名近侍言，"我等出京办差，各方面多有生疏，仰赖大人指教。"

张宗林道："差使客气了，本府曾得老侯爷提携之恩，侯府的事万不能疏忽。本府接到密信，二位来此是想查一查北营大都统赵昀的根底？"

他说这话时面露为难之色，那近侍也是个眼亮的，便道："不过是问问籍贯、人口一类的小事，必然不会令大人难做。"

张宗林道："侯爷执掌武陵军，赵都统在他手下办事，查一查本就是理所应当的，这有什么难做？不过眼下肃王妃正在昌阳青云道观中修行，皇上特地下旨令本府关照，皇命在身，怕是不能带两位差使亲去淮水了。"

这位肃王妃正是谢知钧的亲生母亲。

肃王妃为赎谢知钧当年的罪过，每年都会到青云道观中侍奉仙师、念经修行。皇上素来重孝悌，感怀肃王妃一片慈爱之心，方才在期满后又准了谢知钧回京。

眼下肃王妃正在昌阳的青云道观中，淮水和昌阳都属淮州统辖，皇上提点张宗林关照肃王妃一行人马，张宗林怎敢怠慢？

他需得顾着肃王府的事，一时分不出身来去查赵昀。

两位近侍听他表明缘由，忙道："大人言重，圣上的旨意自然是一等一的要事。况且打听个来历，也用不着劳您大驾，只需知府大人下一道手谕，让我们去到淮水以后，不用吃些没必要的麻烦就好。"

张宗林含笑道："这有何难？"

拿上张宗林的手谕再去淮水办事，当地官员果然殷勤，这一行查得也顺风顺水。

两名近侍看过赵家的籍贯和族谱。

赵家人口简单，祖上以务农为生，后来逢大旱之年，田地里颗粒无收，迫于生计，赵昀的二叔赵明烈去镖局跑了三年的镖，其间习得一手好枪法。离开镖局以后，赵明烈还去淮水军营里做过两年的教头，军营中许多人都曾见识过他的银枪，无不称赞。因赵明烈终身未娶，膝下也无一子，所以到了赵昀七岁这年，他就被父母过继到赵明烈这一脉。

说起赵昀的生身父母就更平平无奇了，一辈子的佃农，面朝黄土赚些活命的钱。除了赵昀以外，他们原本还有个儿子，乃是赵昀的兄长，据说读书读得很好，后来因为犯下大错被族谱除名。至于什么大错，没有文字可循。

两个近侍做事不敢马虎，既要查就要查得清楚才好，便又去了赵家旧宅附近明察暗访。

这里真正熟识赵昀的人其实不多，全赖赵昀少时跟他二叔在外走南闯北，不常待在家中，所以街坊邻居没怎么见过他。

邻里们只听说，赵昀十多岁时，他二叔被流寇所杀，约莫是想替他二叔报仇，赵昀很快投身行伍，再之后的事，他们就全然不知了。

近侍又问起赵昀的生身父母。

十多年前，他们的长子，也就是赵昀的兄长曾犯下一桩重罪，貌似是杀了人，还是其他什么原因，被逐出了族谱。二老自此忧思成疾，加上积年劳累，身子骨早就垮了，不过得了一场风寒小病，二老就相继病故。

赵家如今也就剩下赵昀一人，好在这孩子足够争气，毕竟淮水这种小地方，县太爷一个七品芝麻官跺一跺脚都能震得百姓不敢抬头，百八十年也不一定出得了一个当官的，偏偏这赵昀一路扶摇直上，如今官拜大将军，又领北营都统的军衔，来日若有立功的机会，怕是封侯封爵都不成问题。

侯府的近侍翻来覆去地问过好几家，把赵昀的家世查清楚了，并无不妥，临走时问了一嘴赵昀兄长的名字。邻里的人都不识字，只知道怎么念，具体哪个字不太清楚，还是请了当地的教书匠来问，方才知道是叫"赵暄"。

"赵暄"二字书于纸上，两人看了又看，其中一名近侍蹙着眉，嘀咕道："怎么好似在哪里听过这个名字？"

另外一名近侍沉吟片刻，陡然间脸色大变，道："是他！"

纵然是寒天，悬挂五日，京中城楼上的头颅已经慢慢有了异味。

起初百姓见着人的头颅内心骇然，个个都怕，后来官府张贴了一块告示，方知这些人都是奸臣派来杀害清官的刺客，心境一转，见到也不怕了，还道他们死有余辜，暗暗褒奖京兆府做事痛快。之于北营贪腐一事，百姓热议如沸，民间对这位新上任的赵大都统果然赞不绝口。

先前副将刘项因吃空饷一事被发罪，刑部将之羁押在监牢中，因刘家私下里周旋了不少，刑部就以刘项官位在身为由，一直推拒着赵昀，不让他亲自审讯。

刑部来审也就是走走过场，刘项什么也不说，案子也一直没多大进展。

如今赵昀的势头越来越盛，刑部再难按着刘项的案子，只能定下本月十六，由赵昀亲自提审。查营一事有条不紊地进行着，裴长淮特地避开赵昀的锋芒，多日来称病不出。徐世昌很长时间没见着裴长淮，心里想念得很，这日直接到侯府拜见，他自小就经常来侯府找裴家公子玩，如今也是随进随出。

徐世昌来时，天空中零星飘了点盐粒子一般细的雪花。

刚走进这庭院，徐世昌就闻见一阵笛声，是京中名曲《金擂鼓》，到了《塞下曲》那一折，曲调悠扬，多了一些隐隐约约的幽咽。徐世昌直接推开门，慢步走进去。房中未掌灯，光线有些昏暗，他看到裴长淮正守着窗吹笛。那支墨色竹笛上垂着殷红流苏，流苏已然陈旧。

听见徐世昌进来，裴长淮也没停下，似乎执意要吹完这一曲。徐世昌也不急，挪了一张凳子过来，坐在他身边认真地听。他手中还拿着一把折扇，听入神时，一搭一搭地和曲敲着。

大约过了一盏茶的工夫，笛声渐渐隐去，裴长淮轻呼一口气，将竹笛放下。

徐世昌在余音中回味良久，拍手道："长淮，你这笛子吹得真是好，不过这竹笛倒是不常见你用。"

裴长淮淡笑道："这是我大哥的笛子。"

"难怪。"徐世昌道，"我记得这首《塞下曲》还是坊间乐师求上门来，请裴文哥哥指点才有的。从前我只知道裴文哥哥刀法一流，兵法也卓绝，连老侯爷都不一定能胜过他，谁知这种风雅事也玩得有名有声的。哪像我呢，看书吧，看不到一刻就想困觉，玩也玩不出个名堂来，就在搜集美人儿上算个好手，结果也给母亲逮着了。她近来埋怨我散漫，嫌我在外面花花绿绿的收不住心思，正打算替我娶个母老虎进门，好整治整治我，连我爹都点头赞同，这下可把我愁坏了。"

裴长淮原本心情有些阴郁，听徐世昌猛倒一番苦水，不由得笑道："你也到了娶妻生子的年纪，难怪你母亲操心。她看中了谁家的女儿？"

徐世昌道："兵部尚书家的女儿辛妙如。真不知爹妈怎么想的，他家女儿出了名地厉害，这种女人娶进来可不是给我造孽吗？何况她也看不上我，兵部尚书藏她女儿藏得那么严实，谁去提亲都不答应，那清高的嘴脸，肯定要配个王孙贵族才甘心……"

裴长淮道："这话偏颇。老尚书只有这么一个女儿，没有不疼爱的道理，且是个姑娘家，不求她能显贵，但求个顺遂平安，想来挑选夫婿应当会更注重人品德行，不至于女儿在过门后在深宅里受什么委屈。"

徐世昌凛冬里拿着把扇子装骚包，此刻听裴长淮一言，哼哼着就摇起来了："那他真找错人了，我这个人什么都有，就是没有德行。"

裴长淮笑了一声："倒有自知之明。你既对人家无心，也别耽搁了，早早跟太师言明此事，省得闹出些误会。"

徐世昌道："我哪耽搁得了她啊？一说太师府想跟尚书府谈亲，好嘛，我还没搭话呢，她自己先摆上款了，私下里给我递了一封信，让我野鸡别想配凤凰。你听听，这说的是人话吗！我徐锦麟再不济，能是野鸡？她辛妙如又算哪门子的凤凰？"

裴长淮不知还有这原委，但见辛妙如的架势似是铁了心不肯嫁到太师府中，要么就是对徐世昌极其厌恶,要么就是已有意中人……他正要提点几句,徐世昌身体往前一倾,手肘落在膝盖上,两颗黑眼珠滴溜溜地转,要多灵光有多灵光。裴长淮一看就知,他在打什么坏主意了。

果不其然,徐世昌说:"她敢这么羞辱我,我又岂是个吃素的?"

徐世昌想要揪辛妙如的错处,派人跟了她好多日,发现她成天大门不出二门不迈,每日不是绣花就是读书,别说做错事,就是做点其他事都罕见。不过她每逢初十都要去城郊的道观中求签,徐世昌气不过,打算在道观里让奴才们扮鬼神好好戏弄她一番。

今日正逢初十,徐世昌的人已经带上行头去了,徐世昌等回信等得无聊,这不就到侯府里来找裴长淮玩了嘛。不过这些事他不敢跟裴长淮说,说了肯定要遭训,所以就简单提了一两句,便将此事揭过了。

徐世昌在侯府陪裴长淮吃晚膳,这厢刚刚撤了席,那派去捉弄辛妙如的奴才们就着急忙慌地跑了进来。

徐世昌看他们神色慌张,还以为事情搞砸了,避开裴长淮,喊他们出来回话。

一个奴才脸色青白,瞧瞧房里,又瞧瞧徐世昌,徐世昌给他这双乱晃的眼睛晃烦了,道:"看什么看,你倒是说啊。"

他贴近徐世昌的耳朵,小声说:"奴才按照公子的吩咐,扮了相潜在暗处,准备吓唬吓唬那个辛姑娘,没想到竟撞见她在道观中私会男子。"

徐世昌眉毛一挑:"什么?"

"当时奴才吓得不敢出声,只在暗地里藏着,过了半个时辰,辛姑娘从房里出来,没多久,那男子也跟着离开了。奴才看得真真切切,与辛姑娘私会的男人是侯府里的……大、大公子裴元茂。"

徐世昌听后,心里惊得一跳,此事非同小可。他们这等纨绔再混账,也只是不太拘着规矩礼教而已,各自背负着各自家族的声誉,败坏祖宗基业的事是万万不敢做的。

辛妙如与裴元茂私下往来,关系着尚书府和正则侯府,如今又有太师府掺杂其中,这要是闹大了,该是多大的丑闻?

徐世昌忙问道："可还有其他人瞧见此事？"

那奴才摇摇头道："他们倒是避着人，若非奴才今天听了公子的命令暗地里跟着，也不会发现此事。"

徐世昌拿扇子敲了敲手心，思虑片刻，旋即定了主意，朝那奴才威吓道："你只当什么都不知道，敢说出去一句，小心我扒了你的皮！"

当奴才的最是知道其中利害，低下头不敢吭一声。徐世昌暗自庆幸，好在发现此事的是他，到底还能遮掩一阵儿。可要怎么处置？这也不是他能决定的。裴元茂是裴文唯一的血脉，怎么处置他，也该裴长淮拿主意。他心底正盘算着怎么告诉裴长淮才合适，前院里来人通传，刘项之子刘安在府外求见。徐世昌一听就恼了，也不等裴长淮发话，直接喝道："他来干什么你们还不清楚？直接打发了。"

月中赵昀要亲自提审刘项。

先前由着刑部审，刘项一个字也不肯说，既不认罪，也不辩白，刑部的人也拿刘项没办法，可若是换了赵昀来，形势可就不一样了，就算刘项想闭嘴，赵昀也有法子给他撬开。

这时候刘安再一次来侯府拜见，必然又是要请裴长淮救一救他那倒霉催的父亲了。

徐世昌不太管朝堂上的事，但他身为太师之子，也不是个傻的，自然知道如今裴长淮和赵昀在北营中分庭抗礼。赵昀是太师府的门生，裴长淮又是他最亲近的朋友，徐世昌私心不想两个人厮斗起来，最好都和和气气的，一齐替皇上把事办好就行。

如果裴长淮帮了刘家，岂不是摆明了要跟赵昀作对？徐世昌当然第一个不答应。

那通传的奴才也不敢不谨慎，只放低了声音，再对裴长淮道："刘安说，事关元茂公子，侯爷这次一定会见他的。"

说着，奴才上前给裴长淮递了一包物件儿，打开以后，先是抖搂出一件女儿家的绯色肚兜，肚兜里还裹着一枚玉坠子。

玉坠子上盘着瑞兽，用红绳作绑，乃是裴元茂的贴身之物。

125

裴长淮眉心一蹙，将肚兜和玉坠子收好，面庞冷静，眼却黑得发沉："将人请进来。"

徐世昌也瞧见那些东西，心道坏了，总不会那么巧吧？

他有点儿惴惴不安，问裴长淮："出了什么事？"

"一些家事。"裴长淮道，"时候也不早了，锦麟，你先回去吧。"

徐世昌犹豫再三，最终点了点头，临出门前又停下步伐，对他说："长淮哥哥，侯府内外人多眼杂，靠你一个总有照顾不来的时候。我还是那句话，万事都有我呢，你的事，我没有不尽心的。"

裴长淮淡笑道："谢谢。"

徐世昌走后，刘安就进了侯府。

在群英宴那日，刘安还是锦衣华服，朱唇玉面，眉眼里带着凌人的傲气，如今为着他父亲入狱一事，形容憔悴不少。进门时，刘安身上还披着当日裴长淮替他遮掩狼狈的狐裘，他眼珠有些灰沉沉的，唇也白着，见到裴长淮，照旧行了一礼："小侯爷，你终于肯见我了。"

裴长淮道："有话直说。"

"求您救一救我父亲。"他跪行至裴长淮膝前，"念在他为老侯爷效过犬马之劳，念着咱们从小一起长大的情分，您救救我父亲。他在牢里多待一天，就多一分凶险。长淮，我求求你，我求求你，好不好？"

他双手握住裴长淮的手，眼里流着泪。

裴长淮抽回手，面上没显露什么情绪，冷冰冰地说："你带着筹码来，到底是求，还是威胁？"

他焦灼的神情一僵，失神道："如果我不这样做，你连见我一面也不肯。"

裴长淮道："那就开门见山吧。玉坠子是元茂的，另外一件东西又是谁的？"

刘安不再绕弯子，道："兵部尚书之女，辛妙如。"

饶是裴长淮这等冷静惯了的，听到这姑娘的名字，手指也不由得收紧了。

他问道："他们人呢？"

这种贴身的物件都被取了下来，可想而知，刘安给了裴元茂和辛妙如两人何等的难堪。

126

刘安回答："侯爷不必担心，我只是想救我父亲而已，怎会真对元茂不利？为着你，我也不会伤害他。可是……长淮，你不见我，咱们多年的情谊，你连见我一面都不肯。小时候我闯下多大的祸，你都愿意帮我，你不是怕事的人，也不是凉薄的人，为什么这次如此无情？我父亲落难，被赵昀那等小人随意摆弄，你真要袖手旁观？"

裴长淮一只手掐住刘安的喉咙："你没听懂吗？本侯问的是，他们在哪儿？"

刘安喉骨猛地疼痛，一下抓住裴长淮的手，可他这袖下的手臂好似钢筋铁骨，任刘安如何都没法挣脱。他望着裴长淮的眼，莫名生出强烈的恐惧感。他在窒息中艰难地回答："等我出侯府，他就回来……"

他的脸涨红，逐渐说不出话来。裴长淮一下松开他，刘安跌在地上，剧烈地咳嗽着，好一阵子才平复下来。刘安捂着脖子，脸更加青白，继续说："他回来，辛小姐就要多受两日的苦，我父亲出狱，辛小姐也会安全回来的。"

拿辛妙如做牵制，这一着棋走得太妙。

如果直接绑架裴家孩子，以此要挟裴长淮，他大可以借此彻底与他们这些老臣割席，当即反扑一口，调动北营兵力进行全城搜查。他们行绑架之事做得再漂亮，也防不住裴长淮这样大肆追捕。如今可好，他们捉了辛妙如，又握着二人的把柄，倘若裴长淮动作稍微大一些，辛妙如跟裴元茂在道观中私会一事就会闹得尽人皆知。

裴元茂是男子，坏了裴家的门楣，被人指骂两年，此事也就揭过去了。可辛妙如是个女孩子，若是闺名不保，累及后半生，兵部尚书怎么会允许自己珍爱的女儿给人这样糟践？

如今太师位列百官之首，在朝中呼风唤雨，唯独兵部的这位老尚书不大喜欢附会太师一党，倒是因着与谢从隽交好，与侯府关系不错。裴元茂犯下这样的糊涂事，即便两家顺水推舟结了这桩亲，也难保老尚书心底不存怨恨的。

怨恨多了则易生嫌隙。没有兵部的助力，对侯府而言如失臂膀。

沉默半晌，裴长淮道："滚。"

刘安以为他没有答应，但看了一会儿裴长淮冷冰冰的神情，问道："你答应了？"他一阵狂喜，"一开始我还有没底，没想到竟给他说中了。"

裴长淮神色一凛："他？是谁？"

"你不要管！"刘安不惧反笑，笑容有些狰狞，"长淮，我等着你的好消息。"

他连滚带爬地站起来，很快离开了侯府。他走后才过了一刻钟，一辆马车就缓缓停在侯府门前。侯府奴才听见里面有呼救声，爬上去一看，果真是被五花大绑的裴元茂。几人不敢声张，忙解了他，将马车赶至后门，再将裴元茂带下来，径直去见裴长淮。看到桌子上的肚兜和玉坠子，他的神色彻底灰败下来，一下跪倒在裴长淮面前。他到底年轻，没经历过什么大风大浪，头一回犯下这等弥天大错，寻常的傲气也荡然无存了。

他一身狼狈，涕泗横流，央求道："三叔，侄儿一听说徐家要跟尚书府提亲，一时情急，这才约了妙如相见，没想到突然冒出来一伙人……他们、他们就是一群土匪！"

裴长淮站起身，径自去屏风后更衣。

裴元茂挪着膝盖，朝他跪下："我是回来了，可妙如还在他们手上，不管什么条件，三叔你都应着吧，你救救她！以后我会听话，你让我干什么我就干什么，我就求你这一回，三叔！"

裴长淮换了一身霜衣出来，披着鹤氅，脸上喜怒难辨。迎着他极冷静的一双眼，裴元茂反而不敢吭声了，狠狠低下头去。裴长淮从桌上拿起那枚玉坠子，俯身到裴元茂的腰间，然后说道："这玉坠是你爹爹送给你的满月礼，弄丢了是你不孝。今夜就跪在这里，跟你爹磕头谢恩。因为他死得好，他是为大梁战死的，所以裴家才愿不留余力地保你活。"

他言辞冷淡，听不出有什么怒气，可裴元茂瞪大双眼，背后蹿起一阵寒意，连看裴长淮的胆气也无了，呆呆地跪坐下去。

裴长淮整平袖口，转身出门。

侍卫随行在他的身后，问道："夜深了，小侯爷准备去哪儿？"

裴长淮道："将军府。"

再细小的雪粒子，只要下得轻快些，落在地上也能积就一层。赵昀刚从北营回府不久，直接去了书房练字，卫风临陪着他，安安静静地在一旁研墨。他近来又临了一些草书，字迹越发乖戾张狂。没一会儿，卫福临进来，赵昀见着他，道："来得正好，我饿了，想吃些粥。"

卫福临木着脸回道："正则侯来了。"

"谁？"赵昀还以为自己听错了。

卫福临重复道："正则侯。"

现在天都黑了，倘若不是紧要的事，裴长淮绝不会这个时辰过来。

赵昀搁了笔，匆匆往书房外走，刚出了门，蓦地停下脚步，片刻后，旋踵回身，重新坐到书案前。

"他这是有事求我了。"他晃荡起腰间的麒麟佩，笑道，"风水轮流转啊。"

卫福临看他似乎不去迎了，问："爷这是见还是不见？"

赵昀道："见，请他到书房。另外再取一坛酒来，就要芙蓉楼的一壶碧。贵客上门，怎能没有好酒相待？"

卫福临依令来迎客，说："进将军府需得解剑，还要将贴身的侍卫留在府门外。"

裴长淮的侍卫不满道："你家将军好大的架子，小侯爷来将军府，他不出门迎已经算大不敬了。"

卫福临低眉垂首，态度却是不卑不亢："以侯府之尊，小侯爷想要治谁的罪都是容易的，悉听尊便。"

"你这贱奴胆敢……"

"不得无礼。"裴长淮出言喝断，令道，"就在此地等我，别失了规矩。"

他们虽有不忿，却也从不违抗裴长淮的命令，点头称道："遵命。"

裴长淮解下佩剑，交给卫福临。卫福临双手接过剑，恭敬地将他请入府中。随着来到书房，赵昀斜靠在榻上，正在看书，像是看入了神，没注意到裴长淮进来。下人们退去，书房里剩下他们二人，赵昀权当看不见他，裴长淮也不急，就静静地站在他面前等。

赵昀看了一刻钟，裴长淮就等了一刻钟。

书卷再有趣，可赵昀一个字也没看下去。

裴长淮这个人什么都好，就是太端着，赵昀喜欢看他肆意发脾气，所以故意晾着裴长淮，晾了他这么久，却不见裴长淮有一丝恼怒。

赵昀觉得不太妙，将书卷从眼睛上拿下来，叹道："看来小侯爷想求我的事不小，这么舍得下脸面。"

裴长淮坦然道："确实有事相求，本侯想……"

"不急。"赵昀打断他，"小侯爷难得来寒舍一趟，只为求人也太无趣了些。请坐。"

赵昀请裴长淮坐到他身侧来，榻中间摆着一方棋盘，棋瓮里有黑、白两色。

赵昀道："上次听陆叔说，侯爷是弈棋的好手，我近来学了两招，可惜府上都是些粗人，也没人陪我下，小侯爷陪我下两盘？"

"好。"

裴长淮请赵昀执黑先行。

赵昀一边下一边问："现在可以说说，侯爷这么晚光临寒舍，所为何事？"

裴长淮道："本侯想借刘项一用。"

如今刘项案子已交给赵昀审理，如果想从刑部提人出来，自然要他同意。不过他来求这件事，倒有些出乎赵昀的意料，他问道："你要刘项做什么？"

"你不要管。"裴长淮道，"三日之后，本侯定当将刘项安全无虞地送回牢中。"

"好。"赵昀执黑子敲了敲棋盘，而后落定，"待会儿我写个手谕，你去牢里提人。"

裴长淮执白的手一顿，迟迟没下去这一步，没想到赵昀答应得这么干脆，甚至连缘由都不曾追问。赵昀看他还在发愣，提醒道："长淮，到你了。"

裴长淮一回神，道："多谢。"

紧接着，他落下白子，正将赵昀的黑子围断，棋局输赢已然分明。

赵昀扬起眉，马上收回自己先前那一手棋："这步不算不算，我下错了。"

裴长淮手疾眼快，一下按住他的手腕，淡笑道："赵昀，落子无悔。"

"我才学没多久，小侯爷真欺负人。"

赵昀的口吻听着委屈，眼睛却亮得慑人，裴长淮惊得心一跳，下意识地向后仰去，睁大眼睛看他。

130

"上次行刺一事，连累你了。腰上的伤好点了吗？"

提及此事，裴长淮最先想到的是赵昀那招"云闲龙潜"的剑法，上次来不及问清楚，实际上他也不知该怎么问起。

"侯爷又心不在焉了。"赵昀眯了眯眼，"我们在下棋，你不想棋，又在想什么呢？怎么……侯爷还要不要手谕了？"

裴长淮听了，眼色一变，猛地推了赵昀一把。赵昀倒跌在榻上，险些被他掀下去，一脸错愕，道："你这人，怎么说翻脸就翻脸？"

裴长淮冷着脸坐起来："本侯走了。"

"你本不该来的。"说完这句不明就里的话，他起身去写手谕。赵昀写得很慢，似乎一笔一画都极耗功夫，裴长淮也不着急，就站在他身旁等，眼睛不经意地打量赵昀的书房。这里也没多少藏书，案上摊着两三本杂书异志，平时读来消遣，没什么大用；文房四宝一应俱全，赵昀最近貌似在临摹荣公的草书，单单是练习用的纸张叠起来都有一掌之厚，可见勤勉；荣公的真迹很罕见，不过因他后半生沉迷修道，倒在京郊几处道观的立碑上留有墨宝，赵昀这字帖多半是从这些碑上拓下来的；书案旁还摆着一个玉白透润的细颈瓷瓶，瓶中插着一根结满碧色花朵的梅枝。这绿梅名唤"翠翘"，因品性娇贵，只长在城郊野外，眼下已经枯萎了，还没被丢弃，可见赵昀喜欢。

裴长淮正琢磨着这些有的没的，那厢赵昀写好手谕，合上，递给裴长淮。他去拿，赵昀第一时间没松手。

"裴昱，现在刘项就是个烫手山芋，你做什么都要谨慎一些。"赵昀语气有些沉。

裴长淮肃容道："多谢。"

裴元茂在裴长淮房中跪到半夜，事情终于传到他母亲余氏耳朵中。

余氏到底心有不忍，含着泪想扶他起来，裴元茂知道自己这回闯下弥天大祸，不敢起身，只抱着母亲大哭了一场。余氏问起缘由，他没敢瞒，将此事一五一十交代了。

他跟辛妙如是在一场诗会上认识的。

辛妙如得知裴元茂是正则侯府的大公子，看他举止大方，一表人才，不由得心生仰慕；裴元茂则见她容貌柔美，知书达理，心头亦是欢喜。

两人情投意合，私下里往来数回，不过都是发乎情、止于礼，未曾有过亲密之举。

原本到了这个地步，裴元茂该去尚书府提亲才是，可他没有功名在身，虽说是侯府的大公子，但如今承袭爵位的不是他，而是裴昱。往后裴昱若是娶妻生子，自然更会偏疼自己的儿子一些，这爵位也不一定轮到他头上来。既无功名，又无爵位，辛尚书怎肯将自己的宝贝女儿嫁给他？提亲之事困难重重，裴元茂只能说再等等、再等等，等着等着，太师府倒先一步去辛家提亲了。

虽说那徐世昌一样的无官无爵，可他是徐太师最疼爱的小儿子，本人又是京城锦绣堆里的混世魔王，无论什么来路的都会卖他一个情面。这等人来日若进到官场中，再加上徐家助力，必定前程似锦，一派风光。

将徐世昌和裴元茂摆在一起挑，任谁都会选择前者。

得知徐家提亲的消息，裴元茂一下慌了；辛妙如也怕自己最终会嫁到太师府去，很快约了他在道观中相见。裴元茂心底盘算，干脆一不做二不休，与辛妙如生米煮成熟饭，先有了夫妻之实，届时辛尚书再不愿意，也拿他们没办法。有他哄着，辛妙如红脸答应，两人一番云雨，在三清祖师座前私订终身。

裴元茂知道辛妙如为了自己冒了多大风险，便跟她承诺，此次回去就央求母亲准备聘礼，待二人成亲以后，他也收了乱七八糟的心思，专心读书，以求早日考上功名，不让自己的妻儿受委屈。裴昱对他虽不如元勐，但到底都是侯府的孩子，来日他在朝中为官，裴昱肯定尽心提拔。只要他肯上进，以后的官途未必不如他们徐家。

两人计划得好好的，哪里想到一出道观就遇上一伙蒙面的黑衣匪徒。

裴元茂不知这一切是刘安在暗中策划，还以为这群土匪是想求财，单单求财也就罢了，可他跟辛妙如的私情被人撞破，这件事倘若闹大，不光是尚书府，连着侯府也会名声扫地。

他这次是真的慌了。

那群土匪先把他放回侯府，以表诚意，可辛妙如还在他们手中，又不知会遭到什么样的对待……想到心上人还在狼窝当中，自己却毫无办法，裴元茂不由得哭道："要是妙如有个三长两短，儿子也无颜活在世上了。"

他越说，越是悔恨，只在余氏怀中痛哭不已。

余氏听得肝肠寸断，抚着裴元茂的额头，哭声道："都是娘亲不好，没能早早看出你的心思，你一个孩子怎么知道其中的利害？现在事情已经发生了，不如你、你去求求你三叔……从前你不懂事，娘亲怎么说你也不听，其实他待你是极好的。你不知，你三叔接掌武陵军那天，曾跪在你爹的牌位前向我起誓，来日一定会将侯府交还到你手上，保你一生荣华富贵。"

裴元茂唇哆嗦着，有些难以置信："怎么会？"

余氏说："元茂，你不该怨恨你三叔。六年前你没有了爹爹，他也一样失去了他的父亲和兄长。"

裴元茂想起裴长淮临走时对他说的那句话——今夜就跪在这里，给你爹磕头谢恩。因为他死得好，他是为大梁战死的，所以裴家才愿不留余力地保你活。

这时他醒转过来，裴长淮望着他的那双眼睛里根本不是怒，而是痛。

裴元茂说不出话了，眼泪蓦然滚落。

余氏继续道："如今侯府人丁零落，他身边能信任的人不多，阿娘一直盼望你能成器，好去帮帮你三叔，你在外头争气，来日也有能力保护你二婶婶和元劭……至于辛小姐的事，你别担心，等她平安回来，阿娘会替你做主。"

裴元茂渐渐止了哭泣，抹去泪水，道："儿子知道了。"

门外，细雪还在下。

裴长淮已在此处静立多时，侍卫替他撑着伞，低声问："侯爷还进去吗？"

他仰头看了一会儿深黑的雪天，道："不必了。"

"那这个……"

侍卫臂弯当中还搭着一个厚厚的护膝，本是按照裴长淮的命令，要以二夫人的名义偷偷送给裴元茂的，以免真跪坏了身子。

"送进去吧。"裴长淮接过伞，沉声道，"然后点上一队亲卫，到刑部大牢外

133

待命。"

离开正则侯府以后，刘安径直回到家中，得知父亲还有救，心情轻松不少，回到房中，抱着狐裘往床上一躺，长长地舒了一口气。

他刚闭上眼睛，准备休息，窗扇"咔嗒"一声，从窗外翻进来一个黑色的身影。那人戴夜叉面具，面具下一双眼睛冷若冰霜。这不速之客吓得刘安打了个激灵，他回身一看，紧张的心很快松了下来。

他道："原来是你。"

黑衣人道："事情进展如何？"

"拿住了他侄子的把柄，裴长淮当然束手无策，只能乖乖答应了……就是不知道他会用什么法子救我爹出来。"刘安坐起身，抬眼打量着这黑衣人，问道，"现在可以告诉我你到底是谁了吧？为什么要帮我们刘家？"

"不该你知道的不必知道。"黑衣人声音有些冷。

刘安哼笑道："你不说我也猜得到，你主家也是武陵军的，对不对？咱们都是一条绳上的蚂蚱，你们的丑陋行事，我爹也知道不少呢，倘若赵昀真把刘家逼上绝路，我爹就把你们一个一个都抖搂出来，要死大家一起死，谁也别想好！"

自从刘项入狱开始，刘安就到处求人，结果却是处处碰壁，早就憋了一肚子的火，现在拿住裴家，反胜一筹，他正得意着，说话自然也很不客气。

听他如此挑衅，黑衣人竟没恼怒，回道："刘副将很重要，自然有很多人不想他开口。"

刘安越发得意忘形，道："你知道就好。"

黑衣人垂首告辞，再次翻过窗去，一纵一跃，飞上屋檐。他站在高处回头看着刘安房中的灯火，压低声音冷笑道："蠢货。"

天刚蒙蒙亮，一辆马车停在刑部大牢门口，两个牢役押着刘项出来，将他推进马车。

刘项头上还套着麻口袋，待坐定以后，麻袋一摘，刘项眯着眼适应光线，慢慢地才看清面前的裴长淮。他头束银缨，穿黑色素袍，外头拢着一件银灰色大氅，通体无花纹点缀，却也挡不了一身清贵气质。

"刘副将。"他唤道。

刘项没吭声,掀开车窗的帘子往外一看,清晨无人,马车在街道上疾驰。

他道:"小侯爷这是做什么?"

"刘副将,你在北营虚报人口、冒领军饷一事铁证如山,到了这个地步,已无转圜的余地,依令你当问斩。不过刘安足够争气,为你求得一线生机,我在城郊外备了车马盘缠,就此去了吧,往后别再回京。"

刘项半信半疑:"你打算放我走?我走了,你怎么跟皇上交代?"

"本侯自有办法。"裴长淮道,"等你离京以后,本侯也会妥善安置你的家人,荣华富贵就不要想了,活着就好,只要你活着,或许就还有团聚的那日。"

刘项思及皇上对裴长淮的宠信,倒也没有再怀疑他的话。

往后就是亡命天涯,当一辈子的逃犯?刘项心情沉重,没想到自己竟沦落至此,按住自己隐隐作痛的腹部,这些天的牢狱之灾让他可吃尽了苦头。裴长淮的话也不无道理,如果落到赵昀手里,他难逃一死,现在逃跑,至少还能活。

只要能活着,就还有希望。

马车飞快地出了京城,往京郊云隐道观的方向驶去。

路上,或许是马车太过颠簸,刘项有些想呕吐。

裴长淮看他脸色异常苍白,问:"怎么了?"

刘项浑身不适,对裴长淮的怨气也大了一些,道:"牢中可不比侯府锦衣玉食,我跟你爹一样的年纪,怎么经得住这种折腾?裴昱,你庆幸你还有机会救我,如果武陵军真要弃我于不顾,我就把我知道的全都告诉赵昀,包括你大哥当年做过的那些丑事!"

裴长淮眉间一蹙:"你什么意思?"

刘项看裴长淮的神情,似乎对当年的事全然不知,胃里如翻江倒海,提不起力气再跟裴长淮说话,大喝一声:"停车!"

他叫停马车,唤来两名侍卫扶着他下去,好呕干净这一肚子的秽物。

裴长淮孤身坐在马车中,回想着刘项方才的话,怎么想怎么觉得不对劲。

大哥当年做过的事?何事?听刘项的口气,仿佛也是什么见不得人的。但又怎么可能?别人不知裴文,可裴长淮最是熟知自家大哥的秉性,端正儒雅,行事磊落……

思绪纷杂间,鼻端忽然嗅到一阵冷香,他抬帘望去,只见野林中杂生着数株碧色梅树,正是"绿翘"。

裴长淮想起赵昀书房中也斜插着这样一枝绿梅,只是已经枯萎了。他心念一动,独自下了马车,行到梅林当中,挑拣了最艳、最盛的花枝折下,打算带回去给赵昀,权当感谢他此次信任与襄助。

此时,一名近侍悄悄走到裴长淮身后,低声说道:"刘安已经在前方候着了,他身边跟着几个黑衣人,应该就是劫持元茂公子的那伙匪徒,他们都蒙着面,暂时辨认不出身份。"

"辛妙如呢?"

"还没见到。属下将小侯爷的意思传到刘家时,刘安说,等见到刘副将平安无恙,他才会放了辛小姐,倒是十分谨慎。小侯爷也别太担心,他们将辛小姐当筹码,绝不会动她一根头发的。"近侍说完,又担忧地看了裴长淮一眼,"不过,您真打算放了刘副将吗?"

裴长淮折下一枝梅花,面不改色地说道:"刘安胆怯无能,凭他一人之力,在短时间内做不成这么多事,刘家身后必定有高人相助。刘项只是个饵,饵放下去了,就看背后那人会不会咬钩。"

言下之意,他一开始就没打算放了刘项。裴长淮此人容易心软不假,可再心软也有底线,最容不得旁人算计裴家,算计他的亲人。裴长淮嗅了嗅碧梅上的香气,不自觉地笑了一下,似乎很是满意。他吩咐道:"等救了辛小姐出来,你们便盯着刘氏父子和那群匪徒的去向。"

"是。"近侍领命退下。

那厢刘项吐完,回到马车,便有些头脑发昏,一头栽到座上,嘀嘀喘着粗气。他多日没有洗漱,如今又吐了一番,车厢里充斥着一股异味。

裴长淮便没有与他同乘,骑了骏马在前方领路。

行至密林深处,刘安在此等候多时。他身后站着一伙蒙面人,共计五人,个个高大威猛,手持重刀。

一见到马背上的裴长淮,刘安眼前一亮:"长淮!"

裴长淮扯着缰绳,居高临下地看了他一眼,单刀直入道:"你爹就在马车里,拿辛妙如来换。"

刘安不住地点头,道:"好,好。"他回头对身后的蒙面人喝令道:"事成了,去把辛妙如带出来!记得斯文一点儿,别伤到她。"

五人彼此对视一眼,却并未动身。

刘安救父心切,目光越过裴长淮,看向马车,高声喊道:"爹,爹!"

没多久,刘项跟跟跄跄地从马车中钻出来,脸颊发青,嘴唇淡紫,遥遥望了刘安一眼,刚想说话,双眼蓦地一黑,登时就从马车上栽了下来,身体落地,发出"嘭"的一声闷响,随行侍卫率先察觉异样,大呼道:"刘副将!"

刘安惊得浑身发抖,还没反应过来究竟发生了什么。裴长淮眼一冷,翻身下马,朝刘项跑去。裴长淮将刘项上半身扶起,见他脸如死灰,口中源源不断地呕出深红色的浓血,分明是中毒之状。

裴长淮极力冷静着:"是毒。"

刘项猛地抓紧他的衣领,眼睛瞪得大大的,说:"酒,酒……"

他说话声音微弱,裴长淮令所有人安静,俯下身子认真地听。

刘项嘴唇中颤颤巍巍吐出一口气:"是赵昀,赵昀杀我。安儿,安儿……保护他,求求……你……"

裴长淮大惊失色,几乎在一瞬间,抬头对刘安喝道:"跑!"

刘安看见父亲倒下,浑身僵硬,神思惊恐到一片空白。直至被裴长淮这声喝令扯回,他下意识地服从裴长淮的命令,拔腿朝他的方向跑去。裴长淮放下已经断气的刘项,抽出雪白长剑,向着刘安奔去。

那本在刘安身后的蒙面人离他更近,轻而易举地就追上来,根本来不及反应,只见寒光一闪,那柄坚硬冰冷的重刀直直捅入刘安后腰,手法狠辣,没有丝毫犹豫,紧接着,再往他心口处补上一刀。

刀刀致命,变故来得猝不及防。

顷刻间,刘安的震惊大于疼痛,没有料到这些一直帮助他的人竟然会在这个时候杀了自己。

裴长淮眼见着刘安倒在血泊之中，一咬牙，翻剑直接刺向行凶的匪徒，剑刃胜雪，携着泼天的怒与恨，一下劈在那重刀上！这一剑中蕴藏的力道之狠，远远出乎那蒙面匪徒的意料，他持刀的手臂一震，整条胳膊瞬间酸麻透顶，他甚至都未能握得住手指，"铛"的一声，手中重刀落地。

他急忙去捡刀，胸口又被裴长淮踹了一脚，倒跌于地，血腥气顿时翻涌至喉管，他侧身呕出一口鲜血。他自知不是对手，却猛地扑向裴长淮，奋力挟住他的颈子，朝他的同伙喊道："快撤！"

其余匪徒果断丢下他，转身朝着野林深处逃去。

喉咙被扼得难以呼吸，裴长淮果断倒转剑锋，一剑刺穿那匪徒的腹部，溅了裴长淮半身血。他一抽剑，那人失去支撑，高大的身躯轰然倒地。与此同时，本躲藏在密林处的侍卫齐齐现身，低头跪在裴长淮身后。

裴长淮用袖子抹去剑锋上的鲜血，冷眼望着其余匪徒逃窜的方向，下令道："追，一定要留活口！"

"是！"

他们如苍鹰般飞向密林中，追着踪迹而去。

守在马车旁的一名侍卫上前，跑去检查刘安的鼻息，发现他已气息全无，叹了一口气，朝裴长淮摇了摇头。

一地鲜血，两具尸首。

裴长淮神思恍惚，不自觉地望向那斜插在车厢上的绿翘，一阵强劲的冷风拂过花枝，青碧色的花瓣飘落了一地。

这是圈套。

尽管其中有很多事，裴长淮还想不明白，但有一点可以肯定，幕后设局之人一开始就打算让刘氏父子死在他的手上。依着刘项毒发的情形与时间来看，应该是在裴长淮带他离开大牢之前，他就已经在不知不觉中服下毒药，至此刻才完全发作。其实，甚至不需要裴长淮带刘项离开，只要他来见上刘项一面就足够了，届时刘项一死，裴长淮就难以洗清嫌疑。

而引着裴长淮不得不去见刘项的原因，便是裴元茂与辛妙如的私情败露，他也因此受挟于刘安一事。而裴、辛二人私情败露的导火索，又是太师府向尚

138

书府提亲……太师府？太师？赵昀？在幕后谋划一切的人，真的是他吗？

尽管刘项死前指认了赵昀，裴长淮也没有轻易相信。

他即刻收拾好心情，策马回京，又差人去刑部大牢中问清这两日刘项见过什么人、吃过什么东西，没过多久，来了一个牢头进侯府回话。

这牢头行了礼，便回答说："如今北营贪腐案闹得沸沸扬扬，人人都对刘副将避之不及，所以除了他儿子刘安，没什么人来探望过他，只在前日，赵大都统身边的亲信，好像是叫什么风的，来看过刘副将。"

"卫风临？"裴长淮道。

牢头点点头："是这个名字。"

裴长淮再问："他来做什么？"

牢头道："赵大都统这不是快要提审刘副将了吗？卫风临就来说这个。他问刘副将，还记不记得自己做过什么亏心事，刘副将没说话……后来还说了什么，小的就不知道了。"

裴长淮的心一点儿一点儿冷下去，思绪万千，挥了挥手遣他下去。

这日前去淮水探查赵昀底细的近侍也已返京，两人紧赶慢赶，一路奔波，没敢停一刻，甚至到裴长淮面前时，都还在喘着气。

二人还不知京中变故，开口第一句便是警惕裴长淮："侯爷往后一定要多多提防赵昀，这人、这人来者不善，与咱们侯府有着不小的恩怨……"

另一名近侍紧接着补充道："他有个哥哥，名作赵暄，我等怕误会，又找了淮州府张宗林确认，这个赵暄乃庚寅年淮州乡试的考生，淮州庚寅年科举舞弊一案，小侯爷可还记得？"

那大概是十二年前的案子，当时侯府的大公子裴文尚任兵部侍郎一职，崇昭皇帝极爱惜他的文才，下令让他前去淮州府主持乡试。裴文任主考官，翰林院中两位大学士为副考官，而刘项为提调官，也负责随行护送监考官员。淮州府人杰地灵，前后出了不少文人才子，本来淮州府的乡试该由府尹担任主考，也是崇昭皇帝有意重用裴文，才在这年起用了他。

本来一切顺顺利利，没想到结束后有人揭发考生舞弊，一早就写好了策论文章，夹带进入考场。

裴文得知此事后，连同大学士、刘项等人连夜起了弥封好的试卷，经过审阅，果然挑出五份几乎雷同的试卷，证据确凿，裴文即刻下令逮捕这五名考生。

这五名考生中，就有赵昀的兄长赵暄。

裴文、刘项都是出身行伍，审讯起嫌犯来不似文官那般不温不火的，上来拿刑具威吓一番，那些个文弱书生哪里受得了这个？很快，五人中招了四个，四人统一指认，作弊的主谋是赵暄。

他们供述道，在考试之前，赵暄跟他们说自己有些门路，买到此次乡试的题目，一人一千两，只要他们拿得出来，赵暄就愿意将题目说给他们听。事后刘项也在赵暄的包袱中找到了四千两银票，证据确凿。然则赵暄本人抵死不肯认罪，口口声声宣称自己是冤枉的，都是那些人冤枉了他，不过人证、物证皆在，也由不得他不认。

赵暄被判斩首，这舞弊一案便在他死后尘埃落定，因为查办得及时，虽出了这样的乱子，皇上也没有太过怪罪裴文。

"这些都是呈在公文上的说法。"

说话的近侍先前追随过老侯爷裴承景，也追随过裴文，因此知道一些隐情，此事并非表面上传言的那样简单。

他艰涩地解释道："其实赵暄被判决以后，大公子曾经去狱中见过他，那时候赵暄还是不肯认罪，甚至为了自证清白，自绝于大公子面前……"

十多年前的场景，似乎还历历在目。

淮州府大牢里潮湿阴暗，那里真的是冷，空气里浮着一股腐烂的气味，有犯人在大哭大叫，被困压在铜墙铁壁之间，越是哭叫，越显得这里死寂。

判决以后，赵暄还不肯招认，因此又受了好多酷刑。他的十根手指入了铁钉，指尖微微颤抖着，但不大能动了；下半身被抽得黑血淋漓，烂布衫下是烂肉，脚踝处还翻出一小截森森白骨。饶是裴文这等久经沙场的，见着此情此景，也忍不住一阵作呕。

裴文以手帕掩鼻，皱眉问："这是谁做的？"

随行的人便回答："他始终不肯招认从谁那里买来的题目，搞得主考的大学士们人人自危，他们盼咐了，无论用什么法子都要让赵暄供认出来，别害他们也沾了泄题的嫌疑……这不，能用的法子都用上了，可他就是不说，真是块硬骨头。"

裴文在牢门前站了好一会儿，赵暄才睁开眼睛，勉强着看清裴文的脸，开口就是："冤枉。"

他说着冤枉，却没有一丝受到委屈时的可怜与卑微，他黑漆漆的眼睛里全是恨意，似烧着的火那样亮，亮得吓人。他质问裴文："怎么样才能让你相信我……我懂了，其实像你这样的人根本不在乎谁是主谋，对不对？只要有一个主谋就够了。"

"可笑，可笑啊，你们这样的贵人……你这样的……"

赵暄气若游丝，这句话始终说不成了，紧接着狂笑了两声，浑浊的双眸一红，高呼着冤枉、冤枉，不知从何处迸发来的力气，爬起来朝着墙上狠狠一撞！

回忆到这里，那名近侍也不禁闭了闭眼睛："也就在这之后，大公子才开始相信此事或许还有一番隐情。然而赵暄已经死了，倘若再为他翻案……那、那可是皇上第一次派大公子主持乡试，不但出了泄题舞弊的乱子，还牵扯上一条人命，一旦东窗事发，或许整个侯府都要受到牵连，所以就……"

裴长淮身上尽是冷汗，轻声道："所以就让赵暄白白枉死了？"

第九篇章 孤鹤鸣

他已不敢再去幻想那样好的光景。

裴家有家训，正身才足以正人。只有自身行得正、坐得端，才有资格教别人正直，这一点裴文做得最为出色。

在裴长淮的心目当中，他这位长兄聪明秀出、淑质英才，自小到大都是他效法思齐的榜样，如今却听说裴文竟为了家族前程，眼睁睁看着赵暄含冤而死。

裴长淮心底发凉，轻声道："不该这样。"

那近侍忍不住为裴文辩解了几句，道："当年大公子年纪轻轻就被擢升为兵部侍郎，朝野上下那么多双眼睛盯着他，一步走错，不单单他一人获罪，还会累及整个侯府，一头是侯府，另一头是赵暄，孝义难能两全，你要他如何选呢？况且在那之后的事，小侯爷也是知道的，大公子辞去了兵部侍郎的职务，自请去边关戍守，当时人人都以为他想去外头历练一番，但实际上他是为了赎罪……"

裴长淮沉默良久，低语道："尽管如此，又如何能抵得过一条命呢？"

再怎么样赎罪，赵暄也已经死了。

难怪赵昀一开始就煞费苦心地想进北营武陵军，因为只有到了这里，才能有机会报复刘项，报复裴家。这一局设下，既杀了刘项父子，又能夺走裴长淮手中的兵权，还引着裴文之子裴元茂铸下大错……

一石三鸟。

回想着这连环的祸事，裴长淮不禁心有余悸，在此刻之前，居然没能看出一点儿端倪，不知不觉间就落入了赵昀的圈套。

赵昀口中称自己崇仰裴家满门忠烈是假的，想要整顿军纪、力图革新是假的，信任他信任到可以不问缘由就准他提刘项出狱也是假的……与赵昀相处这些时日，他竟渐渐忘记了这人工于算计的秉性，忘记赵昀刚刚进京那会儿，就以陈文正的把柄为筹码与他谈了一场不会输的交易。从一开始，赵昀接近他就抱着复仇的目的，也不知赵昀素日里怎么看待他的，大抵觉得裴家儿郎不过如此，又愚蠢，又可笑。

裴长淮霎时间心灰意冷，苦笑一声，眼下本该快快想些对策的时候，可忽然疲惫得要命。

他想念父兄，想念谢从隽，倘若他们还在……裴长淮闭了闭眼睛，深深地靠在椅背当中。他已不敢再去幻想那样好的光景，否则又怎挨得住眼下这么漫长的岁月？

窗外是微风细雪。

刘项横尸郊外的消息很快传到了刑部，刑部两位侍郎一听，惊得满身冷汗。

刘项是裴长淮带走的，又是赶在赵昀审讯刘项之前出了这样的事，但凡是个人都会怀疑是裴长淮怕刘项受审时攀咬出侯府，所以才杀人灭口。

按照律例，他们当速赶去侯府，押了裴长淮回来审问，但因他贵为正则侯，官爵在身，即便是刑部也不敢贸然与他作对，两位侍郎商计一番，只能先去太师府，请示徐太师的意思。

徐太师听闻此事后，当即写了一份手谕，派遣官兵到侯府，传裴长淮去刑部候审。

官兵持刀进入侯府，找到裴长淮，态度恭敬地说明来意。

眼前裴长淮正捧着手炉静坐，身旁无侍卫，手中也无兵器，纵然如此，他们当中也没人敢轻易碰他一下。唯独有一个胆大的气焰嚣张地搬出太师的手谕，非要给裴长淮上刑具。

裴长淮料到最后必定是太师府来收网，不出意外地笑了笑，淡声道："拘我？你恐怕还不够格。"说罢，裴长淮起身，吓得一众官兵本能地后退了两步。裴长淮道："刘项的死，本侯会亲自给皇上一个交代。"

正要问如何交代，但见在众目睽睽之下，裴长淮解下腰间玉带，褪去外裳，仅穿一件单薄的衫袍在身，而后独自走出房门，走进雪天，一直走到通往皇宫大内的午朝门前。

145

立于凛凛寒风当中，裴长淮腰身如利剑一样挺拔，面容似细雪一般清冷。他仰头看了一眼巍峨高大的朱门宫墙，一掀袍角，屈膝跪在地上。

守卫午门的御林军皆是一惊。

裴长淮伏身，拜道："罪臣裴昱上蒙天恩，统领武陵军数载春秋，御下不严，闭目塞听，致使军务败坏至极，贪鄙隐祸丛生，误国不休，有负圣望，今日特来请罪，以乞帷盖之恩。"

自宫门起，裴长淮三叩九拜，每一拜后再高述一遍罪名，如此跪上百余台阶，不止不休。

满地白雪里仿佛藏着刀锋一样狠厉的寒意，浸到他腿骨当中，冷得他手脚僵硬，疼得他刻骨铭心。

裴长淮此举太过不可思议，本欲带他去刑部的官兵难解其意，只好先回到太师府复命。

太师府中，在听雪阁的竹帘之后，那坐在栏杆上守着冰湖钓鱼的人正是当朝太师徐守拙。

复命的官兵跪在听雪阁外，低眉垂眼，连喘气都带着谨慎，更不敢正视阁中的人。

此时徐世昌亦在阁外等父亲考问功课，眼见父亲就要处理公务，巴不得立刻开溜，他道："朝堂公务第一要紧，儿子就不叨扰父亲大人了，这就回去用心读书。"

"慢着。"徐守拙唤住正要飞走的徐世昌，道，"不如留下，听听是什么事。"

"我看就不必了吧，我又听不懂。"徐世昌嘟囔了一句，抬起眼皮偷偷往听雪阁内溜了一眼，到底不敢忤逆，乖乖地站回原地。

那官兵便恭敬地将裴长淮去皇宫请罪的事回禀了。

徐守拙对此不置一词，只令他退下。

那人一走，徐世昌僵了半天的脸，屈膝朝竹帘方向跪了下来。

里头传来徐守拙沉沉的声音："你跪什么？"

徐世昌低着头，眉却皱得很深，道："爹，儿子求您救一救长淮哥哥。"

"你为着裴昱，就肯向别人下跪？我看你是越来越有出息了。"

"您不是别人，您是我爹。"徐世昌道，"爹，我不是傻子，很多事我看得比谁都清楚，您不想让我知道，我就装糊涂。您跟老侯爷政见不合，咱们跟裴家在朝堂上一直不怎么对付，这些我可以权当不知道……"他抿了一下嘴唇，语气渐渐急躁，"可儿子、儿子就是不明白！如今裴家已经成这样了，您为什么还要跟长淮哥哥过不去？他管武陵军管得好好的，您非要塞一个赵昀进去让他不痛快，眼下刑部要找他的不好，您管刑部怎么拿人干吗？逼得长淮哥哥去跟皇上请罪，要他在皇上面前没脸……"

徐守拙放下鱼竿，难辨喜怒地道："你放肆。"

"放肆就放肆，您想打我，也便打吧，可这些话我一定要说。"徐世昌痛心道，"爹，长淮与儿子一同长大，小时候我贪玩，跑到野林子里爬树，结果滑脚跌下来，摔断了腿。我当时害怕极了，叫天天不应、叫地地不灵，太师府中那么多仆从都没找到我，只有长淮记着我会去哪里。那天是他第一个找到我，看我断了腿，也不知道哪里来的力气，竟将我一路背了回来，送到医馆中请人医治。正骨的时候，我哭着喊疼，长淮拉住我的手好生安慰，让我不要害怕，直到大夫说也帮他包扎包扎伤口，我才知道原来他中途也摔过一跤，被尖竹根划伤腿，整个裤管上都是血……我看见以后，心里就想，哪怕是嫡亲的兄长也不过如此了。"

他说着，眼泪就已经流了下来，他一抹泪水，再向听雪阁中叩头拜道："父亲，这回就当儿子求您，求您高抬贵手，放过长淮哥哥一回。"

徐守拙笑了一声，只是这笑听着也不像愉悦，更有几分恨铁不成钢的意味："瞧瞧我这傻儿子，他还以为自己多英雄、多仗义呢。"

话却不是对着徐世昌说的，徐世昌心中一疑，抬头望向竹帘之后，难道还有其他人在？他竟没察觉。

很快，帘后响起一道清朗的声音，回了徐守拙的话："锦麟赤子心性，至纯至真，我看倒也难能可贵。"

徐守拙道："什么赤子心性？这蠢材就是没心机，来日到了朝堂上是要吃大亏的。揽明，以后你替我好好教教他。"

那人答道:"是。"

徐世昌悄悄抬起头,见那梁柱后果真立着一个修长的身影,掀了竹帘出来,不正是赵昀吗?他不知赵昀一早就在这里陪他的父亲钓鱼,自己方才还提到了赵昀,定然给这本尊听去了那句"非要塞一个赵昀进去让他不痛快"。此时对上赵昀那一双俊逸风流的眼,徐世昌心底不禁有些发虚。

赵昀却不怎么在意,笑吟吟地看着徐世昌,道:"锦麟,我看你还是起来吧,再跪下去,你爹可真要心疼了。"

徐世昌却不肯了,执意求道:"爹,那长淮哥哥……"

"好了!"徐守拙声音颇厉,"你以为裴昱跟你一样蠢吗?他没去刑部,而是去了皇宫,在众目睽睽之下跪地请罪,这一招苦肉计再聪明不过。你觉得现在还有谁能越过皇上直接发罪了他?"

徐世昌求情心切,只想着让父亲别再执意跟裴家作对,最好是能去御前帮忙美言几句,别让皇上真罚了裴长淮才是,还来不及想到,裴长淮眼下已去了皇宫,是生是死全凭皇上的旨意,就连父亲想对付也是不成了。而且裴长淮一向聪明,既然敢堂而皇之地去请罪,说不定心中已有了令皇上息怒的法子。就算没想到法子也没什么,少时裴长淮因天资秀敏,被选去宫中做皇子们的伴读,崇昭皇帝对他一向喜爱,抱裴长淮的时候比抱自己那些皇子都要多,想来有他主动去请罪,皇上也不会太过苛责。

徐世昌想通裴长淮去宫中请罪的用意以后,顿时大松了一口气。

见自己的儿子一心向着裴昱,徐守拙难免恼怒,登时骂道:"不成器的东西,还不快滚!"

徐世昌知道自己这回莽撞了,生怕再遭着父亲叱骂,忙道:"儿子这就滚,这就滚。"

他一刻不敢停,一溜烟跑了。

赵昀瞧着徐世昌的背影,只是微笑。

听雪阁中再次安静下来,徐守拙令赵昀拿上鱼竿,再陪他钓一会儿鱼。

赵昀依言照做,口中却说道:"学生最没有耐心了,半天都钓不上来一条。"

"急性子,在御前做事可最忌心浮气躁。"徐守拙在寒风中轻眯起眼睛,望着白皑皑的湖面，说道，"不过你这次在北营做得很好，如今刘项已死，你长兄大仇得报，老师也替你高兴。"

赵昀道："没有您，也没有学生的今天。"

徐守拙道："何必谦虚？能进武陵军，敢在北营大刀阔斧地施行变革，让那些老将都不敢再小觑了你赵大统领，这都是你自己的本事。"

"学生只有本事将刘项下狱，裴家在武陵军中根结盘踞，那小侯爷先前一直称病不出，以静制动，学生在北营掀起再大的风浪，却是拿他一点儿办法都没有。"他说这句话时还隐着笑意，很快声音一沉，"不及老师，只不过跟尚书府谈了个婚事，就将裴元茂、裴昱二人牵涉入局。"

徐守拙侧首过来，意味不明地看了他一眼，这张年轻英俊的面庞带了些冷意。

他似笑非笑道："你这语气听着可不大高兴啊。"

赵昀没有反驳。

听雪阁中弥漫着一阵令人心悸的沉默，阁外，厚重积雪压弯了松树枝，雪浪顺着枝干滑落在地，一声响，打破了这份寂静。除了在徐世昌面前有些厉色以外，这位老太师脸上总是带着近乎慈祥的微笑，让人难辨其喜怒。面对赵昀的不敬，他竟也没有生气，而是眺望着漫漫雪天，似乎在看向很远的地方。

"你这个样子倒是让我想起了一个人，京城的晚生后辈中只有那孩子在我面前不知恭顺，也是有趣得紧。"

"谁？"

"他的命不好，死了，不提也罢。"徐守拙微笑地看向赵昀，"揽明，你是我最得意的门生，可要学会审时度势，活得长久一些。"

赵昀也笑："一定。"

说着，湖面上有了些微动静，徐守拙将心思放在钓鱼上，一扯鱼竿，竟真从这冰雪湖中钓出一条鲤鱼。他大喜，神色得意地让赵昀看看他的成果，赵昀放下鱼竿，认输道："我是赶不上老师了。"

徐守拙一边将鲤鱼从鱼钩上解下来，一边说道："裴昱这个孩子外表看着没什么，但实际上比他两位兄长棘手多了。"

赵昀轻轻一笑，对这点倒是深以为然。

"不过念在他与锦麟的情分……"徐守拙将鲤鱼随手一抛，那鲤鱼砸穿薄薄的冰面，一摆尾，很快就消失在视线之外，徐守拙叹道，"这次就算了。"

下人们端来盛着温水的铜盆上来，徐守拙净手，而后解去身上御寒的裘衣，对赵昀说："我乏了，你回去吧。"

"学生告退。"

太师府外，卫风临抱剑一直守在马车前。

见赵昀出来，随即端来轿凳，请赵昀上车，赵昀掸了一下肩膀上的雪花，随即躬身进入车厢内。

卫风临问："爷打算去哪儿？"

赵昀仰在软靠上，眉宇间有些疲惫，随手晃着腰间的麒麟佩，想了一会儿，道："先去刑部。"

刘氏父子的尸身已经被送到刑部，覆着白布，由仵作验明正身。一个是中毒身亡，一个则是身负刀伤、失血而亡。仇家横尸在前，赵昀心中却没什么感觉，这让他自己都有些意外。

卫风临看着地上的尸首，冷着脸说道："可惜裴文死得太早，没有机会向他寻仇。这次幸好还有太师在背后推了一把，总算没让裴家人好过。"

赵昀冷笑一声，道："你以为他是在帮我？不过是借我的手设计侯府，自己坐收渔翁之利罢了，这个老狐狸……"

卫风临一听，脸上有担忧之色，道："怕裴昱来日翻身，误以为是爷要对付他，转头来向咱们将军府寻仇。"

"我是太师的门生，一条船上的人，他做还是我做，没有什么分别。"

赵昀眼底漆黑一片，转身出了停尸处，眼见这雪越下越大，风里携着寒气似乎专往骨头缝里钻。他一时出神。跪地请罪吗？以前竟没看出来，裴长淮还有这么狠的心。

从宫门至明晖殿，足足跪行一个时辰，裴长淮才至殿前。他喉咙被凛冽的风割伤，已经哑得不成样子，撑着最后一丝力气，对殿中再拜道："罪臣裴昱……上蒙天恩，统领武陵军，御下不严，闭目塞听……致使、致使军务败坏至极，贪鄙隐祸丛生，有负圣望，今日特来请罪，以乞帷盖之恩……"

此句说完，裴长淮身子便摇摇欲坠，眼见就要倒在雪地当中，首领太监郑观大惊着"啊呦"一声，忙招呼底下人扶住他。

郑观急道："小侯爷，皇上是最疼您的，有什么话直接到御前陈辩岂不好？您这是做什么呢？"

自裴长淮在宫门下跪时，御林军便火速将此事禀报给了皇上。

崇昭皇帝压着一腔怒火，就坐在明晖殿等着，此刻听裴长淮昏倒在殿前，胸中怒火烧得更甚，道："让他滚进来！"

裴长淮借着小太监的手臂站起来，踉跄进到殿内，迎头砸来一张奏折，正砸到他脸上，裴长淮很快伏地跪下。

崇昭帝怒道："你作什么死！裴昱，你最好死得更窝囊一些，好有脸面去地下见你父兄！裴家怎么出了你这么一个丢人现眼的东西！"

裴长淮嘴唇苍白，哑声道："臣知罪。"

崇昭皇帝冷笑一声："你知罪？你有什么罪？"

裴长淮道："刘项、刘安死了，死在臣的眼前。"

崇昭皇帝却不意外，也没什么神情，只冷冷地看着他："刑部一早就递了折子上来，他们怀疑是你杀的？"

"不论是不是臣杀的，他们都已经死了。"裴长淮手脚僵硬，怕撑不了太久，开门见山地说道，"臣是想恳请皇上，北营清查一事，可至刘项而止。"

崇昭皇帝一抬眉："哦？"

裴长淮继续道："臣失职，无力统领武陵军，但请皇上念在军中将士曾为先皇出生入死的分上，饶过他们一回，他们感念皇恩浩荡，必然反省己身，不敢再犯，日后跟在赵昀手下，定也肯为皇上鞠躬尽瘁、死而后已。"

话是这么说，话中深意却值得细品。

如今刘氏父子一死，裴长淮难逃干系，一旦深究起来，无论最后能不能定罪，皇上都要给三军将士一个交代，不能再让他掌管武陵军。

裴长淮心想，事已至此，不如断尾求生，他不能留在武陵军，那就尽力保全从前跟随侯府的老将旧臣。皇上再宠信赵昀，也不可能放任他在北营一手遮天。

先前赵昀在北营大肆清查，除掉两名管事一个总领，提拔自己的心腹上位，紧接着又将矛头指向了刘项，倘若刘项不死，赵昀又能在他口中审问出多少人名？

届时武陵军不再姓裴不假，却要改姓赵了。这绝不是崇昭皇帝想要看到的。

现在刘项已死，死得却是众望所归，这场在北营掀起的风波就能因刘项之死而逐渐平息，尘埃落定。

崇昭皇帝自然明白裴长淮在打什么算盘，脸上怒气稍缓。

倘若今日裴长淮是来为自己求情的，崇昭皇帝真要重打他一顿，而后拖出宫去，好在裴长淮还有些聪明，没有让他失望。

看着裴长淮往常玉质一样的人，此刻一身单衣，冻得浑身发抖，崇昭皇帝心肠软了软，随即轻叹一声："你跪到这里来就是想说这些？"

裴长淮沉默了一会儿，说道："罪臣还想见一见皇上。"

"见朕做什么？"

"臣……"他抿了抿唇，才低声道，"臣想念父兄了，不知该说给谁听。"

崇昭皇帝一怔。

两人谁都没说话，殿中寂静了一会儿，崇昭皇帝拿起搭在椅背上的锦绣斗篷，扔给裴长淮。

"回家去吧。"

裴长淮叩头谢恩，裹上斗篷出了皇宫。宫外他嫂嫂余氏以及裴元茂听说宫里的事，早早套上马车过来等他。裴元茂还不清楚究竟发生了什么，却知此事与自己脱不了干系，见着裴长淮，一头扑跪在他膝前。他哭道："三叔，这可都是因为我吗？皇上有什么要罚的，就让我替你去，这是我的错，我的错……"

裴长淮勉力一笑，让他起来，刚想说些什么又连咳数声，只觉得腿脚发软，浑身冷得要命。裴长淮余光一瞥，倒看见不远处停着一辆眼熟的马车。他掀开自己的斗篷，将裴元茂往怀里搂了搂，似乎是想护着他不被谁瞧见。他对余氏道："嫂嫂，朝上的事你不必担心，带着元茂先行回吧，我还要去见一个人。"

余氏看他身上披着的斗篷乃是皇上所赐，想来是没什么大事了，稍稍放下心来。她温声唤着裴元茂："茂儿，别再给你三叔添乱了。"

裴元茂不愿起身，还是裴长淮摸了摸他的额头，说着"回吧"，他才随了母亲一起回了侯府。

裴长淮目送侯府的马车消失在长街尽头，又在寒风中静立片刻。从不远处跑来一位车夫打扮的男人，跪在裴长淮面前，先行一礼，再道："小侯爷，我们主家有请。"

裴长淮望着他所指的马车方向，低低咳了两声，复挺直腰身，不疾不徐地走了过去。

马车锦帘轻卷，帘后是赵昀极英俊的眉眼。

他看着裴长淮，道："上来。"

裴长淮行走有些不稳，手扶着马车才艰难地踏上去。他坐到赵昀身侧，帘子一放，扑过来一阵风，裴长淮不禁打了个冷战。

看他嘴唇毫无血色，脸颊却是通红一片，想是冻得不轻，赵昀就将自己的大氅解给他，正要给裴长淮披上，裴长淮却按住了他抬起的手臂："不必了。"

裴长淮神情中有一种冷漠，这冷漠不似冰那样坚而寒，而是像天上的明月，近在眼前却又远在天边。

赵昀收回手，跟着冷笑了一声："小侯爷这样子竟像是我欠了你似的。裴昱，我告诉你，刘项一定要死，这样死已经太便宜了他。"

裴长淮道："是因为你哥哥赵暄的冤情？"

赵昀一眯眼："你知道？"

裴长淮却道："我应该知道。"

如果这是他兄长裴文不曾了却的业障，也应该由他来了却。

"你入武陵军，将矛头直指刘项，是因为他与你哥哥被冤杀一案有关吗？"

"有关？"赵昀冷冷地说道，"可以说没有他，我兄长就不会死。"

庚寅年淮州府乡试中，有四位是淮州府本地豪绅子弟。

他们家族世代经商，在行市中互通有无，日益繁荣，又因彼此连着姻亲关系，荣损与共，此次应试，这四个豪绅子弟就合计着齐力买通考官，提前拿到试题，好摘得一个举人头衔回家交差。

他们打听到，主考官裴文乃正则侯府的嫡长子，官拜兵部侍郎，在武陵军中兼任少将军，作风手段极其刚硬；陪同副考官是两位翰林大学士，皆是自命清高的文人一流，都不好入手。

唯独提调官刘项，原本是穷苦出身，受老侯爷提携才在武陵军中领了个不大不小的官衔，其人有些好财，加上极贪酒肉，四个豪绅子弟便以送干果盒为名，从中夹带了一千两银票作为敲门砖，前去试探刘项。

果不其然，刘项当天就召见了他们，四个人又当面送了他三千两银票，请他促成此事。

刘项收下贿银，在乡试前利用职务之便，向四人泄露科举题目。而作为提调官，刘项在应试当日负责搜检，还暗自准许四人夹带小抄进入考场。

本来这些做得是神不知、鬼不觉，也不知到底哪个环节出了问题，竟教其他考生察觉此事，乡试一结束，某位考生就向府衙举报乡试中存在舞弊的问题。

裴文作为主考官，立刻开始着手调查此事。

那四位豪绅子弟做贼心虚，一下彻底慌了，毕竟舞弊一旦败露，必然会遭杀身之祸。他们没了办法，只得将此丑事告知家中父母，四家便拿出一万两银票私下里塞给刘项，请他一定帮忙从中斡旋。

刘项本来也没想到什么办法，谁承想两位副考官在甄别试卷时竟找出五个嫌犯出来，除了那四个豪绅子弟，还有一个寒门出身的考生赵暄。这赵暄祖籍淮水，家中父母以务农为生，背景不深，此次淮州府应试，举目无亲，身边也无亲朋好友。

刘项一时计上心头，火速找来那四名豪绅子弟以及他们的长辈，他说，此刻要想再保全功名是不可能的了，但他这里有一计，堪堪能保住他们的命，条件是他们要听话，保证按他说的去做，无论现在还是将来，都不能将此事泄露出去，另外需得再拿出四千两银票来。

原本此事一经揭发，这四家的长辈就想着能保住孩子的性命便好，何况区区四千两，对他们来说并不是什么难事，便一口答应了刘项的条件。

往后就如裴长淮所知道的那样，四名豪绅子弟听从刘项吩咐，统一口径，指认赵暄为舞弊的罪魁祸首，为自己换取戴罪立功的机会，没有性命之忧。

加上有刘项在暗中做手脚，裴文也很快在赵暄的包袱里找到了四千两银票。

人证、物证俱在，这场科举舞弊的风波终于在赵暄"畏罪自杀"中过去。

听赵昀讲明其中原委，裴长淮沉默良久，又问："这些，你是怎么查出来的？"

赵昀晃了晃腰间的玉佩，哼笑一声，道："这个简单，我找到了当年陷害我哥哥的那四个人，谁少说一句或者说错一句，我就惩罚谁。一开始他们还嘴硬，后来见到血了，才跪在地上认错悔改，争着抢着要为我兄长证明清白……裴昱，你说，他们是后悔陷害了赵暄，还是后悔栽到我手上？"

他语调里全是漫不经心，仿佛只是在谈论一件不关己身的散事。

裴长淮也说不上来哪里难受，也许是因为跪得太久，冷了太久，膝盖刺痛到麻木，手脚僵硬着，纵然在这暖盈盈的车厢里还是会忍不住瑟瑟发抖。

听赵昀说得越多，胃就绞痛得越厉害，到了最后，他按住小腹，狠狠忍住呕吐，脸色苍白地说道："我大哥裴文身为主考官，没能还你兄长一个清白，我代他向你道歉。"

倘若道歉的是别人，这话听起来不免会有些假惺惺、轻飘飘，可裴长淮说这句话时，竟起身单膝跪在赵昀面前，虽看不出任何卑微之态，却诚恳至极。赵昀心中明明知道，他没有资格替赵暄原谅任何一个人，可看到裴长淮如此，还是心神一恍，不由得想，倘若能听到这一句道歉，他哥哥在九泉之下或许也能瞑目了。况且，这件事原是跟裴长淮没有关系的。

裴长淮道："我大哥六年前战死在走马川，祸不及妻儿，赵昀，你若有恨难消，怎么对付我都可以，别动裴元茂。"

他说罢，一下抓住了赵昀的手腕。

赵昀一向信奉冤有头，债有主，若非太师府有意对付裴家，他没打算要对裴元茂这样的小辈下手，只是这事已经做成，赵昀亦不想再辩解，只听得裴长淮护人心切，他心底有些不太痛快。

不痛快他总是在为裴家而活，为肩上背负的使命而活。

裴长淮刚要起身，只觉膝盖处一阵酸痛，又猛地栽了下去！

赵昀下意识地接住他，惊道："裴昱？"

裴长淮头歪倒在座上，眼前场景在不停地天旋地转中逐渐模糊，不住地喘

155

着干热的气，想要起身，却提不起一丝力气。

"赵、赵昀……"他哑着声想要说些什么，却使不出力气。

赵昀一掀开他身上的锦绣斗篷，才发觉裴长淮膝下早就鲜血淋漓，整个身体还如同火一样滚烫，一摸额头亦是如此，想是寒气入体，才发起了高烧。他是狠的，对自己最是够狠；也足够能忍，受了这一身的苦痛竟也能支撑到现在。

赵昀又急又气，双手抱紧裴长淮，冲车厢外的车夫喝道："快，回府！"

一到将军府，赵昀就用自己的大氅团团裹住裴长淮的身子，掩住面容，扶他下了马车。

卫风临眼见二人如此，也没吭声，上前想将裴长淮接过来，替赵昀扶着。

赵昀避了避，没让他碰，背起裴长淮，吩咐道："去请郎中来。"

裴长淮身量意外地轻，赵昀背着他，感觉自己像在背着一只小猫似的，松一松怕掉，紧了又怕他疼。他步伐稳健如飞，背着裴长淮直接回到房中，小心翼翼地将他搁在榻上。

赵昀背上起了一层薄汗，连他自己都不知是不是吓出来的，也顾不得去深思，一手解开外袍，又翻箱倒柜地找到一把剪刀，剪开裴长淮腿上跟血肉粘连在一起的衣裳。裴长淮膝盖处是黑紫的烂伤，上头凝着鲜血，横在他原本如白玉一样的肌肤上，看着格外惊心。

赵昀一愣，竟有些手足无措，探手抚了抚裴长淮热烫的额头，很久，才低声道："怎么这样能忍呢？"

武陵军的那些老兵不是说裴昱小时候是个爱哭鬼吗？绊个跟头就能红眼睛。他怎一点儿也看不出来？

郎中很快来了，他给裴长淮诊过脉，查看伤处，喂了些麻沸散。因身子受了极重的寒气，裴长淮高烧烧得厉害，好在常年习剑，根底比常人要强健一些，待下一剂猛药，出过汗也就好了。只是这腿上的伤有些棘手，短时间内想要行走如常不太可能了，需得好好将养一段时日，细心调理着，以防余下病根。

送走郎中时，赵昀又赏了他一锭银子，告诉他别记着自己来过这里。郎中自然明白，领受银子，闭口不提。

将军府上也没有谁能照顾裴长淮，赵昀只得亲自上手，着人煎了苦药，一口一口喂了下去。

裴长淮似是极怕苦的，迷迷糊糊中还在呓语，赵昀见他如此，自然也是哄着："等吃过药，就喂你些甜的，好不好？"

说罢又想起裴长淮曾说过自己不爱吃甜的，赵昀一皱眉，忍不住道："真难伺候。"

吃下药，赵昀用筷子蘸着淡甜的糖水，一点儿一点儿喂给他，倒比钓鱼下棋都有耐心。裴长淮断断续续喝了不少，至黄昏时分，才终于消停。

在帷帐之中，裴长淮静静地睡着，赵昀倚靠着软枕，守在他身边，赵昀一时也没睡意，撑着脑袋，专心望着裴长淮的面容。

他人在病中，脸色极差，可睫毛却显得格外浓黑纤长，赵昀百无聊赖地数了一会儿，渐渐地困意袭来，也便睡了过去。

等深夜时，赵昀迷迷糊糊地听见裴长淮在喊疼，很快醒了，他起来点上灯，再回身看时，裴长淮烧还没退，一双秀气的长眉蹙紧，额上全是汗水，眼睫湿黑，像是哭过。赵昀想是麻沸散的药效过去了，才让他疼得不轻，但这药也只能吃一服。赵昀有些头疼，来回踱了两步，从桌上取来一把折扇，坐在床侧，在裴长淮膝盖上的伤处轻轻扇着。

微风驱着热痛，其实效果并不如何，但裴长淮不怎么喊疼了。

赵昀懒洋洋地打了个哈欠，手下有一搭没一搭地扇着风。他看了一眼裴长淮的面容，哼地一笑，道："长淮，世上谁能教本都统这样伺候？"

裴长淮呓语，仿佛是回答了一声，只是声音太轻，赵昀没听清楚。

赵昀收起折扇，俯身凑到裴长淮上方挥了挥，低声问："你刚才说什么？是不是渴了？"

裴长淮还没清醒过来，却下意识地压住了他的手。

裴长淮喃喃唤道："从隽……"

第十篇章 非云也

雪衫鹤衣,
貌似仙人。

他梦里是谢从隽。

梦见谢从隽就守在自己身边，在他瘀着血丝的膝盖上轻轻呼着风，说："看你哭得，是不是疼啦？"

没人能轻易伤到正则侯府的小公子，他那次膝盖受伤，是因去了北营观摩武搏会。武搏会结束后，父亲递给他那把名作"神秀"的匕首，让他去宰了狩猎而来的野兔，给军营中的勇士做下酒菜。

裴承景是想借此机会让军中的将士们都认识认识裴家的三郎，可在众目睽睽之下，裴长淮握着匕首，看着野兔，却迟迟下不去手。父亲在后头催促得紧，连大哥、二哥都让他过去动手，不用怕，一只兔子而已。他急得额头上满是汗，到最后一把丢掉"神秀"，扑到大哥怀里呜呜哭起来。裴文也只好安慰他，没什么的，不敢就算了。

父亲恼他怯懦，更恼他竟然丢弃兵器，身上没有一点儿裴家儿郎的血性，一怒之下，便罚他在帅帐前跪了一个时辰。

后来他被大哥抱着回到侯府。谢从隽听说他在军营里遭了罚，立刻就赶来看他，见裴长淮膝盖上都被磨出了血丝，就伏在床边，替他吹吹，又问他这次为什么被罚。

裴长淮支支吾吾地把事情说了，又深深地垂下脑袋，沮丧道："我、我看兔子可怜，在笼子里还蹦蹦跳跳的，下不去手……是我让爹爹和哥哥失望了，爹爹说，我不配用刀，也做不了一个好将士。"

"就因为这个？"

"你干什么？"

"我在算命。"谢从隽眼瞳亮亮，说道，"你的手生得这样好看，本来就不应该沾血，我瞧着拿笔最好，干吗非要拿刀？不做将士也没什么呀，说不定你以后能成为文状元。你放心，我去跟你爹爹说情，宰兔子这种小事就交给我来做，我可厉害着呢！往后我做大将军，你做状元郎，一文一武。"

裴长淮更难为情了，小声道："我肚子里也没什么墨水，当不了状元郎。"

谢从隽看他还皱着个小眉头，一下想了个坏主意。他眨眨眼睛，狡黠地瞅着裴长淮，道："哦，有没有墨水，要我看看才知道！"

说着，谢从隽一个突袭，上手去搔他腰间的痒。裴长淮一下叫喊起来，躲开他的手，谢从隽也大笑着，去抓缩去床角的裴长淮。

两个小孩在床上打来闹去，滚成一团。

高烧烧得裴长淮意识模糊，只本能地唤着谢从隽的名字。

赵昀听到这个名字，心里一下冷了半截："你想谁呢？"

从隽，谢从隽，又是这个名字。

赵昀明知不该跟一个病得神志不清的人计较，更不该跟一个死去的人计较，可自己衣不解带地守了裴长淮一天，他心目中却还想着别人，要他如何不恼？也不知那谢从隽生前跟他怎么要好，越想，赵昀心中就越怄火。

裴长淮嘴里断断续续低吟着，却清醒不过来，只模糊看着个轮廓，仿佛是谢从隽，还以为自己尚在梦中。

裴长淮惯来怕疼，人在病中又极其脆弱，此刻竟下意识地喊着："我疼，我疼……"

少见他如此，赵昀哄道："我知道，你别怕。"

裴长淮略微挣扎起来，胡乱地喊道："疼，我疼！从隽，从隽，我疼啊……"

如同兜头被泼了一桶雪水，赵昀这回是从头凉到脚。他脸色终于阴沉下来，勃然大怒，一手掐住裴长淮的脖子："裴长淮，睁开眼看清楚了，我是谁！"

喉咙还被掐着，裴长淮再发不出声音，窒息感一点点涌上来，令他眼前阵阵发黑。他望着上方，冷幽幽的烛光中有赵昀极黑极冷的一双眼。裴长淮终于在他的目光中找回一些真实的意识，他膝盖上疼得如似火烧。裴长淮眼里浸上泪水，抓住赵昀的手，挣扎得更厉害，嘶叫着："放开、放开……"

赵昀稳稳地掐着他的脖子，教他动弹不得，再问："看清楚了吗？我是谁？"

眼前的赵昀凶相毕露，看着他的眼睛尽然狠厉，没有一丝柔情。

裴长淮此时再清醒不过，自己方才只是又做了一场好梦，梦里是可怜的泡影，梦醒后这个给他痛苦、给他屈辱的赵昀才是真实的。

真实得有些残酷。

裴长淮怔怔地望着赵昀，泪水一下从眼角流落。

赵昀正在怒头上，见他掉眼泪也不觉怜惜，只觉讽刺。他冷笑道："怎么，不是谢从隽，让小侯爷失望了？叫他叫得眼热心切，他跟你什么关系？"

裴长淮怒喝道："你不配提他的名字！滚，滚开！"

裴长淮被赵昀按住，膝盖上缠着白布，经这么一折腾，那被磨烂的伤口早就又裂开了一次，白布上渗出鲜红的血丝。

"他已经死了，裴昱，你叫他一千次一万次，他都不会回来。"

这句话如同尖石凿在裴长淮的心上，多年来强撑着的一切仿佛都在这一刻全然崩溃，他一下泣出声："胡说！胡说！他说过的，他会回来，他说过的……"

赵昀心里像是被刀尖扎了一下，说不出地难受。

赵昀这边心底正五味杂陈着，裴长淮那头却沉寂了下去。

"长淮？"

赵昀急忙松手，见裴长淮脸颊苍白，眼睫湿黑，不知何时竟昏了过去。

赵昀去探他鼻息，滚烫的气息在他指间一起一伏，却是平稳。想来他是太疲惫了，才致昏睡不醒。

赵昀心中有些愧疚，独自坐起身来。

他见裴长淮眼睫沾泪，恶声恶气地道："堂堂正则侯，怎么能为别人哭成这样？"

这一觉不知睡了多久，裴长淮梦到很多人、很多事，可最后那些都渐渐离他远去，眼前只余下一个人影在他身边徘徊。

那人压住了他的手，明明离他很近，面孔却是模糊的，唯有一双俊俏风流的眼，直直地盯着他，像是赵昀。裴长淮浑身一震，猛然惊醒，刺目的光伴随着身上复苏的疼痛一并涌来，令他深深蹙紧了眉尖。紧接着，他上方探来一张秀美白净的脸，瞧见他醒了，那对杏眼里瞬间盈满了欣喜的泪水。

"小侯爷，您还好吗？"他问。

裴长淮没回答，坐起来，先从混沌中一点儿一点儿找回意识，自己竟还在将军府，身上的衣服是赵昀的。上次在军营帅帐中，赵昀就穿着这一件，肩膀上盘着银线所绣的如意纹……裴长淮头疼难忍，懊恼地揉了揉眉心。

裴长淮冷静片刻，抬眼看向一直侍立在一侧的人。那人见他要抬头，忙跪在地上，叩首道："小侯爷。"

裴长淮见着面善，令道："抬起头来。"

那人道："小侯爷尚未整理仪容，奴才不敢冒犯。"

裴长淮衣襟还散乱着，头发未束，简单系好衣裳，道："本侯准你抬头。"

那人才仰起脸来，裴长淮瞧着，正是赵昀府上的小厮："寻春？"

寻春一听他竟记得自己的名字，大喜过望，道："侯爷还记得奴才？当日蒙小侯爷施救之恩，奴才粉身碎骨，无以为报。"

裴长淮疑道："施救之恩？"

见裴长淮似乎毫无印象，寻春也不意外，他是芙蓉楼里的小厮，而裴昱是高高在上的正则侯，原是云端上的神仙人物，偶然间对他施舍过一点儿垂怜罢了。

当年袁家三郎、潘家九郎两位公子哥来芙蓉楼喝酒，因袁、潘两家的家主在朝堂上不对盘，这袁三和潘九也是见面就斗，谁也不让谁。

袁三这人素来看潘九不爽，一听潘九正在芙蓉楼里，当即大怒，撸起袖子，踹开房门，将潘九一把揪起来，提拳就打。寻春瑟缩在边上，眼看他们打起来，只吓得呆若木鸡，不知如何是好。两位公子你一拳我一脚，打得不可开交，又是摔瓷瓶又是砸桌子的，闹得整个芙蓉楼鸡飞狗跳，一片狼藉。

当时恰逢徐世昌也在场，眼见他们再打下去非出人命不可，上去双手抱住袁三的腰，又喊着他的奴才将潘九也摁住，好说歹说，这才将两位祖宗拉开。

徐世昌是当朝太师的儿子，在同辈当中又是个小太岁，旁人轻易不敢招惹。看在他的面子上，两人停手，但心底还是谁也不服谁，便喊了寻春，问寻春袁家和潘家哪家更胜一筹。

寻春哪敢回答这种问题，徐世昌在旁边劝说道："不就是一个小厮，哪有他选的份儿？"

袁三本就窝着火，这厢瞥见寻春唯唯诺诺的模样，更加嫌恶，上去就狠狠抽了他一巴掌。

寻春心里委屈，只管哭泣，却也不敢说话。

见他哭得梨花带雨，袁三皮笑肉不笑，阴恻恻地道："好啊，爷倒要看看，能不能撬开你这张嘴！"

袁三猛地扯着寻春的头发，按在地上。

徐世昌拍拍潘九的肩膀："潘兄，我就不奉陪了，长淮哥哥要来喝酒，我去寻他。我把丑话说前头，长淮难得来一次，你们要是再闹，扫了他喝酒的雅兴，你看我回头不收拾你们！"

徐世昌离开以后，潘九抬脚对着他的肚子就是一下，不等寻春反应过来，袁三又揪住他的头发给了他两巴掌，寻春卑贱之躯，无论如何也只得闭眼消受，只在心里求神拜佛，盼他们能早早息了怒，好放过他。

正当寻春以为自己就要被打死在这里时，外头有人敬声说道："正则侯令奴才传话，侯爷听说袁三公子、潘九公子也在，想起上次见到二位公子还是在踏青行上，特请公子过去喝杯酒。"

袁三和潘九与裴长淮自幼交好，但裴长淮这个人一向爱清净，喝酒时最不喜欢旁人打扰，以往也就谢从隽、徐世昌二人能陪他同坐，这厢一听他破天荒请自己过去喝酒，自然不会不领情。况且，他们的怒火也消了不少，便放了寻春，各自更衣，前去面见裴长淮。

寻春满身伤痕、神志不清地瘫死在锦毯上。他浑身如同四分五裂一般，疼痛得难以动弹，想呼人进来救他，都发不出一点儿声音。

也不知过了多久，就当寻春快要冷透时，他听见门外传来徐世昌急切的解释，道："他们两个你又不是不知道，最好面子，都缺个台阶下，我这不就给了他们一个台阶吗？等撒过气，也就好了。长淮哥哥，你怎还因这个同我恼了呢？"

回答他的是一道清冷如雪的声音："所以你就让他们拿别人当撒气桶？"

紧接着，门被推开，从外面吹进来一阵细细的冷风，寻春浑身打起哆嗦，在模糊中只看到一个颀长的身影，雪衫鹤衣，貌似仙人。

"看看你干的好事。"那人淡淡地责备道。

徐世昌抓耳挠腮："这……长淮哥哥，我……"

那人朝他走过来，捡起地上散落的衣袍，遮住他满是伤痕的身体，起身离开前，那人仿佛顺手一般，在他的肩背上轻轻拍了两下。寻春一时想起幼年时自己摔了跤，疼的时候就在阿娘怀里大哭，那时他阿娘也会这样拍拍他的后背哄慰。他一下流出眼泪来，嘴唇动了动，想要问他的名字，还没说出口，人就已经彻底昏死过去。

后来寻春在芙蓉楼里养了半个月，听闻是正则侯留下一锭银子，请管事的好好照顾他，他也因此拣了一条命。

从那以后，寻春就想着能有机会报答正则侯的恩情，可这正则侯来芙蓉楼只是喝酒听曲，寻春连见他一面都难，不想如今竟有幸在将军府遇见。

他被赵昀指派过来服侍，眼下只知道裴长淮膝盖受伤，暂时会在将军府休养一段时间，至于裴长淮为什么会在将军府，寻春不知，也不多想，能有机会报恩，已是他不可多遇的大幸。

他并没有言明前缘，只低头道："小侯爷心善，不记得随手施给奴才的恩情，奴才却一刻都不敢忘，还请小侯爷准奴才留下照顾您。"

"不必，本侯这就走了。"

裴长淮想起身更衣，刚一使力，膝盖处牵起一片刺痛，登时跌坐回去。

寻春惊着，忙去招扶裴长淮，道："小侯爷的伤还未好全，奴才听郎中说，这伤需得静养，细心调理着才不至于留下病根。小侯爷想做什么，尽管吩咐奴才。"

裴长淮眼见自己连行走也不能。他身为正则侯府的三公子，从小便是金尊玉贵，何时受过此等屈辱？他冷着眼，道："让赵昀来见我！"

寻春也不知他怎的突然发了这样大的火，谨慎回道："都统上早朝去了，他说，倘若您醒来，就让奴才告诉您，待他下朝后就会过来陪您一起用午膳。"

裴长淮咬着牙，眼睛盯住了桌上摆放的茶具，半晌后，道："好。"

到了午间，赵昀一回府，寻春就来禀告，正则侯已经醒了，烧也退了，刚刚又进了些白粥，好像因为暂时走不了路，心情不太好，不许旁人进去伺候。

赵昀令寻春去厨房传膳，等煎了药再过来，自己则径直回房，去见裴长淮。刚一推开门，他就看见茶具摔在地上，散落一地的碎片，下意识地警觉，余光忽地瞥见一片黑影，当面袭来一阵清风。

赵昀手疾眼快，扼住裴长淮的手腕，他手里握着的碎瓷片离赵昀的眼睛也就不过一寸。

赵昀从容地向后仰了仰，躲开一段距离，转头望向裴长淮，嘻嘻笑道："好身手。"

裴长淮右手被他钳制住，立刻出左手打向他腰际。

赵昀一侧身，挟着裴长淮的左臂一扯，裴长淮膝盖还未好全，堪堪站上片刻已然吃力，经赵昀拉扯，当即失去重心，朝前跌去。

赵昀伸出双手，稳稳地接住裴长淮，笑道："小侯爷一见我就这般动作，可实在不合礼数。"

他说话越是不正经，裴长淮就越恼怒，捏住碎瓷片就往他颈间划去。赵昀见他下手竟真这么狠，一下拿住他的手腕，连着人一起强行按到墙上，迅速抢过瓷片，扔到一边。他回头对上裴长淮几乎快喷出火的眼睛，惊道："你真想杀我？"

裴长淮挣扎了两下，咬牙道："赵昀，你还想羞辱本侯到何时！"

"我羞辱你？"赵昀眯了眯眼，"在我府上住，就算羞辱？因为小侯爷瞧不上我赵揽明，是也不是？侯爷是嫌我出身卑微，还是嫌我比不上你心里的那位郡王爷？"

裴长淮抬手揪住赵昀的衣襟："你我之间的事跟从隽没有任何关系，赵昀，他已经死了，是为大梁百姓战死的英雄，请你口下留德。"

"英雄？我看他不仅是大梁的英雄，还是你裴昱的英雄。"赵昀冷笑一声，却见裴长淮眼眶轻红，知此事乃他心中悲痛，不想再提，转而说道，"既跟他无关，你又跟我闹甚脾气？上次你来我府上，我们不还好好的吗？"

说到后面，他瞧裴长淮疼得要命却还强撑着，再大的火气也发作不出。赵昀将裴长淮扶到榻上坐着，裴长淮疼得双眼发黑，好一阵儿才将气息喘匀。

"再折腾下去，你这腿恐怕要瘸一辈子。"赵昀单膝跪在裴长淮的面前，有心服软道，"我府上的郎中乃是治腿伤的好手，你就在将军府休养一段时间。等用过午膳，派人去给侯府传个话，只说是去澜沧苑养病，别让你家嫂嫂担心。"

裴长淮沉默了一阵儿，用冷冰冰的眼神瞧着他："你是想留我养病，还是想继续羞辱我……"

他气得嘴唇颤抖，往下的话再难说出口。

"我只差当你是祖宗伺候了。"赵昀扬起眉，"长淮，你真不可理喻，不可理喻。"

"本侯……"

裴长淮想要说什么，闻到赵昀身上带着一股冷然的梅花香气，刹那间惊醒过来，一下将赵昀推开。

赵昀一愣："怎么了？"

裴长淮从榻上坐起身来："到此为止吧。"裴长淮眉头深皱，合了合眼，仿佛在抑制某种情绪，"到此为止，赵昀，你不必再装模作样了。"

他这话是对赵昀说，也像是对自己说。

赵昀大不悦："这是什么意思？我又怎么惹着侯爷了？"

裴长淮沉默了一会儿，眼中有些暗淡。

赵昀耐心哄道："那好，我离你远些。你饿不饿？"

裴长淮并未回答，转而徐徐说道："上次，我来向你求一张手谕，你书房中有一枝绿翘，这梅花只盛开在郊外山野当中，你最近还在临摹荣公的草书，字帖是从碑上拓下来的，我记得那碑文正好出自云隐道观。我不相信世上能有那么多的巧合，元茂和辛家小姐在云隐道观私会一事，你早就知情，是吗？"

赵昀眼色深了一深，握着裴长淮的手逐渐松了力道。

看他的反应，答案已不言而喻。

裴长淮失神地笑了笑，继续道："我请你写手谕，你说我不该来，还说刘项就是个烫手山芋，提醒我做什么都要谨慎一些。其实你早就料到他们拿住了裴元茂的把柄，威胁我去施救刘项，好将他的死栽赃在侯府头上。"

赵昀不得不承认裴长淮的猜测。

自他整顿武陵军以来，裴长淮一直很聪明地避开锋芒，做个甩手掌柜，只待坐收渔利，那日突然要提刘项出狱，赵昀心中就已经料到了六七分，这或许是个陷阱。

"我知道，这件事有太师参与，或许你不是主谋，可这能替你兄长报仇，所以你就眼睁睁看着我落入圈套，等着坐享其成。"裴长淮眼中有些失神，道，"我原以为，你不一样。"

赵昀一怔："长淮……"

"我以为你同样有雄心抱负，有志重整武陵军，培养出一支可以摧枯拉朽、所向披靡的精锐之师，所以即便你是太师府的人，那天你说我们殊途同归，我也是信了的。我去请你写手谕，你不加为难，一口答应，自父兄战死以后，我上位执掌武陵军，所走的每一步都那么艰难，从没有如此轻易解决过一件事，所以我自心底感激你的信任和襄助。可赵昀，原来你是来报仇的……我大哥死了，你还能愚弄仇人的亲弟弟，是不是很痛快？"

"我不曾想过愚弄你。"赵昀想辩解，可也不知还能说些什么。

"你不必有所愧疚，赵暄所受不白之冤，你为他复仇乃是理所应当，如果我是你，也会一样。"裴长淮越说越平静，平静到近乎冷淡的地步，"你怎么对付我，我都不在意，可你不该对侯府的孩子下手。赵昀，你始终还是太师的门生，你我各自为营，实在不宜再纠缠下去。"

赵昀听后，一下明白裴长淮说这番话的意思，不是来兴师问罪，而是来一刀两断的，可他宁愿裴长淮是来兴师问罪。他哼笑一声，回道："我也说过，我不是小侯爷能招之即来、挥之即去的玩意儿。小侯爷想一刀两断，没有那么容易。"

"赵昀，你非要如此吗？"

赵昀一时气结，望着他冷淡的眼睛，心中隐隐有些说不清、道不明的难受。

赵昀沉声问道："小侯爷倒把自己说得一片赤诚，清清白白，将罪过全赖在我的头上……我愚弄你吗？小侯爷记性不太好，当日在芙蓉楼，可是你先来招惹我的。"

裴长淮怔了一会儿，这次却也没否认："是。"

"那你倒是说说，你当日到底有什么目的？"赵昀挑了挑俊眉，好整以暇地问。

裴长淮看他有些得意扬扬的神情，眼也渐渐冷了："你想知道，当日在芙蓉楼，本侯为什么入你房里吗？"

"你说，我还真想听听。"

"那天京都下了第一场雪，芙蓉楼庭院里的梅花开了……"

他出神地望着赵昀，看着赵昀英俊的面容，又似在看向很遥远的地方。

赵昀有些听不明白了："这跟我有什么关系？"

裴长淮轻声道："赵昀，难道没有人跟你说过，你跟从隽很像、很像吗……"

赵昀心头狠狠一震，盯着裴长淮的双眸，似在核实他的话究竟是真是假。

裴长淮眼中冷若冰霜，不作一丝虚伪。

"你当我是谢从隽？"赵昀眼瞳缩着，手在难以自抑地发着抖。

手骨的痛楚令裴长淮轻蹙眉心，但他没有否认："是。"

"裴昱，你在找死。"

赵昀几乎是咬牙切齿，抬手掐住裴长淮的颈子。

裴长淮剧烈挣扎着："放、放手……"

然而裴长淮虽是个温柔心肠，却不是个任人拿捏的软性子。赵昀越是凶狠，裴长淮就越是冷硬，两人就像烈火对长风，一旦碰上，便是不死不休。

赵昀双目赤红："裴昱，你好好看清楚，我到底是谁！"

裴长淮嘴唇微微发着抖，面容却更加冰冷。

"本侯看清楚了。"裴长淮喘着气，狠命压住呼吸中的颤抖，阴沉沉地看着赵昀，"你不会是他，你不配。"

赵昀心中发寒，怒极反笑："我不配？你以为谢从隽又是什么东西？死在北羌蛮子手中的窝囊废，也配跟我赵揽明相比！"

裴长淮眼一红，一拳砸向赵昀的脸。

赵昀没躲，硬生生承下，嘴角一下溢出鲜血来。他狠了狠神色，抬手砸了回去。

赵昀到底不想真伤到裴长淮，暗自敛着力气，便又按他不住，混乱中受下好几招。

裴长淮打得越狠，赵昀越能知晓谢从隽于他而言是何等重要，连言语都不准旁人轻辱一句，而赵昀什么也不是。赵昀被打出了滔天怒火，往裴长淮膝盖上猛地一击。刹那间，剧痛卸去裴长淮所有的力量，他"啊"地痛叫出声，浑身都不由得发起抖来。

这一声惨烈的叫喊让赵昀也清醒了，擒着裴长淮的手一松。两人短暂地僵持着，赵昀望见他苍白冰冷的面容，似乎也感受到一种难以忍受的痛苦。

正当此时，寻春端着药碗进到房中，见二人如此，吓得浑身一僵，很快便反应过来，立即跪在地上，将药碗举得高高的，不敢抬头。

"奴、奴才送药过来。"寻春声音发抖，哆嗦了一会儿，又道，"侯爷有伤在身，此时、此时该喝药了。"

他虽惧怕，可还在尽力为裴长淮解围。

赵昀看着寻春，看着那碗药汁，更觉讽刺。他一手打翻药碗，滚烫浓黑的药汁连着瓷碗摔溅一地。寻春跪着往后躲了数步，趴伏在地。

"卫福临！"

赵昀将卫福临叫来，冷声道："将正则侯送回去，连着这个吃里爬外的狗奴才一起！"

卫福临瞧着这一片狼藉的场面，一言不发，低头领命，亲自推来才预备下的轮椅，恭恭敬敬地请裴长淮移驾。寻春也是不多嘴，只扶着裴长淮起身，又取来熏好的锦绣斗篷给他裹上。

临离去时，赵昀问："你没有话想对我说了？"

裴长淮眼似寒潭，回答道："没有。"

赵昀冷笑，抬手抹去嘴角的血痕，道："好，很好，正则侯，是我小瞧你了。不急，咱们来日方长。"

裴长淮闭了闭眼，自知依着赵昀睚眦必报的性情，不会轻易吞下今日之辱，往后又不知用何等手段来对付侯府。却也好，他至少是知道了，赵昀不能信任。

170

裴长淮回到侯府时,已近傍晚,暮日在天际摇摇欲坠。

府上的郎中安伯一得知裴长淮回府,立刻背了药箱来看他,裴长淮这一身太过狼狈,尤其是膝盖上,已烂得不大能看了。安伯是追随过老侯爷的人,自裴文、裴行两位少将军战死以后,安伯一向希望裴长淮能撑着侯门铁骨,别再辜负老侯爷对他的期望,然则看着此刻裴长淮受这一身的伤,依旧一声不吭,不免心疼起来,忙问他昨夜去了哪里。

"本侯没事,你尽管下手。"裴长淮并未回答,只忍着疼令安伯处理好伤势。

待一切处理妥当,药也重新煎好。

夕阳的余晖透过窗倾泻进来,裴长淮令所有人都退下,一人独自在这余晖当中坐了一会儿,任由泼血般的暮光洒在自己身上。书案上摆放着那本《赤霞客》,他已经很久没翻开过了,书中夹着一张宣纸,抽出来看,正是谢从隽的笔墨。

他画的是《赤霞客》最后一个章回的故事,赤霞客独身赶去雁行关,为拯救那里被盗匪残害的百姓,不幸中箭身亡。娇奴儿一心等待着心上人回来娶她,不想却等到了赤霞客身死他乡的噩耗,娇奴儿悲痛不已,最后投入鸳鸯湖中,追随赤霞客而去。

谢从隽喜欢赤霞客的侠义,却不爱娇奴儿殉情之举,道:"人这一生光阴匆匆,上天入地你也找不出比活着更可贵的事了。酸书生写话本,总要编出一个为之生、为之死的痴情女子,殊不知赤霞客当日救下娇奴儿,乃是为了让她活下去,不是为了让她为自己去死的。"

裴长淮却不以为然,叹道:"有时活着比死了还要艰难。"

谢从隽仿着他叹了一口气,道:"你说话越来越像个老古板了。"

裴长淮知他在取笑自己,脸红红地低下头,小声说:"我就这样。"

谢从隽笑吟吟地道:"怎样都好,我适才一想,你说得也不无道理,倘若娇奴儿不死,指不定就要嫁给她那位讨人厌的表哥,那我更不欢喜了。"说着,谢从隽也愁起来,"赤霞客若是不死,岂不更好?"

想到谢从隽那时发愁的神情,裴长淮不自觉一笑,又想起上次看这本书的还是赵昀,唇角的笑容又一点儿一点儿消失。

裴长淮强撑了太久，此时满心疲惫，但实在没有多少时间消沉，将书案上的药碗端起来，仰头喝下。药苦得他舌根发麻，待喝净后，裴长淮已起了一身热汗。他终于打起些精神，随后传近侍进来回话。

那日在城郊密林当中，刘项毒发身亡，随即刘安被绑匪刺杀，那些人显然是有备而来，一早就打算引来裴长淮之后，就杀了刘安灭口。前去追捕这群匪徒的侯府侍卫没能追得上，裴长淮交不出真凶，只得去皇宫请罪。

为着此事，他们心中内疚不已，此刻皆单膝跪在裴长淮面前，道："请侯爷降罪。"

"敌人早有准备，此事亦是本侯考虑不周。"裴长淮停了停，再问，"可在云隐道观附近找到辛妙如了没有？"

"没有，依着侯爷吩咐，来来回回都搜遍了，也未发现辛小姐的踪迹。不过，辛小姐她已经回到尚书府了。"

裴长淮一蹙眉："回去了？"

"没错。"近侍点头道，"原本元茂公子一听说我们没找到人，一时心急，就要去尚书府，请老尚书帮忙找找。属下想，这样的大事瞒不了老尚书太久，便随元茂公子一同去了，怎料得尚书府的管家一下将公子推了出来，要他别信口胡说，辛小姐一直都在府上，从未去过什么云隐道观。"

另一个近侍补充道："我等猜测着，老尚书许是为了辛小姐的清誉着想，才假意对外宣称女儿还在府上。属下正要跟他们言明辛小姐失踪一事，结果辛小姐就从内堂当中走出来了。"

裴长淮道："人怎么样？"

"并无大碍，只是……"近侍表情略有为难，顿了顿，再道，"辛小姐将元茂公子从前送给她的手镯丢给了他，她说，此次若非有人相救，自己不知要受怎样的糟蹋，她没想到大难临头时公子竟丢下她独自逃走，往后不想再与侯府的人有任何往来。公子觉得冤枉，还想解释，老尚书气得直接将公子打出府去了。公子回来哭了半晌，不吃不喝的，方才睡下不久。"

近侍更担心裴元茂一些，裴长淮却听得冷静无比。

半晌，他问："是谁救了辛妙如？"

近侍摇头道："尚书府并未透露。"

"查。"裴长淮一字如石子入湖，沉悠悠的。

近侍肃容垂首，领命道："是。"

临走时，近侍还回禀了一事，贺闰将军已经在小茶阁等了两个时辰了。

贺闰来侯府拜见，下人只说正则侯尚不能起身见客，劝他先回去。可这贺闰非要见裴长淮无恙后才肯离去，管家就请他暂且去到小茶阁中等候。裴长淮也知贺闰的倔脾气，自己若是不肯见，他就算等到天亮也会等下去，便差下人去请他过来。

贺闰一听侯爷传他相见，却并未前去。裴长淮去皇宫请罪一事到底丢脸，京都不少人家都在看他的笑话，贺闰怕裴长淮心寒，此次前来只为表明自己忠贞不贰，并无意看他狼狈。

贺闰请下人代为转达道："得知侯爷无恙，我便也放心了，侯爷尚在病中，属下不敢叨扰，侯爷若有吩咐，只需知会一声，我立即前来领命。"

撂下这句话，贺闰就离开了正则侯府。

裴长淮心中感激他的体恤，折腾了这些时日，他早就疲惫不堪，仰在床上小憩了一会儿，等到天色完全黑下来，前院下人通传徐世昌来了。

裴长淮刚坐起身，徐世昌一手晃荡着两个小酒坛，一手拎着四层多的紫檀木食盒，大步流星地进到房中。

瞧见裴长淮，他眼一亮，笑道："长淮哥哥，瞧我给你带了什么好东西。"

第十一篇章

斗芳菲

风花误入，
雪月冷香。

徐世昌别的不好说，张罗些吃食还是极有讲究的。

酒是一壶碧，食盒是芙蓉楼的，里头装着酥酪糕、芝麻卷、素三丝、翡翠虾饺以及碧玉粥，间或些酸口蜜饯，他又特意吩咐太师府的厨子炖了一碗官燕，全是裴长淮素日里爱吃的。

他一一亮给裴长淮看，笑道："怎么样？见到我来，你高不高兴？"

裴长淮一笑，扶着轮椅到徐世昌身旁，与他一同坐下。

他道："你能来，我当然高兴，坐。"

徐世昌看着他锦毯下的双腿，一时眼酸，抬手揉了揉眼睛，忍住泪意。他道："多少吃些。你在病中，酒是不能喝了，这是我为自己准备的。"

裴长淮没有多少胃口，但为着徐世昌的心意，自也吃了不少。

徐世昌因心中不怎么痛快，一直在喝酒，喝到醉醺醺的，裴长淮将酒壶挪开，不准他再喝了。徐世昌不情愿，按住裴长淮的手，还没开口，眼泪就先流了下来。他哭道："长淮，你让我喝，我醉了更好。我口口声声说要帮你，结果什么都做不到，我、我让你受这么大的罪……你说，你说，我是不是废物？"

裴长淮温声道："锦麟，你什么都不用做，这些事跟你没有关系。"

徐世昌含混道："我什么都不用做，因为我就是废物！我明知道，我、我……"

后头的话，他说不出口。

他明知道太师府向尚书府提亲这事有蹊跷，明知道这次裴长淮去皇宫请罪，必然也是他爹在背后推动，却不敢对裴长淮说出自己的父亲有多少算计。他怕裴长淮听了以后就会讨厌他，其实讨厌他也不打紧，就怕裴长淮转头又去对付他爹，届时他夹在孝与义之间，都不知该帮谁才好。

徐世昌感觉自己都快要疯了："为什么要这样呢？为什么，为什么……长淮哥哥，我到现在还记得，小时候你来太师府，你跟我，还有我的哥哥们，咱们一块上山去踏青，下水去捉鱼……府上得人送了一副象牙制的斗兽棋，谁都玩不好，就你最厉害，连我爹都说你聪慧，我长这么大，他都没夸过我的好，他讲你是同侪中不可多得的才秀，让我多多向你看齐，可是、可是怎么都变了呢？"他伏倒在桌上，泪水横流，"从前那么好，为什么都变了呢？"

听他说话还似个少年一样天真，裴长淮淡淡地笑了笑，抬手抹去他眼角的泪水："锦麟，你没变就很好。"

"不，我也变了，我变得更废物了！"

裴长淮一下笑出声，徐世昌则哭得更厉害，一边哭一边将自己狠骂一通，又抢过来酒壶，咕咚咕咚灌下好几口酒。这下酒意烧到顶，他是全然醉了，借着酒疯拉住裴长淮的手，道："长淮哥哥，你对我的好，我都知道。你放心，我徐世昌虽是个混世魔王，但我也懂得什么叫情，什么叫义！我、我待你是真心的，永不会变，就算哪日为着你死，我都心甘情愿。"

"什么死不死，不许胡说。"裴长淮斥了一句，眼看他醉得不轻，唤人进来，将徐世昌扶到榻上休息。

这厮来探病的，倒把病人折腾得不轻，等晚间稍稍醒了酒，侯府的奴才就把徐世昌送回太师府去了。

徐世昌这一觉睡到翌日午时，头重脚轻的，又在床上磨蹭了好一会子才起身。他听说父亲下朝回来，便要去请安，从游廊过时，两个奴才就把他架住了，言说老爷吩咐，要他去见外客。

徐世昌一头雾水：是谁来了？

跟着来到小戏楼，府上请来唱戏的班子已经忙前忙后地在扮上了。

小戏楼上正坐着的是徐守拙，陪同的有徐世昌的两位兄长，还有几位文官，都是徐世昌的叔伯辈，但在贵客尊位上的却是个年轻公子。那人身着素净的衣袍，虽长得不怎么出挑，但姿仪出尘，眉眼常常悬笑，给人一种如沐春风之感，且只看衣着气度，倒与裴昱有三分相似。

这人徐世昌也认识，正是肃王府的大公子谢知章，世子爷谢知钧的庶兄。

177

古往今来,多少兄弟手足都因这嫡庶的规矩生出嫌隙龃龉,就拿徐世昌自己来说,他乃徐家嫡出的儿子,自小横行霸道惯了,就与姨娘所生的哥哥们不太亲近。但这谢知章与谢知钧的感情极好,特别是谢知章,尤其疼爱自家弟弟。

谢知钧被皇上幽拘在青云道观十年,每年一开春,谢知章就会去道观中探望谢知钧,虽山长水远,却是风雨无阻。

今年肃王妃去青云道观中念经修行,谢知章也陪同在侧,这两天刚刚回京,就来太师府拜见。因谢知章是个懂戏理的,徐守拙就请他听一听戏班子排的新曲,一时间敲锣打鼓,好不热闹。

徐世昌先去拜见诸位来客,随后就坐到了末席。因他不喜欢谢知钧,连带着也不怎么喜欢谢知章,宴上也无话可讲,只有一搭没一搭地听他们说话,正巧听他们谈起赵昀,谢知章道:"先是封了个检校右卫大将军,赐居将军府,虽说是个虚衔,也足以看出皇上对他的倚重。我原以为赵昀会留在皇上身边统率禁军,不想他竟入了北营,还做了大都统……"他哼地笑了一声,"现在正则侯一倒,武陵军可成他的囊中之物了。太师,您这个门生可了不得,哪日也给小侄引荐引荐,好令我有机会同他学习。"

徐守拙微笑不语。

同座的一官员道:"今日上朝,皇上特意褒奖了赵大都统。他这段时间在北营严查贪腐,整治军纪,如今副将刘项认罪伏法,皇上龙心大悦,封了赵昀做骑都尉,虽说只是个勋位,算不得升迁,但接连封官加爵,大有让赵昀参与军机政要之意。自大梁开国以来,也没有几个能如赵昀这般平步青云的,真真是前途无量。"

说着赵昀,谢知章关注的却不是他了,转而问道:"哦?已经定了吗,刘项是'认罪伏法'?"

在座的人互相对视一眼,心照不宣。

他们都知道正则侯跪地请罪的事,裴长淮这一跪,刘项的死因便不是中毒身亡,而是认罪伏法。罪人伏诛,皇上再加封赵昀为骑都尉,该罚的罚了,该赏的赏了,这一场清查贪腐的风波也彻底结束,自此尘埃落定。

谢知章笑得有些高深莫测,道:"正则侯想请罪,还要从午门一直跪到明晖殿,闹得惊天动地,生怕无人知晓。武陵军人人心中都有杆秤,尤其是那些与刘项有着牵连的老臣老将,眼见裴长淮为保护他们屈尊下跪,怎能不感激?太师啊,往后赵昀在武陵军的日子可不会好过。"

徐世昌听着,胸中一亮,自己怎么没有想到还有这层利害关系?

原先他以为裴长淮只是为了保住自己的命才去皇宫请罪的,看来裴长淮不仅保住了自己,还从赵昀手中保下了那些追随过老侯爷的将士。

赵昀此次整顿北营,虽说手段雷霆,却也招了不少恨,得罪了不少人。若他查得足够彻底,斩草除根,本也没什么好怕的,坏就坏在刘项一死,皇上定罪,大有不再让赵昀继续清查下去的意思,等北营那些老将军喘过气来,岂能让赵昀好过了?

徐世昌心里暗叹,长淮哥哥果然聪明,分明栽了那么大的跟头,却还能绝地反扑。

北营的那些个老将一开始没把赵昀当回事,这才在北营清查时处处受赵昀钳制,现下知道此人的厉害,必然不会再小瞧了他,假使以后真要对他使起绊子,那也够赵昀消受一壶的。

徐世昌心中偏向裴长淮不假,可又极其欣赏赵昀这个人,不禁暗自为他未来的处境担忧。

宴上有一人继续说道:"哦,对了,下官听说肃王府喜事将近,大公子就要娶妻了?不知是哪家的千金,竟有幸得公子垂青?"

谢知章轻轻笑了两声。

徐世昌自愁这个,也愁那个,宴席上后来说了什么,他也没能听进心里去。

赵昀受封骑都尉,徐世昌该去道个喜,他给将军府递了拜帖,管家卫福临却说赵昀最近一直宿在芙蓉楼中,已有多日不归,前后不少来道喜的人都转到芙蓉楼陪他喝酒去了。

徐世昌便来了芙蓉楼。

他下了轿子,几位小娘子热情地走上前来,小声嗔怨他怎好些日子不过来了,徐世昌笑着将她们揽进怀中:"这不就来了吗?"

刚刚走进芙蓉楼这方庭院,徐世昌就听得众人一阵惊呼,紧接着又是一阵喝彩，很是热闹。

徐世昌顺着众人的目光一瞧，就见在那楼台的栏杆之上，正立着一个挺拔颀长的身影——长剑明亮似雪，黑袍翻涌如云，不是赵昀是谁？他手里拎着一壶碧，仰头又灌了一口酒，酒壶空了，他便随手抛下，人是醉得正浓，身也摇摇晃晃。

芙蓉楼的管事暗自捏着一把汗，吩咐人在左右招呼着，千万别让他栽下去。

赵昀却浑不在意，他站在寒风之中，夜天之下，目光随着剑锋扫过人群，一时笑得风流俊俏。

"诗也题了，剑也舞了。"赵昀随手绽出一个剑花，指向那位管事，道，"本将军偏要你砍了这院里的梅花，你做，还是不做？"

管事急得满头大汗，道："大将军，就算您只想听个响儿，这芙蓉楼里的金玉瓷器，都任您砸得。您大人有大量，跟这几株梅花过不去干什么？"

赵昀冷道："那你是不肯了？"

"小的哪有肯不肯的份儿？先前不也跟将军解释过了吗……"他擦了擦额头上的汗，余光瞥见徐世昌的身影，如同见着救星，忙过去拉住他的衣袖，"徐公子，小祖宗，您快来劝劝！"

徐世昌问："这是怎么一回事？"

这管事缓了一口气，才道出原委。

"今日可巧庭院里这些梅花开得正盛，楼里几位恩客一时起了雅兴，便临时成了个探梅诗社，他们听闻大将军也在芙蓉楼中，便请他来做个监场。大将军喝得半醉，一时问起这梅花的来历……徐公子，你也晓得，这几株梅树原是芙蓉楼开业时，小郡王令人种下的……"

他声音渐小，余下的话不必说，徐世昌也是知道的。

芙蓉楼幕后的东家乃是首领太监郑观的干儿子。谢从隽自小长在皇宫，由太后抚养长大，小时候贪玩落水，经郑观舍身相救才化险为夷，因着这份恩情，在芙蓉楼开业那日，谢从隽看在郑观的情面上，顺道来玩了一玩。

当时庭院里种了些松柏，虽说风雅，却少了几分颜色，东家本想合着芙蓉楼的名,种些芙蓉花,谢从隽却道京都冬日长,芙蓉拒霜,天一冷不免枯败,不如种些梅花。东家听着极好,又恭请谢从隽给梅花旁边的阁子题个匾额。谢从隽想了片刻,以剑刻字,一曰"风花误人",一曰"雪月冷香"。

管事将这来历同赵昀一说,也不知哪句惹到他的不快,他丢了一锭金子过来,非要人将这些梅花尽数砍去。那管事的便跪地向赵昀请罪,道:"我们东家移来这些梅花以后,便专门聘了花匠打理,唯恐辜负郡王爷的垂青。何况……何况正则侯瞧这些梅花也宝贵得很,小的哪敢擅自砍了去?"

旁边做诗社的人都知裴昱跟赵昀在北营分庭抗礼,一直针锋相对。如今裴昱负罪在身,赵昀却如日中天,任谁都会寻机多奉承奉承赵昀。

他们便起哄道:"这有什么砍不得的?难道还要大都统也替这芙蓉楼题两句诗,或者舞一回剑,你们东家才肯依了?"

这管事的还没回话,那厢赵昀便道"也好",趁着酒兴,借来一柄文剑,跃上栏杆,手腕一转一翻,剑势又漂亮又惊人。那身姿当真是翩若惊鸿,矫若游龙,引得芙蓉楼中人人都来看这出热闹。

管事的左右为难,眼见就要下不来台,只得向徐世昌求救。

徐世昌笑了笑,道:"揽明兄正醉着,你先应了他就是,回头他若追问起来,有我替你担着。"

"那便好,那便好。"

管事的先去应承赵昀,赵昀听他答应,醉笑一声,将手中长剑一抛,人也从栏杆上踏了下来。徐世昌和管事的一同上前架住他。管事的累出满身热汗,低声恳求道:"都统,您真该回家了。"

"家?"赵昀瞧了他一眼,脸上浮了些迷离的笑容,摇头道,"我没有。"

徐世昌半揽住赵昀,道:"揽明兄,你看你,醉成这样,可让人看了不少笑话。我扶你去睡一觉,等醒了再回府,如何?"

"你是谁?"赵昀瞧着徐世昌,好一会儿才看清他的面容,然后一下推开他,"不要你。"

往常赵昀酒量如海,谁也喝不倒他,徐世昌没见过他醉酒的样子,现在见了,看着不似平常那样从容不羁,竟有些孩子气,不免有些想笑。赵昀抱着酒壶跌跌撞撞地往前走,没两步又回头看向徐世昌,道:"不,你来得正好,过来。"

徐世昌一头雾水,还没反应过来就被赵昀拉着进了雅阁,接着又被扯进帐子里。眼见纱帘一落,赵昀就解衣裳,徐世昌顿时紧张起来:"那个,揽明兄,你可别把我当成这芙蓉楼……"

赵昀只将外袍脱了,冷着一张脸,问:"你看我像有病吗?"

徐世昌摇摇头:"貌似没有。"

"那你就放心。"

徐世昌松了一口气,细品着又感觉这话大为不对:"揽明兄,你这话听着怎么像损我呢?"

赵昀没应他,一头仰倒在软枕上,手里轻轻晃着腰间的麒麟玉佩,闭了半天的目。徐世昌走也不是,不走也不是,只好坐在床上陪着赵昀。

赵昀醒了片刻的酒,方才睁开眼,问徐世昌:"你认识谢从隽?"

"当然。京城世家子弟有不认识他的吗?"

"我跟他……"赵昀咬了咬牙,改口道,"他跟我很像吗?"

"怎好端端问起这个?哦,可是有人说你们长得像了吗?"徐世昌一时没听出赵昀的不悦,只是照实说道,"我第一次在太师府见着你,倒看着有些像,尤其是你晃这坠子的时候,从隽也有这毛病……"

赵昀的手一僵,捏着麒麟佩,喉咙里直怄火。

"不过一认识就不觉得了。"徐世昌笑道,"天下像的人何其之多?先前芙蓉楼里还有个小厮就生得与从隽有几分相似,管事的还给长淮哥哥送去。对了,你或许还不知道,长淮哥哥与从隽一起长大的,情义不比常人,那管事也是见长淮哥哥思念旧友,结果拍马屁拍到马蹄子上,长淮哥哥差点儿没把这楼给他拆了。"

赵昀一直沉默着,徐世昌见他如此,便猜测道:"可有人拿你跟他作比了?揽明兄,千万别放在心上,这种事我太有经验了。"

赵昀怪笑一声,道:"难道你也跟他很像?"

"那倒不是。"徐世昌道,"你要是生在京城,你就知道了。虽说我与从隽关系也不错，但他这个人简直就是同辈的噩梦。三天两头出个风头，他有怎样怎样好，我们就被比得怎样怎样不好，也就长淮哥哥能消受得起他。"

有的好，招人喜欢，裴昱便是此类；有的好，则更招人恨，谢从隽属于后者。

这时提到裴长淮，徐世昌就想到他们两人在北营中很不对付，一时有了劝和之意，道："像也没什么不好，长淮哥哥看你面善，就很想跟你结交呢。唉，你们朝堂上的事我也不想多嘴，但老是争来争去的，又有什么意思？"

结交一说纯属子虚乌有，全是徐世昌信口胡诌，只求两人能和和气气的，不料赵昀听到这句，大为恼火，扯下腰间的麒麟佩往地上狠狠一摔。徐世昌吓了一大跳，忙从床上滚下来。赵昀宿醉多日，头疼难忍，这时发起脾气来六亲不认，喝道："让他滚！"

徐世昌见他是真发了怒，只在心中揣测，应该是裴长淮保住北营的那些老将，让赵昀受了气，此刻再谈起裴长淮，赵昀自然恼恨。徐世昌眼见自己也快拍到马蹄子上去了，遂不敢再留，出门后吩咐奴才去侯府传了信，将芙蓉楼的事转告给裴长淮。

裴长淮心里惦记着这些梅花，亲自赶来察看情况。他不想张扬，穿得也不打眼，自后门进到这芙蓉楼中，只有管事的亲自来迎。因芙蓉楼背靠首领太监郑观，有郑观提点，芙蓉楼在看人上也是精明得很，管事的不会见着正则侯一时失势就怠慢了他，还是照样恭恭敬敬的。

裴长淮倚在轮椅中，于梅树下静坐了一会儿，而后吩咐道："既然他有心为难，你们就将这些梅花移到侯府中去吧，负责侍弄花草的匠人也一同跟去。"

"如此甚好，多谢小侯爷。"

管事的大松一口气，好在裴长淮仁心宽怀，不至于两头得罪。

裴长淮也听闻赵昀在芙蓉楼中宿醉多日一事，心中滋味复杂难言，等回过神时，人就已经到了雅阁前。

进去点安神香的小厮一出来，撞见裴长淮在门外，忙跪下行礼。

半晌，裴长淮艰涩地问："人还好吗？"

小厮回答道："才睡下不久，大将军醉得头疼，小的刚刚替他点上香……您、您要进去吗？"

又迟疑了一阵，裴长淮淡声道："劳烦。"

小厮起来将裴长淮推进去，而后退到门外去。

阁中的炭火烧得暖盈盈的，兽炉的熏香袅袅出烟，一片安静。

隔着珠帘，裴长淮能隐约看见赵昀躺在床上，呼吸声一起一伏，睡得正深。

见他无事，裴长淮便想离开了，正扶着轮椅要走，就见赵昀一翻身，身上的薄被掉下来大半。裴长淮抿了一下嘴唇，只好过去将被子捡起来，重新给赵昀盖好。

忽然间，赵昀迷迷糊糊地呓语："裴昱……"

第十二篇章 假鸳鸯

你该牢牢记住这个名字,因为他死在你的剑下。

裴长淮被他一扯，险些跌倒，惊了惊心，忙抬起头，后颈却被赵昀一下按住。

裴长淮与他四目相对，赵昀半睁着眼，眼色迷离恍惚，望了他片刻。

"赵昀？"

"裴昱，"赵昀轻声道，"你才是个混账。"

裴长淮："……"

赵昀闭上眼，人彻底昏睡过去，呼吸声渐渐变得安静绵长。

原来都是醉话。

裴长淮莫名地松了一口气，等赵昀再睡熟一些，拿起他的手，小心掖进被子里，方才扶着轮椅离去。

京都断断续续的雪终于收了势头。

崇昭皇帝没有发旨卸任裴长淮统帅一职，但明确暂停他一切职务，将武陵军大大小小的事宜交给赵昀总揽。据贺闰所说，自从赵昀被封了骑都尉以后，竟也没继续在北营生事，只是每日宿在北营中，没事儿巡巡营、读读兵书。他忽地安分规矩下来，倒让那些摩拳擦掌、准备挑他错处的老将军一时没了办法，只能静待时机。

裴长淮知道赵昀一向聪明，知道以静制动，保不准又在谋划什么，只嘱咐贺闰万事小心。

他闲在侯府，专心养着膝盖上的伤。

先前裴长淮吩咐人去调查，当日究竟是谁救下了辛妙如，没过多久便有了眉目，伴随着此人的身份一同浮出水面的，还有一桩天大的喜事。

尚书府对外传言，辛妙如当日去云隐道观中进香，路遇一伙地痞流氓骚扰，也是幸运，那日肃王妃的车马回京，公子谢知章陪同在侧，路过郊外密林时，正碰上大声呼救的辛妙如，谢知章拔刀相助，将那些流氓尽数斩于马下。

　　有了这样的前缘，辛妙如对自己的救命恩人芳心暗许，而谢知章早就对尚书府的这位小女儿心生爱慕，正是郎有情、妾有意，两家一拍即合，随即定下婚约。

　　原先太师府向尚书府提亲一事早就传得沸沸扬扬，众人都以为肃王府这次下了太师的脸面，肃王府和太师府必定要好好争上一争，不想徐守拙竟主动给这门亲事做媒，亲自向皇上表明，请皇上赐婚。

　　皇上龙心大悦，当朝下了赐婚的圣旨，正是喜上加喜。

　　婚约定在三月初八，黄道吉日，三媒六聘，尚书府嫁女，肃王府娶妻，还遍邀世家名门前来参加婚礼，这场亲事在京都亦是轰动一时。

　　婚礼的请帖一递到侯府来，裴元茂便沉不住气了，非要再去尚书府一趟，跟辛妙如解释清楚不可。

　　他娘亲余氏喊来侍卫强行将裴元茂按了下来。

　　"这是皇上赐婚，事情已成定局，你就算现在过去，又能怎么样？难道你要在大庭广众之下说出你跟辛小姐早有私情，既毁了她的清誉，也伤了尚书府、肃王府的脸面？"

　　"阿娘，事情不是这样的，妙如喜欢的人是我，她只是误会了，我当日根本没有想过要丢下她！阿娘，这都是误会！"

　　她眼见裴元茂痛哭流涕，模样性情一点儿也不似裴家养出的儿郎，自觉对不起公婆，对不起亡夫，一时又悔恨又痛心，抬手狠狠打了裴元茂一巴掌。裴元茂被这一巴掌打蒙了，捂着麻痛的脸，迟迟没有反应。

　　"从前你爹爹在时，有他管教，娘不曾打过你，你爹爹走了，做娘亲的最是知道你这孩儿心里有多苦，便对你疼爱有加，侯府上上下下没有不照顾你的，不想竟教得你怯懦昏聩、自私薄情！你看看你三叔，他到现在都走不了路，偌大的正则侯府被你一个逆子害得成了什么样！"余氏眼中含泪，厉声斥责道，"你让阿娘以后怎么有脸去见你祖父，去见你爹爹？"

她忍无可忍，随即请来家法，亲持着鞭条，下狠手往他身上抽。裴元茂被打得大呼大叫，却也不敢躲，硬生生挨了数十鞭。好歹有下人拦着，余氏才罢了手，令人把他关进书房中，严加看管，不许任何人放他出来。余氏请出家法时，这事就报到了裴长淮跟前，裴长淮也没拦着嫂嫂管教孩子，只吩咐安伯过去暗中看着，别伤了筋骨就好。

等到夜色一深，裴长淮让寻春推着他来到东院的书房探望裴元茂。裴元茂趴在床上，裸着背，背上纵横交错着红痕，有一鞭条还不慎抽到他耳后，连着整个耳朵都是红肿的。

安伯正给他上药，安伯存着教训的心，下手自然也是没轻没重的。

裴元茂疼得龇牙咧嘴，不住地叫疼，这厢见到裴长淮，看他锦毯下覆盖着的双腿，裴元茂更没有脸面，一时想到，自己这样的疼跟他相比又算得了什么？

裴元茂不肯再叫唤了，将头面向床的里侧，一直忍着声音。

"安伯，让我来吧。"

裴长淮从安伯手里接过治伤的药瓶，再将众人屏退，很快，房中只留下他与裴元茂二人。

裴长淮轻轻吹了吹他肩膀上的伤痕，上药时，手法足够轻柔，药粉落在伤口上，裴元茂也就是身体微微一颤，虽也是疼，却比方才好受许多。裴元茂被母亲训斥一番，早有悔意，知道自己这回不仅仅让侯府丢了大脸，还让裴长淮丢了武陵军的执掌权。

自从裴家的男儿相继战死在走马川之后，裴家的气候就远不如从前，好在当年裴长淮前去走马川收拾残局，立有战功，皇上才决定将武陵军交到裴长淮手中，保全了裴家这最后的荣耀。如今这一份荣耀也因为裴元茂的事丢掉了，正则侯府的处境一落千丈，大凡是追随过侯府的人都不禁对他心有怨言。

裴元茂只恨自己糊涂，也不敢委屈，一听安伯说，如今裴长淮连走路都不能，甚至都不敢去见他一面。裴元茂心中愧疚不已，小声道："三叔，对不起，我以后不会再给你生事了。"

见他真心知道悔改，裴长淮也没有太过苛责，只淡淡地说道："元茂，你还年轻，既不曾铸成大错，尚且有回头的余地，一切都不算迟。你祖父和爹爹都在天上看着你,别浑浑噩噩地过一辈子,让他们痛心。"

裴元茂流出眼泪,道:"道理我都明白,三叔,我只是,只是不甘心……与妙如有情的人明明是我,上次见面,她还送给我定情信物,我答应她回去就请阿娘去提亲的,怎的会变成这样?怎么突然冒出来一个谢知章呢?"

他只觉委屈冤枉,攥紧手指,狠狠捏着那一方手帕。

裴长淮瞥见那方手帕,本没有太在意,只看帕角处绣着花样儿,略有些眼熟。片刻后,他猛然一惊,将那帕子从裴元茂手里夺过来,见那帕角处绣着的是绿柳叶与小青燕。

上一次他见到这样一条手帕,还是在赵昀遇刺那天。

前来刺杀赵昀的死士在被生擒后服毒自尽,裴长淮在其中一名刺客的袖口里扯出一方雪色手帕,帕角处就绣着一模一样的柳叶与燕鸟。

裴长淮想到那次刺杀,一时沉吟不语。他心中隐隐有了些猜测,但需得见过辛妙如才能确定,于是亲手写了一张请帖,令近侍去给尚书府送去。

近侍一瞧他要见的人是辛妙如,一时迟疑道:"辛小姐正在闺中待嫁,老尚书这回为着云隐道观的事,与侯府的关系淡了不少,肃王府的大公子也将她看得十分珍重,倘若给外人知晓侯爷私下里约见辛小姐,怕是不妥。"

裴长淮道:"放心,倘若本侯猜得不错,辛小姐一定也很想见一见本侯。"

地点是京都一处小茶楼,时间是黄昏后,裴长淮包下这座茶楼,外人一律不得打扰,至晚霞漫天时,裴长淮就在茶楼中等候了。他随身带着一支竹笛,闲等时吹了一曲京都的小雅调,笛声清亮悠扬,时而激昂,时而幽咽,轻轻回荡在这茶楼当中。

等到天色完全黑下来,从楼梯口走上来一个绰约的身影,身披黑色锦氅,头戴风帽,将身姿面貌遮得严严实实,待走到这雅间中,那人才解下最外头的大氅。

"小侯爷好雅兴。"女子说话婉转轻柔,只听声音,必然以为她娇气性软,可这满室亮堂的烛光一照,那女子一双黑眸亮得惊人,长眉压得低低的,使得她眉眼中添了些凌盛的傲气,全然与"娇软"二字无缘。

189

裴长淮微微一笑，道："辛小姐，请。"

辛妙如在裴长淮面前没有流露出一丝畏怯之态，大大方方坐到他对面去。

"不知小侯爷今日相邀，所谓何意？"

辛妙如出身名门，颇通茶艺，入座后便着手焚香点茶。

裴长淮将一方手帕取出，端正地搁在案上，道："物归原主。"

辛妙如瞥了一眼，并不取回，只笑道："小侯爷请我过来，就是为了替你的侄儿还个手帕？他怎不敢亲自来见我？"

"辛小姐看错了。"裴长淮道，"这帕子不是你送给元茂的那一块，这是赵昀遇刺那日，从其中一名刺客袖间搜出来的……所以，辛小姐承认这帕子是你的了？"

辛妙如脸色微微一变，却不想裴长淮设了这么个小陷阱，不禁失笑道："我本来还奇怪怎么小侯爷会贸然约我相见，原来是这里露了破绽。"

辛妙如将那方手帕展开，见里侧洇着血迹，心里一颤，立刻将帕子攥进手中。沉默片刻，她眼中隐约有了些泪意，道："留下破绽也没什么了，看见他一直随身带着我送他的东西，我很欢喜。"

裴长淮道："大梁的女子送给男儿手帕，乃有定情之意。辛小姐，本侯以为，尚书府千金的帕子不会无缘无故出现在一个刺客身上。"

"在小侯爷看来，像我这样出身的女子喜欢上一个寂寂无名的杀手，是不是很奇怪？"她手下搅拌着茶汤，这时微微一停手，抬头问道，"你知道他的名字吗？"

裴长淮摇摇头。

"他也是一个人，他有名字的。他叫王霄，云霄的霄，小侯爷，你该牢牢记住这个名字，因为他死在你的剑下。"辛妙如眼眶发红，"你以为你随手杀死的只是一个命如草芥的刺客，可他不是，他是尚书府的千金等了那么多年、那么多年都等不回来的心上人！"

面对辛妙如的控诉，裴长淮却很从容，道："本侯会记住他的名字，但当时杀他，本侯问心无愧。"

"你觉得他该死，对不对？"辛妙如轻轻摇着头，"那是因为你根本不知道他是怎么活下来的。"

辛妙如抚着帕子上的柳叶,口吻很轻很轻。

"王霄的家在破锣山,他八岁那年,破锣山受蝗灾,闹了一阵大饥荒,他的父母活活饿死,只剩下他一个。他一路北上,沿街乞讨过活,到了冬日里连一双好鞋都穿不上,饿得撑不住了,倒在街边上,险些冻死在雪地里,是他后来遇见的那位恩公给了他一口热粥吃,教给他一身本领,让他能够活下去。"

"什么本领?杀人的本领吗?"裴长淮轻眯了一下眼睛。

辛妙如笑笑,却不在意此事:"杀人的本领又如何?他曾对我说过,他跟我们这等出身大富大贵的人不一样,摆在他面前的只有这一条生路,他没有选择,为着一饭之恩,也从不后悔。我认识王霄的时候,他正被仇家追杀,慌不择路的,竟逃到尚书府中,浑身血淋淋地从梁上掉下来,倒把我吓了一跳。我看他可怜,只照顾了他两日,又恐这人来路不明,给我们家招来灾祸,很快就将他送走了。可为着这两日的照拂,他竟一直铭记于心……有次我去云隐道观进香祈福,在道观中小住两日,夏夜里蚊虫叮咬得厉害,他悄悄在门上挂了一串醒香铃,又怕我以为是登徒子上门,还留了字条言明那东西的作用。他的字歪歪斜斜的,自是不比读书人,但一笔一画写得很认真。我那时候才知道,原来我走到哪里,他就会跟到哪里,什么也不说,也不肯见人,只在暗处藏着。有时候我唤他出来见面,他就躲得远远的,只让我知道他在。我笑他是个傻小子,救他就跟救个小猫小狗一样,可没图着回报,要他往后不必再来了,他总是不听,就这样一直守在我身后。

"不过有时候他会莫名其妙地消失一阵子,我知道,他是又去杀人了。或许我这样说话很自私,但那时我只盼着他早日杀了那人,平安回来。他在我身边的时候,还不觉得有什么,等他真走了,我才知道我是想见他的,世间有那么多的男子,可我只想见他……"

裴长淮无法认可辛妙如的私心,却是最懂得她这样的心意。

辛妙如继续道:"我一直怕王霄哪天就回不来了,很早便送了手帕给他。我不想他做杀手,我愿意跟他私奔到天涯海角,只要两个人能在一起,到哪里都可以,可他就是不肯。他说,只要他活着,就有还不完的恩情,有杀不完的仇家，我一个尚书府的千金，跟着他只会受苦。我说我不怕吃苦，他说他怕……"

辛妙如轻轻一笑，笑中有苦涩，也有甜蜜。

两人的关系一直这样僵持着，后来在京都一场诗会上，辛妙如认识了裴元茂，原本也有其他两位世家的公子。当时因为王霄不肯答应娶她，辛妙如存心想醋他一醋，知道王霄就在暗处守着，便故意与那些个公子生出亲密之举。裴元茂误以为辛妙如对自己有意，更是心动，又与她一同品鉴诗词品鉴了许久。

王霄瞧见了，自然不快，后来辛妙如独自走到无人的野亭当中，唤他出来相见。王霄不肯，辛妙如便装醉往湖里跌去，王霄一惊，立即现身将她拉了回来。

辛妙如知道有他在身边，自己绝对不会出事，醉笑着往他怀里凑，取笑他："不是不肯见我吗？"

王霄见她是故意，又恨她戏耍，绷着一张脸，只管沉默。

辛妙如在他怀中依偎了片刻，对他说："你不肯娶我，自有人肯娶。往后我的夫君抱我，亲我，难道你也要眼睁睁瞧着吗？"

王霄便说："小姐，你这样激我没用处，更不能拿自己的终身大事开玩笑。"

辛妙如眯着眼睛，笑道："哦，既然没用，你为什么不高兴？"

王霄别开目光，不说话了。她主动攀上王霄的肩颈，认真地望着他，说："傻小子，你听好，这是最后一次，往后你再没机会听我问了。你，到底愿不愿意娶我？"

王霄不敢答应，更不敢不答应。他想起方才在诗会上，那裴家的小公子生得俊朗干净，一身的贵气，自己与他更有云泥之别，心中说不出有多难受。他想着辛妙如那些话，想着她一旦成亲便要另属他人，她会跟其他的男人这样亲近，心中酸楚不已，一时竟连杀人的心都有了。他恐惧失去辛妙如，恐惧到了极点反而令他生出一股莫名的勇气，使他将辛妙如抱入怀中，第一次吻上她的嘴唇。

他说，他比世上任何一个人都盼望着娶她为妻。王霄决定再为他的恩公杀最后一人，然后就带着她远走高飞。往后的苦他一个人来承担，就算拼上性命，他也不会让辛妙如受一丝委屈。

辛妙如得了王霄这句承诺，日日欢天喜地，知道王霄是最守承诺的男人，什么都准备好了，却没想到有天看见王霄的头颅被悬挂在京都的城墙上。见到王霄尸首的那一刻，辛妙如几乎呕了出来，不是因为恶心，是因为痛苦。

"我那天扶着墙一路走回尚书府，每走一步，我都会想一次，我要为王霄报仇。"此刻，辛妙如将茶盏放到茶托中，奉给裴长淮，眉眼轻低，唇角微微含笑，貌似恭敬，眼神却冰冷一片，"小侯爷，有时候我会恨自己出生在尚书府，身份门第就像鸿沟一样隔在我和王霄之间；我也恨自己自幼学的是点茶刺绣，倘若我会使刀剑，今日我就能带一把匕首过来，杀了你，为他报仇，再自尽于此，不累及家人。"

裴长淮从她手中接过茶盏，平稳地放下，道："你杀不了本侯，所以就想着从元茂下手，你根本不喜欢他，是吗？"

"他有什么值得我喜欢的吗？"辛妙如笑着反问道，"他唯一可取之处，就是他的身份。裴元茂是你正则侯的逆鳞，你的软肋，我也想通了，直接杀掉你，又怎么足够？看到裴元茂神魂颠倒，看到小侯爷你丢了武陵军的执掌权，看到侯府一蹶不振，我才觉得痛快。"

裴长淮却对她这一番话并不生气，波澜不惊地回道："可单凭你一个闺阁中的女子，尚且做不到这一步。"

辛妙如望着他，笑容更深："我自有我的法子。"

"按理来说，你应该报复的人是北营都统赵昀才对，因为当日王霄刺杀的目标是他，可你却一口咬定他是死在我的剑下，是谁告诉你的？"

辛妙如道："侯爷该不会以为我会乖乖说出他的身份吧？"

"本侯不妨一猜。"裴长淮道，"我想，一直在暗中帮你的人便是王霄口中的那位恩公。"

辛妙如嗤笑道："这并不难猜。"

"他还是即将与辛小姐成亲的肃王府庶长公子，谢知章。"

辛妙如身形一滞，随即轻笑道："我常听父亲称赞，小侯爷聪秀质敏，晚生后辈中他最是欣赏你了。"

她既不否认，也没有承认，裴长淮却更加肯定，此事与谢知章脱不开关系。

当时裴长淮答应营救刘项时，刘安在得意忘形之际曾透露自己背后有高人指点。裴长淮设想这样一个"幕后之人"的存在，他知道王霄与辛妙如的私情，王霄死后，辛妙如一心想为王霄报仇，这人便有意利用辛妙如的仇恨，将矛头指向正则侯府。

辛妙如假意勾引裴元茂，与他在云隐道观私会，甚至不惜以自己的清白为筹码，设圈设套，只为拿住裴元茂一个天大的把柄。

这且是第一步。

再往后，刘安经幕后之人指点，伙同一群匪徒捉住在道观中私会的辛妙如与裴元茂，遂将二人绑架，以此要挟裴长淮去营救他父亲刘项。

刘安还以为自己是螳螂捕蝉，殊不知黄雀在后，那幕后之人从一开始就打算除掉刘安、刘项，一是为嫁祸裴长淮，二是为杀人灭口。

刘安一死，清楚幕后之人真面目的只剩下那群匪徒以及辛妙如，偏生又这么巧，肃王府的车马途经郊外，长公子谢知章救下辛妙如，不仅成就了一段英雄救美的佳话，还顺手将那些匪徒杀了个干干净净。裴长淮不相信这样的巧合，若不是巧合，那幕后之人很有可能就是谢知章。

这一套连环计，既令裴长淮一败涂地，还拆了正则侯府与尚书府的世交，谢知章更是借此机会与尚书府联上姻亲。

此人算得精、藏得深，最重要的是即便裴长淮猜到是他，手中也没有任何过硬的证据。

若非看到那一方手帕，裴长淮怎么也不会疑心到辛妙如身上，更不会疑心辛妙如背后的谢知章……要论不会疑心的原因，却也简单，裴长淮没想到辛妙如为了报仇，竟会拿清白之躯、婚姻大事作为筹码。

裴长淮沉声道："辛小姐，谢知章心机深沉，绝非你能驾驭之人，你为了报仇委身于他，倘若王霄泉下有知，必然会为你今日的选择而痛心。"

"痛心？死去的人还能痛心吗？"辛妙如笑得冰冷，讥讽道，"小侯爷啊，等你真心爱上一个人，你就会明白我的选择了。如果不能嫁给王霄，那么不论嫁给谁，都没有什么分别。"她微微颔首，起身穿上大氅，对裴长淮道，"还望小侯爷那日能来喝一杯喜酒，告辞。"

辛妙如将那方浸着王霄鲜血的手帕收好，转身离开了茶楼。

裴长淮静坐良久，将辛妙如奉上的那盏茶饮下，而后道："你都听见了？"

雅间的屏风后，慢吞吞地爬起来一个身影，走出来的人正是裴元茂。他面如死灰，双目里的神气溃散着，辛妙如的话犹在耳畔，也不知该做何感想。因经人宠惯着长大，裴元茂只要一遇到不如意的事，就会哭闹，如今苦到极致，却是知道哭也哭不出来的滋味了。

裴元茂苦笑道："三叔，我是不是像个笑话？又不知道天高地厚，还被人耍得团团转，自己丢脸也就算了，还害得你……害得侯府……"他鼻尖一酸，低声骂道，"我就是个大笨蛋，大傻瓜！"

裴长淮失笑一声，给裴元茂沏上一盏热茶，推到他面前："你还不算大，怎么说也只是个小笨蛋，小傻瓜。"

裴元茂只听裴长淮还如此打趣，并无怪罪之意，一时愧疚不已，又禁不住破涕为笑。他用袖口抹了抹眼泪，压下心头的酸楚与难过，道："三叔，这次都怪我不好，若是我恪守君子之礼，也不会让别人有可乘之机，你想怎么罚我，我都认。可是妙如……辛小姐她、她也是个可怜人，你放她一马，好吗？"

裴长淮不想裴元茂竟还会为她求情，沉吟片刻，抬手摸了摸裴元茂的头，微笑道："好孩子。"

倘若将此事捅破，便是要世人对着老尚书的脊梁骨指指点点，届时让辛家如何在京都立足？就算为着父亲与老尚书多年的交情，裴长淮也不想再追究下去。

裴元茂见他答应，当然欣喜，垂首思索了一会儿，又问道："可是，肃王府的大公子为甚要对付咱们侯府？我也不曾跟他们结过什么仇怨。"

"朝堂上的事，这跟你无关，不用多想，天塌了都还有三叔撑着。"裴长淮道，"今日让你过来，只是想让你清楚如今侯府的处境。元茂，裴家没有别人了……"他顿了顿，又觉余下的话说出来必定沉重，便没再继续说下去，用指腹在裴元茂的额头上抚了两下，笑道，"我怎么瞧着，你长得跟大哥越来越像了？"

裴元茂眉毛一扬："真的吗？哼，那自然是了。"他得意了一会儿，又很快变得怅然若失，"其实、其实我也想成为像我爹那样的英雄，可我做什么都做不好……"

195

"不晚。"裴长淮道,"如今我闲在府上,正好有时间教你学一学你爹的刀法。"

裴元茂高兴道:"好。"

事了以后,裴长淮令裴元茂先行回府去,他留在茶楼中又独坐了一会儿。

裴长淮百思不得其解的是,赵昀在这场连环计中究竟扮演什么角色。如今得知王霄便是谢知章豢养的死士之一,那么当日要刺杀赵昀的人就是谢知章。可他有什么理由非要除掉赵昀?赵昀又知不知道对付他的是肃王府?

裴长淮越想,心中越如乱麻一般,忽然间他心神又平定了下来,不由得暗道,赵昀如何,跟他有什么关系?他又管这些做什么?随即按下,不敢再想。

天一日一日转暖,裴长淮腿伤也一日一日见好,不久便能下地走路了。

近来肃王府和尚书府筹备喜宴,因为太师徐守拙做媒,徐世昌听从父亲的吩咐,也帮着肃王府打点聘礼,再在喜宴上张罗些娱戏。忙前忙后的,给徐世昌累得心烦意乱,不过父亲有意让他跟肃王府交好,他不敢马虎交差,倒也算尽心尽力。徐世昌贪欢爱玩,几日没抱着美人睡觉就难受,一到晚间,便拉了赵昀去芙蓉楼喝酒。

赵昀在北营还有些公务需要处理,只让徐世昌先行一步,等晚些时候他再过去。

徐世昌知道赵昀是淮水人氏,特地将那些唱淮水调的小娘子请来,给赵昀听一听乡音,陪他喝一喝小酒。

万事预备妥当,天色刚暗下来,芙蓉楼下一阵嘚嘚的马蹄声由远及近。

赵昀翻身下马,将马鞭随手扔给迎上来的小厮。

"将军。"小厮慌乱着接住马鞭,抱在怀里,恭敬地引赵昀上楼。

徐世昌一听到脚步声,就知是赵昀来了,转身正见他走进来。赵昀身上还穿着银色的轻甲,此时将头盔一摘,鬓边几缕头发散下来,薄红的嘴唇,漆黑的眉目,潇洒英俊,端的如天神一般。这若是换了其他人,徐世昌还有闲心称赞一声好俊,但对赵昀,却提不起胆子去欣赏他的英姿。

"揽明兄,来。"徐世昌忙请他入座。

酒已经温好,徐世昌给赵昀倒上酒,酒过三巡,徐世昌就不禁抱怨起肃王府的苦差事。

"谢知章娶亲，用得着我一个外人去张罗吗？也是我倒霉，正赶上肃王妃身子不好，还有谢知钧那个王八犊子，又不知道作了什么孽，我那日撞见他上半身缠得严严实实的，可能是伤到哪里了，看着怪可怕的。他最近刚见好，也办不成什么大事。"

他讨厌谢知钧，说话也很不客气。

"谢知钧？"

赵昀握着酒盏的手一顿，上次听着谢知钧的名号还是在澜沧苑，这厮给裴昱下了一味烈药，险些将他折腾死。

徐世昌见赵昀脸色阴沉，似乎不怎么高兴，也懒得再吐苦水，随即招来那些个莺莺燕燕，陪二人喝酒助兴。

这厢徐世昌正就着红酥手，咬住琉璃酒盏，一边乱笑一边任由酒水淌进嘴中，忽然间听得外头传来一道清淡的声音，打乱了这一厢的盈盈笑语。

"锦麟。"裴长淮转着手中玉笛，敛入腰间，刚一越过屏风，便猝不及防地撞进赵昀视线当中，轻淡的笑容一下僵在唇角。

赵昀却笑容渐深，人仰在温香软玉当中，一双风流眼轻佻地打量着裴长淮。

第十三篇章
玉笛引

裴昱，我是谁？我是谁？

徐世昌一见是裴长淮，嘴里美人喂的酒都不香了。

在他眼里，裴长淮俊雅出尘、通身正派，就算落入这纸醉金迷的销魂窟中，亦是出淤泥而不染。自己这寻欢作乐的姿态，一给裴长淮瞧去，徐世昌就禁不住自惭形秽。

裴长淮没再近前，徐世昌还以为他讨厌莺莺燕燕吵闹，忙将左右推开，挥手遣她们下去："走走走，各自领赏去吧。请管事的再温两壶好酒，也将琴师一并唤到，其余闲杂人等别来扰兴。"

裴长淮道："不用，我这便走了。"

徐世昌忙起身过去拉住裴长淮的衣袖："别啊，长淮哥哥，我正想见你，难得来一次，怎么说也要陪我喝两杯。今日揽明兄也在，岂不更热闹啦？"

徐世昌是觉得，纵然裴长淮和赵昀两人在北营分庭抗礼，也都是为了社稷，彼此间没什么私仇，朝堂上各执己见，朝堂下也能一团和气的，这样就再好不过了。何况上次在北营武搏会，赵昀一举夺下金刀，事后还送给裴长淮以示友好，分明是能做朋友的。

裴长淮被强拉着，按到座位上。

徐世昌坐在二人中间，先给裴长淮添了一杯酒，自己也端起酒盏，热切地说道："哥哥，你腿伤好些了吗？"

"还好。"裴长淮有些心不在焉，与他碰了碰酒盏，随意抿了一口，抬眉时不经意掠过一侧的赵昀。赵昀也在看着他，眼神放肆直白，不带任何掩饰，又因目光中泛着醉色，却也不显得唐突。

裴长淮很快移开视线，权当没有看见。

徐世昌浑然不觉眼下氛围哪里不对，自顾自地说道："刚听揽明说起，皇上已经指派北营着手准备春猎围场的事了。等过几天我去宫里陪皇上下两盘棋，我一输，皇上就高兴了，到时我求他开恩，准你随驾，我们一同玩玩去。"

他语气随意，仿佛进出皇宫亦是寻常不过的事。徐世昌自然也是有这样的资格。赵昀早有耳闻，太师徐守拙本有个妹妹，貌似在崇昭皇帝还是太子时，就嫁给了他做侧妃，后来在崇昭皇帝登基那一年，这女子难产身亡，崇昭皇帝悲痛万分，追封她为贵妃，翌年又亲定复谥"静和"，再追封为皇贵妃，令其享尽哀荣。论辈分，崇昭皇帝算是徐世昌的姑父。

不过徐太师曾在朝堂上义正词严地说，贵妃对大梁无功无德，不宜追封，更不许徐家任何子弟以皇亲国戚自居。曾经就有徐家旁支的孩子在经营丝绸生意时，为了压价提过皇贵妃的名号，此事给徐守拙知晓，徐守拙竟直接下令打死了那人。

徐家自己都不提皇贵妃的事，别人更不敢说了。

徐世昌也从不敢真当皇帝是姑父，倒是崇昭皇帝算疼爱他，徐世昌"小太岁"这一诨号还是崇昭皇帝先戏说出口的，因此他在皇上面前也算能说得上话。

那厢徐世昌还在宽慰裴长淮。

"你只将伤势养好，其余的事别太担心，如今就是为着刘项的事，他不得不做些表面功夫，平一平众怒，皇上心底还是信任你的。你忘了，以前春猎，哪一次皇上不是点名要你去随侍？"他露齿笑出来，"反正有我呢，肯定要你也去。这次围场里放了不少兔子，以前从隽去，常捉了小野兔给你养着玩儿，那竹笼陷阱我也会制，不如……"

赵昀转着酒杯，搁到徐世昌面前，戏谑道："锦麟，是不是小侯爷一来，你眼中便容不下旁人了？你再只顾着陪他，我可要走了。"

"哪能！"徐世昌忙给赵昀添上酒，笑道，"好哥哥，怎么说得我像薄情寡义的负心人？"

赵昀哼笑一声："难道不是吗？"

这话分明是对徐世昌说的，裴长淮却只觉得字句里都带有锋芒，而锋芒全向着他。裴长淮微咳了两下，只顾饮酒。徐世昌只好两厢作陪，没多久就喝得酩酊大醉，醉后又发起疯来，非要喊人一起来玩捉迷藏。他还要拉上裴长淮，裴长淮再三推却。

"你看你总端着，太端着了，有什么意思？"他一喝醉，说话就没分寸起来，手也不规矩，将那长长的白纱系到裴长淮眼睛上。

"锦麟？"

"好了，不许动！"徐世昌按住裴长淮的手。

裴长淮怕他不依不饶地撒泼，只好先听他说。

"其实你就是少个美人陪你，待有了之后，你就知其中的妙处何在了。"徐世昌醉醺醺道，"长淮哥哥，不如今日就捉个美人回去。这个好不好啊？"

说着，徐世昌就推了一个貌美的佳人过来，那女子也是猝不及防，身姿又纤弱，踉跄跌向裴长淮。裴长淮虽目不能视，但还有些耳力，稳稳地扶住那佳人，举止却是极为君子，只将她扶正站好，便斥向徐世昌道："锦麟，别胡闹。"

徐世昌也不知天南地北，只管尽兴玩乐，将人胡乱推一通，旋即又把一个漂亮的姑娘推过来。赵昀过去拎起徐世昌的衣领，将他交给芙蓉楼里的小厮和角妓。

"他喝醉了，扶他下去醒酒。"赵昀道。

"是，是。"

徐世昌叫嚷着"没醉、没醉"，但手脚俱软，神志迷离，经人架着离开了此处。

芙蓉楼人声鼎沸、喧哗热闹，但这房中却是一片沉默，诡异的沉默。

裴长淮莫名不自在起来，亦不想多待，理了理衣袖，道："告辞。"

赵昀侧身挪了一步，正好挡住他的去路，裴长淮换到另一侧，赵昀紧接着又挡住了他。

裴长淮一时急恼："你做什么？"

赵昀却貌似无辜的样子："你走啊。"

裴长淮看他是存心挑衅，就想找他不痛快，抬手一掌就往赵昀胸膛上打去。赵昀侧身一避，裴长淮欲趁机离去，又给赵昀擒上手腕，缠住步伐。两人一拳一脚，你来我往，因都不曾下狠手，便打得不分胜负。只是裴长淮给他缠得寸步难行,心火渐起,喝道:"赵昀!"

赵昀往后撤时趁机摸走他腰间的玉笛,在手中行云流水般转了一转,负到身后去。裴长淮沉声道:"还给我。"

赵昀低头看着手上的玉笛,指腹在吹孔上抚了两遭。裴长淮正要再出手夺回,赵昀却将玉笛扔了回来。裴长淮接住,有些诧异赵昀竟如此轻而易举地罢手,心里莫名一松,抬步离去,刚走两步,赵昀抬臂往落地罩上一架,半边身子又拦住他的去路,低低道:"你怕我?"

他说话有些含混不清,便知是醉极了。

裴长淮方才喝得很克制,只有轻微的醉意,正色道:"赵昀,倘若你想打架,本侯奉陪。"

"小侯爷都不敢看我。"

裴长淮一蹙眉尖,瞪向他:"因为本侯不想跟一个醉鬼计较,让开。"忽地他又跟想起了什么似的,沉吟片刻后,决定还是提点一句:"小心肃王府。"

赵昀神色一变,捉住裴长淮的袖口,道:"你……知道了什么?"

"长街刺杀或许与肃王府有关。"裴长淮敏锐地看出赵昀反应不太寻常,道,"你这般反应,难道是不想让本侯知道什么?"

赵昀听他是指长街刺杀一事,神态又恢复如初,笑了笑,说:"侯爷不想着你的谢从隽,怎么对我赵揽兴感兴趣起来了?"

裴长淮见他又矜起假面,以虚情待人,冷声道:"没兴趣。"他以玉笛抵开赵昀,正要出门去,赵昀却从后方扳过他的肩膀,裴长淮挣动两下,却挣脱不开:"赵昀!"

"裴昱,你当真想一刀两断,就不该一而再、再而三地心软。"赵昀还似那样风流地笑,但如今因恨着裴长淮,笑时总多了些隐隐的冷意,连声音亦是如此,"我死不死的,又关你什么事?"

裴长淮回答不上来。

"怎么不说啊?"

裴长淮用玉笛挡住赵昀,好久,才道:"从前我大哥对你不住,今日之后,本侯不再欠你半分。"

赵昀冷笑一声："一会儿是因为谢从隽，一会儿又是因为你兄长，那我呢？没有他们，我在你眼里又算什么？"

裴长淮手心里隐隐冒汗，仿佛赵昀只用三言两语就将他逼入穷巷。

他口中没有答案，只想逃。

"你喝醉了。"裴长淮搪塞一句，赵昀深深地望着他。

"小侯爷说得对，天底下没有比我更醉的人了。"他笑得漫不经心，"正好趁醉，我要问一问你。"

裴长淮一抬眼，便对上赵昀深黑的目光，一时心乱如麻间，紧紧攥着玉笛，手心冒汗。赵昀居高临下地审视着裴长淮，越看，裴长淮越心惊胆战。

赵昀失笑一声，也不咄咄逼人，只看着他。

赵昀心里还带着恨。

他自然恨裴长淮，无法不恨，一提起谢从隽，赵昀就恨得发疯。赵昀虽出身微末，但只要想得到什么，无有得不到的。不想竟在他最是春风得意之际，遇上一个谢从隽，在裴长淮眼中，他连跟此人相提并论的资格都没有。赵昀不曾在任何一个对手面前这样的挫败，这样的沮丧。

裴长淮天生一股矜贵，尘埃与卑劣不染他的眼，以往裴长淮总喜欢目不转睛地逐着他的身影，赵昀从前心头欢喜，如今只觉可笑。谁知道他真正在看的是谁？

赵昀凑近问："裴昱，我是谁？"

第十四篇章
故人心

我家是正则侯府，
我叫裴昱。

徐世昌一觉睡到天明，醒来后有些头疼，人也没什么精神，芙蓉楼里的小厮伺候他更衣。徐世昌穿绛红袍，系白玉带，似是脂粉堆出来的锦绣儿郎。

小厮给他系好腰带，又奉承道："爷这腰带上的玉可真好看。"

"喜欢呀？"徐世昌笑了一声，将腰带扯下，丢到他怀里。"给，拿你的汗巾子换。"

小厮受宠若惊，连连谢恩，解下自己腰间的葱青汗巾给了徐世昌。徐世昌用白玉带换了根汗巾子，看小厮欢喜了，自己竟比他还要高兴。

待换好衣裳，徐世昌出门去，迎头碰上从房中出来的赵昀，刚想同他细问昨晚发生了什么，害怕自己趁醉在这芙蓉楼中做出什么太过出格的荒唐事，丢了太师府的颜面，但转头又记起肃王府的差事来，急忙跟赵昀道了辞，匆匆去了。

马车缓缓停在肃王府外，徐世昌跳了车，先去拜见肃王爷，又去看了长公子谢知章，碰上他正试喜服，四位绣娘服侍在侧——貌容白皙，红袍灼目。

徐世昌拱手笑道："当真是人逢喜事精神爽，哥哥这连喜袍都穿上了，可见多想将辛家小姐娶进门。到了良辰吉日，我可要跟哥哥多讨两杯喜酒喝。"

谢知章微笑道："锦麟，你来了。"

徐世昌坐下喝茶，随口跟他攀谈着，眼睛瞧着他院中下人忙进忙出的，这个庶出长公子的待遇丝毫不亚于世子。且说这次谢知章娶亲，排场大得，哪怕是世子爷谢知钧也不过如此了。这也全仰赖肃王与肃王妃。

说起这肃王夫妇，徐世昌也是有所耳闻。

肃王与王妃幼年结识，二人青梅竹马，情分匪浅，尽管当时的太后很看不上王妃的门第，但到她及笄那年，肃王还是力排众议，将她迎为正妻。王妃年轻时身子羸弱，过门七年而无所出，肃王虽对王妃情深义重，从无二心，可王妃始终因为无法为肃王绵延子嗣而愧疚不已。

后来王妃亲自做主为肃王纳了一房妾室，对方乃清流出身的女子柳氏，柳氏过门不到三年，便先后为肃王生下两个儿子，长子早夭，按下不提，次子便是谢知章了。

谢知章长到两岁时，生母柳氏病故，他自小就养在肃王妃膝下，得肃王妃疼爱。后来，肃王不知从哪里找到一个医术高明的老道人，为王妃医治不孕之症，王妃按照老道的法子调养半年，果真怀上了身孕。

肃王喜出望外，大大地行赏一番，京中人人皆知肃王有多期盼这个孩子。

王妃怀胎十月，辛辛苦苦诞下麟儿，肃王府这才算有了一个名正言顺的嫡长子，便是谢知钧。因这孩子来得十分不易，肃王夫妇对之异常宠爱，却也不曾因此薄待了谢知章。谢知章小时候是个不善言辞的，身边没有个玩伴，很是羡慕别人家有手足兄弟，自打幼弟出生以后，连书也不大爱读了，成日就爱抱着谢知钧玩儿。

王府上下其乐融融，说不出有多和美，虽然徐世昌跟肃王府的这两位公子不怎么交好，心底却很羡慕他们。

二人天南地北地闲谈着，门外进来一个婢女，凑到谢知章身边说了两句话。

谢知章听后点点头，遣她下去，又对徐世昌说："锦麟，闻沧前些日害了风寒，身体一直不好，眼下大夫来号脉，这事交给下人，我总不放心，想亲自过去瞧瞧，恕我招呼不周。"

徐世昌巴不得赶紧溜号，笑道："哪里哪里？当然是世子爷更重要些。哥哥，你不用管我了，我喝完这盏茶就走。"

谢知章道谢，形迹匆匆地去了谢知钧的住处。

除了大夫和谢知钧，房中再无他人，谢知钧背对着坐在床边，上半身刚揭了绷带。谢知章走过来，看他肋下横着一道剑伤，虽然大好，仍旧心有余悸。

大夫给他换过药以后，道："世子爷多福多寿，已经好得差不多了，小的再下两副调养的方子，配着去疤的药膏一起涂，不出半月也就好了。"

谢知章过去跟大夫仔细问过药理中的忌讳，一一记在心间，完后又赏他一锭金子，要他知道什么该说什么不该说。

那大夫捧着金锭，喜笑颜开，满口答应。

回到房中，谢知钧披上薄薄的春衫，敞着怀，仰躺在床榻上。

"也不怕着凉。"

谢知章走过去，伸手帮他系上衣衫。

"你真的太冲动了。"他一边系一边说，"要不是手下人认出王霄的头颅，提前将此事告知了我，我都不知你竟带人去刺杀赵昀。父王与太师何等关系，赵昀又是太师的学生，你无端端非要杀他做什么？"

谢知钧不耐烦听他说教，夺过他手中的衣带，自己草草系上。

当日在澜沧苑，他醒过神后，本有心向裴长淮赔罪，不想竟在游廊中远远看见裴长淮被赵昀救走，那赵昀长了一张跟谢从隽相像的脸，更令他讨厌。谢知钧素来恣意随心，讨厌的人就一定要他死。可恨长街那次刺杀未能杀了赵昀，还一时失手伤了裴长淮……这都是赵昀的错。若非裴长淮来救赵昀，他也不会不小心刺伤了裴长淮。

谢知钧握紧拳头，道："我看到赵昀那张脸就讨厌，这个人我一定要杀！哥哥倘若是来问罪的，如今也晚了些。"

"同你好好说话，怎么就成问罪了？"谢知章叹了一口气，很快服软道，"好了，好了。那赵昀左不过就是一介贱民，太师府用来制衡裴昱的棋子罢了，你想杀他容易，可眼下不是时机，他还有大用处，等以后哥哥替你料理他。"他看着谢知钧受伤的胸口，眼睛沉了沉，"你放心，我一定不会让他好过。"

谢知钧道："大哥要是真有心，就替我查清楚赵昀的身份。"

谢知章叹道："太师将他抬到如今的地位，岂能不查清楚他的来历？赵昀的身世，大哥都一一告诉你了，可你偏偏不信。"

谢知钧道："当日在长街，我跟他交过手，他使出了清狂客的剑法……不，是谢从隽的剑法！天底下相像之人很多，可剑法却是独一无二的，他一定跟谢从隽有莫大的关系，接近长淮也一定不安好心。"

他越想，就越觉得蹊跷，蹬上黑靴，起身就要走："不行，我要去告诉长淮。"

"我看你就是疑神疑鬼！"谢知章一把按住他，脸色微变，道，"多少年了，你还是执迷不悟！闻沧，你扪心自问，你真的想杀赵昀吗？你跟赵昀无冤无仇，杀他，还不是因为裴昱！就算你杀再多的人有什么用，你跟裴昱已经回不到从前了。"

谢知钧的眼睛一寸一寸冷了下去："谢知章，我劝你闭嘴。"

"怎的，身为你大哥，我连说一句都不行吗？你为裴昱做过那么多傻事，他在乎过吗？"

在谢知钧胸口那道新的剑伤之下，还有一道旧剑伤，只有谢知章知道他是怎么伤的。

当年谢知钧还被幽拘在道观中，消息闭塞不灵，裴昱的兄长接连战死后，朝中误传裴昱被皇上任命为先锋、陪同老侯爷率兵驰援一事，传到了谢知钧耳中，他便连夜逃离道观，只身前往走马川，就为再见裴昱一面，护他周全。谢知章得知弟弟竟敢违抗皇命，私自离开道观，火速带人追赶。当时边疆战事吃紧，走马川周边的城池到处烽火连天，谢知钧四处打听裴家军所在，行为显眼，被一队北羌士兵认出是梁国人，且他腰悬宝剑，并非平头百姓，双方当即就交起手来。对方人多势众，谢知钧不慎中了一剑，眼见不敌，只得且战且退，好在谢知章及时赶到，这才救下他一条性命。当时哪怕再晚一刻，谢知钧会如何，谢知章连想都不敢想。他心疼自己的弟弟，越心疼他，就越恨裴昱。

谢知章咬牙道："与其看你一错再错，我还不如先杀了裴昱！"

"你敢！"

谢知钧猝然出手，掐住谢知章的脖子，把他按倒在床上。谢知钧双目布满血丝，表情越来越痛苦，也越来越狰狞："谢知章，你敢碰他一下！"

喉咙受扼，谢知章的脸迅速涨红，他攥住谢知钧的手腕，身体痉挛一般地挣扎着，窒息的痛苦让他五官逐渐扭曲。就在他几乎快要昏厥的那一刻，谢知钧一咬牙，还是收了手，将他从床上拽起来，推到地上去："滚！"

随着他一松手，空气一下灌入喉管，谢知章捂住自己的喉咙，剧烈地咳嗽着，好久才停下来，声音已经嘶哑得不成样子。谢知章苦笑一声："连我你都想杀？"

谢知钧此刻只觉头疼欲裂，手死死抵着额头，沉声道："我让你滚。"

"罢了。"

谢知章早就知道，谢知钧偏执，越是得不到的东西就越想得到，或许等得到以后，反而就会逐渐失去兴趣。身为兄长，谢知章又怎舍得看他一直如此痛苦？

谢知章平复了一口气，站起来，掸了掸衣袍，道："你要想见他，眼下是最好的时机。"

"什么意思？"谢知钧轻轻一眯眼。

谢知章继续道："这些日子你一直将养在府上，伤势时好时坏，我就没让属下告诉你。先前赵昀以贪墨之罪抓了刘项，想利用他攀咬出北营其他的将臣，裴昱为了从赵昀手下保全那些老将，私自处置了刘项父子，后又去皇宫请罪。"

谢知章自然不会说这背后有他在推波助澜，只将在世人眼中的表象告知谢知钧，却也足以令他大惊。

谢知钧狠狠一皱眉："请罪？那皇上……"

"你放心，他虽去请罪，却正合皇上的心意，毕竟皇上还要用人，假使那些老将旧臣都让赵昀一个一个扳倒，武陵军岂非要变成赵昀的天下？所以皇上没有深究裴昱的罪过，只是不许他再去管武陵军的事，爵位还在。"

谢知钧下意识地松了一口气："那就好。"

谢知章见他为裴昱如此，心上与喉咙一样难受。他去倒了一杯冷茶，压了两口嘴里的血腥气，再道："人人都知道，赵昀跟裴昱在北营斗得你死我活，倘若赵昀真跟谢从隽有什么关系，以谢从隽的性情，他会舍得裴昱受这么大的罪吗？我说你疑神疑鬼，你还不承认？"

谢知钧确实难以相信。

一直被他视为眼中钉、肉中刺的谢从隽，在京都子弟中卓然超群的谢从隽，竟然会死在走马川的战场上，就好似星辰坠落，那么不可能却又那么轻易地死了。或许是他以前将谢从隽看得太高了，他本没有那么不可战胜。

"如今侯府失势，京城中人惯会捧高踩低，锦上添花易，雪中送炭难，你想与裴昱修好,那就去侯府见一见他吧。"

谢知钧听后,立刻穿上黑衫金靴,准备去侯府。谢知章怕他冷着,取来一件银灰色的披风给他。离得近了,谢知钧能看到谢知章脖子上瘀红的指痕,他谈不上有多愧疚,但又觉得自己该说些什么,片刻后,他低声道:"刚才,对不起。"

谢知章听他似有求和之意,微微笑道:"我们兄弟之间还用说这三个字吗?"

他抬手帮谢知钧系着披风上的领带,道:"闻沧,你记不记得小时候,有一年除夕,宫里的皇子们来王府拜年。他们把你拉过去,私下嘲笑我是庶出,让你少与我在一处厮混。那时候我听他们讥笑,吓得手脚僵硬,脑海里一片空白,可你推开那些人,扑到我怀里来,你说我就是你的亲兄长,一生一世都不会变,还拉着我去堂前,在众目睽睽下恳求父王封我做世子,否则你也不想做什么世子了……"

说着,谢知章淡淡一笑,道:"当时我就对自己发誓,这是我唯一的亲弟弟,以后他想要什么,我这个做大哥都得拿给他。"

那样小的事,谢知钧记不太清了,不过自他有记忆起,谢知章确实对他是无有不应的。

谢知钧也不会说感激之言,只看谢知章身上还穿着喜袍,道:"你快成亲了,还没恭喜你。"

谢知章轻笑道:"既要恭喜,成亲那日记得多帮大哥挡两杯酒。"

"知道你酒量小,我会护着你的。"谢知钧唇角有笑,凤目轻眯了眯,随即意气风发地出门去了正则侯府。

倘若递交拜帖,裴长淮多半不会答应见客,谢知钧索性从后院直接翻进侯府中,谢知钧步伐轻盈,一路躲开侯府的卫兵,朝着裴长淮居处走去。这一路上,谢知钧心底回想着自己大哥那一番话,虽然不太记得这回事,但想来自己做出那等举止也没什么奇怪的。他素来最恨捧高踩低之人。

谢知钧从小受父王和王妃宠爱,贴身服侍的下人就有十多个。谢知钧幼年性格顽劣,不过他却当身边那些下人是最好的玩伴,小孩子不知分寸,想与朋友亲近,却是以戏弄他们取乐。

那些下人当着他的面自然是百般奉承，遭了打也笑着说是谢知钧的恩赐，谢知钧年纪小，还真心以为他们将自己奉为明珠珍宝，这辈子离了自己不可。

直到那日他被皇上赏赐一斛玛瑙石，走去下人住的院里，想丢给他们去抢，不想无意中听到那些人在窃窃私语，说他性格恶劣不堪，倘若他不是肃王世子，没有人能忍受这样的主子……谢知钧听后大怒，一气之下将近身服侍的十三人全都乱棍打死，他小小年纪，看那些活生生的人被打得皮开肉绽，哭声求饶，竟不觉一丝害怕，只觉痛快。

自打那之后，他就不爱人贴身服侍，凡事亲力亲为，无聊了就时常穿下人的衣服跑出府去，有段时间还爱扮作小乞丐，跟着其他乞丐，去澜沧苑周围讨饭吃。

澜沧苑进进出出的都是京城里的达官贵人，其中不乏新进京的官员，就有那么一两个不长眼的，认不出肃王世子，嫌要饭的身上脏，唾他口水，踹他一脚，让他滚远一些。谢知钧倒在地上，捂着发疼的肚子，笑得差点儿流出眼泪，随后拿出王府的令牌丢给他。

那官员一看，得知他是肃王世子，立即跌在地上，像狗一样跪在他面前求饶，痛哭流涕，后悔不已。看他们一前一后截然不同的嘴脸，谢知钧觉得没有比这更可笑的事，他在其中找到很多乐趣，且乐此不疲。

后来有一天，他看到澜沧苑外停了一辆华丽的马车，很是眼生，旁人告诉他这马车是属于新进京任职的御史中丞陈文正。谢知钧一下又起了玩心，在脸上抹了两把灰，东撞西窜地挤过人群，一下扒上马车。他晃荡着装有两个铜钱的破碗，喊道："大人，求个赏，可怜可怜我呀！"

帘子一掀，里头坐着的不是陈文正，而是一个粉雕玉琢的小公子，他漆黑的发辫上攒着一颗明亮的玉珠，身穿竹叶水墨纹的纱袍，腰系玉带，脚踏银靴，且看装束便是一派的娇贵。谢知钧见他长得明眸皓齿、玉雪可爱，似是画中走出来的小仙君一般，略略怔了怔神。那少年也给他吓了一跳，好几次想说些什么，却没能说出来。

随着马车的侍卫一把携住谢知钧的腰，斥道："哪里来的小乞丐，快走快走！"

谢知钧挣扎了两下，那小公子忙从马车上下来，说道："别这样，别这样，你们把他放下。"

那侍卫不敢违抗主子的命令，只好将谢知钧放了下来。小公子左看看、右看看，似乎也有点儿不知所措，最后将发上的玉珠摘下来，小心翼翼地搁在那口破碗里。

"给你。"他声音很小。

谢知钧看他如此怯生生的，似乎从没出过府，也不知是哪个官宦人家的儿郎，觉得好玩至极，就说："不够不够，我要好多！我正饿了呢！"

一旁的侍卫看不下去了："你这小子，到底识不识货，知不知道这珠子够你吃多少？"

谢知钧哼道："没见识的东西，倘若要吃山珍海味，这自然不够吃一顿的。"

侍卫见他分明贪得无厌，欲打发了他，那小公子却道："我没有带很多，你先拿着这些，如果、如果你又饿了，可以去我家中找我。"

谢知钧拉住他的袖子，不放他走："你说得轻巧，谁知你是不是随便说个地方诓骗我呢？"

那小公子一时急道："我从不骗人！"

谢知钧道："那好，你说吧，你住在哪里，姓甚名谁？"

"我家是正则侯府，我叫裴昱。"

裴长淮幼时身体娇弱，不曾出过府门，与谢知钧彼此都知京都有这么一个人，却还是第一次见面。

翌日，谢知钧就以肃王府的名义去给正则侯府递了拜帖，裴家大郎裴文亲自待客。可谢知钧一进侯府，指名道姓要见裴昱。

裴文对这位肃王世子的性情早有耳闻，还以为三郎无意中惹了他的恼，他这是上门算账来了，不料裴长淮刚走进客厅，谢知钧就飞过去，一下扑到他身上，紧紧抱住他。

"阿昱，我来找你了！"

他略略笑着，搂着他时，还用鼻尖蹭了蹭裴长淮的脸蛋。裴长淮起初没认出来他是谁，很快将他推开，看了好一会儿才依稀看出他是那日要饭的小乞丐。

213

谢知钧容貌更似肃王妃，换上锦衣华服，越发俊美，只是眉眼天生一股傲气，就连俊都俊得咄咄逼人。

裴文看肃王世子与三郎亲昵无间，一时奇怪，问二人如何相识。谢知钧拉着裴长淮的手，说是秘密，不准裴长淮讲给别人听。裴文笑起来，心道他又算哪门子的外人？

不过他没再追问，既然谢知钧是来见裴长淮的，这待客的重任自然就落到他的肩上。裴长淮带着谢知钧去游园，交谈间才知谢知钧本是肃王世子，当日扮作小乞丐只图好玩儿。虽说如此，但裴长淮不喜欢说谎的人，当时年纪小，也不会藏心思，脸色很快就冷淡下来，并挣开了与谢知钧相握的手。

裴长淮道："君子重诺，你骗人不对。"

谢知钧看他像是生气了，继续扯谎道："我是因与父母不和才去当小乞丐的，只想惹他们心疼，又没做坏事。"

他说谎如同信手拈来，眼也不眨，脸也不红。裴长淮竟也轻易相信了，还心疼他为了这样的小事让自己吃苦受罪。谢知钧是裴长淮交到的第一个朋友，两人起初也是形影不离，交情日益笃深。

后来圣上命人建立鸣鼎书院，专供京都官家子弟读书。谢知钧到了入学的年纪，便求父王出面，去请裴长淮做他的伴读，与他一同念书。裴承景不太想让裴家的孩子跟皇室子弟交往过密。裴昱与肃王世子交好，放在他们眼中只是少年情意，但若放到两家来看，肃王府和侯府有勾扯牵连，乃是大忌大讳，但挨不过肃王亲自来府上请，裴承景最后也不得不应允了此事。

裴家是将门，裴承景一心想将裴长淮培养成将才，只是裴长淮心肠太软，自幼不爱打打杀杀，如今有机会去书院念书，不用被父兄看着练武，心底自然欣喜。

入书院前一天，谢知钧约裴长淮去澜沧苑踏青，看看东苑中怒放的玉兰花。裴长淮趁机送了谢知钧一把折扇，以谢他带自己进鸣鼎书院。谢知钧看那扇面上的词是裴长淮所书，还用了很罕见的雪浪纸，纸面用玫瑰油熏过，扇一扇就能闻见花的香气，做得极有心意。他小心收好，又说："除了这个，还有没有别的了？"

裴长淮一听，以为他不喜欢，心底有些难过和愧疚，道："你还想要什么？"

谢知钧貌似正经地想了一会儿，说："我要你发誓，永永远远做我的朋友，永永远远不分开。"

"这还需要发誓吗？"裴长淮眼睛亮亮的，道，"我们是朋友，自然永远不会分开。"

谢知钧道："你不骗我？"

裴长淮举起手发誓，认真地看着他，道："我不骗人。"

谢知钧喜欢裴昱的好，他待人温柔，诚实，重情重义，实在挑不出有什么缺点，但有时候一个好人又是那么可恨、可恶！

入鸣鼎书院后，裴长淮认识了许多与他年龄相仿、脾性相投之人，有徐世昌这般高门大户的子弟，也有不知哪个人带来的书童，连个姓氏都不配有，只会说两句文绉绉的话就能哄得裴长淮与他交好。

朋友知己多了，裴长淮便时常跟别人在一处玩，谢知钧很不痛快，满心都是无处发泄的怒火。直至有一日，他看见书院一个伴读小厮腰间别着一把折扇，与他的相仿，拦下来仔细看过，果真是出自裴长淮之手。

谢知钧怒不可遏，一下将扇子撕得粉碎。

那小厮见爱物被毁，哭着还要争回来，谢知钧一个窝心脚将他踹翻在地，骂道："凭你也配！你也配！"

他再一次记起了幼时被贴身仆从背叛的耻辱，一把抓起那小厮的头发，拖着他去到无人之处，找来一根挂刺的藤条，直打得那小厮皮开肉绽、满身血水，不一会儿就昏了过去。

谢知钧狰狞着一张脸，命人找裴长淮过来。裴长淮起先不知发生了什么，欢喜地前来赴约，直到他看见那地上浑身血淋淋的人，当即僵住了步伐，一下从头凉到脚。

"阿昱，你知不知道我为什么打他？"谢知钧笑着，漆黑的眼轮中却有着不符合他年纪的冷漠。

裴长淮没见过这个模样的谢知钧，一时六神无主，摇了摇头。

"因为你啊。"谢知钧将那把被撕烂的折扇交到裴长淮手上，"裴昱，你要记住，他是因为你才会变成这样的，你不该对他好，也不该拿送我的东西再送给他。"

裴长淮脸色苍白："扇子是我想送的，你如果对我有恨，可以直接冲着我来，你为什么、为什么要这么做？你怎么能……"

"我怎么会恨你呢？你跟他不一样。"

裴长淮问："有什么不一样？"

"你将来会明白，你跟他有什么不一样。"

谢知钧动了动手指，跟随他的奴才端着一盆乌糟糟的盐水上前。

裴长淮想到他们要做什么，情急要拦，却被谢知钧一把抓住腰带。他慢了一步，那盆污水猛地往那小厮身上一泼，顿时，那小厮撕心裂肺地喊叫起来，不住地在地上来回打滚。裴长淮被眼前这惨状吓得手足无措，腿上一软，一下跌跪在地。那人如同落入地狱一般地惨叫着，不断地惨叫着，谢知钧却长出一口恶气，痛快地大笑起来。

裴长淮清楚地听着这一笑一哭，痛苦地跪在地上，双手捂住自己的耳朵，身子缩成小小的一团。

谢知钧抚在他的肩膀上，问："我跟你说的话，你记住了吗？"

裴长淮眼中泛出泪水，几乎是在恳求道："别这样，别这样……"

谢知钧享受裴长淮对他的恐惧，因为只有恐惧才能让他清醒，知道什么该做什么不该做。那小厮最后都没能活成，才十三四岁的年纪，因为一把扇子就丧了命。从那之后，裴长淮一看到谢知钧，就记起小厮那一双充满死气的眼睛，自此打从心底畏惧谢知钧。

往后在鸣鼎书院，他似影子一样随在谢知钧身边，陪他读书习字。

谢知钧看他乖顺起来，比从前安静听话不少，心下更满意。他还警告书院里的其他人少与裴长淮来往，同窗好友大都畏惧肃王府的这位世子爷，也逐渐淡了与裴长淮的关系，唯独一个徐世昌还是像往常一样缠着他，不曾与他生分。

谢知钧虽说讨厌徐世昌成日叽叽喳喳的，但念在他是太师之子，加上有他在时，裴长淮总是笑容多一些，便也随他去了。

久而久之，裴长淮在鸣鼎书院时有了些美名，许多掌教先生都夸此子天资聪颖，是个俊才；徐世昌去宫里见皇上时也会提起裴长淮如何如何好。

崇昭皇帝因而听说了裴长淮的名字，崇昭皇帝只是在他出生时行了些赏赐，还没见过这个孩子，便传裴承景带着这三郎一同进宫，给他瞧瞧。

裴长淮在崇昭皇帝面前举止有礼，既谦和又不失锋芒，崇昭皇帝看着喜欢，称赞裴承景养了一个好儿郎，还让裴昱往后不用去鸣鼎书院了，入宫陪他的皇儿们一同念书。

做皇子们的伴读，那是有意要培养裴昱成为未来朝廷的心腹重臣。裴承景心中大不安，直言裴长淮愚钝，不堪大用，崇昭皇帝却道朕不会看错人。崇昭皇帝执意如此，裴承景不敢再说什么，只得应下皇命。

谢知钧听闻此事后，心底虽说有不满，但到底皇命难违，思虑再三，跑去崇昭皇帝面前求了一份恩典，让他也去宫中读书。因此当年裴长淮与谢知钧是一同入宫的，裴长淮谨遵父亲教诲，不曾与任何一个皇子过从甚密，却也正合了谢知钧的心意。

谢知钧以为自己威吓住裴长淮，裴长淮就永远不敢做出背叛他的事，无论在书院还是皇宫，裴长淮都只会跟在他身边。只是上次鸣鼎书院的事，他做得着实狠了一点儿，将裴长淮吓得不轻，两人虽说日日形影不离，但他也觉得裴长淮跟他不似从前亲近。

谢知钧想同他和好如初，闲时会让人在民间寻来一些新奇的玩意儿，送给裴长淮解闷。

那日谢知钧得了一只极漂亮的纸鸢，拿去宫中想送给裴长淮，却撞见他与一个红袍金冠的少年在亭子里练字。

亭中凉风习习。

裴长淮有些渴了，端起茶盏抿了一口。那红袍少年看他喝茶，眼睛雪亮雪亮的，说："给我也喝一口，我的茶还热得烫人。"说着，他便接过来裴长淮的茶盏，将余下的茶一饮而尽。

裴长淮小声嘟囔道："脏、脏。"

可那红袍少年一点儿也不在乎，转着茶盏一本正经地评价道："你的怎比我

217

的好喝一些？"

裴长淮笑道："都是一壶里沏出来的，能有什么分别？"

那红袍少年眨了下眼睛，道："那等会儿你也尝尝我的，看到底有什么分别。"

裴长淮一时哭笑不得，不再搭理他，继续埋头练字。转眼间，他与谢知钧的视线撞上，浑身登时一僵。谢知钧冷着脸，负手走向亭子。裴长淮迎着他的目光，咬了咬牙，一步走上前，抬手挡住自己身后的少年郎。裴长淮侧首低声催促道："你快走。"

那人还不知所谓，问道："我走什么？"他见裴长淮神色惊惧，握了一下裴长淮的手，只觉冰凉，沉声再道，"长淮，你在害怕？"

那少年顺着裴长淮的目光，望向了逐步走近的谢知钧，半晌，唇角一弯，道："哦，我说要同你义结金兰之好，你怎么都不肯，还说会给我带来麻烦，原来是因为他啊。"

纸鸢被谢知钧攥得皱皱巴巴，他随手扔掉，一字一句地命令裴长淮，说："裴昱，你过来。"

"谢知钧，你还当唤我一声哥哥呢。"那红袍少年按住裴长淮的肩膀，将他拉到身后去，目光紧紧盯着谢知钧，笑道，"我跟长淮还要练字，你好不好离远一些，不要打搅我们？"

谢知钧一咬牙，丢下纸鸢，挥拳就朝那人打去。对方竟稳稳接住他这毫无章法的一拳，顺势反拧，往他小腿上一踹，谢知钧右膝一软，登时跪倒在地上。谢知钧虽说也在府上练剑习武，但一直不曾上过心，会的全是些三脚猫的功夫，这少年却不同，一招一式都干脆利落，行云流水一般，带有绝对压制的力量，打得谢知钧毫无还手的余地。

偏他得了上风，还笑嘻嘻的，说："没规矩，说动手就动手，肃王爷难道没有教过你要对兄长尊敬一些？尤其是对你从隽哥哥。"

谢知钧回过头去，看的却不是谢从隽，而是裴长淮。见他满目担忧，谢知钧却仿佛是受到侮辱，眼睛一红，又在谢从隽手中狠狠挣扎了两下，可他跪地的膝盖快被磨出血丝，也没能逃开。

莫大的羞辱令他恨得牙根痒痒："谢从隽！"

谢从隽道："在，我就在你面前，叫那么大声作甚？"

裴长淮抱住谢从隽的手臂，摇头道："别打架，我、我来跟他说。"

谢从隽也不想动手，依言松开了谢知钧，却反手将裴长淮推出了亭子："跟他有什么好说的？"

裴长淮有些错愕，回头看了一眼谢知钧，却也不知说什么好。

"真扫兴。"谢从隽晃荡起腰间的玉坠子，漫不经心地说道，"今日不练字了，不如我带你去掏鸟窝吧？！"

此言一出，裴长淮一心都在"掏鸟窝"三个字上了，连连摇头道："不要。"

谢从隽跟着出了亭子，揽住裴长淮的肩膀往前走，大笑道："我就随口说说，你怎么还当真了呢？"

两人一并离去，留谢知钧一人在亭中。他没有立即从地上站起来，捂住发疼的肩膀，恶狠狠地盯着谢从隽的背影。谢从隽似乎也感觉到背后几乎灼人的目光，回过头来，不经意地看了谢知钧一眼，冲他微微一笑。

谢知钧不会看错，那笑容里充满了挑衅与诡谲，在那副光风霁月的面孔下，藏着无比阴沉、无比冷漠的秉性。

单单是想到谢从隽那时的眼神，谢知钧就恨得咬牙切齿。

他正过了一处游廊，故而听到前方有轻微的脚步声，侧身躲在廊柱后方。

两位婢女手中捧着干净的衣物，其中一个边走边道："你来府上不久，处处都要谨慎一些。小侯爷正沐浴，只准寻春服侍，咱们送了衣裳就回外头待命即可。小侯爷虽然是出了名的仁厚，但最容不得管不住嘴、管不住眼的人，多做事少说话，记住了吗？"

另一人道："记下了。"

谢知钧得知裴长淮正在沐浴，悄悄随着这二人同去。

寻春一直在庭院中静立着，两位婢女走进来，双手奉上衣物。寻春接过来，垂首谢过两位姐姐。

婢女退下后，寻春走到房门前，躬身敬道："侯爷，奴才进来了。"

这沐堂中用玉石辟出一口清池，裴长淮半身皆浸在热水当中，骨头似散了架一般，整个人疲惫不堪，倚在池边，昏昏欲睡。

寻春进来，跪在池边，从水中捞起裴长淮湿黑的发，小心地握在手中，用布巾轻轻擦拭起来。

裴长淮低哑着问道："几时了？"

寻春道："刚过午时。"

一阵水声荡漾，裴长淮从清池中走上来，寻春给他披上白袍衫。

忽地，窗外"咯噔"一声惊响，裴长淮余光瞥见一抹冷锋乍现。寻春还来不及反应，身体就卷入裴长淮怀中，被他手臂的力量裹挟着跌向一侧的屏风。寻春扶住屏风，堪堪稳住重心，手臂上火辣辣地疼起来，一摸全是鲜血。寻春回首看去，就见这浴堂中突然闯入一个蓝袍公子，凤目里盛满狰狞的怒气。谢知钧手里死死握着匕首，盯向寻春。寻春堪受不住他的怒意，吓得嘴唇发白，瑟缩着不敢动弹。侯府巡逻的侍卫听见响动，立刻将浴堂四周团团围住，为首的近侍提刀进来。

"侯爷！"那近侍看到闯入之人竟是谢知钧，愣了愣，"世、世子，你怎么……"

裴长淮自屏风后穿好衣衫，侧身走出来。

他对侍卫吩咐道："退下，这是本侯跟他的事。"

侍卫垂首向裴长淮奉上佩刀。

待所有人都退下去以后，裴长淮才冷声道："谢知钧，你少在侯府放肆。"

"谢从隽也就罢了，他又算什么东西？"谢知钧看着那惊慌失措的寻春，头疼得像是要炸开，耳朵里嗡嗡作响，盯住裴长淮。

遭了谢知钧的辱骂，裴长淮面上愈冷，看他的目光里全是陌生，道："本侯的事跟你没有半点关系，你就是个疯子。"

"我疯？最先背信弃义的人不是你吗！你跟我发过誓，你发誓永远在我身边，永远做我的朋友，永远效忠于我，我们说好的，裴昱，我们说好的！"他握着匕首的手一紧，自言自语道，"我知道了……如果你没有恐惧，是无论如何都不肯乖乖听话的。"紧接着，谢知钧冷笑一声，"上次没让金玉赌坊的人砍去裴元茂的双手，真是太便宜你了。"

裴元茂向来是裴长淮心头触摸不得的逆鳞，谢知钧一句威胁瞬间惹怒了他。"你找死！"裴长淮眼眸一时冷冽如霜，刀锋也似卷着雪浪，排山倒海一般朝谢知钧砍去！谢知钧挥着匕首接下这招，竟也毫不留情，反手连挥数下，动作又快又狠。

裴长淮后退数步，以刀挡下，他一沉眸，手掌辗转刀柄，白亮的刀刃轻翻，反射出的光朝谢知钧眼上晃了一晃。谢知钧瞳孔轻缩，一下失去视线。就在这一刹那，裴长淮转腕翻刀一挥，刀风瞬间变得悍然。

谢知钧下意识地抬刀格挡，可到底是伤势初愈，也没料到裴长淮刀法如此之狠厉，兵刃相接时，他手臂一瞬震麻，匕首顿时脱手而出，当啷掉在地上！裴长淮乘胜追击，一刀劈向谢知钧。谢知钧看着那袭来的刀锋，眼中有一瞬的茫然无措。

不知怎的，裴长淮一下回忆起当年二人在玉兰花树下起誓时，谢知钧也这样望着他，纵然对他有滔天的怒意，在最后关头还是咬牙撤回刀，接上一掌狠狠打向他的胸口。

谢知钧遭一记烈掌，退后数步，"哇"地吐出一口鲜血来。他抬手抹了抹唇角，看着手背上的血迹，忽然一阵大笑："裴昱，你真是太心软了。"

221

第十五篇章 烧金玉

这天刚刚下过一场细如丝的小雨，此刻已经停了，只有料峭的风在吹，轻轻拂着两人的袍袖与衣角。

谢知钧一个掠身，将匕首捞起来，刃锋在袖口上一抹，顺势反手朝裴长淮刺去。

裴长淮不比谢知钧能这样任性妄为，还有太多需要顾忌的东西，冷静下来以后，杀心也随之收敛，刀法便不似刚才那样刚烈，只是堪堪防着穷追不舍的谢知钧。

谢知钧见他只守不攻，态度越发强硬，将裴长淮逼得一退再退，匕尖刺向他颈间。裴长淮一个侧身闪避，匕首落了空，谢知钧立时翻刃一挑，竟将裴长淮的发丝削了几绺下来。

谢知钧收住攻势，抬手捉住其中一绺长发。裴长淮趁机向后退去，手往颈间刺痒处一摸，指上果真沾了红。谢知钧手中匕首到底厉害，在裴长淮颈间扫出一道浅细的伤口，很快渗出了些血珠。

谢知钧本是怒不可遏，恨不能杀了裴长淮，心道哪怕是具尸体，也比现在更听话、更乖顺些，可眼见他真受了伤，握着匕首的手又不自觉地抖了抖。那一缕被削断的发丝被谢知钧好好地收在手中，他盯了裴长淮片刻，才道："算了，今日就放过你。裴昱，且等着，总有你低头求我的那一天。"

谢知钧转身离去，侯府侍卫还要拦，裴长淮下令道："让他走！"

寻春瑟缩在一侧，等谢知钧离开后，才跑到裴长淮跟前，见他颈间伤口还在流血，拿出手帕给他敷住。

"小侯爷，您没事吧？"他担忧地问。

裴长淮心思不在这上头，随口应了一声"没事"，抬手唤来一名近侍。

寻春见状，只好退后两步。他站在裴长淮的影子里，感受到一股无形的冷落,裴长淮分明就在他眼前,可又是如此的遥不可及。

那近侍走上前,咬牙道:"侯爷,他们肃王府欺人太甚!"

光天化日之下,堂而皇之地闯入正则侯府,偏偏因为他贵为肃王世子,是皇帝的亲侄子,侯府还对他奈何不得。但比起谢知钧的羞辱,裴长淮更在意的是他那些威胁之言。此人是个疯子,指不定哪日一个不痛快,真会对裴元茂不利,裴长淮不能一直坐以待毙,总要让肃王府吃些暗亏。他转念间生下一计,对近侍吩咐道:"你亲自登门去一趟将军府,送封请帖给赵昀,就说本侯请他。"

近侍疑惑道:"请他?请他做什么?"

裴长淮似笑非笑道:"请他去玩一玩京城时兴的博戏。"

将军府,一记银枪杀定在空中。

赵昀轻转枪身,枪上翠缨飞了一飞。他侧首看向卫福临,反问道:"博戏?"

"是。"卫福临说,"应当就是去金玉赌坊。"

赵昀将银枪收回,随手扔给侍立在一旁的卫风临,笑了一声:"无事不登三宝殿。"

卫风临看他眉眼带笑,似乎没甚思虑,不得不尽职尽责地提醒一句:"爷还是谨慎为上,属下疑心有诈。"

"不用疑心,必然有诈。"赵昀坐到水亭当中,优哉游哉地品了一口淡茶,而后对卫福临说,"去回禀,本都统一定赴约。"

卫福临点头领命。

卫风临则久久沉默,跟根木头一样戳在赵昀身后,欲言又止的。

赵昀见他如此,弯唇笑道:"想什么呢?"

卫风临道:"属下什么都没想,什么都想不明白。"

"从前我说你是一根筋,你还瞪我,你看,大哥一听就能明白。"赵昀道,"还记不记得金玉赌坊背后是什么人?"

卫风临一想,似是明白什么,一时又困惑又惊讶。

赵昀抬手拍了一下卫风临的肩膀,脸上的笑意莫名冷了冷:"风临,很多事要从长计议,不能急于一时。不过眼下正则侯想看一出好戏,这场热闹,你一定不能错过。"

他话中另藏玄机,却只有卫风临能听得懂。

卫风临沉吟片刻,郑重地点头道:"多谢。"

这日夜色降临,京都坊间还是灯火通明,街道上,香车宝马络绎不绝,人影熙熙攘攘,夜空中绽开漫天的烟花,照得长街店肆的旗招子一时明一时暗。赵昀身穿墨青色常服,身边只跟着一个卫风临,一主一仆行走在长街上,却也不惹人注目。

自入京以后,赵昀承各路宴请,大凡是京都有名的酒楼茶馆、乐坊戏院都一一去过了,但还是第一次如此闲漫地走在这闹市当中。他一边走一边瞧,路过卖面具的小摊时,赵昀稍微停了停,听那摊主夸耀每一展面具的来历与故事。

赵昀随手挑了一个青口獠牙的鬼面,只能遮着下半张脸,他还扣在面上试了一番,似乎很是喜欢,把玩着离去。

卫风临付过账,很快跟上去。

两人一直到金玉赌坊斜对侧的戏楼前,一名侯府的近侍早早就在等了,这厢瞧见赵昀,遂上前拜见。

"都统,恭候多时。"

赵昀四处望了望,道:"你家小侯爷呢?"

"本侯在这儿。"

一道清朗的声音自后方传来,赵昀回过身,见裴长淮罕见地穿了一身墨色缎袍,只肩头绣着如意云纹,黑白分明的好颜色,衬得他面容越发清冷。

赵昀看向卫风临,示意他去赌坊周围待命,卫风临点头离开。

裴长淮手里也拿着一个银色面具,给赵昀瞧见,赵昀笑了笑,将自己手里的面具抛给裴长淮,道:"还真是心有灵犀。"

裴长淮一手接过他买下的獠牙面具,却是面不改色的。

裴长淮将自己买来的面具递给赵昀。他眼中有些晦暗,问道:"不知都统可曾玩过这些博戏?"

赵昀打量着他买来的面具,貌似不经意地回道:"以前在淮水的时候也玩过两回。"

裴长淮道:"是输还是赢?"

"输了。不过今天有你在,侯爷学富五车,本都统腰缠万贯,进了这赌坊,岂非强强联合?况且……"他抬起眼来,笑吟吟地看着裴长淮,"能得小侯爷盛情相邀,输赢又有什么关系?"

两人戴上面具,一起走进金玉赌坊。刚一入门,撞上来的是一位浑浑噩噩的赌客,眼神疲惫,警惕地看着与之擦肩而过的人;亦有两三佳人,轻纱薄袖,如云霞一般飘过。此时一位窈窕女郎迎面走来,走到裴长淮身边时,轻抛丝绢,搔过他的手背,媚眼如丝。裴长淮似乎见惯不怪,微笑着一颔首,举止君子;那女郎也回之以礼,却没再继续纠缠,径直离去。

似裴长淮这般端正律己、洁身自好之人,按理来说应当是个连摇盅都会掉骰子的生手,但见他举止,似乎对金玉赌坊暗藏的不成文规矩一点儿也不陌生。

"小侯爷常来这种地方?"赵昀问,"同谁一起?"

裴长淮唇边勾出很淡的笑容,却没回答。

他不说话,赵昀心中也有猜测,暗自冷笑一声,负手踏入赌坊。

金玉赌坊的庭院里设有斗鸡走狗,正堂排开十二扇门,正时兴摇骰子、推牌九,或押单双,或猜字花,名目繁多。有时候赌客不赌金银,而是赌手脚、赌妻女,百无禁忌,只要有人坐庄,就会有人陪赌。

赌坊的伙计眼光又精又亮,且看裴、赵二人衣着华贵,就知他们非富即贵,忙迎上去,行礼道:"拜见两位公子,可有小的能效劳之处?"

赵昀交给那伙计五万两银票,让他陪侍在侧,代为下注。

那伙计捧着银票都有些傻了眼,虽说在天子脚下,满地锦绣成堆,什么样的富贵没见过,可还是第一次见人上来就这样大手笔的。他给远处的同伴使了眼色,让他去通知管事的,自己则点头哈腰地引赵昀下赌场。

赵昀想玩得简单一些,伙计推荐他去玩骰子,赵昀则问裴长淮的意见:"你喜欢吗?"

裴长淮淡声道:"随意。"

"那就都玩一玩吧。"

赵昀朝那伙计点了点头，随他走到一处宝案前。

宝案边上有一名留着络腮胡的男人，正拍桌吆喝着"大"，声音又粗又壮，在人群中显得格外突出，可任凭他怎么喊，骰盅照样开出个小点数，让他输光最后一笔钱。

男人整个都瘫软在地，很快他再度爬起来，双手抓住宝案，目眦欲裂地大喊道："再来，再来！我不信我会一直输，也该我转运了，也该我了！"

庄家见他没了钱，坚决将他撵下桌去，那男人不肯，眼见双方就要闹起来，从后院走出两个膀大腰圆的壮汉，一左一右，将那男人拖着出了赌坊。

赵昀轻挑眉，望了一眼后院的方向。

金玉赌坊应付这等场面轻车熟路，闹剧很快收场，宝案上骰盅再摇，庄家邀赌客下注。

赵昀目光睃巡片刻，笑了笑，侧首问裴长淮："三郎，你喜欢大，还是喜欢小？"

裴长淮道："大。"

"好。"赵昀也不多想，对侍奉的伙计点头示意，"一千两，大。"

那伙计谨慎地下了注，很快，开出的骰子点数正是三六六点大，又因是同色浑花，输家赔付加半，一时有的大喜，有的狂忧。

赵昀笑道："好一个头彩，看来我今夜有吉星朗照。"

他说吉星，眼却瞧裴长淮，一双眼睛里盈满笑意。那笑意于裴长淮而言却似火焰一般，好似能将他的脸皮洞穿。幸亏还有面具遮挡，裴长淮一挪视线，便得以从赵昀的目光中抽身而出。赵昀赌也没有赌的样子，裴长淮喜欢他下什么，他就下什么，仿佛他赵大都统今日并非是来玩博戏的，倒像是陪着裴长淮来烧钱的。起先他们赢得多一些，赢到满堂都来围观这一个宝案。

赌坊二楼的珠帘后站着一个男人，嘴角处裂出一道伤疤，一直裂到脸颊，形貌极为骇人。

男人掀开珠帘走出来，坐庄之人抬头与他对视一眼，男人神情阴郁，拇指对着脖子从左杀到右，坐庄之人轻轻点了下头。

裴长淮微微侧目，貌似不经意地瞟向二楼的身影，见那人正是金玉赌坊真正的东家柳玉虎。

柳玉虎的姐姐正是肃王那位如夫人柳氏，因着这层关系，金玉赌坊才能在京城里扎下深根，先前柳玉虎以赌债为由将裴元茂扣押在此，全然不将侯府放在眼中，也是仗着肃王府的滔势。

赵昀随手抛玩着一颗琼珠，问裴长淮："大，还是小？"

裴长淮见他似乎对此浑然不觉，抿了抿唇，道："你自己看着办。"

赵昀看裴长淮的眼神意味深长，笑道："我这个人一向少些运气，要是输穿家底，三郎要养我一辈子。"

裴长淮没好气地说："你当心吧，赌博最忌讳多言。"

赵昀看他恼了，一时笑得不行。

金玉赌坊里充斥着冰蟾香焚烧后的味道，闻着既能醒脑，又不教人厌烦，来这处宝案围观的人越来越多。赵昀押得很随意，往后果真一输再输，银子如流水一样往外流，看客虽为赵昀可惜，可他们因是旁观，倒有一种莫须有的痛快。

待又输下一筹，赵昀台面上的钱所剩无几，他也没有丧气，反而道："好极，天注定你要养我了。"

裴长淮看他明亮的眼，说："别玩了，走吧。"

"急什么？"赵昀往裴长淮身边一凑，神色不再似刚才那样浪荡，低声说，"小侯爷，这场戏才演到一半，你怎么就想打退堂鼓？"

裴长淮眼眸一沉。

赵昀解下腰间的玉佩，又多添了一万两，大袖一挥，金玉银钱碰撞得银铛响，竟是一并全押出去。

看客一阵哗然，见这公子出手阔绰，已猜着他当是哪位王孙或高官，个个都伸长脖子、踮起脚来看着这场大赌局。

此时，从外头吵吵嚷嚷着进来一个人，正是先前那位被拖出去的络腮胡男人，拽着一个小姑娘的衣领，将她拖进来，嘴里骂道："怎么不能！滚，滚开！"

那小姑娘被男人一下推到宝案前，那男人好似有些疯癫了，喝道："我将我女儿押给你，再来一局！再来！"

那小姑娘本一直忍着哭声，这时痛哭出来，被她爹爹一巴掌抽在脸上："哭什么哭！丧门星，别扫了老子的好运！开！开啊！"

他拿着那姑娘的一只手，按到宝案上，与赵昀一同押了大。那庄家也不知该开还是不该开，抬头看了一眼二楼的柳玉虎，柳玉虎点点头。那坐庄之人手中一抖，动作又迅速又微小，正预备将手中的骰子换进宝盅中，手腕处蓦地一痛，竟被一只手死死按在案上。

他大惊，抬头正对上卫风临冷冰冰的一张脸，卫风临将他的手一反拧，两粒骰子骨碌碌滚了出来。

众人皆是一愣，短时间内没反应出来到底发生了什么，直到有人率先喊出一声："他出老千！"

这一声如水落入热油，瞬间炸开了锅。卫风临捡起那掉落的两粒骰子，递给赵昀。赵昀捻着其中一颗，貌似好奇地看了一会儿，又上下抛了两回，道："好听话的骰子。"

他转身往宝案上一坐，摘下面具，搁在身侧，而后慢慢抬头，朝着楼上的柳玉虎微微一笑。他虽是在笑，可锐气慑人，柳玉虎不自觉地往后退了两步。一旁的仆从一下认出这是北营大都统赵昀，很快将他的身份告诉柳玉虎，柳玉虎猛地变了脸色。

夜浓时分，京兆府尹刚刚灭了房中的灯，同夫人一起躺下，正准备入睡，还没躺热乎，外头忽地有官兵高声请见。京兆府尹一下皱起眉头，翻了翻身，没起，奈何外头叫得急切，不耐烦地起来，披了件衣裳去开门："什么事？"

"禀大人，金玉赌坊，金玉赌坊……"那官兵喘得上气不接下气，"出事了！"

京兆府尹道："又打人了？金玉赌坊的事咱们不要管太多，睁一只眼闭一只眼，他们东家有分寸，闹不出人命。"

那官兵干脆举起令牌给京兆府尹看："这次是、是赵大都统！他放话要拆了金玉赌坊！"

京兆府尹知道这要出大事，马上穿好官服带着一队官兵前往金玉赌坊。一行人赶到时，金玉赌坊已经给将军府的长随团团围住，看热闹的百姓都拥挤在庭院当中,而正堂已被清空。

赵昀形态随意地坐在宝案上,正抛着骰子玩,脚下跪着被五花大绑的柳玉虎等人。

京兆府尹看这架势,先抹了一把额头上的汗,再进去跟赵昀见礼。

裴长淮虽在一旁,但脸戴面具,是以京兆府尹并未认出,只跟赵昀拜道:"都统。"

"府尹大人看看,灌了铅的骰子,赌坊里常见的小把戏,竟敢坑到本都统头上来。"赵昀将骰子丢给京兆府尹,道,"本都统本要法办,这里的东家却说,金玉赌坊自有府尹大人替他们做主,本都统一听,也好啊,这毕竟是京都地界,我要是就这么处置了他们,定会让您老难做,于是就将大人请来,让您说,是该办,还是不该办?"

京兆府尹捧着这枚骰子,观看良久,又派一名官兵上前,将骰子用刀背敲开,一瞧果真是灌了铅的。铁证在前,京兆府尹自也说不出别的话音来,连连点头道:"该法办,该法办。"

柳玉虎瞪了他一眼,恨他不够硬气,在赵昀面前卑躬屈膝,又转头对赵昀喝道:"你知不知道这是什么地方!知不知道我是什么人!赵昀,这金玉赌坊不是你能动得了的,你就是将府尹大人搬出来也没用!"

赵昀道:"哦?你是什么人,且说来听听。"

柳玉虎几次欲言,可事情闹到这种地步,再说出肃王府的名号来,给肃王府带去麻烦,王府里的两位公子指不定会杀了他。他心中畏惧,自然没能回答上来,可他背后有肃王府撑腰,也不怕赵昀,只道:"早晚有你后悔那一日。"

"待那一日到了再说也不迟,今日的账今日清算。"赵昀抬头望向京兆府尹,"大人,这么晚了请您过来,是本都统叨扰……"

京兆府尹忙道:"哪里哪里!"

"此不平之事既让本都统碰见了,就没有袖手旁观的道理,府尹大人只需将此地附近的百姓清退就好,至于这金玉赌坊,我手下兄弟自有处置。"赵昀反手撑在宝案上,看向身后方的卫风临,风轻云淡地说道,"把这里拆了,但不要伤人。"

柳玉虎大惊失色："赵昀！你个王八蛋！你竟敢！"

卫风临上去一拳揍在柳玉虎的脸上，力道生猛，柳玉虎瞬间吐出两颗血牙。卫风临踩住他的后颈，直将他踩得跪伏下去，柳玉虎脸贴地面，挣扎不得，脸逐渐涨成红紫色。

卫风临脸色还是冷冷的，没有多余的表情，道："你在骂谁？"

柳玉虎有些呼吸困难，几欲窒息，大有濒死之感，恐惧如冷风一般攀上背脊，柳玉虎不得不哀求道："我错了，我错了。"

裴长淮立在一旁看着，想到当日裴元茂被赌坊的人押出来，也是这样一身狼狈。那日过后，他还曾问过元茂在赌坊中可遇到什么事，元茂脸色难堪，亦一字不提，想必是曾受下大辱。

之后裴元茂被设计进刘项案中，去道观跟辛妙如私会，给人绑架。辛妙如是幕后主使之一，自然是吃不到什么苦头，但见裴元茂回家那日痛哭流涕，跪在他面前低声哀求，必然是恐惧那帮人到了极点才会如此。裴长淮虽生气裴元茂一再怯懦任性，嘴上还说自己是为了侯府才选择保全他，但心中还是极其疼爱这个侄儿的。纵然裴元茂有千般不好、万般错处，自还有正则侯府来管教，怎么也轮不到这些人随意糟践。

故而柳玉虎这些人再可怜，裴长淮也只是冷眼旁观。

赵昀对卫风临说："这里交给你了，好好办差。"他从宝案上跳下来，抬手拍了一下卫风临的肩膀，随后对裴长淮眨了眨眼睛，"我们换个去处？"

裴长淮唇角弧度一勾，甚是轻微，但确实笑了。

赵昀与裴长淮一同走出正堂。赵昀腰间玉佩方才被他解下来当作赌注，此刻拿在手中，又不经心地荡着把玩。

裴长淮看着那玉佩出神，想的却是金玉赌坊的事，赵昀见他盯着这玉佩不放，脑海中记起当日徐世昌在芙蓉楼对他说过的话，心下一沉，将玉佩握定在掌中。赵昀余光瞧见人群当中，那前来赌坊闹事、拿女儿做赌注的络腮胡男人已经瘫在地上。那男人神情似乎痴傻了一般，不敢相信眼前这一切，更不敢相信自己竟被骗了那么久，被骗得倾家荡产。

他女儿浑身脏兮兮的，怯怯地陪在一旁，却也不敢靠得太近。

赵昀将手中的玉佩一扔，正砸在那小姑娘的怀中，他道："好丫头，赏你的，倘若这个人再敢打你，就来将军府找我。"

那小姑娘捧着玉佩，先是愣了愣，无措地看着赵昀，过后确定赵昀是在跟她说话，一下哭得泣不成声，瘦弱的身体蜷缩成一团，像块小石头一样伏卧在地上："谢谢将军！谢、谢谢……"

赵昀看了一眼裴长淮，有些挑衅地问："还看吗？"

裴长淮却不知他在闹什么古怪："看什么？"

赵昀见裴长淮一脸茫然，似乎并非想着谢从隽，心下稍缓，轻笑一声，撇下裴长淮，负手走出金玉赌坊的庭院。围观的百姓皆默默为他让出一条道来。

裴长淮看看那伏在地上的小姑娘，又看看赵昀的身影，手指紧了紧，忙追上前去。

金玉赌坊里一片混乱，周围戒严，街上倒有不少人探头探脑地看热闹，一时乌烟瘴气。

不过这一处乌烟遮不住京都繁华，过了一条街，还是熙熙攘攘、车水马龙，长街两侧悬挂各式各样的花灯，映着货摊，也映着行人。

裴长淮跟上赵昀，赵昀刚从一处货摊上买了包热腾腾的炒栗仁，金灿灿、亮澄澄的，闻着极香。赵昀递给裴长淮吃，裴长淮怕手上脏，摇头敬谢。

赵昀道："侯爷是想我喂你？那也行。"

裴长淮唯恐赵昀不是戏言，先行拈起一颗栗仁放进嘴巴里。赵昀看他当真吃相斯文，不禁笑出声来，转身继续往前走。

这天刚刚下过一场细如丝的小雨，此刻已经停了，只有料峭的风在吹，轻轻拂着两人的袍袖与衣角。

赵昀眼睛在看花灯，裴长淮沉默半晌，道："你从一开始就知道本侯邀你出来是为了什么。"

赵昀见一盏花灯里的笼心子在滚动，有些好奇，眼睛多看了片刻，嘴上还在漫不经心地回答裴长淮："小侯爷以为我入京不久，还看不清这京都里的水有多深。金玉赌坊背后倚仗肃王府，你想趁我不知情，存心引我与赌坊起争端，一是为了拆肃王府和太师府的台,二是为你家那位傻侄子出口气。"

裴长淮不意外赵昀知道,毕竟是太师的学生,又与徐世昌交好,京城有什么忌讳,赵昀也当知道一二。他意外的是赵昀明明知道,却还是来了。赵昀似是看到灯笼里有什么好玩儿的,便取来给裴长淮看,道:"你瞧,这一转起来,里头的两只兔子像不像在跑?"

裴长淮看他似乎一点儿也不在意他所言之事,皱起眉道:"赵昀!"

"凶什么?"赵昀将花灯往下放了放,"我知道你想问什么。你想问我为什么还要来,还想知道我是不是又在算计着你,算计侯府。"

裴长淮抿了抿唇:"本侯不曾这样想。"

赵昀道:"三郎,天底下不知前路有陷阱而掉进去的,是因为太蠢;明知有陷阱还心甘情愿往里跳的,又是因为什么?"

裴长淮看他黑漆漆的眸色中似有炽亮的光芒,怔了怔。

赵昀转了一转那灯笼,朦胧的光在二人面容上流淌,一时笑得风流倜傥,继续说:"说不定他就是想见一见那设下陷阱的人。"

裴长淮耳根红了红,轻声道:"也可能是因为傻。"说罢,他便拂袖而去。

赵昀见裴长淮步履匆匆,似落荒而逃,心道这也太不禁逗,紧紧跟上前去,道:"小侯爷在上,你说什么便是什么吧。你真不想看看这灯笼?其中一只兔子跑得好快啊。"

裴长淮:"……"

金玉赌坊到了后半夜烧起火来,将赌坊里头烧成焦灰,好在京都的防隅军来得及时,加上夜里刚刚下过一场寒雨,这火势也没蔓延出去。正则侯府的近侍见事成,牵马来长街找裴长淮复命。

裴长淮跟在赵昀身边,同他一起走在这闹市当中。

赵昀一抬眼,远远瞧见前方有侯府的近侍在东张西望,忽而貌似神秘地说:"来。"

裴长淮蹙眉:"去哪儿?"

赵昀也不回答,执意拉着裴长淮往后方走。两人进了一处狭长的深巷,四下无人，光线幽暗，只有赵昀手中的滚兔灯在摇荡。

裴长淮正要再问，头顶上忽而有焰火绽放，乍亮乍响之际，滚兔灯也落了地。夜空中焰火妙丽。

赵昀说："这里也是陷阱，侯爷跟着我来，是蠢，还是傻？"

裴长淮一时也不知道说什么才好，半晌才憋出一句："无耻。"

赵昀忍不住笑出声，裴长淮一把推开赵昀，捡起地上的滚兔灯就往巷口走去。此时侯府的近侍正好看到他的身影，忙过来拜见。近侍道："事情已经办成，赵……"

他余光瞥见赵昀从巷子深影处走出来，一下住了嘴，貌似恭顺地低下头："拜见赵都统。"

裴长淮将滚兔灯随手交给近侍，道："回府了。"

近侍牵马过来，裴长淮翻身上马，扯着缰绳回头望了赵昀一眼。

赵昀也抬头望着他，道："春猎在即，属下不曾经手过此事，只盼小侯爷多能来北营指点一二。"

裴长淮道："本侯没空。"

赵昀故作叹息道："你这过河拆桥的功夫……"

裴长淮知道他惯来轻浮风流，又不知有怎样石破天惊的话在后头等着，只冷淡地瞧了他一眼，遂不多留。

赵昀目送裴长淮远去，正春风得意，心情极好，也不做这许多计较，很快回了将军府。

至深夜时，卫风临带着一干随从回府，径直来到书房，将金玉赌坊的事禀报给赵昀。

赵昀一听他竟放了火，道："我只让你拆了金玉赌坊，没让你烧了它。"

卫风临单膝跪地，面容极为冷肃，道："属下愿意接受任何惩罚。"

"我又没说要罚你，先起来。"赵昀握着毛笔，在书案上敲了一会儿，沉吟道，"金玉赌坊是个大金窟，又藏着不少暗桩，没了它，肃王府如失一臂，定然不会善罢甘休。"

卫风临道："倘若肃王府为难，你就将我交给他们处置。"

赵昀道："我在你眼里就是狼心狗肺，为了自己的安危，可以用兄弟的性命去换的人？"

卫风临听他以兄弟相称，一时愧疚难当："我……"

赵昀没给他说话的机会："况且差事是我吩咐你去办的，你以为你死了，他们就能放过将军府？卫风临，你天真，还意气用事！"

卫风临抿紧唇，也握紧了手中的剑，一向面无表情的脸上隐约有了些恨意。

"我就是容忍不了，容忍不了！"

他深深地低着头，眼神里有愤怒，也有绝望。

"不能容忍也容忍这么久了，急有何用？"赵昀声音冷冷的，"赌坊的事，我自会处理，这两天你去闭关练剑吧。出去将你大哥叫进来，我有事吩咐他。"

"……遵命。"

卫风临压下情绪，很快转身离去。

不一会儿，卫福临从外面进来，请安道："爷。"

赵昀很快写好一封拜帖，交给卫福临，再道："去将库房里皇上赏赐的那一幅《春日鹤汀图》取来，明日随我送去太师府。"

卫福临是聪明的，很快领会到赵昀的意思："爷是想求太师出面调解？如果有太师说情，肃王府想必也不能太计较，不过这要欠太师好大的人情了。"

赵昀嗤笑一声，道："我这个老师刚愎自用，又生性多疑，你若是个庸才蠢货，入不了他的青眼；可要太有锋芒，难以掌控，又不能得他全心全意地信任。从前因我兄长的冤案，我是有求于他，他也愿意抬举我，如今此仇一清，他一时没了拿捏，反而对我处处防备。金玉赌坊是个好把柄，我自己送上门去，他不会不受用。"

卫福临蓦地笑了一笑，道："那就好。"

赵昀不忘叮嘱道："你也看着风临一些。"

卫风临本不是个外露情绪的人，这样的人一旦有了脾气，指不定会做出什么出格的事来。

卫福临颔首道："请爷原谅他，眼下一开春，就快到小絮的祭日了。"

赵昀脸色沉了沉："我知道。"

卫福临道："这两天如若无事，我想回昌阳一趟，给她上炷香。"

"最近北营军务繁忙，京都还要我坐镇，你替我上炷香吧。"赵昀道，"谨慎一些，防着周围的耳目，早去早回。"

"好。"

卫福临出了门，抬头见夜浓霜重，京都的夜总是格外冷一些，黑沉沉的压得人有些喘不过来气。金玉赌坊被查抄以后，柳玉虎也被关进大牢当中，及翌日晌午才有人将柳玉虎提出来，秘密送到肃王府中。柳玉虎刚一跪下，谢知章一脚猛踹在他胸口上，柳玉虎当即倒跌在地。

谢知章早不是在人前温和的模样，冷声冷面，怒道："我教过你多少遍，在京都办事，一定把眼睛给我放亮，惹了不该惹的也就罢了，眼睁睁地看着他们烧了金玉赌坊都想不出对策来。上不了台面的东西！废物！我要你有何用！"

谢知章抽出剑来，扔到柳玉虎面前："自己做个了断，别脏了我的手。"

铁剑落地之声犹若惊雷，吓得柳玉虎一哆嗦，一下流出泪来，磕头求饶道："大公子，大公子，实在是赵昀蛮横不讲理，上来就要打要杀，他还请了京兆府尹那个老东西来坐镇，软硬不吃，我这才没了办法。大公子，我是你舅舅，我是你唯一的亲人了，你不能不保我！"

"舅舅？"

谢知章一声冷笑，这时他脸上的怒意反而隐下了，单膝蹲下来掐住柳玉虎的脸，指甲掐入他嘴角的伤疤处。那只是轻微的疼，却让柳玉虎浑身不寒而栗，他抖如筛糠："不，不是……"

"肃王妃才是我母亲，你算我哪门子的舅舅？"

"我错了，我错了……大公子，你留着我，我还有用！我还有用！给我一个将功赎罪的机会！"

谢知章一挑眉："哦？"

柳玉虎咽了一口唾沫，道："今日赵昀派他的侍卫来砸场子，那个人姓卫，烧赌坊的时候他要我看着，还说了一句'不看，我就杀了你'，大公子，我敢发誓，我一定在哪里听过这个人的声音！我跟他绝对不是第一次见面！说不定这次他们就是故意设计的，大公子，你让我去查……你让我，让我……"

谢知章的眼神变得越来越深沉可怕，他更加畏惧，哆哆嗦嗦地说不成话。

谢知章问："你该不会是想逃吧？"

柳玉虎哀求道："我怎么有本事逃得出大公子的掌心？那个姓卫的，我当真见过，就是、就是一时想不起来了。"

谢知章眼角轻微抽搐着，片刻后，他放开柳玉虎，道："好，我准你去查。"

第十六篇章
猎天骄

你们杀不了的人,
我来杀。

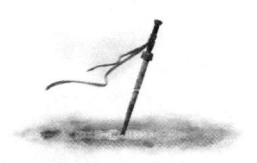

供皇家围猎的猎场名叫"宝鹿林",距京百余里。

相传当年大梁的太祖皇帝在此狩猎,曾射伤一头小鹿。那头小鹿通体雪白,黑眸灵动,太祖看着此鹿可怜可爱,不忍下杀手,亲自为白鹿医治伤口,将之放生。后来那白鹿竟化作神灵的模样,称赞太祖宽厚仁德,衔草洒露,赐予他逢凶化吉之气运,这才保佑太祖开辟大梁基业。

太祖登基后,便将此地定为猎场,赐名宝鹿林,立下"逢鹿不射"的规矩。

宝鹿林之大,西至望青山,东极水梦泽,揽抱两水三山,有峻岭,有原野,飞禽走兽,无端无穷。从前大梁的皇室子弟时不时就来宝鹿林进行一场游猎,每一场游猎都耗资巨大,奢靡无状。崇昭皇帝登基以后,厉行节俭,打破太祖定下的规制,将宝鹿林的范围仅仅限定在望青山附近,其余地界全都改建为城池与良田。

今年与以往相同,由北营武陵军负责宝鹿林的巡守与防卫。也有不同,往常都是正则侯亲自护驾,这次则由大都统赵昀伴随皇上左右。

恩宠被他人一朝夺去,这口气换了谁也轻易咽不下去。这次皇上还准了正则侯来参加春猎,裴昱清傲,赵昀狂妄,所谓一山不藏二虎,两人一旦对上,指不定就要斗法。朝中有眼红赵昀的,又奈何不了他,只盼着正则侯能出面教训教训赵昀;亦有看热闹不嫌事大者,都等着看这场好戏。

有几个纨绔子弟甚至还在私下里开设赌局,看一看谁输谁赢。赌摊子刚铺开,就让徐世昌一脚踢翻,徐世昌揪住其中一个公子哥的右耳朵,骂道:"从前你们闯了祸,哪次不是去找长淮出主意?他对你们好,倒养出一群白眼狼,什么也不干,只等着看他的笑话,心里头盼着他输了面子,好让你们多赢几个钱!"

那公子哥夺着自己的耳朵,痛呼道:"长淮那样有本事,又从不依靠旁人,用不着我们替他想主意。哎,疼疼疼……别扯我耳朵,快、快松手!小太岁,天地可鉴,我押了长淮赢,赵昀怎么会是他的对手?"

徐世昌一松手,又拧到他的左耳朵,那公子哥紧接着又一声尖叫。

徐世昌道:"赵昀是我爹的学生,你想他输,岂非要让我太师府丢脸?!"

那公子哥简直冤得不行:"你真是蛮不讲理,这边不能站,那边也不能站,那你来,你倒是选一个!"

"我选你,选你去当王八!"徐世昌道,"一会儿皇上就要进宝鹿苑了,还不快去换衣裳,都去!快滚!"

"好好好。"

几位公子忙连声应下,临走前忽地按住徐世昌的后颈,你一拳我一脚地把他一通乱揍,然后欢呼雀跃地跑了。徐世昌被"欺负"得又气又笑,也没跟他们计较,整了整衣裳,忙去前苑随众人一起迎驾。

宝鹿苑是处山庄,就坐落在宝鹿林的腹地望青山上,通往庄子的山路是以石阶铺就的。

伴驾的侍卫手中皆持着银色旗帜,自高处看,整队人马就像一条白河瀑布,顺着山阶,一路从山门攀上山腰。徐世昌随同辈的王孙公子跪在山路两侧,谁知来的人不是崇昭皇帝,而是肃王爷。肃王入座以后,言明崇昭皇帝忙于政务,春猎的第一日是来不了,所以命他先来主持大局。

宝鹿苑开了流觞曲水的大宴,至宴中时,徐世昌还不见裴长淮,便离席去寻。路上听来往的宫人说,赵都统刚刚巡查过一圈宝鹿林的防务,正要入苑拜见肃王爷,徐世昌去苑外一瞧,果真撞见赵昀一行。赵昀骑马在前,头发高束于银冠中,又垂红缨,身着黑地彩绣的箭衣,身姿潇洒利落,人也俊采飞扬,好似天神下凡。徐世昌正要挥手唤他,却见赵昀下马后,转身去到后方的步辇。赵昀朝步辇上的人伸出手来,似是迎接,笑吟吟道:"小侯爷,到了。"

那步辇的碧纱帘一掀,徐世昌仔细瞧去,可不正是裴长淮吗?裴长淮身着白鹤箭衣,与赵昀一黑一白,似乎天生注定要针锋相对。裴长淮下步辇,看着赵昀的手,没领他的情,独自下来。赵昀抿唇一笑,将手负到身后,很快跟上裴长淮，与他一齐走向宝鹿苑。

徐世昌一脸欣喜道："揽明，长淮！我正找你们的，怎么你们倒一起来了？"

赵昀眼中狡黠："小侯爷是我的顶头上司，他来，我自当亲去迎接。"

裴长淮却道："只是正好碰见。"

徐世昌看他们嘴上虽不对付，但彼此还算和气，心底不由得宽慰。

"管他呢，找到你们就好。这次春猎，我想争些风头回去，给我父亲长长脸……"徐世昌左手揽裴长淮，右手揽赵昀，"你们一个是我兄弟，一个是我父亲的门生，要是较量起来，可都得帮我。"

裴长淮和赵昀都是骑射的个中高手，若他有这两员大将助阵，不愁猎不到好彩头。

流水曲觞宴至午后方歇，闭宴以后就要进行第一轮春猎。不参加角逐，只当猎着玩的，只需乘兴而去、尽兴而归；倘若参加角逐，则以箭羽颜色为记号，分为青、黄、赤、白、黑五个阵营，每队十二人，时长六个时辰，翌日清晨方归。如若狩猎时遇到危险，可放千里火，赵昀已在宝鹿林周围布下哨兵，十里一岗，随时都能赶到。春猎开始前，需要先去宝鹿林祭祀神灵，谢知章负责此事，谢知钧陪同，待祭祀过后，他们才回山庄复命。

选阵营时，谢知钧先取赤羽箭，不少世家子弟想与肃王世子交好，同样选来赤羽箭，一群人如众星捧月般围着谢知钧，嘴里说着亲切的话。谢知钧目光在人群中搜寻，好久才瞧见裴长淮的身影，不顾眼前的热脸，推开他们，径直走向裴长淮。

"长淮。"谢知钧唤他。

裴长淮诧异地回身，正撞上谢知钧的眼睛，眉尖一蹙："何事？"

谢知钧扬扬下巴，将赤羽箭递给他，道："来跟我一起。"

裴长淮实在无法理解谢知钧究竟是自负自傲到何等地步，打了别人一巴掌，还想着回头一招手，那被打之人又能殷切热络地贴上来。

"我又不是你养的小猫小狗，你犯什么毛病？"他隐怒道。

谢知钧轻哼一声："你自然不是小猫小狗，我就是养条狗，它都比你忠心。"

裴长淮见到谢知钧就不自在，更懒得跟他扯这些嘴皮子，于是转身就走。

谢知钧一把拉住他，凤目眯了眯，放软了语气，说道："好了，上次是我不对，我跟你道歉，行不行？"

谢知钧口吻柔软但态度轻蔑，连道歉也是因为他看不起人，以为自己稍稍放低姿态，别人就该原谅他。

"我听说赵昀让你在北营吃了大亏，你遇上麻烦怎么不来求我呢？"谢知钧在裴长淮袖口处捏了捏，低声说，"长淮，不如我帮你除掉他，扶你坐稳武陵军的主帅一位，怎么样？"

裴长淮嗤道："你太高看你自己了。"

谢知钧见自己无论怎么哄，裴长淮的态度始终冷冰冰的，有些不耐烦了，当真不知道还要做些什么才能让裴长淮满意。

那厢徐世昌正扯着赵昀抱怨，因为肃王不准徐世昌既拉上赵昀，又拉上裴昱，否则太不公平。肃王命赵昀自己带上一队人去参加角逐。赵昀依命选了青羽箭，徐世昌选了白羽箭，两人分属不同阵营。

徐世昌哀求道："父亲快过寿辰了，我这不就想拿个好名次跟皇上讨个赏，也让我爹开心开心吗……揽明兄，你可要手下留情，等进了宝鹿林，你多多对付别人去，别对付我成不成？"

赵昀朗声笑起来，拍了拍徐世昌的肩膀，道："放心好了。"

抬眼间，他瞥见裴长淮与谢知钧在一处，谢知钧正轻俯着身与裴长淮说话，两人似是极亲昵。

赵昀眼色沉了沉，似笑非笑地，对徐世昌说："锦麟，再迟些，你的长淮哥哥也要丢了。"

"什么意思？"

徐世昌一时迷惑，赵昀示意他去看，徐世昌回头正见谢知钧递给裴长淮那根赤羽箭，急得差点儿蹦起来。他飞一样地跑过去，强行横在裴长淮和谢知钧之间，张开手将裴长淮护在身后，道："世子爷，你麾下那么多'大将'，干吗来跟我抢人？别想了，没门儿！不可能！"

谢知钧一下皱起长眉。徐世昌心思单纯，横行无忌，在谢知钧眼中更像个蠢货，但有时候偏偏蠢货最让人奈何不得。看徐世昌在眼前气得直跳，裴长淮轻笑一声，随即抬起手来。

他手中握着与徐世昌一样的白羽箭，细长的手指还在箭羽上抚了抚，说道："世子爷厚爱了，道不同不相为谋。锦麟，我们走。"

"走走走。"徐世昌携着长淮就跑。

准备好弓箭与马匹，还有若干猎网与绳索，五队人马相继下到后山，进入宝鹿林当中。谢知钧带着赤羽阵营的人在林中奔腾，马蹄声震天撼地，林中群鸟纷飞。谢知钧手持银弓，咻地一箭飞出，随即一笑："中。"

众人都不曾看清猎物，直到走近了，随从才捡起血淋淋的猎物，捧起来给众人看，原来是只野兔。

众人连声叫彩："好箭法！"

谢知钧本就是漂亮人物，箭法也不逊分毫，一样的漂亮。

其中一人只顾称赞，脱口而出道："看来世子爷在青云道观修行时也不少狩猎吧？这箭法当真神了！"

真是哪壶不开提哪壶，此话一出，谢知钧眼神变了变，目光在那人身上一掠。那人下意识僵住，忽然意识到自己说错话，背上直发毛，支支吾吾道："我、我没有那个意思……"

谢知钧冷着脸，一甩马鞭，飞奔而去。众人如获大赦，随即跟上。

大约快到黄昏，谢知钧一行人也没有什么大的收获，都是些狐兔、鹰雉等物，直到负责探寻猎物踪迹的人马回来一个，禀告说前方发现了一头黑野猪，只是体形硕大，难以捕获。

谢知钧将箭囊添满，道："这有何难？"

他带人前去，在丛林中见到那头野猪的身影，果然庞大无比，且皮糙肉厚，射箭的力道若小一些，根本伤不了它分毫。

谢知钧让人提前布置好陷阱，自己带上人马，拖着树枝，故意制造出很大的动静，惊得那头野猪在丛林中四处奔窜。

他享受追逐猎物的过程，享受看着它们受惊逃跑，跑到筋疲力尽，以为自己拼尽全力就能逃出生天，等回过神却发现自己早就落入陷阱当中。

等到野猪奔跑的速度慢下来，逐渐出现力竭之相，谢知钧瞄准猎物，正要拉弓搭箭。忽地,三根青羽钢箭自谢知钧后方深林中一齐发出,那箭速度之快,力道之猛,划过长空发有唳响,携雷霆威势,追星赶月般飞来!转眼间,三根钢箭没入野猪腹中,热血溅飞,野猪轰然倒地,四脚抽搐着。后方纷纷发出喝彩!

眼见被人抢夺先机,谢知钧大怒,回头望去,后方丛林中人影绰绰,唯有鱼鳞弓上光色粼粼,亮得刺目。鱼鳞弓一挪开,就是赵昀那张英俊的面孔。他微微笑了笑,将弓箭收好,慢悠悠地策马上前。他朝谢知钧一抱拳,道:"世子爷,没想到竟射中了,抢先一步,抱歉。"

与谢知钧同行的人见赵昀分明早就盯上这头野猪,只等此刻出手,好坐收渔利。他们心中恼怒,但面对赵昀,又是敢怒不敢言。

赵昀吩咐人上前:"愣着干什么?将那货抬上后车,可别辜负了世子爷的美意。"

他有意挑衅,落在谢知钧眼中,那一言一行、一颦一笑都像极了以前的谢从隽,那样夺目,又那样可恨。其余人也是气得捶胸顿足,低声咒骂。

赵昀笑着,正要信马由缰地离去,霎时间,他后背袭来一阵厉风,赵昀登时滚下马来,屈膝落地,堪堪躲过这支暗箭。那箭镞从赵昀身侧划过,在他左臂的衣裳上划出一个口子,险些就伤到他的皮肉。

赵昀身边的侍卫大惊:"你们、你们这是干什么!"

谢知钧将手中弓箭扔下,从腰间抽出长剑,冷声道:"别着急走,听闻都统剑法出神入化,不如趁此机会切磋切磋?"

赵昀慢慢站起身来,用手指捻了捻衣裳的破烂处,笑道:"世子过誉了,我剑法一般,耍着玩玩而已。"

不由分说,谢知钧一剑就猛杀过来!赵昀尚未来得及寻剑,只能用手中鱼鳞弓临时一挡。那剑中灌下的力量犹如千钧,险些将鱼鳞弓斩断。赵昀的侍卫将自己的剑解下来,扔给他:"都统,接剑!"

赵昀精准接下剑,一手拿鞘,一手握柄,长剑铮然出鞘,漆黑的双眼映在雪白的剑身上,冷若寒霜。

谢知钧一剑不成再杀一剑,他的剑法刁钻狠辣,常常出其不意,尽管如此,赵昀却也从容不迫，双方你来我往，谁也不曾留下破绽。正当谢知钧气沉之际，赵昀陡然变了剑锋，一横一挑，将谢知钧腰间绣着蝶恋花的香囊挑飞。

赵昀此举本是为了示威，可那香囊谢知钧一直佩戴在腰际，算是贴身物件之一，见这香囊被赵昀毁去，谢知钧眼眶通红，面容一下变得狰狞可怖。

"你该死！该死——"

谢知钧突然就变了杀招，下手毫不留情，赵昀也不似方才漫不经心，认真对敌。剑与剑交接，碰撞出极为刺耳的清唳。谢知钧早就对赵昀的剑法有所怀疑，此刻亦想试探出他的真功夫，不过赵昀的剑法很多与枪法路数融会贯通，又神也妙，一时还看不出什么章法。正是没有章法才教人琢磨不透，那长剑在赵昀手中越发神秘莫测。转眼数十回合，赵昀的剑一时扫到他的腰际，一时刺到他的手臂，虽皆未中，也压得谢知钧有些喘不上气。

众人还未看出哪边胜负，只有谢知钧清楚颓势渐显，越发杀得狠。

远处林子中响起纷乱的马蹄声，正值此时，赵昀气势忽地稍短一寸，出剑时左肩留下好大的破绽。谢知钧趁机一剑长虹贯日，锋芒直入赵昀左肩。赵昀连连后退，当即倒在地上，肩下迅速溢出鲜血。

谢知钧此时已有杀心，眼见一招得手，便不肯善罢甘休，正要再攻，忽而从侧方横来一个身影，悍然挡下谢知钧的剑，顺势一缠一绞。谢知钧不防，手中剑一下脱手，旋转翻飞，直直扎进地面！袍角如云，发缨翩然，来者正是裴长淮。裴长淮抬剑指向谢知钧，剑锋的寒气似乎就逼在他颈间皮肤上。

"退后。"裴长淮道。

见到裴长淮，谢知钧才知赵昀刚刚那一处破绽是故意显露的。

"赵昀！"他咬牙切齿道，"你敢算计我！"

赵昀仰在地上，捂住受伤的肩膀，鲜血从指间淌出来，但漆黑的眼珠一错不错地望着谢知钧，唇角扯出一丝诡谲的笑容。谢知钧眼神如雪刃，恨不能将赵昀千刀万剐，说着又要再打过去。裴长淮稍一侧身，将赵昀挡在身后，转了转手中剑，道："还不住手吗？谢知钧，你到底要杀多少人才满意？"

"你来责备我？"

谢知钧心中一寒,身为肃王府的世子,若不是为了裴长淮,原也不会多瞧赵昀一眼,可这人非但不领情,还处处与他作对。这若换了其他人,定然觉得冤屈,然而谢知钧太过自负,冤了又怎样?别人越是冤枉他,他就越要承认。

"裴昱,我在你眼中,是不是做什么都是错的?"谢知钧冷讥道,"既然如此,我也不怕再多一条罪状。你不让我杀他,我就偏偏取他性命,看你正则侯能拿我怎么样!"

说着谢知钧便唤人再拿剑来。

徐世昌这时也策马跟上来,见双方剑拔弩张,一副不死不休的架势,忙下马跑到谢知钧身边,将那捧剑上来的随从拦住。

徐世昌夺过剑,一巴掌拍到那随从头上,不重,旨在教训,口里骂道:"混账东西,肃王爷是怎么教你们的?平日也不知多规劝着主子一些,只顾着煽风点火吗!"

那随从也冤枉,低着头不敢说话。

徐世昌抱紧剑,对谢知钧笑道:"闻沧哥哥,多大的仇怨,怎么就非得要杀要剐了?"

谢知钧道:"这里没你的事,少来插嘴!"

"怎么没有?"徐世昌望着四周的人,嗤道,"你们就在旁边看热闹好了!我先把话放在这里,一个是肃王府世子,一个是皇上的心腹重臣,倘若有一个伤了,你们谁也逃不了,统统等着被皇上问询吧!"

赤羽营的这些人虽说讨厌赵昀,但也不想闹出人命。一人出声劝说道:"世子爷,算了,您大人有大量,别跟他们计较。这野猪有什么稀奇,我们再猎就是!"

徐世昌也搬来台阶给谢知钧,道:"闻沧哥哥,就当给我一个面子,给太师府一个面子。皇上明日就到宝鹿苑了,倘若此事闹大,败了皇上的兴致,那可就大大的不妙了。况且肃王爷受命来宝鹿林主持大局,你也不想王爷辜负皇上所托吧?"

他一席话将太师、肃王和皇上都抬了出来,一道接着一道压下谢知钧的怒火。谢知钧再胆大妄为,也不得不顾忌这些人。他逐渐冷静下来,抬头与裴长淮充满敌意的目光一撞，心里也凉了大半，实在不愿再跟他动手。

谢知钧从徐世昌怀中夺来长剑，再冷冷地看向赵昀，一字一字地说道："赵昀，你很好，本世子记住你了，以后小心着点，千万别犯在我手上。"

说罢，谢知钧翻身上马，喝道："我们走！"

望着这一行人马陆续离去，徐世昌终于松了一口气，赵昀的侍卫上前，将他扶起来，徐世昌也赶紧凑过去，担心地问道："你没事吧？"

"死不了。"赵昀身穿黑衣，血的颜色不明显，整个肩膀却已经被血水浸透，但饶是如此，他也没皱一下眉头，反而笑吟吟地看向裴长淮，"幸亏小侯爷来得及时。"

裴长淮一言不发，转腕收剑入鞘。

徐世昌看赵昀不将伤势当回事，急道："这事非同小可，万万不能耽误，你还是先回宝鹿苑。"说着说着，徐世昌想起一个人来，转头说："长淮哥哥，安伯是不是也随来宝鹿苑了？他从前在武陵军中供职，是最会治这些外伤的，你可别小气，请他帮忙来看看。"

裴长淮还没答应，赵昀就抢先一步道："那就先谢过侯爷了。"

裴长淮道："你们还真不客气。"

一时间徐世昌和赵昀都笑。

赵昀伤势不轻，裴长淮将人手留下，继续跟着徐世昌春猎，自己则牵来一匹白马，借给赵昀，陪他一起先回了宝鹿苑。赵昀受伤的事不能对外声张，请不来太医，裴长淮也只能将安伯请来给赵昀看伤势。安伯虽说因为武陵军的恩怨，不太待见赵昀，但好歹是医者仁心，不会拒绝。他请赵昀脱掉上衣，擦去伤口周围的鲜血，见那剑伤很浅，并没有伤到要害，道："缝两针就好。"

安伯从药匣中取了针线出来。裴长淮见赵昀那道伤口皮开肉绽，一时想起当年在走马川上见到的尸首，遍体鳞伤，有士兵，有百姓，有他父兄，还有他的……裴长淮心中有说不上来的恐惧，很快挪开视线，去到外间等候。裴长淮原以为赵昀撑不住会痛喊两声，谁知连一点儿动静都没听见。

过了一盏茶的工夫，安伯就从里头出来了，对裴长淮道："没什么大碍。"

裴长淮点头道："辛苦了。"

将安伯送出去以后，裴长淮又回来找赵昀。

赵昀刚在屏风后换上衣裳，衣带还未系好，看见裴长淮回来，也懒得再系，半身往屏风上一倚，姿态说不出的散漫："小侯爷，我还没穿好衣裳，非礼勿视。"

裴长淮简直无言以对，对他那点担心也一扫而空。他一侧身，避开与赵昀正视，问道："怎么不见卫风临？"

赵昀道："这次没让他跟来。"

裴长淮道："本侯会派两个人来照顾你，好好歇着。谢知钧不是好惹的人，以后离他远一些。"

赵昀坦然道："我是故意输给他的。"

裴长淮却不意外："本侯有眼睛，剑法也还好，你卖的破绽太大了，十分不高明。"

"你看出来啦？"赵昀笑得丰神俊朗，"你看出来，还愿意救我，总不能又是因为我长得像谢从隽吧？不过也说不定……"

他尾音有些发沉。

裴长淮知道他故意话中带刺，见他此时有伤在身，懒得跟他不痛快，冷淡地说道："你再不济也是北营的人，该怎么处置，当由皇上说了算。歇着吧，我走了。"

说完他便离开此处，只留下赵昀怔在原地。

过了好一会儿，赵昀不由得失笑道："真是有长进。"

这天夜时，裴长淮被人邀去参加泛舟宴，席间喝了些酒，出来时人还微醺着，微风徐徐，皓月当空，风景说不出的惬意。

他提着一壶酒，择一处高而阔的楼阁，踏上飞檐，仰在屋顶上喝酒赏月，其间还小憩了片刻，醒时正听见一阵窸窸窣窣的声音，裴长淮望过去，就见檐上有处身影在左右摇晃。

过了一会儿，那人影急着喊道："长淮哥哥，不行了，太高了！快来搭把手！"

原来是徐世昌。

他回到宝鹿苑，先去问了问赵昀的伤势，得知无碍后就放心去寻裴长淮，在宝鹿苑找了大半天才在这楼阁的坡顶上看见他。徐世昌见他睡着，独自搬了把梯子爬上来，却卡在顶处进退两难，只好向裴长淮呼救。裴长淮忙将他拉上来，徐世昌仰着大喘气，额头上起了一层薄汗。裴长淮禁不住地笑道："你怎么回来了？"

春猎会持续到翌日清晨，夜里需在宝鹿林中扎营，喝的是河水，吃的是打来的猎物，连生火都要就地取材，这也算其中一项考验。

徐世昌苦着一张脸，说道："你一走我就慌了，你又不是不知道，我、我怕黑，那野林子一到晚上就呜呜地叫，听着浑身起鸡皮疙瘩。"

裴长淮将手中的酒壶递给徐世昌，道："你不是发誓要夺个头名回来，好向皇上求赏，哄你爹开心吗？"

徐世昌接来酒壶，仰头喝了一口，烈酒入肠，浑身便暖融融的，畅快地眯起眼，长叹道："在这里看看月亮、喝喝酒、吹吹风多好，什么头名不头名的，下次再说。唉，我真是遭不了大罪，注定没出息……"

裴长淮忍俊不禁。

徐世昌见他笑，自己还挺不好意思的，小声问："我要是一直这么没出息，你会讨厌我吗？"

"不讨厌。"裴长淮与他躺在一起，闭着眼，任由月光倾泻下来，"我小时候比你还没出息，我爹爹时常训斥我。"

徐世昌道："这怎么能一样呢？老侯爷骂你没出息，只是因为你不想去武陵军做他的将士，倘若论读书，那还是比我强多了。老侯爷也真是的，你这样还叫没出息，如果换我去当他的儿子，他不得天天恼死了？"

提起往事，裴长淮笑了笑，可笑容里多是苦涩。

他缓缓说道："当年我娘生下我以后，身子便大不如从前，一早就病故了。我爹虽然嘴上不说，其实我能看得出来，他多少是有些怨恨我的。侯府的人都说我阿娘生前是个很坚韧的女子，当年叛军杀到家中，阿娘为了保护大哥和二哥，可以拿起刀来同他们拼命……所以我越怯懦，我爹就越看我不顺眼……"

徐世昌皱眉道："怎么会呢？长淮哥哥，我能看出来，老侯爷是真心疼爱你的，否则后来也不会允许你走仕途了。"

裴长淮道："那是因为我大哥和二哥向他求了情。"

当年裴承景一心想让他去武陵军，可他连剑都不愿意拿起来，为此也吃了不少苦头。

他大哥裴文出面去劝说父亲，温声说："大梁千千万万的将士愿意在战场上以命搏杀，是为了国，也是为了家，为了能让他们的亲人衣食无忧、安安稳稳地生活。父亲，让三郎这样的孩子不用再去见刀剑，不正是我们一直所求所愿吗？"

二哥裴行也在一旁嘻嘻地赔笑脸，手掌在长淮的头发上揉来揉去，揉得乱糟糟的，道："就是，你看这细胳膊细腿的，天生就不是当兵任将的命！"

裴承景板着一张脸，就说："你们少惯着他，一味的善良就是软弱，现在教他拿起剑的时候，他拿不起来，等以后不得不拿起剑的时候，看他怎么办！"

裴承景又一眼瞪向长淮，斥道："不成器的东西，自己连句话都不敢说吗？"

长淮吓得往裴文怀里缩了缩。

裴行见父亲眼也似能杀人，大剌剌地将长淮抱过来，摸摸他的额头，笑道："不成器就不成器呗，有大哥和二哥在，我们三郎不用太成器，听到了没有？"

"你说的这是什么混账话！"裴承景揽袖抬手，恨不能一巴掌将裴行呼出去。

裴行嘴里讨饶，脚下生风，忙携着长淮跑了出去，裴文则拦着父亲连声劝慰。裴行当时跑得太快，长淮在他怀里被颠得头晕眼花，那感觉至今难忘。

思及此，裴长淮不禁一笑，不过片刻，这笑容便消失了。

徐世昌的现在，又何尝不是裴长淮的当初？

"锦麟，你很好，一直这样就好。"裴长淮淡淡地笑着，"太师也只是嘴上骂你，可心里很疼你的，他最近快做寿了，你多上上心。"

"那是自然。"徐世昌哼哼一笑，仰头看着月亮，忽而又道，"当初你被皇上责罚的时候，我爹也不帮你，现在你还劝我孝敬他呢……"

"我跟太师之间只是朝堂上有些政见不和，与你并不相干。我劝你这些，自是因为我当你是兄弟，而非太师府的公子。"

徐世昌嘴角一下咧开大大的笑容，挪到裴长淮身边去，两个人一时凑得很近。

就这样喝了一会子酒，徐世昌再说道："你既当我是兄弟，我也跟你说一句心里话……长淮哥哥，你该高兴的时候就痛快高兴，该成家的时候也要成家，忘掉以前那些事，别总念着你父兄还有从隽了。"

徐世昌与裴长淮交好，最是知道这六年裴长淮是怎么一日一日熬过来的，走马川一战后，他从来没有一天是真正开心过的。

此话一出，两人就陷入片刻的沉默，裴长淮独自喝了一口酒，低声说道："锦麟，你不明白。"

他身上背负太沉太重的恩债，有时候连笑一笑都似乎成了一种罪孽，因为他能活着，是有人替他死了。裴长淮无法心安理得地放下，更何况忘记？不能忘，也不敢忘。

徐世昌见劝他不动，长叹一声，也不再多说，只陪他喝个痛快。宝鹿苑的泛舟宴散了，楼阁周围隐隐约约有人经过，伴着笑谈之声，时而远，时而近。春日的夜一深，到底还是有些凉意，裴长淮怕徐世昌冷着，正要唤他回去再睡。站起身时，他忽地瞥见下方有一个人影，匆匆穿过月牙门，时不时回头看上一眼，警惕着后方的动静，仿佛是怕有人跟踪似的，形迹十分可疑。

裴长淮多瞧了两眼，那人自嘴角到脸颊裂开一道很深的疤痕，实在太容易辨认，正是金玉赌坊的东家柳玉虎。

宝鹿苑是皇家园林，非寻常人能随意出入，柳玉虎为什么会出现在这里？正想着，却见柳玉虎身后还有一个黑影，正不远不近地跟着他，借月光一看，竟是卫风临。裴长淮心下更加疑惑，难道是赵昀派他来跟着柳玉虎？可赵昀不是说此次没让卫风临跟来宝鹿苑吗？他察觉此事不简单，欲去探个究竟，裴长淮匆匆看了一眼喝得大醉的徐世昌，伸手在他额头上抚了两下，随后跃下楼阁，衣袍翻飞，脚步轻盈，静悄悄地跟了上去。

柳玉虎一路在阴影中潜行，避开巡逻的卫兵，到了簪红园，谢知章正在园中的池塘边喂鲤鱼。有侍卫拦下他，柳玉虎说请求拜见大公子，烦请他们通传，不一会儿，侍卫才出来放他进了园子。

谢知章立在池塘边，柳玉虎跪到他身后，敬道："大公子。"

　　谢知章也没回身看他，专心往池中撒着鱼食，冷讥道："你还有胆子直接找到这里来？说吧，到底何事？"

　　柳玉虎神情明显有些焦急，道："这次回淮州，不想在路上正碰到赵昀府上的管家，他叫卫福临，也是到淮州去的。"

　　谢知章却道："不奇怪，赵昀的祖籍就在淮州的淮水乡。"

　　柳玉虎很快摇了摇头："他没去淮水，而是去了昌阳。"

　　昌阳同样隶属于淮州府，而昌阳的青云道观就是谢知钧被皇上幽拘的地方，是以谢知章对这个地名很敏感，也不免多疑多虑。他回过头看向柳玉虎，沉声问道："他去昌阳做什么？难道赵昀想对闻沧不利？"

　　柳玉虎再摇了摇头，眼神闪烁地看着谢知章，欲言又止，似乎有些话难以启齿。

　　谢知章见他磨磨唧唧的，有些不耐烦了："有话直说，不想说就滚。"

　　柳玉虎道："不知大公子可还记得四年前，昌阳那、那次……您去道观看望世子爷，喝醉了酒，下山时与一个女子……那女子姓林，林雪絮……"他自是说不出个完全来，只提点一些关键，怕自己全都说出来，让谢知章颜面扫地。

　　那年开春，谢知章照旧去青云道观探望谢知钧。

　　柳玉虎心中清楚，谢知章不与他这个做舅舅的亲近，却极看重那个同父异母的弟弟，他要想讨好谢知章，就要想办法讨好谢知钧，于是到处搜罗了些稀奇的好礼好货，陪谢知章一起送到青云道观去。谢知章和谢知钧见面以后，一开始还相谈甚欢，特别是柳玉虎从塞北寻来的一把好剑，很得谢知钧喜爱。

　　当时正值春日，青云道观里的玉兰花开得极好，谢知钧乘兴舞起剑来，谢知章则取了笛子与他的剑舞相和。

　　本来一切都好端端的，谢知章性情四平八稳，喜无大喜，忧无大忧，难得那么高兴一回，还吹了一首京都的名曲《赤霞客》，也不知怎的就惹了谢知钧的恼，他将剑掷开，一把夺来谢知章手中的笛子，狠狠折断。当谢知钧真正怒到极点时，反而让人看不出怒气，饶是柳玉虎比他年长那么些岁，也不禁对谢知钧这样的人心生畏惧。他面容平静，只冷冷地看着谢知章，那眼神里充满轻蔑、

253

厌恶，仿佛是云在看泥。

谢知章一下变了脸色，从被羞辱后的通红逐渐到心灰意冷的苍白。谢知钧走后，谢知章独坐良久，自斟自酌，喝得酩酊大醉。因为青云道观是幽拘之地，皇上下旨，不得留宿缘客，遂到傍晚时分，柳玉虎安排好轿子，送谢知章下山。

也是那个林雪絮倒霉，好好地跑来青云道观进什么香？

柳玉虎还依稀记得林雪絮的模样，确实是个美人，长得娇小可爱，有一双很秀气的杏眼。那时她腰间系着块华美的玉佩，手腕上戴着淮州特有的银丝铃铛，走起路来就会丁零零地响，衣裳上还绣着大朵大朵的海棠花，怎么看怎么招眼。

谢知章一见到林雪絮，就命人将她拦了下来。

林雪絮臂间还挎着一口竹篮，竹篮里装有药材，小姑娘还以为他们是要买些药草，不料谢知章只是想看看她的玉佩。

林雪絮见谢知章斯文有礼，还是给他瞧了一眼，后又谨慎地将玉佩收起来，说："玉佩不卖的。"

谢知章一笑："玉好，人也好。"

只是他这笑容看着冷冰冰的，腔调也阴阳怪气，林雪絮心里一慌，当即就要告辞。谢知章却一把抓住她的头发，狠狠地将她扯进轿子当中。那姑娘在嘶声尖叫，绣鞋踢到轿子，咣咣地响，柳玉虎听着心中大跳，一干随从与轿夫也是眼观鼻、鼻观心，谁也没动，谁也没说话。林雪絮哭着呼救，后来一记响亮的耳光打下来，便逐渐没了声音，只断断续续地哭。

柳玉虎挥挥手，让周围的人散下去，把守着四周，别让他人靠近，自己也跟着避到一旁林子里去。大约过了一盏茶的工夫，谢知章一身酒气也散了，尽兴以后，将人丢出来，扔给柳玉虎，吩咐他去善后。

柳玉虎怀里抱着破烂一样的林雪絮，眼里全是错愕，还以为谢知章会纳个妾的，至少给这女子一个名分。还让他善后，他又能如何善后？无非是用钱打发。

他当时不知道这女子姓甚名谁，好在林雪絮也不认识他们，柳玉虎直接将她扔到河边附近，往她烂掉的胸襟处塞了几张银票，足足五千两，柳玉虎甚至都有些钦佩自己的善心和大方了，五千两足够她这样的贱民衣食无忧地过一辈子。

况且她又是个女子，受人奸污肯定不敢声张，没两天大公子也要回京了，到时候就算她想告状，也找不到人，无冤可告。

但令柳玉虎没想到的是，林雪絮竟在之后没多久自尽身亡，她的亲人还带着她的尸首去淮州府找张宗林告状，将此事闹得沸沸扬扬。

柳玉虎唯恐节外生枝，偷偷跑去公堂听审，心想着先看看堂审的情况，倘若事情败露，他就去后府买通张宗林，暂且压下这桩案子，等请示谢知章后再做决定。

抬着林雪絮的尸首去告状的人就是她的两个哥哥，他们显然也是第一次上公堂，张宗林问死因、问地点、时辰、目击证人，等等，林氏兄弟都答不准确或者干脆答不上来，只是一个劲儿地张牙舞爪，催着张宗林派人去查。

张宗林问不出线索，一时也没头绪，只能押后再审。林雪絮的哥哥心生不满，人一下失了控，在公堂上大吵大闹起来，对张宗林喝道："为什么退堂，为什么？你这是渎职！我是不会走的！找不出凶手，我就杀了你！狗官，我要杀了你！杀了你！"

藐视公堂，辱骂朝廷命官，张宗林少不了要赏他一顿板子。

柳玉虎看这架势，想是林雪絮死得干干净净，没留下什么线索，连她家中亲人都不知当日奸污她的人是谁。

那岂不太好了吗？！

柳玉虎当即长松一口气，很快便离开了淮州府。

自那之后，林家人销声匿迹，没再闹出乱子来，这么多年过去，柳玉虎都快忘记这件事了，倘若不是那天卫风临来烧赌坊，同样说了一句"我就杀了你"，柳玉虎怎么也不会想到自己竟跟卫风临见过面。柳玉虎还怕自己记错，亲去淮州求证，正巧又碰上卫福临回乡。

柳玉虎一路跟着他到昌阳，卫福临去了一处墓地上香，待他走后，柳玉虎去看那墓碑上的名字，上头刻着"林雪絮"三字，觉得有些熟悉，四处一打听，方才记起这桩陈年往事。

柳玉虎还顺带着打听清楚了卫福临和卫风临二人的来历，他们原本都姓林，林卫福与林卫风。

二人父母早故，林卫福是大哥，独自拉扯着弟弟妹妹长大，起初过得艰难困苦，后来林卫福开了个小药铺，日子才一天天好起来。林卫风小时候跟江湖人学过两年刀法，武艺不错，一开始是在镖局做趟子手，成年后就跟大哥林卫福一起打理药铺。幺妹林雪絮年纪则小一些，生得可爱乖巧，人也聪慧，小时候日子苦一些，她常拿女红刺绣去市集卖，后来跟药铺里的账房先生学算账，不用拨算盘珠子，只听数目就能在心里算得一清二楚。

有时候林氏兄弟驾车去北方购进药材，最北可抵走马川一带，是以数月不归，家中药铺就全凭林雪絮打理。林雪絮是个善良心肠，因为自己从前挨过苦日子，就见不得小孩子挨饿受冻，常常接济昌阳街头的小乞儿，她的两个哥哥也随她，经年乐善好施，矜贫救厄。

故而柳玉虎去昌阳街头打听时，还有不少人记着林家三兄妹，只是在林雪絮死后，林家兄弟就关了药铺，再也没回来过，谁也不知道他们去了哪里。

街坊邻居不知道，柳玉虎却心知肚明，这二人摇身一变，化名卫福临和卫风临，成了北营大都统赵昀的心腹。

柳玉虎带着这样惊天的消息回来，可谢知章听到林雪絮的名字，一直没想起来她是谁，又经柳玉虎提醒，才隐约记得自己当年貌似是在青云道观行过这么一桩荒唐事。但他当时喝醉了酒，哪里能记得清楚？记不清楚也没什么，谢知章从来没将这样的人放在眼中。

卫福临、卫风临在他眼中与蝼蚁无异，实在没什么可惧怕的，谢大公子抬一抬手指就能置他们于死地，只是谢知章不得不忌惮他们身后的赵昀。

当日赵昀烧掉金玉赌坊以后，很快就去找了太师，声称自己并不知赌坊背后的东家是肃王府，惹下此等大祸，请太师帮忙他求情。

有太师在其中说项，一句"不知者不罪"，让谢知章活活吃了一个哑巴亏，咽也咽不下去，吐也吐不出来，这两日正恨赵昀恨得牙根痒痒。

如今得知有这桩恩怨横在里头，当日赵昀火烧金玉赌坊的举动就更耐人寻味了，保不定赵昀去赌坊就是来找碴儿的，借个由头烧了，好替林家兄弟出一口恶气。

谢知章一下将手中的饵食全都撒进池塘，塘中的鲤鱼争相群聚，尾巴打着湖面，扑腾出哗啦啦的水声。他眼睛眯了一眯，冷道："赵昀留不得了。"

柳玉虎谨慎地问道："公子打算除掉赵昀？您、您可有什么计策？"

"一时半会儿还拿赵昀没什么办法，不过弄死个卫风临、卫福临，敲打敲打他，却也不是难事，你过来……"谢知章正说着，忽地听见夜色深处有一丝异动，瞬间警觉起来，"谁！谁在那里！"

这一声犹如命令，立在四周的侍卫一下抽出刀，往异动的方向追去！

侍卫见到一片青茂的竹林后果然有人影晃动，他们一时谨慎起来，一步步逼近，还不等他们去抓，那人拂开遮挡的竹叶，从容地走了出来。

众人一见，原来是裴长淮。

"小侯爷？"侍卫面面相觑，一时拿他不得，只问道，"你怎么在这里？"

裴长淮道："本侯为何不能在这里？你们似乎不是北营的人，怎么敢带刀进宝鹿苑？"

这一句竟把他们问住了，皇上将宝鹿林春猎的防务事宜交给北营，除了御林军以及北营的士兵，任何人都不准随意带兵器进入宝鹿苑。不过此次是肃王来主持春猎，他要带一队王府的侍卫进宝鹿苑，纵然佩戴刀剑，也没人敢置喙什么。裴长淮却不忌惮他们是什么人，以正则侯之尊，自然是有资格质问这些的。

裴长淮面色冷清，有种轻蔑的神气，云淡风轻地抛出几句话，就能令他们哑口无言，颜面扫地。

其中一个侍卫想到裴长淮如今连武陵军的兵权都丢了，实在不知他还有什么底气这样目下无尘，便瓮声瓮气地说道："我们是肃王府的。"

裴长淮冷地一笑："怎么，肃王府的人就能违抗圣旨，不守规矩？"

"正则侯这话可就吓到他们了，一群听话办事的奴才而已，怎么敢违抗圣旨？"谢知章手握折扇，身姿风雅，自远处走来，笑容也温和，只看表相，端的是朗月清风一般的人物。

他谦然一拜，道："正则侯莫怪，这几个侍卫是我带进来的，我先前在宴上丢了块玉佩，虽谈不上贵重，却是父王赠给我的生辰礼物，我着急去找，可赵昀又不在宝鹿苑，正则侯也是知道我的，无官无职，说话没什么分量，自然差不动他手下的人，这不才叫了王府的人进来帮忙找找，眼下才找到了……"他将玉佩拿给裴长淮看，再道，"我这便让他们离开，倘若有什么过错，明日我亲去向皇上请罪。"

裴长淮将他上下打量，貌似很宽容地说："既然如此，就不算什么大过，只是肃王府的人一旦犯了规矩，就将肃王端出来做挡箭牌，小心损了王爷的清名。"

"多谢正则侯提点，回去以后我定当好好管教他们。"谢知章斜了一眼那些侍卫，"还不快退下？"

"是。"

一队侍卫相继离去，裴长淮也要走，谢知章却唤住了他："小侯爷，可否借一步说话？"

裴长淮审视他片刻，随即上前一步，谢知章将左右屏退后，才说道："小侯爷，我比你年长一些，从前看着你和闻沧一起长大，我这个做哥哥的，自然最了解他，闻沧一向视你为挚友，这么多年从未变过，就连在青云道观那些年，他也时常提起你。你父兄故去，侯府里冷清，如今他也回京了，你闲来无事时可以常到王府坐一坐……"

"大公子若是说这些，那就不奉陪了。"裴长淮冷道，"他当年做过什么事，他心中清楚。"

"你说的可是他推谢从隽落水一事？"谢知章摇头笑道，"闻沧当时年少，脾气是任性了一些，可你想过不曾，他为什么会做出那样的事？小侯爷，有时候看人不能用眼睛，而是要用心，谢从隽究竟是什么样的人，你看得清吗？"

话里话外都是对谢从隽的诋毁，裴长淮的眼睛与声音一同冷了下来，反问道："何出此言？"

"闻沧在宫中读书时，就与谢从隽相处不睦，有宫人跟他说，谢从隽幼时曾失足落水，好在被太监郑观所救，才得以活下来，但从此就患上了畏水的毛病。闻沧听说以后，那时就想教训教训他而已，仅此而已。"谢知章道，"可没想到皇上竟将他贬出京去，幽拘十年……小侯爷，人是没有多少个十年的，闻沧大好的年纪，既有身份，也有才能，倘若他留在京中，今日或许也同你和你兄长一样能够建功立业，大有作为……"

"大公子看自家兄弟珍贵无可厚非，但请少拿他与我的兄长相比，我兄长再讨厌一个人，也不会以教训之名，行谋害之实。"

"谋害？"谢知章忍不住讥笑一声，"他是何等身份，谁能轻易谋害得了他……"他忽地顿了顿，没继续说，转而再问道："闻沧离京那日，谢从隽也曾来给他送行，这事你知道吗？"

裴长淮显然意外，摇了摇头。

谢知章也是后来从谢知钧口中听说的，他离京时，皇上不准王府的人相送，唯有那位落水后"受惊过度"的小郡王骑着白马而来，笑得既顽劣又可恨。他对谢知钧说道："我同你说过多少次，我什么都不怕，你想对付我，要多花些心思才行，你不信，怎的别人一跟你说我怕水，你就信啦？万一那人就是我安排的呢？"

谢知钧到底年少，没有那么多的算计，着了谢从隽的道，除了认栽也别无他法，在青云道观修行十年，都难消心头之恨。

谢知章将此事告诉裴长淮，只盼他能明白，谢知钧本性没有那么坏，谢从隽也全然没有他以为的那样好。

沉默了一阵子，裴长淮却忽而笑了一声，道："大公子同本侯说这些做什么？从隽自幼长在宫中，本侯从来都不会以为他是因着天真无邪才能那么平安。"

谢知章眼角抽了一抽。

裴长淮抬起雪亮的眸子，再道："不过大公子有句话说得很好，看人不该只用眼睛，从前本侯以为你也是淑人君子，到底与世子不同，是以才愿意同你多说两句，如今看来也是无益。"

谢知章脸上轻淡的笑容有些挂不住了，渐渐地握紧手指。

裴长淮气定神闲道："告辞。"

离开这方小竹林，裴长淮的眼神就沉了下来，一直走，一直走，脑海当中尽是谢从隽的身影。得知当年那件事另有隐情，裴长淮说不上来什么滋味，不惊讶，也不意外，他只想见一见谢从隽，哪怕跟他说一句话也好。

等回过神时，裴长淮已经走回到赵昀的住处。赵昀正在庭院当中练枪，毕竟未来这些天他还要随驾狩猎，肩上的伤势不能有所影响。

这厢见裴长淮竟主动来找他，有些意外，不禁笑道："小侯爷？"

裴长淮直接问道："是不是你派卫风临去刺杀谢知章？"

赵昀一蹙眉，道："不是。"

"那就是他擅作主张。"裴长淮一侧身，看向后方黑暗中的影子，"还不出来吗？"

卫风临僵立良久，才慢吞吞地从黑影中走出来，垂着头，面沉似水，走到赵昀面前。

赵昀眉头皱得更深，问："谁让你来的？"

卫风临低头解释道："大哥今天回府时，我发现柳玉虎一直在跟着他，便一路追他追到这里来……谢知章现在已经知晓我和大哥的身份了，我本想杀掉他，不连累你。"

卫风临手里拎着一把匕首模样的兵器，用油布包裹着，看不出内里，仿佛是不轻易出鞘的。赵昀听后，勃然大怒，当即一拳狠狠砸在他的脸颊上。卫风临嘴里瞬间冒血，人倒跌在地，他被打得有些蒙了，迟迟没站起来。赵昀拽住卫风临的领口，提拳还想再打，咬了咬牙，到底没再下得去手。他一下将卫风临拉起来，忍怒道："回头再跟你算账，滚！"

卫风临知道赵昀是在担心自己，心头既愧疚又自责，遂不敢多留，向裴长淮抱拳一拜，随后转身离开。

庭院当中只余下裴长淮和赵昀二人。

裴长淮看到赵昀的手还在轻微发着抖，不知是因为心有余悸还是因为伤口疼痛。

裴长淮低声说："你放心好了，谢知章的人没有看到他，他们以为是本侯。"

赵昀回过头来，目光落在裴长淮身上，就这样看了他片刻。

裴长淮被他瞧得很不自在："你看什么？"

赵昀一掀袍，单膝跪在裴长淮面前，行的是武陵军对统帅才行的大礼。裴长淮不知他又打什么算盘，下意识地往后退却一步，赵昀却捉住他的手，不准他再退。

赵昀深深地望着他,道:"多谢小侯爷,救了他一命。"

他突然郑重其事的,反倒让裴长淮有些招架不住:"你也不必……"

赵昀冲他笑了一下:"属下无以为报,唯有做牛做马结草衔环。"

赵昀看他时,眼眸亮如星辰,隐隐含有不作假的认真,仿佛只要裴长淮愿意点头,他堂堂北营大都统真什么都愿意做。

他是会装的,装得忠肝义胆,有三分真七分假,唬裴长淮却是足够了。裴长淮骨子里端正,善于推己及人,听他一言,提点他:"小心谢知章对你身边的人下手。林家的事到底……"

话音未落,院外隐隐传来人语,有四五个官员结伴同行,交谈着从院门外走过。赵昀站起身来,朝外头的侍卫打了一个手势,对方抱拳点头,随即离开。赵昀道:"此处耳目众多,近来我在宝鹿林巡逻时发现了一个好去处,小侯爷可有兴致与我同去夜游一番?"

裴长淮见他神色认真,有些话也确实要防着隔墙有耳,随即点了点头。

侍卫在宝鹿苑外备好马匹,两人策马行山路,却也如履平地,并肩穿行在山野当中,有明月照衣,清风入袖。

这次裴长淮给卫风临解围,救下他的命,赵昀心中感激不尽。他身上背负的诸多秘密与往事,不能让别人知道,不敢让别人知道,也不想让别人知道,但唯独可以说给裴长淮听。裴长淮是君子,就算要杀人也会正面出剑,与他说这些,赵昀不怕哪一日会遭他暗算。

故而只要裴长淮愿意问,他就愿意说。

走马川一战过后,朝廷问责下来,撤换了一部分驻防边军。这些人刚刚历经一场苦战,转头就丢了军粮的铁饭碗,自然心生不满,一不做二不休,干脆起兵造反。这队边军一路南下,途中征收流民、强盗入伍,势力渐渐壮大,四处抢掠,集成流寇之患。

当年赵昀要去淮州府查访他兄长赵暄的冤情,正碰着一小队流寇在打劫林卫福和林卫风运送药材的商队。赵昀在流寇的刀下救了林卫福的命,还助林卫风退敌，保住他们商队的药材。林家兄弟为了答谢赵昀，便邀他去昌阳家中好生款待。

彼时的赵昀还未得志，生活困窘，得林家接济才有了一处安身之所，加上三人志趣相投，素日便以兄弟相称，不过林家兄弟还视赵昀为恩公，除却情义，对他又多了一份敬重。

赵昀在林家住了一年半载，自然也得林雪絮的照顾。林雪絮为自家兄长做新鞋做衣裳，也会为赵昀做，做得还更用心，因此总被两个哥哥笑话她偏心。赵昀那时孤身一人，举目无亲，唯独在林家的那些时日像有了一个家。

后来林雪絮要出嫁，新郎官是昌阳的一个书生，名叫安文英。

林雪絮与安文英少年相识，安文英母亲病重时，还是林雪絮施舍了药材予他。久而久之，两人彼此心生情愫。

其实安文英早就想娶林雪絮过门，只是家中贫困，第一次科举未及第，功成名就之前，没脸面去林家提亲，于是两人的婚事也一直拖着。直到后来赵昀住进林家，安文英瞧赵昀生得风流倜傥，人也重情重义，连他见了都敬佩，心底害怕林雪絮会移情。他又是沮丧又是落寞，狠狠灌了一壶酒壮胆，当夜就找赵昀"示威"去了，这厢刚揪起赵昀的领子故作凶相地说了一句"林雪絮是我的，我很快就要娶她"，那厢就给林雪絮撞了个正着。

安文英惭愧得要跑，给她拦下。林雪絮让他把刚才的话再说一遍，安文英直摇头。林雪絮拿着绣剪一下扎进桌上，气势汹汹的，还把赵昀吓了一跳。

林雪絮威逼他一定要说，安文英这才鼓起勇气道："我要娶你！"

林雪絮终于忍不住笑出来，笑容灿若朝霞，说："胆小鬼，等你这句话等得好辛苦。"

这本是很好的一桩婚事，连林卫福、林卫风两个做兄长的都满意，为了让妹妹能风光出嫁，还特意跑了最后一趟药材生意。

一切本是很好的，在草长莺飞的好时节，林雪絮还去青云道观求了一支签，上上签，连神明都保佑她和她的情郎喜结连理，白头偕老。

如果没有谢知章，本就该这么好。

林家兄弟和赵昀运着一干彩礼喜盒回到家中，却再也没听到林雪絮的笑语迎接,只看到一具快要发臭的尸首,还有坊间不堪入耳的流言蜚语。

安文英当时赴京参加春闱,中途得知噩耗以后,伤心欲绝,连续几日不进水米。与他同行的考生一直劝他振作起来,他却跟痴傻了一样,口里一直念念叨叨地说要去找絮娘,最后在一个寒夜中投湖自尽了。

林卫福和林卫风抬着尸首去淮州府告状,查来查去,也没查出凶手,最后还是赵昀找到一个当日去青云道观上香的人,逼问出了谢知章的名字。

可他们一个小小的商户,又如何能撼动得了肃王府的公子?

报官?除了皇上,还有哪个官敢与肃王府作对?

林卫风思来想去,打算入京刺杀,不成功便成仁,至少让林雪絮泉下有知,他这个做哥哥的,没有让她白白冤死。

林卫福本是处事冷静的人,但面对林卫风这样玉石俱焚的选择,也没有阻拦。

唯独赵昀将他们拦了下来,他没有出言安慰,也没有虚说仁义,只承诺了一句话:"你们杀不了的人,我来杀。"

为着这句话,他们才强行按下心中滔天的仇恨,更名换姓,陪他从昌阳一路杀到京师。

山野间有流水声。

赵昀信马由缰,目光望着前方,轻声讥道:"两条人命,他却连这两个人叫什么都不记得了。小侯爷,你说这样的'贵人'该不该死?"

他说起往事时轻描淡写,却在裴长淮心中掀起惊涛。

裴长淮没想到赵昀也冲着肃王府来,他知道赵昀并非不自量力,如今已经借着太师府的东风坐稳北营大都统一位,来日方长,对付肃王府需得有十足的耐心。从前他们在暗,肃王府在明,韬光养晦,却也好说,可如今谢知章已知晓卫福临和卫风临的来历,往后必定处处提防,说不定什么时候就会先发制人,将赵昀拉下马,以绝后患。

裴长淮不禁问道:"你可有什么计策?"

赵昀笑道:"没什么计策。"

裴长淮见他分明是不肯说,故也不追问,只道:"谢知章和谢知钧他们不是好惹的,尤其是谢知章,此人心计极深,你多加小心。"

"看来小侯爷是愿意站在我这一边的。"赵昀侧了侧首，笑眼瞧他。

裴长淮喉咙一梗，抿唇不言。

不过片刻，二人行至一开阔处，头上没有了浓翠的树叶遮挡，月光大肆倾泻下来，前方路上铺满碎银一样的光，近前才知是方碧湖，风吹过湖面，波光粼粼。

裴长淮年年都来宝鹿林陪圣上狩猎，还不知这林中竟有这样一方天地。

赵昀跃下马来，也没去拴马，任由它自己去吃草。他径直走到湖边，迎着清风伸了个懒腰。

此地无人，只有天和地，少了规矩的拘束，才是真正的逍遥自在。

两人沉醉于美景之中，良久，赵昀才低声说了一句："裴昱，我背着冤仇债恨，你负着侯府重任，我们或许没什么两样。"

裴长淮道："我跟你不一样。"

"是有些不一样。我不像你，我不是端坐在武陵军高位上连走路都不能出错的木偶，不是一把为了复仇就只会杀人的刀，我有七情六欲，清楚自己渴求什么，即便背负着仇债，也不妨碍我要得到那些东西，千方百计都要得到……"

林野间一卷长风，掀起翠色的浪涛，树叶在扑簌簌地响。

赵昀眼眸清亮，又不失锐利，目光笼在裴长淮身上，让他感觉自己似乎无所遁形。

裴长淮无法不承认，赵昀眉眼间存着一段潇洒风流，是他难以企及的。赵昀鲜活、热烈，他不是木偶，也不准许自己做复仇的刀，不论什么样的境遇，都难抵他骨中逍遥。

裴长淮看着他，心中莫名涌出一些忌恨与不甘，忌恨于眼前人，不甘于眼前事。

他眼眶一热，不知怎的，竟掉下泪来。

月光将这痕泪水照得晶莹，赵昀瞧见，心里惊了一惊。

认识他这么久，赵昀也没见裴长淮流过几回眼泪。

这厮脾气倔，架子端得又高，狼狈到头也不输一身清傲，疼了也死命忍着，连叫都不肯叫，细究起来，当真浑身都是毛病，可赵昀偏偏欣赏这股倔劲。

眼下见裴长淮掉泪，赵昀心也软了，声音也变得软洋洋的："怎么了，三郎？"

若得赵昀一声恶声恶气的嘲笑也就罢了，偏他还哄着，裴长淮心头正不甘，此时更有一种被看轻的愤怒。

"你这个混账。"

"侯爷骂我怎么就没点新鲜的？"赵昀哼出一些笑意，拉着裴长淮同躺到草地当中，枕着手臂，共赏这夜天上的皓月。

这里没有规矩，没有束缚，他们的眼前是明月，耳畔是清风。裴长淮今夜本喝过酒，现下心情放松，更加觉得精疲力竭，也懒得再跟赵昀斗嘴，小憩片刻。

至月中天，裴长淮才转醒。

裴长淮很少有这样的时候，什么事都不用做，也不用想。他半睁着眼，望着月亮出神，良久，才对赵昀说："该回去了。"

"好。"

赵昀吹了一声长哨，在四下吃草的两匹马轻快地奔来。

两人随即策马回了宝鹿苑。

裴长淮想着徐世昌还睡在楼阁上，怕他夜里冷着，也顾不得换衣裳，先去寻他。赵昀陪着裴长淮一起去，到了那高楼处，赵昀率先瞧见徐世昌的身影，遥遥唤了他一声。

徐世昌浑浑噩噩地醒来，酒意催得他头痛欲裂。他扶着额头揉了揉，循声往下瞧，见裴长淮与赵昀并肩而立，旋即一喜："你们？你们……等我！"

他顺着木梯爬下来，跳到两人面前，问道："你们何时在一处了？"徐世昌定睛一看，裴长淮袍上不少尘土落叶，不免惊讶道："哎，怎弄成这样？你们该不会动手了吧？"

裴长淮正欲解释，赵昀却笑了笑，抢先装作委屈的模样道："没什么，我今日输给肃王世子，小侯爷嫌我给武陵军丢脸，方才好好指点了我一番。"

徐世昌立时往赵昀身边站了站，道："长淮哥哥，这可就是你的不对了，揽明兄还有伤在身，你再想指点也要改天嘛。"

裴长淮："……"

265

第十七篇章 云飞扬

您从来、从来都不是一个好父亲。

翌日天不亮，赵昀率武陵军前去迎接圣驾。崇昭皇帝此次出宫，身边除却御林军以外，还有不少王室子孙、文武官员随行。众人先于宝鹿林中举行了一场拜天祭祖的仪典，之后就来了宝鹿苑。

肃王早在苑中安排好春宴，崇昭皇帝端坐在宴台中央，台下雅乐曼舞，台上设了陪席位，老太师身体抱恙，没来凑这场热闹，除了他，肃王爷、谢知章、裴长淮、徐世昌等人均在座。

随着一阵铮铮的摇鼓声，昨日前去宝鹿林打猎的队伍也满车满载地归来。谢知钧所率领的赤羽营收获颇丰，行首的猎物乃是一头灰狼。这头狼体形精壮，腹部、背上都扎满赤羽箭，口鼻中皆有血流出，两颗眼珠浑浊不清，躺在木架上，显然已死去多时。

四名仆从共抬，将这头灰狼一步一沉地架到宴台上来。

崇昭皇帝看见灰狼所受的致命伤是在颈间，赤羽箭从侧方射入，一箭贯了个对穿，此箭力道之凶猛可想而知。而射出这致命一箭的人正是谢知钧。

自高处远远望去，在众人当中，唯独这位肃王世子头上束戴银冠，身上的深蓝箭衣绣着银绒花，风采灼灼。他的长相近似他母亲肃王妃，凤目长眉，极为俊美，本就是个漂亮人物，如今在乌泱泱的人影中更显卓尔不群。

谢知钧将弓箭解下，交给御林军，沿石阶登上高台，步伐飒沓，走到崇昭皇帝面前，屈膝跪拜道："皇上万安，瞧闻沧为您猎了什么来。"

他摊开掌心，两颗狼牙齿赫然在目。

谢知章淡淡一笑，起身跟皇上回禀道："听说昨夜春猎的营地给狼群盯上了，多亏闻沧机警，率人先行射杀了这只头狼，否则还不知会出什么样的事。"

崇昭皇帝似乎对此有些兴趣，抬了一抬手指。他身旁的首领太监郑观会意，上前将狼牙取来，奉给崇昭皇帝观看。这两颗獠牙经过简单的清洗和打磨，如月钩般白润锋锐，这成色却是极罕见的。

崇昭皇帝微笑着点点头，对谢知钧说："好箭法，不愧是谢家的儿郎。这些年你在青云道观里长进不少，人也稳重许多，总算没有枉费父母兄长对你的一片爱护之心……平身吧。"

谢知钧道："谢皇上。"

崇昭皇帝望着他的眼神意味深长，过了片刻，他又缓声说道："闻沧，你也不小了，正是建功立业的年纪，来朝中为朕分忧效力才是正事。以后看上谁家的姑娘也跟朕说，你的婚事自有朕这个做叔叔的为你做主。"

话里话外都是要谢知钧入朝为官的意思。

肃王稍稍扬起头来，自然骄傲于心。

谢知章听后比谢知钧还要高兴，忙道："闻沧，还不快谢过皇上恩典？"

谢知钧勾唇一笑，跪下谢恩。

肃王府的人自然都欣喜，徐世昌则小心翼翼地看了一眼身旁的裴长淮，只见他握紧酒盏，一言不发，脸色明显冷淡下来。徐世昌暗暗轻叹一口气，大抵明白裴长淮缘何不快。皇上终将会原谅谢知钧当年的所作所为，眼前这人才是他的骨肉血亲，谢从隽又算什么呢？

功臣之后，先帝托孤……

虽说谢从隽曾在宫中备受宠爱，可到底没有父母兄弟，死了就没人再为他的遭遇鸣不平。可谢知钧不一样，他还有父母和哥哥袒护，就算皇上还记着他从前的过错，也不得不顾及肃王的颜面，给谢知钧一些荫护和恩赐。更何况，听皇上这口气，已经不再因为谢从隽的事而责怪谢知钧了。

裴长淮也并非不依不饶之人，十年幽拘，谢知钧为当年的过错受到了不小的惩罚，只是他想到谢从隽一死，就无人再惦念他的委屈，心中还是郁郁不快。他有些坐不下去了，想要辞宴，赶上崇昭皇帝说话，又即刻静默下来。

崇昭皇帝对谢知钧说道："你今日猎了好物回来，朕也要嘉奖你，说说看，你想要什么恩赐？"

269

谢知钧瞥了裴长淮一眼,轻笑道:"之前同正则侯闹了点误会,皇上真要赏,就将这狼牙赏他吧,让小侯爷别再生我的气了。"

上次闹到御前的还是谢知钧跟裴长淮在金玉赌坊打架那一回事。那时谢知章授意金玉赌坊的人把裴元茂扣下,目的就是故意生事,引裴长淮犯错,好借此在朝中参他一本,刹一刹裴长淮的威势,让赵昀在北营中得以施展拳脚。

当然,谢知章这样做并不是为了帮赵昀,而是为了帮太师府。

裴元茂乃是裴长淮不可触摸的逆鳞,谢知钧生怕他情急之下失去分寸,动手闹出人命,让局面变得一发不可收拾,这才赶去金玉赌坊,先行赎出了裴元茂。裴长淮误以为扣押裴元茂是他授意,更为了谢从隽一事与他大打出手,到底落下了把柄。谢知钧受了冤屈,恼他恼得厉害,之后也就任由哥哥施手对付裴长淮了。他想,索性给裴长淮吃些教训,若他被逼到走投无路之际,自会来低头求他。可谁承想这厮早就不像少年时那样软弱可欺,即便丢了武陵军的执掌权,也不肯轻易示弱。

谢知钧拿他最是没有办法,自恃大度,也不想再跟他计较,方才借机示好,要裴长淮不承也得承,连崇昭皇帝也说:"朕还没见过你这小子向别人低过头。"

谢知钧一笑。

崇昭皇帝再道:"且放心好了,正则侯可不是记仇的人。郑观,吩咐下去,请能工巧匠将这对狼牙制成金字牙符,一个赏给正则侯,一个赏给闻沧。"

郑观道:"遵命。"

事成,谢知钧眯着凤目看向裴长淮。裴长淮轻蹙起眉,站了半晌后,也只能走到谢知钧身侧,与他一同躬身行礼,谢主隆恩。

拜礼时,谢知钧侧首偷瞧了裴长淮一眼,朝他扬了扬眉毛,神色得意轻狂。裴长淮则冷着一张脸,并不理会。徐世昌在一旁看这情形,更像是皇上成心要缓和正则侯府和肃王府的关系。

他一边叹一边想,众人来宝鹿苑参加春宴,眼前好吃好喝好看好玩的都生怕顾不过来呢,竟还要管这么多利害牵扯,真是好没意思,还不如逃去芙蓉楼里快活快活。

余下那些参加春猎的阵营,崇昭皇帝也都一一封了赏。

宴中时，崇昭皇帝离去更衣，准备午后驾马到宝鹿林中游猎。

赵昀没有来赴宴，而是先行去巡查宝鹿林周边的防务，卫风临一直跟在赵昀身边。卫风临嘴角还青着，赵昀打他那一拳打得着实不轻。挨过打，他也清醒了过来，自己的一时冲动很有可能为将军府的所有人带来灭顶之灾，他不该如此草率，正如赵昀所言，他必须要耐心等待一个时机，一个能一击致命、让敌人再无还手之力的时机。只是这样的时机何时会来？

他不知道，他唯一能做的就是相信赵昀。

赵昀在一处野林中勒停，下马以后，随手将野果喂到骏马的嘴里。他肩上有伤，左手一动就会牵动伤口，他改换右手，又轻轻地摸了摸它的鬃毛。

卫风临见他如此，担心地问道："肩膀上的伤真的没事吗？"

"小事。"

赵昀心不在焉的，脑子里还在想着谢知章。

眼下给他知晓卫风临、卫福临的真实身份绝非什么好事，谢知章已有了对付卫风临的心思，保不定会使什么阴招，需得早做防备。

赵昀略一思索，倒是很快就有了主意。

他对卫风临说："你取来弓箭，午后随我一同陪着皇上狩猎。"

"我也要去？"

"去。从前我教你不露圭角，韬光养晦，不过有时候更需要你现一现本事，才不至于令人看轻了你。"

卫风临点了点头："明白。"

崇昭皇帝又在宝鹿苑小憩片刻，养足精神以后，乘灵舆入了宝鹿林。

天子出猎，百官随从，只听车驰马奔之声，如滚滚奔雷，自高处放眼望去，丛林中有千骑万乘，行动起来更是地震山摇。崇昭皇帝年过半百，却依旧雄姿英发。先帝当年为争回皇位大杀四方，崇昭皇帝身为嫡长子，跟随父亲一同征战，练就了一手好箭法。

眼下猎场亦如战场，崇昭皇帝拉弓射箭时，手法老练利落，从他身上，依稀还能瞧见从前那个少年英雄的影子。崇昭皇帝射杀一只野兔，随行的宫人奔过去将野兔捡来，奉给众人观看。在一片叫好声中，崇昭皇帝摇头笑了笑，低低叹道:"终归是老了。"

他转头看向赵昀,道:"爱卿,朕的这把弓箭赏你,接着!"

赵昀伸手稳稳地接住弓箭,崇昭皇帝这把箭是用云杉木所制,银丝为弦,雕翎作箭,既柔且韧。

崇昭皇帝道:"早就听太师称赞,朕的大都统百步穿杨,箭术可谓万中无一,今日就让朕亲眼瞧一瞧爱卿的本事。"

谢知钧闻言讥笑一声,与身旁的谢知章对视一眼,谢知章心领神会,亦对他笑了一笑。

赵昀刚被刺伤,那伤势即便不致命,却也影响他用手,崇昭皇帝命他射箭简直正中下怀。

御前露丑,足以令赵昀抬不起头来。

裴长淮也一下想到赵昀肩膀上还有伤,旋即策马上前,欲替他解围道:"皇上……"

不料赵昀先行下马,向皇上拜道:"太师谬赞,臣万不敢当。若论箭术,臣麾下有一侍从才是当之无愧的神箭手,臣的箭法便是跟他学来的。"

崇昭皇帝颇感好奇:"哦?是谁?"

"请皇上准臣引荐。"赵昀朝队伍后方喊道,"卫风临!"

卫风临下马,阔步上前见驾。崇昭皇帝看他步伐轻快又沉稳,似有几分本事。

赵昀将手中的弓箭交给卫风临,拍了一拍他的肩膀,轻声道:"按我说的做。"

卫风临郑重地点了点头。

随后,车马再行。

赵昀骑马时故意慢了一步,正好与裴长淮并排。赵昀朝他一笑,问:"侯爷方才可是担心我了?"

裴长淮瞧他眼神促狭,自然不肯承认,淡着声音说:"本侯是怕你浪费了那么好的弓箭。"

赵昀笑得更深:"裴长淮啊裴长淮,得你一句好话怎么就这么难?"

崇昭皇帝不再持弓,随他一起出行的人才开始四散开来,去林中狩猎。

他们大都想着在御前好好表现一番,尽盯着些好物去猎。

丛林当中,树叶纷飞。

卫风临引箭在弦,朝空中迅猛一发,转眼间,一只山鸟就直直地掉落下来。随从去将这只鸟捡来,奉给皇上看,众人见了,都有些想笑,谁料到卫风临出手先猎了这么个小东西。崇昭皇帝却一直微笑着,似乎对卫风临没有一丝的失望。

这山鸟虽不是什么猛兽,但身小而矫捷,且天性机敏警觉,若无精准的箭法,极难射中。

卫风临有了在圣上面前崭露头角的机会,却没选择去猎杀猛兽大出风头,由此可见是个不骄不躁、极会拿捏分寸的人。

崇昭皇帝喜欢这样的性情,这样的人杰。

"你很好,在北营军中担任什么职位?"皇帝问道。

卫风临回答道:"臣不在军中,只是赵都统身边的随从。"

"小小的随从就能有如此精湛的箭法,可见我大梁藏龙卧虎,尽是英雄豪杰!"崇昭皇帝大笑两声,道,"你叫什么名字?"

卫风临低下头,沉声道:"臣,卫风临。"

"卫风临?长风临山河,好名字,好箭法!"崇昭皇帝道,"郑观,赏——!"

郑观依命记下卫风临的名字。

众人随之齐呼:"万岁万万岁!"

正值此时,山野间群鸟惊飞,远处蓦地传来一声声尖锐的叫喊,似是一名女子在竭力呼救。

"什么动静?"郑观喝道,"护驾,护驾!"

崇昭皇帝却是镇定自若,不曾有半分慌乱。

赵昀和裴长淮策马行到最前方来,裴长淮出剑,将皇上护在身后,赵昀则吩咐卫风临,道:"去探。"

卫风临即刻上马,去前方探查。

此时那呼救声更近了,卫风临看到前方有一女子,身穿着破烂斗篷,似野兔一样在林中飞奔,一边奔逃一边呼喊。

"救命！救我！救我——"

她身后追着嘚嘚马蹄声，十多名黑衣人紧随其后。

卫风临厉声道："御驾在此，尔等何人！"

那奔跑的女子看到卫风临，犹如看到救命稻草，疯了一般朝他跑去，不想一个分神，脚下绊倒，猛地跌在地上。卫风临勒令他们停下，但那些黑衣人不闻不顾，直接冲那女子杀来。

卫风临见他们来者不善，策马冲进敌阵，在千钧一发之际，用剑鞘挡住那砍向女子的弯刀，将那刺客杀下马去。

随后，卫风临也翻身落地，一手将这女子挟抱上马，剑鞘一击马臀，马一下狂奔起来，负着那女子往赵昀的方向跑去。到了御前，这女子从马上跌落下来，半躺在地上，嗬嗬喘着气，喘急了连心脏都在疼，她捂住胸口，想要说话，喉咙里一直往上冒血腥气，只好作罢，先将气喘匀再说。

崇昭皇帝没有先过问这女子，而是望着前方的卫风临和那些黑衣人。

赵昀方才见到那些人出刀，就对战局的胜负有了判断，他道："皇上莫忧，对付这些个人，卫风临一人足矣。"

卫风临先擒一名黑衣人，自他手中夺来弯刀，反手往他颈间一划！招式利落干脆，鲜血自刀刃下猛地喷出，顿时溅了卫风临半身！他使刀远比使剑要威猛，转眼间就砍杀数人。这些黑衣人见卫风临竟如此凶悍，心生惧意，余下两人果断扯转马缰，往后方逃窜，卫风临飞身上去抓住缰绳，将他们连人带马一起扯将下来。

战局落定，武陵军的士兵追上前，将那两个黑衣人生擒，押到御前来。

士兵分别扯掉他们蒙面的黑纱。

裴长淮一眼就看见这两人左颈处文着的赤鹰刺青，一下握紧了手中剑柄。

他眼睛发红，如见仇敌："你们是北羌人？！"

那穿破烂斗篷的女子终于喘过气来，将头上的风帽一摘，虽说她脏兮兮的，却也能瞧出姣好的面容。

她行礼道："梁国皇帝在上，北羌使臣查兰朵觐见。"

274

查兰朵说汉话流畅清晰，若非她言明身份，谁也不会想到她竟是北羌人。

"查兰朵？"崇昭皇帝对这个名字倒有几分印象，"北羌的三公主？"

查兰朵点头道："回禀陛下，我父亲正是北羌大君宝颜图海。"

崇昭皇帝知道查兰朵的名字，还是因为多年前与北羌的议亲——大君宝颜图海要将他的女儿嫁到大梁，好使两国永结秦晋之好。宝颜图海只有查兰朵一个女儿，据说查兰朵出生那日，天空云彩当中隐隐有凤凰翔飞，此乃祥瑞显世，因此查兰朵被北羌的君臣子民视为明珠。

崇昭皇帝膝下适龄的皇子不多，想将查兰朵许配给谢从隽，然而谢从隽不愿娶亲，再三请求崇昭皇帝收回成命；宝颜图海也更想将女儿嫁给大梁太子，而非一个无权无势的小郡王，所以这桩亲事终归不了了之，未能议成。

崇昭皇帝问道："你怎么会出现在这里？追杀你的又是什么人？"

查兰朵从怀里掏出一卷羊皮纸，呈到崇昭皇帝面前，说："鹰潭部起兵谋反，宝颜屠苏勒和他的儿子萨烈软禁了我父君和母后，查兰朵受父君之命，前来请大梁出兵驰援，请陛下助我救出父君，擒拿反贼宝颜屠苏勒和萨烈。"

郑观将羊皮纸取来，打开后呈给崇昭皇帝，崇昭帝见羊皮纸上以血写下求援书，与查兰朵所言一致。

查兰朵继续说道："至于这些人……"

她恶狠狠地瞪向那些刺客，他们在裴长淮的剑下一动也不敢动。

查兰朵从北羌逃到大梁京都，一路上东躲西藏，途中不知吃了多少苦，如今恐惧和艰苦落定，查兰朵鼻尖一酸，第一次有想流泪的冲动。她抹了一把眼泪，目光逐渐变得坚韧，对崇昭皇帝说道："这些人就是宝颜屠苏勒的手下！屠苏勒怕梁国插手，不想让梁国知道他在北羌发动政变的事，我来梁国送信，他就派人来追杀我……为了一统四部，他、他连亲人都要杀！"

北羌分为鹰潭、雪鹿、苍狼、柔兔四部，其中以雪鹿部为首，由北羌大君统治，其余三部的部主也由大君任命。此次叛乱的正是"苍狼主"宝颜屠苏勒，与大君宝颜图海本是血脉相连的堂兄弟。如今屠苏勒却将大君软禁了起来，逼他交出君王的宝印，昭告天下，将王位让出来。大君誓死不从，又趁屠苏勒不防备，派女儿查兰朵到梁国送信。

查兰朵伏地说道:"我到京都,进不了宫,听说陛下来这里狩猎,才闯进来,请陛下不要怪罪我,帮我、帮我救救父君!"

崇昭皇帝捻着手中的羊皮纸,一时无话。

裴长淮用剑指着那黑衣刺客的颈间,冷声问道:"脖子上的文身是赤鹰,你们应该是鹰潭部的人,为什么甘受屠苏勒的差遣?"

那黑衣刺客哼了一声,脸上出现近乎释然的笑容:"鹰潭部已经归顺屠苏勒,我们选择了一位明主。梁国皇帝,你且看好了,宝颜屠苏勒是真正的英雄,总有一天,连你也要惧怕他,一听到屠苏勒的名字就会寝食难安!"

他红起眼睛,仰天长啸道:"天佑北羌!吾主万岁!"

说罢,他就去撕咬缝在领口的毒药,赵昀早有察觉,抢先一步,抬手卸了他的下巴,未让他如愿自尽。士兵也紧忙将这名黑衣刺客按在地上,制得他难以动弹。这黑衣刺客眼见求死不得,仿佛受了莫大的屈辱,挣扎着大吼大叫起来,嘴里不断用北羌话辱骂着崇昭皇帝。只是他下巴用不上力,呜呜啊啊地听着更像胡言乱语,嘴角不断流出口水。

赵昀挥手令道:"押下去。"

崇昭皇帝倒也不会因为几声辱骂就恼怒,面沉如水,手指轻敲着,沉思片刻,复对查兰朵微微一笑:"查兰朵,你先在京都住下……"

查兰朵眼见崇昭皇帝要置后再议,届时又不知会商量出个什么结果出来,一时情急地打断他:"请陛下再容查兰朵献上一样东西!"

她从怀里翻找片刻,随即抽出一个银灰色的荷包,捧在手中捏了又捏,方才抬头问道:"这样东西,请陛下帮我转交给一个人。"

"谁?"

"正则侯府的三公子,裴昱。"她说名号时咬字还有些吃力。

自从裴长淮承袭爵位以后,人人都称他是正则侯,也不知查兰朵从谁口中听说的,还以为他是三公子。

裴长淮听后,即刻应声道:"我就是裴昱。"

查兰朵目光挪到裴长淮俊雅的面容上,先是呆了一呆,双手将荷包捏得死死的,半响,才将这物交给他:"有人曾经告诉我,这东西交给你,你就会知道他是谁。"

裴长淮一时疑惑，收了剑，将荷包接过来，从中拿出一枚小小的护身符。别人还未看清到底是什么东西，只裴长淮脸色骤变，手中长剑当啷一下掉落在地。如此失态，众人皆惊。

赵昀皱了皱眉，走到裴长淮身边，正要问他怎么了，裴长淮却猛地将护身符握在掌心当中，他跪下去，双手握住查兰朵的肩膀，怒声质问她："这是谁给你的？！"

他眼眶通红，似有泪水轻泛。

查兰朵仿佛胜券在握地笑了一笑，并不回答，而是看向崇昭皇帝，继续道："查兰朵请求梁国出兵，救我父君与母后。"

裴长淮扳正她的肩膀，强迫查兰朵正视自己，咬牙道："查兰朵！回答我！"

查兰朵直呼："疼疼疼、疼啊……你这人，快放开我！"

崇昭皇帝少见裴长淮在人前失态至此，龙颜不悦，低喝道："裴昱，还不放手？"

赵昀一手将裴长淮拉回来，按住他的肩膀，声音又低又冷："正则侯，别忘记你的身份。"

裴长淮根本听不进赵昀的话，脸上恍然，失神地盯着查兰朵。查兰朵揉着发疼的肩膀站起身，哀怨地看了裴长淮一眼，不再说话。

眼下有关北羌内乱一事成了最要紧的事，崇昭皇帝下令回宝鹿苑，随后宣召五六位军机重臣来宝鹿苑见驾，其中自然包括太师徐守拙。

众人动身返回时，查兰朵走到裴长淮身边，低声说道："三公子，等救出我父君以后，我可以将这东西的来历告诉你。"

"你……"裴长淮还要追问，手腕却被身边的赵昀擒住，一时动弹不得。

查兰朵冲他一笑，随即溜走。

四下无人时，赵昀低声询问裴长淮："怎么脸色这么差？查兰朵给你的到底是什么东西？"

他说话时，却是难得温柔了一些。

裴长淮沉默着，目光在赵昀肩膀伤处停留了一会儿，想到他身上还有那么

277

多类似的疤痕，方才低声说道："不关你的事。"

赵昀见他忽然间对自己毫无由来地冷漠起来，脸色也冷了冷："裴长淮，你什么意思？"

裴长淮挣开他手，再道："本侯说了，跟你无关，放手！"

赵昀不肯放开他，两人争执起来，赵昀恼怒得厉害，他越恼，声音就越冷："裴昱，你别不识好歹。"

赵昀当机立断，去夺他手中的荷包，裴长淮反应敏锐，截断赵昀的手，顺势往他肩上一推，正击中赵昀的伤处。赵昀一皱眉，退后数步，抬手抚住肩膀。赵昀不曾怕过疼，或许是他挨过太多刀剑，习惯了如此，然则此刻这伤口如似燎烧起来，竟叫他疼得有些不清醒。

卫风临见状，即刻跑到赵昀身边，想要扶他，却被赵昀一把推开："我没事。"

赵昀抬眉，望向裴长淮的眼睛一时森寒如冰。

裴长淮打出去的手还悬停在半空，拢了拢手指，迫使自己冷静片刻，想要跟赵昀道歉，抿了抿唇，却始终没说出口。

那厢郑观折返回来，下马走到裴长淮面前不远处，躬身敬道："正则侯，皇上宣召。"

裴长淮应下，随即翻身上马，跟着郑观一同前去，未再看赵昀一眼。

宝鹿苑，望天阁。

十多位大臣在望天阁外候着，他们彼此交头接耳，窃窃私语，在谈北羌，在谈战与不战。他们也在等宫人将太师徐守拙到宝鹿苑来，与太师碰过面，再一同进去面见圣驾，商议出兵北羌一事。

望天阁中，崇昭帝在屏风内，正由宫人服侍着更衣，而裴长淮则孤身站在屏风外听旨。

不一会儿，崇昭帝走出来，已换了一身通袖常服，他挥手遣人下去，只留郑观在身旁服侍。

崇昭帝问道："现在可以说说了，查兰朵交给你的是什么东西，将你吓成那样，丢不丢脸？"

他言辞是在斥责，语气却还带着长辈对晚辈那般的宠纵，仿佛裴长淮丢脸也不是什么大事。裴长淮将那枚护身符自怀中取出，交给崇昭帝。这枚护身符普普通通，当是从道观当中求来的，不过护身符上系着碧色的绂绶，绂绶的尾端收束着一根金彩羽毛，很是别致。

　　护身符边缘有些破损，应该是许多年前的旧物了。

　　"这是当年从隽出征时，臣送给他的护身符。"裴长淮手指逐渐收紧，声音有些发颤，"这是……他的东西……"

　　崇昭帝将那护身符看了又看，沉默良久，方才说道："朕知道了，你先回去吧。"

　　裴长淮没有起身："皇上会对北羌出兵吗？"

　　崇昭皇帝说："朕会慎重考虑。"

　　"考虑？"裴长淮声音淡淡的，"皇上，有时候臣真的分不清您到底是冷静，还是冷血……"

　　这话是大不敬，郑观听了心中一惊，忙替他掩护："小侯爷失言了，您是不是还没醒过酒来？还不快向圣上谢罪……"

　　裴长淮看向崇昭皇帝，道："皇上，臣很清醒。"

　　郑观看他还敢得寸进尺，正要再劝，崇昭皇帝忽地怒喝一声："你让他说！"

　　郑观吓得一哆嗦，不敢再动。

　　"裴长淮，裴昱！"崇昭皇帝冷笑一声，"朕知道，这些年你对朕一直心怀怨恨，不，你对谁都有不满，都有不平！朕让你说，有什么想说给朕听的，一股脑儿地都说出来！"

　　裴长淮目光恍惚，似在看向遥远的地方，这些往事被尘封在岁月之中，尘封在歌舞升平之下，一旦被启出来，每一个回忆都是血淋淋的。裴长淮面容却很平静，那些仇、那些恨，别人可以轻而易举地淡忘掉，但他不会忘，也不敢忘。对于裴长淮来说，血淋淋的不是回忆，是每夜都会钻进他梦中折磨着他的、最真实的痛苦。

　　"那年宝颜屠苏勒率兵起事，以不满朝贡为由进犯我大梁边疆。我大哥裴文

279

挂帅，二哥裴行为左先锋，将屠苏勒的大军死死压在走马川一线，足有三月之久。屠苏勒进攻不成，佯败，诱敌深入，引我二哥的先头部队入了峡谷，他提前设下埋伏，借地势万箭齐发，二哥身中数箭，当场身亡。

"二哥死后，屠苏勒砍下他一整条腿，送到我军阵营，我大哥见到那条腿以后，悲恸欲绝，方寸大乱，更在之后的交战中接连失利，最后在战场上被北羌人乱刀砍死……

"皇上，您知道他们的尸身是什么样吗？武陵军的士兵将两副棺材送回京都侯府，几位老将军死死抱住我父亲，不忍让他去看，可我看到了……"

有时候一个人悲伤惊惧到了极点，反而会没什么反应，当时还年少的裴长淮走到棺木旁边，左手边躺着裴文，右手边躺着裴行，呆呆地看了半天，竟也没落泪。他们穿着干干净净的寿衣，却也有遮不住的伤。

裴文脸上、颈子上刀口斑驳，皮肉向外翻着，十根手指不见了；裴行还算体面，满身的窟窿都在衣下，裴长淮不敢去看，他的右腿遗失在战场上，没找回来。

裴长淮看着，好久好久才感受到胃里一阵阵绞痛，狠狠地按住腹下，尸体散发的恶臭熏得他几欲呕吐。他想站也站不住了，一下跌倒在棺材旁，头磕在地上，摔得他眼前阵阵发昏。

谢从隽也在他身边，想将他从地上扶起来，他刚站起来一点儿，又跌了回去，这样他还没哭，只有胃里在疼。

面前不远处是他的父亲裴承景，曾在他眼里像天神一样威严、不容冒犯的父亲，也顾不上他的尊严、他的颜面，直挺挺地跪倒在灵堂之前。

几个老将军含泪扶着他，裴承景却慢慢地、慢慢地躬下身来，像个无能为力的孩子一样伏在地上痛哭不已。

"我大哥生前极善音律，吹笛抚琴，连宫中的乐师都自愧弗如。小时候我做噩梦，吓得睡不着觉，大哥就倚在床头为我吹笛，一整宿都不离开。这样的人，死前还被砍去了十根手指……"裴长淮声音很沉静，即便有那么点泪意，也是死水微澜，"我当时看到他的手，心里就在想，往后这一生，我再也听不到他的笛声了。"

郑观听着，眼中涌上泪，抬袖擦了擦湿润的眼角。

崇昭皇帝坐在龙椅上，目光有些出神，却瞧不出有什么悲痛之色。

"我二哥勇冠众军，人人都看他威猛刚烈，但他也有害怕的东西。他害怕飞虫，怕丢脸，最怕我嫂嫂。"裴长淮苍白地笑了一下，也只这一下，而后再道，"先锋队里有逃回来的士兵，他们告诉我，屠苏勒砍掉二哥的右腿时，他还没死，在北羌人的嘲笑声里，朝着来时的方向一直爬、一直爬……臣不知道他死前最后一刻想了些什么，只知道他的尸体运到京都时，手里还攥着要送给他妻子的发钗……"

崇昭皇帝听着他的话，没敢想那样的惨景，反而想到裴文、裴行还在世的模样。

那大概在先帝还是王爷之时，裴承景为先帝的辅臣，崇昭帝身为嫡长子，经常随先帝一起面见裴承景、宋观潮这些谋士辅臣，因此，他也常常能看到他们的家人。

裴承景当时只有裴文、裴行两个孩子，都是十多岁的年纪，比崇昭帝要小很多，裴文性情沉稳一些，裴行更直爽。裴文说话漂亮，连谋士宋观潮都夸过他辞令滴水不漏，未来将大有作为；裴行爱笑，笑得还不拘束。兄弟二人感情很好，连走路都勾肩搭背，有说有笑的。

见着他，裴文、裴行会一齐躬身，道："世子爷好呀！"

他们的声音仿佛犹在耳畔，崇昭皇帝微微垂下首，眼窝处隐着一片浓重的阴影。

许久，崇昭皇帝道："所以你就因此来恨朕吗？他们是大梁的将士，为社稷而死，为百姓而死，为朕而死，是他们的归宿、他们的荣耀！裴昱，你既有恨，当年怎么不去战场上替你兄长报仇？朕给你机会，命你随父出征，结果呢？敏郎，敏郎，他是朕的……"

崇昭皇帝话音蓦地一沉，随后，他的肩膀也往下沉了沉，声音却很轻很轻："那么好的孩子，再也没有回来。"

"臣每一日都在后悔！"

裴长淮一点儿一点儿握紧手掌，咬了咬牙，道："……后悔自己那么懦弱，舍不得杀人见血，能不动刀剑就好了，永远在父亲和兄长的保护下，在京都里长大就好了……失去两个哥哥才清醒过来，才知道懊悔，明明自己可以做那么多事，却在那时候什么都没做。后来父亲挂帅出征，我却连去走马川为兄长报仇的资格都没有，因为不能让裴家所有的孩子都断送在战场上，所以父亲宁可打断我的腿都要我留下。

"从隽愿意替我出征，是因为他重情义，更是因为我自私、卑鄙！明知道以他的性情根本不会放任不管，却还是求他了……"

求他帮忙，求他救命。

谢从隽出征那日，裴长淮还自欺欺人地相信着他虚无缥缈的诺言。

京城下过太多场的初雪，梅花年年开得那样好，可他什么时候会回来？

根本不会回来了。

只剩下他一个人，平日里装得清高孤傲，谨言慎行，连赵昀都讥讽他是坐在武陵军高位上的木偶。

一点儿也不错。

他就是如此，只有木偶才不会犯错，他比谁都怕犯错，怕丢了裴家的脸。

是以裴长淮那么讨厌赵昀，因为一见到他，裴长淮就会意识到自己活得多么不堪，多么狼狈。赵昀生性里的潇洒，让他又仰慕又忌恨，他也想如赵昀所言那样逍遥自在，但是他不配，连活着都不配。

如果他大哥和二哥还在，正则侯府绝不会是现在这般光景。

裴长淮日日都在想——

死的为什么不是他啊？死的为什么不是他！

崇昭帝看着面前失魂落魄的裴长淮，慢慢扶着龙椅站起来，背过身去，去看屏风上的锦绣山河。山河间还绣着一个小小的人影，一斗笠一蓑衣一马一人而已，山高水阔，不知所终。

崇昭皇帝看着这屏风，恍惚就想起谢从隽向他请命出征那一日。那孩子是何等的意气风发，站在御前，满身少年郎的骄矜，还有天不怕地不怕的胆勇。

他道:"皇上不必担心,一个宝颜屠苏勒而已,教他洗净脖子,臣这便取他项上人头回来!"

崇昭皇帝听他一言,热血难抑,大笑道:"好!不愧是我大梁的好儿郎!"

随后,谢从隽单膝下跪,请求道:"出征之前,臣唯有一愿,还望皇上成全。"

"你说,朕都答应你。"

"请皇上保全正则侯府,善待长淮。"

谢从隽生前唯一一次恳求他还是为了别人。

崇昭帝看着谢从隽长大,如何能不知他的性情?

剑胆琴心,侠骨柔肠,只要有人相求,他绝不会坐视不理。

何况求他的人是同他有知己之交的裴昱。

裴长淮心下也越来越沉,道:"后来父亲在战场上中箭,重伤难治,从隽又被北羌围困,下落不明。臣率兵赶到走马川收拾残局,却连父亲最后一面都没见到,从隽也兵败被杀,屠苏勒为了击溃大梁将士,就将他的尸首挂在旗杆上示威……"

憎恨和悲愤就像烈火一样烧得他浑身疼痛,浑身颤抖。

"当时虽然我方失去主将,军心溃散,可屠苏勒亦是强弩之末,臣与他交战,他兵败如山倒,带着残部一退再退……差一步,就差一步!臣就能手刃屠苏勒,为父兄、为从隽报仇雪恨,可谁知,皇上一道谈和的圣旨送到了走马川!"

"你是大梁的臣子,难道不明白朕因何下旨谈和吗?"崇昭皇帝沉声道,"朕是一国之君,不光有你父兄、从隽,天下百姓都是朕的子民,朕必须要以大局为重。"

"是,大局,大局……臣又何尝不知?臣失去了家人,千千万万如臣一样的百姓也失去了他们的家人,死了太多的将士,流了太多的血……"

谈和的圣旨送到走马川的军营时,裴长淮一腔仇恨难消,恨不能直接褪去战袍,哪怕违抗圣旨,哪怕不要这身与名,哪怕只是单枪匹马,他都要杀进北羌军营,杀了宝颜屠苏勒。

当时满营帐的人都出手阻止,安伯夺走他的剑,几位老将军更是直接上手,将他按跪在地上,喝令着让他不要冲动。

283

裴长淮怒吼着，拼命推开所有人，提着剑，冲出帅帐之外。

一出去，刺目的日光当头打了下来，裴长淮一时目眩，短暂地失去了视野，唯有耳朵里在嗡嗡地响。他胸膛像是炸裂一般，连喘气都困难，半晌，他才逐渐看清立在帅帐之外的士兵。他看到他们身上累累的伤痕，再高昂的斗志也无法掩盖鏖战数月的疲惫。

裴长淮也清楚，不能再继续了。

于是他狠狠地咬住牙，收了剑，僵立良久良久，才对士兵宣告："北羌降，谈和。"

"正是因为臣明白，臣不曾为此怨恨过皇上，臣怨恨的只有自己。"裴长淮深深地呼出一口气，神色恢复平静，但这平静之下似有暗涛汹涌，"但臣的父兄死在走马川上，这些年臣没有一刻敢忘记，从隽……从隽也战死了，皇上还记得他吗？在春宴上，原谅谢知钧，准他入朝为官时，您想过从隽吗？以大局为重，犹豫着要不要向北羌出兵时，您想过替他报仇吗？"

崇昭皇帝没有回身过来，面朝着屏风，闭了闭眼，缓缓握起拳来，面对裴长淮一声声的质问，始终沉默着，没有回答。

"皇上贤明，是大梁百姓之福，臣也愿为一个明君鞠躬尽瘁，百死不悔。但对于从隽而言，您从来、从来都不是一个好父亲。"

此言一出，整个望天阁的气氛猛地凝重起来。

崇昭皇帝回头看向裴长淮，那黑漆漆的眼珠里沉着莫大的天子之怒，那么不动声色，又那么凛然生寒，如似狼顾虎视。

郑观大惊失色，赶忙跪下，伏地道："小侯爷慎言！别再胡言乱语了！"

裴长淮所言问心无愧，又如何肯低得下头颅？

但崇昭皇帝什么都没说，只是死死地瞪着他。

气氛就像一根无形的弦，越沉默，弦绷得越紧，紧到不知何时会断。

忽而间，望天阁外的太监敬声通传："启禀皇上，太师到了，正在殿外候旨，请皇上示下。"

沉默良久，崇昭皇帝慢慢地转过身来，重新坐回龙椅之上。

他无视裴长淮,冷声道:"宣。"

太师徐守拙同一干大臣觐见,肃王也在被宣召之列,十多人进来以后,行礼平身,而后各自分站,一列以太师为首,一列以肃王为首,皆在御前站定。

徐守拙瞧见了尚且跪着的裴长淮,未理会,神情肃穆。

崇昭皇帝面沉如水,又恢复素日威严的模样,心平气和地说道:"想必诸位爱卿已听闻北羌三公主来我朝请援一事,战与不战,朕想听听诸位爱卿的意见。太师,你以为如何?"

徐守拙回道:"北羌内乱,非同小可,况且屠苏勒与我大梁交过手,恕臣直言,屠苏勒其人骁勇善战,手段狠辣,要想从他手中救回宝颜图海,绝非易事。臣以为,与其损兵折将,不如静观其变。"

他说话很慢,无形中有着泰然沉稳的气势。

另有一个臣子则反对道:"北羌一分为四,形如散沙,散沙不足惧,倘若放任屠苏勒一统四部,等他势力雄厚,说不定连大梁都要忌惮。此时与宝颜图海里应外合,平下北羌内乱,斩杀宝颜屠苏勒,才是正道!"

两派各有己见,争执不休。

崇昭皇帝看向肃王,道:"老五,你说。"

肃王拜了一拜,道:"臣弟以为,战。凡事杜渐防萌,那个宝颜屠苏勒野心勃勃,今日敢夺大君之位,明日就有可能再犯我大梁边疆,不如现在就将他诛杀,以防后患之忧。"

崇昭皇帝问:"如果要战,派谁统帅?"

裴长淮正要躬身请命,那肃王却先他一步,道:"臣弟瞧着,北营都统赵昀就是绝佳的将才。"

崇昭皇帝静静地望着肃王,眼神晦暗不清,看看他,又看了一眼徐守拙,好久,他又问:"太师,赵昀是你举荐的人才,你最了解他,如果朕让他领兵,他可否能胜任?"

"臣坚持主和,但若皇上决意开战,臣认为唯有赵昀方能掌得了这个兵权。"

赵昀先前在西南平定流寇,为崇昭帝解决掉一块心头大患,正受宠信,如

285

今又有太师和肃王举荐，望天阁中的其他臣子也皆认为赵昀是不二人选。

裴长淮叩首道："臣与宝颜屠苏勒有交手的经验，此次愿作为副官，与赵昀一同出征，请皇上恩准。"

肃王哼笑一声，道："正则侯，亏你还是将门出身，怎么连一个简单的道理都想不明白呢？让你堂堂正则侯做副官？这些年你在北营主事，多少也是有些威望的，对战期间，假使你和赵昀有了分歧，那么武陵军是该听你的？还是该听赵昀的？"

听赵昀的，武陵军的士兵或许更信任裴长淮一些；听裴长淮的，赵昀这个主帅岂非形同虚设？

群臣当中也有人附和道："是啊，正则侯报国心切，我等可以理解，但行军最重要的是上下一心，从令如流。"

另有户部侍郎道："宝颜屠苏勒曾在走马川折杀裴文、裴行两员大将，说不定他早就摸透你们裴家行兵打仗的策略了。连你的哥哥们都是他的手下败将，小侯爷，您又能有几分把握？"

言语中的羞辱令裴长淮一下变了脸色："你说什么！"

"怎么？"户部侍郎冷道，"战死是事实，战败也是事实，难道因他们死了，别人就说不得了？当年宝颜屠苏勒南下时，裴文为主帅，裴行为先锋，足足损失两万兵力，却还是丢了走马川防线，短短三个月，教我大梁毁了多少城，死了多少人？！"

郑观听着，倒是一声笑："大人这话说的，真不知要寒了多少将士的心。裴家两位小将军为社稷、为百姓而死，皇上且感念他们的忠心英勇，表于哀荣，怎么到大人嘴中，这些人的功都不似功，只有过了呢？"

郑观面容和蔼，说话也有种毕恭毕敬的温暾。对于政务他是不会主动张口的，但对于圣意他是揣摩得准的。裴承景自先帝在潜邸时就成了先帝身边的重臣，崇昭帝一手好箭法也少不了裴承景的指点，对于裴家，崇昭帝向来厚爱，否则郑观也不敢在御前一次一次为裴长淮说情。

郑观这话，正是皇上的心意。

户部侍郎见皇上沉着脸，没训斥郑观，张了张嘴，又觉哑口无言，拱手向裴长淮致歉，而后退到一边。

崇昭帝脸上有了些疲惫之色，道："准备回宫，等上朝再议。太师，由你牵头，提前将六部今年的账目点一点，详细禀报给朕。"

徐守拙道："臣遵旨。"

崇昭帝看向郑观，郑观躬身听旨。

"去传赵昀来。"

大臣们陆陆续续离开，徐守拙一行人在前，裴长淮在后。

肃王与崇昭帝说了两句私话，关乎肃王母妃追尊定谥一事，崇昭帝很快就答应了，肃王有些高兴，谢了恩，如此慢下一步，与裴长淮一并离开望天阁。

裴长淮方才跪得太久了，走路有些蹒跚，肃王瞧着，笑道："裴昱，又是受罚了？"

裴长淮沉声道："谢王爷关心。"

"你这孩子，就是太死板。"肃王道，"官场上有句老话，叫'各司其职，各尽其责'。正则侯府没多少人了，你最要紧的任务是娶妻生子，为裴家开枝散叶，这才不辜负你父兄对你的一片苦心，执意去走马川做什么？就不怕连你也回不来吗？"

裴长淮道："臣的兄长皆留有血脉，裴家后继有人。家父生前一直教导以身报国，臣不敢苟活于世，战事当前，自该为君效力。"

肃王道："也是，忠肝义胆，你们裴家的祖训。就是不知你此次要战，是大义多一些，还是私心多一些？"

裴长淮没有反驳，而是顺势轻轻回了一击，道："走马川一战，是家仇，也是国恨。"

他说话滴水不漏的，肃王笑容更深。

正值此时，赵昀从朱门中走进，前来觐见。

阳光透过枝叶洒在他的衣袍上，满身似披着碎银一般，格外英俊潇洒。他步伐轻快，气势却逼人。

肃王望着远处的赵昀，低声对裴长淮说："不知你能不能如愿了，依本王看，皇上更属意赵昀一些。"

裴长淮缓缓拢紧手指。

赵昀迎着二人的目光，不卑不亢地朝肃王见礼。

肃王点点头，随后离去。

赵昀还气着裴长淮这厮，只当没瞧见他，径直朝前走过去。

擦肩而过时，裴长淮一下捉住他的手腕，赵昀还以为他要道歉，笑了笑，道："小侯爷，这可不成体统。"

裴长淮沉声说道："别跟本侯争。"

他语气不善，面容也阴郁，赵昀一时疑惑，道："争什么？"

裴长淮望着他风流多情的眼，看他与谢从隽有三四分相似的面庞，随即松开手，未再多说一句，直接离开望天阁。

纵然赵昀早就知他是个好翻脸的东西，此刻还是无名火起。碍于宣召在前，赵昀又没时间追问清楚，也只好随他去了。

裴长淮知道事不宜迟，必须在定局之前尽力而为，他令人牵了宝马过来，即刻下山赶回京都。

就在城门关闭前一刻，他策马进了城，立即以侯府之令密召武陵军的将士们议事。

正则侯府前后总共来了两拨人，一拨是以贺闻为首的年轻将领，一拨是虽不在武陵军主事但却有极高威望的老将军们。

十多人集聚一堂，一直从黄昏时分议到夜幕沉沉。

月亮升起，堂中灯火通明。

裴长淮抱拳行礼："此为雪耻之征，请诸位叔伯助我一臂之力。"

"侯府的事，我们义不容辞。"

"且放心，赵昀那个兔崽子搞得北营没有一日安宁，不给他点颜色瞧瞧，他还真以为咱们跟那些个酸腐秀才一样看到血就怕呢！"

他们说话直来直往，自然很不客气，这些个月赵昀在北营搞得风雨飘摇，他们积聚了满腹的牢骚，这会子朝裴长淮狠倒苦水。

裴长淮耐心听着，时不时回以微笑，却未置一词。

这些老将军都是看着裴长淮长大的,知道这小子端正慎独,不在背后语人,更不爱附和,说着说着就觉没趣儿了,方才离开。

裴长淮将贺闻留到最后,道:"有另外一件事,本侯需要你去做。"

"全凭侯爷吩咐。"

长短双剑正悬在贺闻腰间。

裴长淮出神注视了那双剑片刻,将自己常用的剑取来,递给贺闻:"给你。"

贺闻有些惊讶,一时间并不敢接,道:"小侯爷,这可是老侯爷留给你的剑。"

裴长淮冷道:"用我的剑,去向赵昀下战书。"

番外篇章

卧麒麟

当年种种,种种。
都似南柯一梦。

徐世昌出生时，其父徐守拙已经是朝中一品大员，地位举足轻重。

他从小就在金玉堆中长大，除了父亲对他极为严苛、动辄打骂以外，从没吃过苦，没受过罪。

在京都中，徐世昌不必虚伪起一张面孔，跟谁讨好卖乖，好家世娇纵出了一副真性情，让他爱恨分明——管你是王公贵族，还是妓子乞儿，徐小太岁喜欢谁，那就当天上星星月亮似的捧在手里；不喜欢谁，便如烂泥一般踩到脚下。

从前在鸣鼎书院上学时，小太岁就曾为着一个书童跟太尉家的小儿子方聪打架。两人之间也不是什么大矛盾，课闲时分还经常在一起斗蛐蛐，无非就是方聪输局以后，郁郁不乐，转眼看到自己身边的书童似在微笑，气得上去就是一顿拳打脚踢。

徐世昌看不惯，出言嘲讽了一句："有本事的赢回来，冲着一个奴才发火算什么？还是说你没钱，买不起比小爷'紫青飞将'更好的蟋蟀？倘若因为这个，那好办，给小爷作个揖行个礼，趁我心情好，倒是可以借你些，你揍他有什么用？窝囊废。"

方聪听他出言羞辱，登时红了脸，说："你骂谁是窝囊废？不过就赢了一场，以为自己很了不起，是吗？我教训我身边的奴才，我高兴，就是把他打死，也没人敢多说两句，这干你什么事？徐世昌，你别惹我，否则连你一块打！"

徐世昌这个脾气，哪里忍得了这样的挑衅，呵呵一笑："我怎么就不信你敢动手呢？今日你要是不打，就是乌龟儿子王八蛋。"

这话一出，简直把方聪拱到风口浪尖上，这架不打也得打，否则颜面尽失，往后谁还会把他方聪当回事？

那小书童见状,立刻跪地,给主人家打圆场:"公子,都是奴才的错,您要打就打奴才,可千万别跟徐家少爷动手。"

方聪见他连连磕头,气得反而冷笑起来:"徐世昌来挑衅我的时候,倒不听你吭声,这时见我要打他了,我还没说什么,你却先替他求情卖乖,不知道的还以为你是太师府的奴才,他徐世昌的奴才——你个吃里爬外的狗东西!"说着又是一脚踹上去,直接踹到那书童的面门上。那孩子一下仰翻在地,眼青脸肿,鼻间哗哗出血。

徐世昌见状,气不打一处来,口中骂骂咧咧:"有什么火冲小爷来!乌龟王八蛋!"

说着,他揪住方聪的领子就是一拳头!方聪挨了一拳,顿时晕头转向,口角流血,疼极了,像头被激怒的小兽,也不示弱,一记头槌撞到徐世昌的脑门儿上!两边的奴才见主人家动起手来,各自要上去帮忙,转眼就厮打起来。连在学堂的同窗也各自为营,加入混战当中,下嘴咬的下嘴咬,揪头发的揪头发,纸张书本乱飞,砚台毛笔胡砸,一片狼藉。

那最先被揍的书童拦都拦不住,眼见动静越闹越大,倘若惊动了掌教先生,势必闹到本家去,到时便大大地不妙了。书童转念想到这里唯有一人有可能平息这场纷争,慌乱地从地上爬起来,去藏书阁找正在里面整理古籍的裴昱。书童寻着裴三公子,先说了徐世昌和方聪打起来的事,裴昱一听,立刻撂下书籍,往学堂里赶。路上,裴昱让书童将学堂里发生的一切一五一十地说明了。

裴昱比他们年纪也不大,但性格里天生多三分沉稳,听得来龙去脉,便对这书童说:"我自去拦着,你叫人去门口望风,倘若掌教先生来了,只说他交代我整理古籍的任务完成了,请他去藏书阁检查,务必拖他一时。"

说话间,裴昱看见那书童鼻子、脸上全是血,又拿出一方干净的手帕递过去:"擦一擦吧。"

书童看着帕子,一时委屈得直想流泪:"多谢三公子。"

裴昱一进学堂,就看见徐世昌骑在方聪身上,挥着拳头狂揍。

他大喊一声,立刻上前将徐世昌架起来:"世昌,还不住手!"

徐世昌被裴昱拦腰抱着,都不忘飞起两条腿,狂踢方聪数脚:"三哥哥,别拦我！看我揍不死他！"

"爷爷先揍死你！"方聪被揍得口鼻全是血，一身火气直冲脑门儿，站起来就朝徐世昌继续打。

裴昱见状，忙将徐世昌护在身后，挡在两人中间："别打了！"

方聪正在盛怒，也不管三七二十一，隔着裴昱，什么拳头巴掌全往徐世昌脸上招呼，结果没碰着徐世昌，倒是一下往裴昱脸上挠了一爪子。裴昱头一偏，这下方聪都愣了神，众人瞧见他白玉似的脸颊上赫然多了两道伤痕，鲜血淋漓的。

"三哥哥！"

"三郎！"

裴昱在鸣鼎书院，虽是人杰才秀，在一干子弟中拔尖出挑，但因为性格温润和善，又会照顾同窗，是以很招喜爱，人缘极好，此刻见是他受了伤，那些同窗便也顾不得打架了，忙簇拥过来查看他的伤势。

徐世昌本就憋着一肚子火气，见方聪连裴昱都敢打，一下失去控制，冲着方聪的腹下就是狠狠一脚，骂道："你敢打我三哥哥！我要你的命！"

方聪"哎呦"一声倒地，徐世昌又扑上去，两人当即在地上扭打起来。不过徐世昌之前没留力气，这时再打，体力明显不及方聪，方聪夺占上风，轮到他骑在徐世昌身上，几番折腾彻底压制住了他。方聪被揍出了血性，此刻全然失去理智，瞅见一旁地上有一方砚台，拿起来就往徐世昌头上砸！

砚台落下的那一刻，徐世昌大惊失色，浑身一蜷缩，下意识闭上眼，可预想的疼痛并没有到来，却是方聪先"啊"地痛叫出声。众人看到裴昱一个抢步上前，以迅雷不及掩耳之势夺下砚台，顺势反拧住方聪整条胳膊，将他死死钳制住，功夫很是漂亮。除了方聪，所有人都愣了。因为平常裴昱和善惯了，人也长得秀美，别说与人动手，就连红脸都是少的，直到一干人见他出手，一招一式不似小孩打架，拿捏得又准又狠，他们才恍然意识到，裴昱出身将门，侯爷裴承景定然不能教自己的儿子疏于武学，裴昱想要制服一个人，是何等容易。

方聪疼得大骂道："三郎！是他先骂我的，你偏帮徐世昌，就对得起我吗？枉我将你当朋友！"

裴昱刚才看他拿砚台砸人，心有余悸，还想讲理："你刚才要是砸下去，就不怕闹出人命？"

方聪觉得自己既委屈又冤枉，嘴巴反而更加狠毒："我就是要他的命，怎么样！徐世昌，今天不是你死就是我亡，你看爷爷敢不敢杀你！"

就在此时，掌教先生推开一直阻拦着他进入学堂的书童，到了门前，便被眼前此景惊住了。随后，那位一贯以严厉著称的正则侯裴承景也跟着掌教先生一同进到学堂中来。这是裴承景头一回亲自到鸣鼎书院过问裴昱的功课，因为只是私下往来，就连裴昱都不知道父亲来此。

那厢裴承景跟掌教先生正谈着，裴承景还诚恳拜托道："犬子愚钝，在家就被宠惯坏了，是个不成器的，倘若他言行有失，还要仰赖先生多多指点教诲。"

掌教先生连忙摇头，直言道："哪里哪里？侯爷严重。三郎在宫中做过太子伴读，得皇上青眼，必不会差了，本来就是个极聪慧的孩子，平常又勤勉好学，书院中没有不喜欢他的。"

裴承景严肃的面容上刚刚露出一丝罕见的笑容，就听下人说，学堂那边闹出事来。他便也跟着过来瞧瞧，一进门，一眼就扫遍整个狼藉不堪的学堂，最终将目光定在掐着方聪的裴昱身上。

掌教先生一看这境况就也急了："这、这是怎么回事！都给我站好。裴昱，哎呀，哎呀，你这是作甚？还不快快放开了他！"

裴昱撞到父亲的眼神，脑子一白，一时没反应过来。

徐世昌看裴承景的脸色一下冷了，冥冥中感到不妙，忙小声叫着"叔父、叔父"，便要上去阻拦。

但裴承景已然冲着裴昱而去，一把解下佩剑，拿剑鞘当棍棒，朝着裴昱狠狠打去，是下了死手的打。第一下拍在裴昱后背上时，裴昱疼得浑身一颤，松开了方聪；第二下直将他打得往角落里躲去。

裴承景浓黑的眉目一横，只一个字："躲？"

裴昱再也不敢，立刻跪了下来。

裴承景挥起剑鞘，连抽四五下，重重打在裴昱后背上，哪怕裴昱禁不住打，一头倒在地上，裴承景也没停手——梆梆梆的闷响，沉重又狠厉，听得人心惊肉跳。裴昱抱起疼痛不已的手臂，也不敢叫冤，一声不吭地从地上爬起来，继续跪到裴承景面前。这学堂里的一干少年郎都是世家子弟，娇生惯养着长大的，家中父母再严苛，顶多训斥几句，哪里见过当爹的这样往死里打自己亲生儿子的？这都不像父子，简直像仇人一般。

徐世昌方才挨那么多拳都没哭，这时见裴昱被裴承景这等毒打，还全是因他，一下红了眼眶，忙跪下来抱住裴承景的腿，哭着央求道："裴叔父，您别打三哥哥了，都是我惹的事，跟三哥哥没关系，您要打就打我好了，我求您了行吗？"

连方聪都有些傻了，跟着跪下来求情："侯爷，我、我没事，原是闹着玩的。"

可裴承景始终阴沉着一张脸，盯向裴昱，说："本侯教你功夫，是盼你能上阵杀敌，保家卫国，可你向来怯懦怕事，没有一点男子汉大丈夫的样子，所以家中送你来此念书，望你跟着先生能学一些明世修身之理，不做个无用之人，可你又念了什么东西！经书上哪个字教你学会了功夫，就去恃强凌弱，欺负同门？这般顽劣不堪，怎么对得起你死去的娘亲？"

裴昱肩膀轻微发着抖，艰涩地张嘴反驳："父亲，我没有，没有……"

"裴昱，你真的太令本侯失望了。"

此话一出，裴昱小脸煞白，连反驳也不反驳了，垂下眼睛，叩首拜道："我错了，爹爹，三郎知错了。"

到最后，一干人都挨了罚。

那厢徐守拙听闻徐世昌在学堂生事，早就见惯不怪了，眼皮都没抬一下，只让先生随意教训就是，千万不必留情。

裴昱回到侯府，又被罚去跪祠堂。

徐世昌在学堂里挨了一顿手板，可担心裴昱，一路跟来侯府，路上对着裴承景更是百般求情讨好，可最终都没说动这位铁石心肠的叔父。徐世昌心一横，索性陪着裴昱一起去跪。可在祠堂没过一个时辰，裴昱尚且跪得板板正正，徐世昌膝盖已经疼得要命，歪倒在地上，叫苦不迭："三哥哥，都是我连累你啦。"

裴昱勉强微笑着，冲他摇了摇头："没事，我又不怪你，这次我也的确有些鲁莽过头，那时不该动手。"

"都怪方聪那个乌龟儿子王八蛋……不过他最后替你求了情，到底还算是个仗义的,小爷就不跟他计较今天的事了。"徐世昌叹一口气,又哀怨地看向祠堂里的牌位,双手合十疯狂拜道,"哪位祖宗爷爷显显灵,托梦跟裴叔父说一声,你们可都在天上看着呢,要说谁最'顽劣',那数我徐世昌,再没有旁人,跟三哥哥更是一个字都不沾了,好不好教裴叔父别再冤枉他了?"

裴昱一听这话,实在有些好笑,原本郁闷不乐的心情一下轻松不少:"你求得这么诚心,就不怕我们裴家列祖列宗真出来见见你?"

此时,穿堂的风一过,牌位前的蜡烛齐齐摇曳起来。

徐世昌吓得浑身一激灵,忙往裴昱身上靠,抱紧他的手臂说:"三哥哥,你、你、你别吓唬我啊!"

忽然间,徐世昌感觉到有谁的手搭在他的肩膀上,本以为是裴昱搂住了自己,可低头一看,裴昱双手都安放于前,并没有动弹。

徐世昌"啊"地大叫一声!

"有鬼啊!"

他吓得屁滚尿流,拽起裴昱就往香案下躲。

裴昱根本不知发生什么事,倒是被徐世昌这声叫喊吓了一跳,身体也被拽得往前倾去,眼看就要跌到地上,忽而,一双手臂又从后方将他捞了回来。

裴昱后背撞上一个人的胸膛,错愕间,就听见少年公子爽朗大笑:"怕什么?胆小鬼!"

徐世昌定睛一看,那在裴昱身后的少年红袍金冠、貌色惊绝,在这黯淡的夜光中都显得格外光彩照人,正是小郡王谢从隽。

裴昱见是他竟来了侯府,一时什么烦恼忧愁也全都忘了,讶然道:"从隽?你怎么来了?"

"当然是来看你。"

谢从隽却是很懂礼数,先放开裴昱,一撩袍角,跪到一旁的蒲团上,恭恭敬敬地给裴家祖先的牌位叩首敬拜。

片刻后,谢从隽神秘兮兮地对裴昱说:"你也来,我们同拜三回,我陪你一起诚心认错,想必他们就不舍得太责怪你了。"

裴昱认真地点点头:"好。"

两人同在牌位前三叩首，谢从隽闭上眼，与裴昱一样虔诚认真，像是在许诺什么似的。眼见他们拜过，一旁的徐世昌觉得自己该跟哥哥们同甘共苦，也来裴昱身边，匆忙跟着叩了三个响头。

谢从隽看徐世昌还在嘿嘿傻笑，无奈地闭了闭眼，道："傻小子，有你什么事？磕头还挺勤快。"

徐世昌拍拍胸脯："当然有我的事了！咱们兄弟有福同享，有难同当！"

谢从隽再看向身旁的裴昱，说："学堂的事我都听说了，也向侯爷求了情，侯爷知道不是你们的错，让你们不必再跪了。"

裴昱还在迷茫当中，那厢徐世昌眼睛都亮了："真的？！"

"我说话，还能有假？"谢从隽眯着眼看向徐世昌，冷哼道，"惹祸精，仗着三郎护你，到处惹是生非。"

徐世昌给他盯得心虚了，挠着头嘿嘿笑道："好哥哥，我也不是成心的，要是能替三郎挨打，我一百八十个愿意。"

谢从隽晃了一下腰间的坠子："你既喊我声'哥哥'，下次再有麻烦，就来找我，我替你出头。"

徐世昌说："我就知道，还是哥哥你最仗义！"

裴昱却还在疑惑，问谢从隽："你跟我爹爹说了什么，他当真不再罚我？"

谢从隽神神秘秘地笑着："想知道？"

自他认识裴昱以后，带他逃课成了家常便饭，翻惯了鸣鼎书院的墙头，久而久之，也结识过一些书院里的奴仆杂役，耳聪目明，谢从隽不过稍作打听，就将事情的来龙去脉摸了个清楚。他知道裴昱冤枉，但在裴承景面前，裴昱又一向是个嘴笨的，不爱替自己辩解。裴昱做不到的事，谢从隽总想着为他做到，所以今日来侯府，是有意帮他求情。

面对裴承景，谢从隽心思九曲十八弯，没有直接开口，而是拐弯抹角地问："叔父，你跟我爹娘是故交，倘若我爹爹还在，他希望我长大以后，也像他那样做个文武双全、济世救民的盖世大英雄吗？"

这个问题一下让裴承景僵住了背脊。想起宋观潮和孟元娘，有那么一刻，他觉得眼前这孩子像是知道了什么，才会故意发问，但看谢从隽的眼神，又是一派天真无邪，好像他只是跟寻常儿郎那样，在意父母对自己的看法而已。可惜他的父亲不是那位盖世大英雄，而是那位坐拥天下的九五之尊。倘若谢从隽当真像宋观潮那样"文武双全"，怕是只会让崇昭皇帝更加忌讳。

裴承景想起宋观潮曾经对这个儿子的期许，回答道："你满岁抓周时，抓了你爹爹的宝剑，我们都很开心，以为宋家又要出一位将才了，可你爹爹说，他并不希望他的孩子再做将军，只愿敏郎你能'有情有义，平安健康'。"

谢从隽怔了一下，随后缓缓笑道："倘若我爹爹还在，一定会喜欢三郎。"

他将学堂的事解释给裴承景听，裴承景一早知道谢从隽是来做说客的，本还防着他，谁知三言两语竟令他想起当年的宋观潮，不禁久久地沉默着。

过后，他才说："本侯知道了。"

"侯爷要是原谅了三郎，可否再准他今夜随我回郡王府小住几日？我府上人少，只盼三郎能来与我做伴。"

裴承景向来心疼他的身世，道："去吧。"

谢从隽这才到祠堂来见裴昱，不过他不打算将原委告知，只是哄他："你想知道，等跟我回郡王府，写个好扇面，我就告诉你。"

裴昱说："可我还在受罚。"

谢从隽揽住他的肩膀，说："侯爷准了，今晚你跟世昌一起随我回郡王府去，咱们一同玩个痛快。"

徐世昌一听就坐不住了："太好啦！果然还是要从隽哥哥来，只要他相求的事，就没见裴叔父拒绝过，一准能成。"

裴昱还有些犹豫，下一刻徐世昌就将他拖起来："行了，趁着裴叔父还没改主意，快溜！"

从侯府到郡王府，有水路可行，三个少年踏上乌篷船，请船家撑船，顺着临江而下，至城西的潜云巷。这一路经过京都最繁华的夜市，临江两侧高楼林立，千灯长悬，落在河面上，犹如天上繁星沉水。各种画舫篷船在河道中往来，高楼中传来箫鼓管弦之声，弹奏的是《金缕曲》，正唱到王侯将相人家最鼎盛的桥段，乐音靡靡华奢，貌美容艳的舞姬们手持荷花，乘兴起舞。

徐世昌看得如痴如醉，击扇叫好；裴昱也立在他身边，同他共赏此曲此景。谢从隽则仰在船头，听着细细的水流声，微笑地望向裴昱。直到楼台上有舞姬将手中的荷花抛下来，徐世昌想接没接住，荷花正抛向了他身旁的裴昱。裴昱将荷花收入怀中，儒雅有礼地冲那舞姬一点头，以谢她赠花之美。

徐世昌不服大叫："这是美人儿抛给我的，我没接住！"

裴昱笑起来，将荷花转赠给他："我帮你接的，给。"

徐世昌跟他毫不客气，立刻收下，狠狠地嗅了一口："香！"

那头谢从隽随手撩起一汪春水，往两人立着的地方一挥，徐世昌和裴昱衣衫上都溅了水珠。

裴昱当他是闹着玩儿，只管咯咯地笑。

徐世昌忍不住大叫："哎，你非得淘这一下，想打水仗吗？！"

谢从隽说道："你既那么喜欢美人，要不要把你送上去，别回郡王府了？"

徐世昌立刻笑道："哥哥，你这话说的，倒像在拈酸吃醋呢。放心放心，这里的美人儿再好，也比不过你的郡王府啊。"

谢从隽就是京都中有名的"不务正业"，一等一地爱玩，跟着他，就不愁没有好玩的东西。

他们当中，唯独裴昱循规蹈矩了一些，但他向来只是规束自己，从不拘着别人。跟这样两个人在一起，徐世昌无拘无束，什么都不用烦恼，就只想什么好吃的、什么好玩的，真真是逍遥快活，神仙日子也不过如此了。

《金缕曲》奏到激昂之时，千万焰火在夜空中竞相绽放，花团锦簇，灿然如星子陨地，照亮了乌篷船上三个少年的面孔。

年少的徐世昌望着此景，只是觉得世上繁华热闹极了，心下甚是欢喜。

十多年以后，南疆的沧州也放烟花，也唱同样的《金缕曲》。

只不过烟花寥寥，璀璨不过一瞬，空余冷寂；而这曲子也唱到了后半段，高楼塌，千金散，万事万物开始由盛转衰，可惜可叹，曲中人开始放声悲歌。

当年种种，都似南柯一梦。

徐世昌又一次在这小酒馆里喝得酩酊大醉。当年陪徐世昌流放至此的小厮也改了名字，唤作"冲雨"，常伴在他身边。

徐世昌每每醉后，冲雨就负责将他背回家去。

两个人下了楼，大堂中正有人开设赌局，互相押了两件珍品瓷器，这厢见到徐世昌，忙叫道："卧麒麟，你也在此？来来来，你给看一看我这是不是好货！"

沧州人不识徐世昌，只知道这个人从前是京都人氏，家中有人犯了重罪，连累他被发配至此。不过他极懂得鉴赏古玩字画一道，好似天生一双青眼，那些东西是真是假，给他扫一眼便知。

到沧州的第二年，他就在因缘际会之下得到喜欢收藏字画的沧州知府的赏识，在他门下挂了个虚衔，日子好过不少。众人不知徐世昌姓甚名谁，听他自号"卧麒麟"，也便这么叫了。

徐世昌此刻醉得头重脚轻，但摆在桌子上的两个瓷器，远远瞧了一眼，就知都是假货，可今夜实在没心情，道了一句："今日没喝着……喝着好酒，眼睛不灵光了……"

那些人不肯放过他，忙拥过来架住他，将冲雨都挤到了一边。

"好酒哪能没有？你给掌掌眼，想喝什么好酒，我给你找来，就是城西千醉坊的白茅，我都让手下的小厮给你打去！"

徐世昌呵呵一笑："白茅算什么？我今夜就想喝、喝……一壶碧……"

一壶碧是京都的名酒，这些人自然有所耳闻，却不由得连连摇头。

"卧麒麟，这话说得真没意思，你当自己还在京城呢，我们去哪里给你弄那么好的酒来？"

旁边也有人看不得他这副做派，阴阳怪气道："你当自己是什么公子哥呢？还一壶碧，现在有得喝，还要多亏知府大人赏识你身上这点本事！"

被人这样说道，徐世昌竟也不生气，自嘲般笑了一声："是啊，一想都好像是上辈子的事啦，我都快忘了那是什么味儿了……"

正说着，酒馆外又放了几道烟花爆竹，有人扬声说道："想喝一壶碧还不简单？"

不见其人，先闻其声，众人皆往门口望去，见一道身影踏入这方酒馆，黑袍上的麒麟锦绣在夜光中流着清辉，那公子英俊得夺目，手里拎荡着两只小酒壶。

见到徐世昌,他将其中一壶酒丢了过去:"还喜欢就好,不枉我们千里迢迢地为你送来。"

徐世昌慌忙接住,抱在怀里,脑子一片空白。

"赵揽明……"他失神片刻,还以为自己酒醉得太深,出现幻觉。

那人一笑:"或许唤一声'从隽哥哥',也无不妥。"

"你……"

徐世昌看着突然出现在这里的谢从隽,听他说这句话,不禁陷入迷茫,很多事他想不通,但又好似全明白了。

他笑了一声,叹这半生风雪。

从前多少恩恩怨怨,好似都付之一笑,如今再见,竟也只有感怀之情。

徐世昌说:"就这两壶,怕是不够,这里可没什么好酒。"

"倘若是同故友泛舟夜话,哪怕是喝茶,又何尝不算一件幸事?"

这句话同样是从门口传来,跟着谢从隽走进这酒馆的是另外一位白衣公子,袍袖飞鹤,面庞似玉,静静地望着徐世昌。

众人给这两位神仙似的人物慑住,连呼吸都险些忘了,再回头看时,那"卧麒麟"早已经红了眼眶,泪沾青衫。

"长淮哥哥……"

裴长淮微微一笑:"锦麟。"

徐世昌猛地冲到裴长淮面前,一把将他抱住。

他咬着牙,死死压抑着从心底翻涌上来的悲愤与痛苦,忍得浑身发抖,直到裴长淮的手抚上他的后脑,低声说:"你摔过我一盏酒,今日特来讨还。"

徐世昌才不禁潸然泪下,终是抱紧裴长淮,伏在他肩膀上,放声大哭起来。

当真是——

夙期已久,人间无此。①

---

① 引自《永遇乐·次韵辛克清先生》。

图书在版编目（CIP）数据

我乘风雪 / 弃吴钩著 . —— 贵阳：贵州人民出版社，2024.7（2024.8 重印）

ISBN 978-7-221-18398-9

Ⅰ.①我… Ⅱ.①弃… Ⅲ.①长篇小说 – 中国 – 当代 Ⅳ.① I247.5

中国国家版本馆 CIP 数据核字 (2024) 第 110425 号

WO CHENG FENG XUE

我乘风雪

弃吴钩　著

出　版　人　　朱文迅
策划编辑　　卷月亮　Scissorhands
责任编辑　　杨进梅
装帧设计　　商块三
责任印制　　蔡继磊

出版发行　　贵州出版集团　贵州人民出版社
地　　　址　　贵阳市观山湖区中天会展城会展东路 SOHO 公寓 A 座
印　　　刷　　三河市中晟雅豪印务有限公司
版　　　次　　2024 年 7 月第 1 版
印　　　次　　2024 年 8 月第 2 次印刷
开　　　本　　700 毫米 ×980 毫米　1/16
印　　　张　　19　8 面彩插
字　　　数　　310 千字
书　　　号　　ISBN 978-7-221-18398-9
定　　　价　　52.80 元

如发现图书印装质量问题，请与印刷厂联系调换；版权所有，翻版必究；未经许可，不得转载。